人民共和國文化與文學叢書

二 編
李 怡 主編

第 2 冊

紅色中國文學史論（下）

李遇春 著

花木蘭文化出版社

國家圖書館出版品預行編目資料

紅色中國文學史論（下）／李遇春 著 -- 初版 -- 新北市：花
木蘭文化出版社，2015〔民 104〕
目 2+234 面；19×26 公分
（人民共和國文化與文學叢書 二編；第 2 冊）
ISBN 978-986-404-214-2（精裝）
1. 中國文學史 2. 文學評論史
820.8   104011318

ISBN- 978-986-404-214-2

9 789864 042142

人民共和國文化與文學叢書
二　編　第二　冊　　　　　　ISBN：978-986-404-214-2

紅色中國文學史論（下）

作　　者　李遇春
主　　編　李　怡
企　　劃　北京師範大學民國歷史文化與文學研究中心
　　　　　四川大學現代中國文化與文學研究中心
總 編 輯　杜潔祥
副總編輯　楊嘉樂
編　　輯　許郁翎
印　　刷　普羅文化出版廣告事業
出　　版　花木蘭文化出版社
社　　長　高小娟
聯絡地址　235 新北市中和區中安街七二號十三樓
　　　　　電話：02-2923-1455 ／傳真：02-2923-1452
網　　址　http://www.huamulan.tw 信箱 hml810518@gmail.com
初　　版　2015 年 9 月
本書由華中師範大學出版社授權出版
全書字數　402001 字
定　　價　二編 16 冊（精裝）台幣 28,000 元

紅色中國文學史論（下）

李遇春　著

目
次

第四章　話語反抗立場：對自我的堅守

　　置身於紅色中國文學話語秩序中的創作主體，由於在其心靈深處存在著不同程度的、或顯或隱的文化人格心理焦慮，因此，如何回應權威文化或文學話語規範的壓抑或塑造，從而釋解創作主體內心的衝突和焦慮，便成爲了隱藏在紅色中國文學主潮下面的一條無休止的潛流，同時這也是被紅色中國文學主流話語所淹沒的一場漫長但卻經常是無聲的心理戰爭。

　　面對權力的壓抑，不同的主體在同一情境下一般會做出不同的應對，甚至同一主體在不同的情境下通常也會選擇不同的應對策略。這種不同的應對策略的選擇，實際上體現了創作主體在特定時空中的基本話語立場，它是創作主體的眞實自我在自身文化人格心理結構中究竟佔有何種地位的眞實反映。本章所論述的話語反抗立場不同於第三章中的話語屈從立場。屈從是紅色中國創作主體普遍採用的主導話語立場，或者說是一種主導性的心理防禦機制，它體現了紅色中國主流作家的一種群體性的深層心理取向，即通過對眞實自我的逃避，主流作家們在不同程度上緩解了內心的文化人格焦慮。而反抗則處於紅色中國文學話語秩序的邊緣地帶，它是被少數創作主體有意或無意地運用的一種特殊的話語立場。作爲一種心理防禦機制，它體現的是少數邊緣作家在特定歷史文化語境下對眞實自我的堅守，以及少數主流作家在無意識中對眞實自我的種種留戀。站在這種話語立場上的創作主體，雖然偶爾也集中發出過一些顯性的聲音，如 1956～1957 年著名的「百花文學」，但更多的時候，由於權威政治話語的壓抑，他們眞實的自我話語經常被迫隱藏在主流革命話語的背後或深處。

第一節　被壓抑的啓蒙英雄情結

提到 20 世紀 40～70 年代的紅色中國文學寫作，長期以來一直存在著一種絕對化的觀點，即所謂「非知識分子寫作」，這無疑否認了紅色中國文學中話語反抗立場的存在〔註1〕。雖然這種論斷在一定程度上有它的合理性，這在上一章中對紅色中國作家的群體文化人格心理結構的解讀中已經得到了印證。然而，置身於紅色中國文化或文學秩序中的作家們就果真完全喪失了其「知識分子性」，或者說「真實自我」了嗎？只要努力去還原或接近紅色中國作家創作心理的歷史真實，我們就會發現，如果撥開權威政治話語的面紗，在他們的內心深處實際上都在不同程度上潛藏著某種「知識分子性」，或者說知識分子的自我意識。這裏，我把它稱爲一種被壓抑的啓蒙英雄情結。

啓蒙英雄不同於革命英雄，前者是以具有獨立個性的知識分子爲本位的文化英雄，而後者是以階級意義上的工農大眾爲本位的政治英雄。對於紅色中國作家來說，如果說那種被張揚的紅色革命英雄情結在本質上是對創作主體的真實自我的某種異化，那麼此處所說的被壓抑的「灰色」啓蒙英雄情結則是對他們的真實自我的一種堅守。當然，由於這種啓蒙英雄情結通常處於無意識的狀態，所以並不是所有的紅色中國作家都能將它召喚到顯在的意識域中來。對於紅色中國的主流作家而言，他們的啓蒙英雄情結基本上是在文學創作中無意識地得到了有限程度的流露，往往並不符合他們的創作初衷，這是由於他們的集體化的革命理想人格過於強大的結果，我們並不能因此就完全否認在他們的深層人格心理結構中仍然潛藏著某種沉睡的真實自我。而對於紅色中國的部分邊緣作家，尤其是許多處於「地下寫作」的作家來說，由於他們內在的個體化的自我在特定的歷史時空中強大到了一種可以反抗其外在的集體理想人格的程度，所以其啓蒙英雄情結在他們的部分文學創作中得到了比較明確的傳達或心理宣泄。正是著眼於具體的文學話語實踐，而不是固執於紅色中國創作主體普遍的政治人格心理結構或主導性的話語屈從立場，可以認爲，和主流的革命英雄情結相比，這種啓蒙英雄情結實際上處於被廢黜的邊緣話語狀態，由其所支配的話語反抗立場因此也只能是一種特殊的話語姿態。

〔註1〕參閱丁帆、王世城合著的《十七年文學：「人」與「自我」的失落》，河南大學出版社 1999 年版，以及董健、丁帆、王彬彬主編的《中國當代文學史新稿（修訂本）》，人民文學出版社 2005 年版。

　　從歷史上追溯，現代中國知識分子／作家的啓蒙英雄情結早在五四時期就已經正式得以生成。現在人們經常談論的所謂「五四情結」在本質上指的就是現代中國知識分子的文化啓蒙英雄情結。五四時期是傳統中國在文化的層面上向現代中國轉換的「軸心時代」。承擔並推動這一文化轉型的歷史主體基本上是一群接受了西方近現代人文主義文化精神的現代中國知識分子。他們對中國傳統的權威主義或專制主義文化模式進行了史無前例的重估和批判。在五四那一代知識分子的文化人格心理結構中，既定的承載傳統文化象徵秩序的集體道德理想人格開始全面解體，而建基於人的眞實自我之上的個體化理想人格開始初步形成。如果一個知識分子／作家生成了這種以實現生命個體的自我價値爲目標的理想人格，那麼就可以借用魯迅的說法譽之爲「摩羅詩人」。這種具有現代性的知識分子／作家必然是「個人（個體）的自大主義」者，他們日益趨近於尼采所說的精神或人格上的「超人」，而不是與之對立的「合群（集體）的自大主義」者，那是一種精神或人格上的「庸眾」乃至「奴隸」〔註2〕。

　　如果不過於苛求五四思想先驅者的話，那麼客觀上應該承認，在五四那一代知識分子／作家的文化人格心理結構中，實際上已經初步生成了魯迅所謂的「個人的自大主義」人格，也就是說，爲他們群體所共有的健全的自我已經顯現出了雛形。五四那一代知識分子／作家大抵都是西方現代廣義的人文主義（包括個性主義、自由主義和民主主義等）思潮的信徒，他們從事文學寫作基本上都懷抱著一種將中國民眾從蒙昧狀態中拯救出來的宏大啓蒙目標。用魯迅的話來說，一言以蔽之，就是「立人」。既然如此，大體上可以說，魯迅在辛亥革命前夕就熱切地呼喚的「摩羅詩人」在五四時期實際上已經出現了。所謂摩羅詩人，其實就是指的現代啓蒙文化英雄。他們是一群「立意在反抗，指歸在動作」的「精神界戰士」〔註3〕。魯迅本人正是五四時期中國最有代表性的摩羅詩人，或者說是當時中國最典型的現代啓蒙文化英雄。儘管五四時期的知識分子／作家很少有人能夠達到魯迅那樣的精神高度，但這並不妨礙他們在整體的文學話語實踐中有意無意地以現代知識精英或啓蒙文化英雄自居的群體文化心態。

〔註2〕　參閱魯迅：《熱風・隨感錄・三十八》，《魯迅全集》第一卷，人民文學出版社1981年版，第311～314頁。

〔註3〕　參閱魯迅：《墳・摩羅詩力說》，《魯迅全集》第一卷，人民文學出版社1981年版，第66頁。

　　然而，隨著五四後國內階級矛盾和民族矛盾的逐步加劇，到了「紅色三十年代」中，階級解放和民族解放的政治「救亡」主題基本上壓倒了人的解放和個性解放的文化啓蒙主題〔註4〕。準確地說，應該是集體的政治身份解放的「革命」主題逐步沖淡了個體的精神身份解放的啓蒙主題。由此，五四時期初步成形的啓蒙文化模式在強大的革命文化模式的衝擊下被放逐到了時代話語的邊緣。這也就意味著，現代中國知識分子／作家業已生成的那種啓蒙英雄情結，或曰「摩羅情結」，逐步遭到了正在日趨成形的紅色革命英雄情結的不同程度的消解或弱化。及至1940年代的「延安文學」中，這一切才發生了質的變化。隨著1942年《在延安文藝座談會上的講話》的發表，對於那些置身於延安解放區紅色革命文化或文學秩序中的作家而言，他們通過不同的途徑從五四作家那裏遺傳下來的啓蒙英雄情結，基本上被業已成形的紅色革命英雄情結給壓抑或遮蔽住了。

　　眾所週知，紅色中國文化帶有強烈的民粹主義傾向。這和五四啓蒙文化的精英主義傾向形成了鮮明的反差。在啓蒙文化模式中，知識分子／作家是「先知」、是知識精英、是文化英雄、是「人類靈魂的工程師」。一句話，他們是普通民眾的精神導師。按魯迅的理解，知識分子／作家應該是普通民眾的「精神科醫生」，其使命在於替民眾「揭出病苦，引起療救的注意」〔註5〕。然而這種關係到了革命文化模式中被完全顛倒了過來。毛澤東認定「一個眞理，就是許多所謂知識分子，其實是比較地最無知識的，工農分子的知識有時倒比他們多一點」。在他看來，「拿未曾改造的知識分子和工人農民相比較，就覺得知識分子不乾淨了，最乾淨的還是工人農民，儘管他們手是黑的，腳上有牛屎。還是比資產階級和小資產階級知識分子都乾淨」。因此，順理成章的是，知識分子／作家「在教育工農兵的任務之前，就先有一個學習工農兵的任務」。換句話說，「只有做群眾的學生才能做群眾的先生」。不僅如此，或許有意還是無意，毛澤東還對魯迅的觀點反其意而用之。在他看來，知識分子／作家「都不免或長或短地拖著一條小資產階級尾巴」，他們的「靈魂深處還是一個小資產階級知識分子的王國」，也就是說，他們是一群「小資產階級的狂熱病患者」。對於這群精神或思想上有「毛病」的人，只要他們不「諱疾

〔註4〕參閱李澤厚：《啓蒙與救亡的雙重變奏》，《中國現代思想史論》，安徽文藝出版社1994年版，第29～44頁。

〔註5〕魯迅：《我怎麼做起小說來》，《魯迅全集》第四卷，人民文學出版社1981年版，第512頁。

忌醫」，黨就應該本著「懲前毖後、治病救人」的方針幫助其「改正」，讓其「重新做人」。這意味著，那些從「亭子間」或「書齋」裏走出來的知識分子／作家，在來到農村的黃土地之後，他們的「知識精英」或「精神醫生」的文化身份就已經喪失掉了。在權威意識形態的操作下，他們不再是「先生」或「醫生」，相反一夜之間突然淪爲了「學生」或「病人」。也就是說，「先生」成了被「學生」教育的對象，「醫生」成了被「病人」療救的對象。總之，「啓蒙者」成了被「被啓蒙者」啓蒙的對象。

　　既然陷入了這樣一種文化窘境，紅色中國知識分子／作家也就不得不面臨著那種「英雄無用武之地」的尷尬。按照毛澤東的解釋，所謂「英雄無用武之地，就是說，你的一套大道理，群眾不賞識。在群眾面前把你的資格擺得越老，越像個『英雄』，越要出賣這一套，群眾就越不買你的賬」。對此，雖然在一定程度上應該承認這種尷尬處境是一種客觀的、必然的歷史眞實，但與此同時，更應該注意到知識分子／作家的這種尷尬境遇實際上也是權威文化規範大力運作的結果。因爲在紅色中國文化和文學秩序中，知識分子／作家基本上已經喪失了他們原本應有的神聖性和英雄性，此時已經不是工農大眾應該向知識分子學習，而是知識分子應該向工農大眾學習。用毛澤東的話來說，不是要「提高」，而是要「普及」；不是要「陽春白雪」，而是要「下里巴人」；不是要「小眾化」，而是要「大眾化」。所謂大眾化，「就是我們的文藝工作者的思想感情和工農大眾的思想感情打成一片」。知識分子／作家必須「經過長期的甚至是痛苦的磨練」，切實來一番「思想改造」〔註6〕，以期最終在其人格心理結構中向工農兵英雄人物表示徹底的人格認同，並在其文化心理結構中向工農兵英雄人物所承載的革命意識形態表示徹底的精神皈依。換句話說，紅色中國知識分子／作家必須生成一種革命英雄情結，以及更深層次的文化戀父情結，唯有如此，他們才可能最終被權威文化或文學秩序所接納。

　　而一旦轉入了無窮無盡的知識分子思想改造運動的權力煉獄之中，現代中國知識分子／作家的自我人格尊嚴也就隨之失去了。昔日的文化英雄逐步淪爲了後來幾乎人見人欺的「臭老九」。人民共和國建立後，隨著延安革命文化秩序在中國大陸的全面推進，在文學界和文化界開展的政治批判聲浪一浪

〔註6〕以上引文參閱毛澤東：《改造我們的學習》、《整頓黨的作風》、《反對黨八股》、《在延安文藝座談會上的講話》，《毛澤東選集》第三卷，人民出版社1966年版。

高過一浪，讓知識分子／作家頗有風聲鶴唳之感。繼 1940 年代在延安批判王
實味、丁玲、蕭軍、艾青等人之後，1950 年代又陸續發動了對《武訓傳》的
批判、對蕭也牧的聲討、對胡適派文人的話語清算，對胡風派文人的集團清
洗，對「右派」文人的集體批判……在這一系列嚴峻的意識形態運作過程中，
包括人性論、人道主義、個性主義、自由主義等等在內的泛啟蒙文化精義都
遭到了稀釋和排斥，直至最終被驅逐出了紅色真理王國。大部分知識分子／
作家基本上成了「刑餘之人」，拖著戴罪之身「夾著尾巴做人」，心甘情願地
做起了「無產階級專政」的工具，於是鋪張豪華的「頌詩」和「革命英雄傳
奇」傳遍國中，知識分子／作家的真實自我也就此被壓抑或流放到了自己的
無意識域中，換句話說，知識分子／作家的革命英雄情結在整體上徹底地壓
倒了其原來擁有的啟蒙英雄情結。

　　及至「文革」時期，整個紅色中國社會的文化環境也變得更加酷烈。社
會上流行著專門針對知識分子和作家的各種「最高指示」：「知識越多越反
動」、「高貴者最愚蠢，卑賤者最聰明」、「知識青年到農村去，接受貧下中農
的再教育，很有必要」……隨著眾多革命作家的被打倒，也就是他們的完美
人格面具的被剝奪，紅色中國知識分子／作家的自我顏面也就在不計其數的
遊街和批鬥中徹底丟盡了。對此，巴金老人在 1980 年代做過沉痛的反審。他
說：「我自稱為知識分子，也被人當作『知識分子』看待，批鬥時甘心承認自
己是『精神貴族』，實際上我完全是一個『精神奴隸』。」〔註 7〕晚年的巴金為
當年的知識分子／作家從「人」變成了「牛」痛心疾首，然而他必須獨自苦
澀地咀嚼著五四啟蒙時代的文化英雄在紅色中國社會秩序中淪為了精神奴隸
的慘痛歷史。有意味的是，毛澤東在 1940 年代的《講話》中實際上通過對魯
迅的一番革命化解讀，早就賦予了紅色中國知識分子／作家一種甘心俯首屈
從的「孺子牛」身份。在毛澤東的文化視界中，魯迅所謂的「橫眉冷對千夫
指」恰好是對中國知識分子／作家必須形成的革命英雄人格（情結）的最好
寫照，而「俯首甘為孺子牛」正是他們主動放棄其啟蒙英雄情結的必然歸宿。
也許正是由於革命領袖對「牛」的一種有意無意的政治文化人格期待，中國
知識分子／作家終於在「文革」期間不僅淪為了被他人，而且也被自己喊打
的「牛鬼蛇神」。在各式各樣的「牛棚」中，這群善良溫順、俯首帖耳的「牛」
不僅是受虐者，而且也是自虐者。他們淪為「牛」的歷史過程，實際上也就

〔註 7〕巴金：《十年一夢》，《隨想錄》（合訂本），三聯書店 1987 年版，第 382 頁。

是現代中國知識分子從啓蒙文化的精神英雄淪爲革命文化的精神奴隸的歷史過程。

然而，物極必反。正是在「革命樣板戲」竭力宣泄主流的革命英雄情結之時，在公開文壇之外的「地下文壇」中，一種回歸五四文學精神的啓蒙文學思潮也在悄然崛起，甚至蔚然成風。在苦難中覺悟的新一代知識分子／作家，和重新覺醒的老一代作家在「文革」時期的「地下文學」創作中不約而同地喚醒了那個長期蟄伏在自己潛意識中的啓蒙文化英雄情結。這意味著，如果說在延安時期和「十七年」時期的公開文壇中，中國知識分子／作家的啓蒙英雄情結雖然逐步遭到了主流文化規範及其所製造的革命英雄情結的壓抑和排斥，但仍然在「頑強地表現他們自己」的話，那麼到了「文革」時期，雖然在當時的公開文壇中中國主流作家的啓蒙英雄情結已經銷聲匿迹，無影無蹤了，但是在其時的「地下」文壇裏，中國有良知的知識分子／作家又悄然接續上了五四啓蒙文化和文學精神的寶貴傳統。這預示著，中國知識分子／作家長期以來被壓抑的啓蒙英雄情結一旦時機成熟，必將衝出權力文化的藩籬，再一次成爲時代文化或文學的主流，奔向個體生命自由的靈境。

第二節　反抗者的心理畫像

既然對於那些置身紅色中國文化秩序中的中國作家而言，在他們的文化人格心理結構中不同程度上或隱或顯地存在著一種現代性的文化啓蒙英雄情結，那麼接下來有必要從話語反抗的角度，爲紅色中國那一群不同程度的精神反抗者繪製出一幅集體的心理畫像或精神肖像。

對於精神反抗者來說，他們最大的特徵就在於對自己眞實自我的某種程度的保衛或堅守。所謂眞實的自我，霍妮將它界定爲人所擁有的實現自身價值的生命潛能〔註8〕。這實際上是一個褪掉了性慾色彩的、經過改裝了的弗洛伊德的本能－本我概念，而與弗氏的自我範疇之間有著很大的區別。在弗洛伊德那裏，自我「是受知覺系統的影響而改變了的本我的一個部分，即在心理中代表現實的外部世界」〔註9〕。也就是說，自我是經過外部現實加工之後的產物。不過在弗洛伊德看來，自我並不是對本我的完全的異化，眞正構成

〔註8〕卡倫・霍爾奈（又譯「荷妮」，通譯「霍妮」）：《神經症與人的成長・導論》，上海文藝出版社 1996 年版，第 1～4 頁。
〔註9〕弗洛伊德：《弗洛伊德後期著作選》，上海譯文出版社 1986 年版，第 176 頁。

與本我之間對立的是超我。由自我到超我，其間經歷了從個體的「自我典範」到集體的「自我典範」的蛻變。弗氏所謂的自我典範，實際上就是霍妮所說的理想化的自我，通常我們稱之為理想人格。然而，霍妮把一切理想化的自我均視為對真實自我的異化，她沒有看到理想化的自我可以分為兩種形態：一種是個體化的理想化自我，它是真實自我的自然的延伸；另一種是集體化的理想化自我，它才是真實自我的外在的異化物。我以為，現代中國知識分子在五四時期業已形成的啟蒙文化模式的心理內化物——啟蒙英雄人格是一種個體化的理想化自我，而在紅色文化模式中，中國作家生成的革命英雄人格是一種集體化的理想化自我。在很大程度上，前者是對現代中國知識分子／作家的真實自我的發展與守護，而後者卻是對其真實自我的變異或壓抑。

話語反抗立場在本質上也是對創作主體的人格焦慮的一種心理防禦機制。這主要表現為，在權威文化規範或主流意識形態的作用下，由於真實自我不甘沉淪，它通過抵禦異己的符號性文化秩序的入侵，從而阻礙或延緩了創作主體的集體化的理想化自我的順利成形；與此同時，它又積極地促成了創作主體的個體化的理想化自我的潛在形成。對於部分置身於紅色中國文化或文學話語秩序中的知識分子／作家而言，這一切不僅暗中拒絕了自己向革命英雄人格積極認同與回歸的非理性願望，而且還潛在地保證和維護了自己的真實自我向啟蒙英雄人格的心理歸趨。

接下來探討作為反抗者的紅色中國作家的三種心理內部防禦機制：自我投射、體驗「他者」和回歸自我。正是主要通過這三種心理防禦機制的運用，紅色中國的一批作家在主流文化權力的密切運作下，在不同程度上或隱蔽、或迂迴、或直接地捍衛了真實自我的表達權利。

一、自我投射：「人」與「物」

面對壓抑，創作主體通常最容易採用的心理防禦機制或精神反抗方式是自我投射。投射是一種普遍的心理轉移機制，它把創作主體的心理能量轉移至藝術客體或藝術形象之中。在榮格看來，「投射總是一種無意識作用」〔註 10〕。對於創作主體來說，自我投射在創作實踐中一般處於某種不自覺的無意識狀態。不僅如此，自我投射本質上還是一種補償性的心理防禦機制，它是在創作主體的直白宣洩和明確傳達方式遭到外部話語規範的一定

〔註10〕榮格：《分析心理學的理論與實踐》，三聯書店 1991 年版，第 150 頁。

阻遏之後應運而生的。因此，自我投射可以被看作是創作主體潛在地反抗或突破話語規範的壓抑的途徑之一。它是創作主體對眞實自我及其話語權力的某種隱形「自衛」。

根據心理投射的現實載體的不同，在具體的創作實踐中，自我投射通常會呈現出各不相同的表現形態。對於置身紅色中國文化和文學話語秩序中的作家來說，大體上可以將他們自我投射的現實載體分爲兩大類：「人」和「物」。一般而言，在敘事文學作品中作家會採用「人」爲自我的現實載體，而在抒情文學作品中作家習慣於選擇「物」爲自我的靈魂寓所。但無論「人」還是「物」，有一點可以肯定，這些藝術載體中都不同程度地隱藏著作家作爲啓蒙英雄的文化人格及其所由生的眞實的自我。

首先要考察的是第一類自我載體：「人」。在紅色中國文化和文學秩序中，知識分子的啓蒙英雄形象早在丁玲延安時期的小說《在醫院中》裏就已經悄然現身。丁玲是延安紅色文化秩序所接納的第一個來自「亭子間」的著名作家。小說的女主人公陸萍顯然可以看作是丁玲的眞實自我的現實人格化身。這篇小說其實傳達的是女醫生陸萍與她所置身的環境（醫院）之間的尖銳對立，以及由此所衍生的巨大心理焦慮。陸萍的理想是切實履行醫生的職能，然而「醫院」簡陋的自然環境，尤其是粗俗的人文環境卻充當了反對者的角色，甚至連原先的同道好友也一度站到了她的對立面。至於最後爲陸萍指點迷津的那位匿名的革命傷殘英雄，他本質上是「醫院」的「合理化」秩序的代言人，陸萍在他的訓導下終於決定由對秩序的反抗轉化到皈依的立場上來。因此他與陸萍的關係是雙重性的，表面上他是陸萍的拯救者，實際上卻是陸萍的「靈魂的馴化師」（福柯語）。他與陸萍在醫院中的角色也發生了置換，陸萍由醫生變成了「病人」，他卻由病人變成了「醫生」。這其實無意中暗示了啓蒙知識英雄在延安紅色文化秩序中的命運：本想「療救」民眾的啓蒙知識英雄最終卻淪爲了被工農兵「療救」的對象。陸萍就是啓蒙知識英雄的化身，在她的身上投射和凝結著丁玲當時內在的心理焦慮。這種心理焦慮實際上是丁玲的眞實自我與她即將形成的集體理想化自我（超我）之間的心理人格衝突的外在顯現。換句話說，它是作者業已形成的啓蒙英雄情結有意無意地反抗或拒絕即將成形的革命英雄情結的心理症狀。

然而，丁玲塑造陸萍畢竟是在 1942 年《在延安文藝座談會上的講話》發表之前，當時延安紅色文化秩序還只是處於某種籌建或初建時期。隨著延

安整風運動的大力開展和《講話》的正式發表，紅色中國文化和文學秩序在以延安爲中心的解放區基本得以建立。從此，在「延安文學」中也就再也見不到像陸萍那樣的啓蒙知識英雄的身影了。人民共和國建國後，隨著延安紅色文化和文學秩序在中國大陸的全面移植和廣泛建立，頭頂「（小）資產階級」帽子的知識分子一時之間幾乎被剝奪了在紅色文學形象塑造中的藝術位置，至多也只能夠以某種「自我改造」的否定或半否定的形態出現。因此，一直到 1956～1957 年之間的「百花文學」出現之前，現代啓蒙知識英雄的形象似乎在共和國的文學人物畫廊中全面消失了。直到在那個短暫的「知識分子的早春天氣」（費孝通語）來臨，又重新出現了陸萍的精神后裔。其中著名的有王蒙筆下的林震（《組織部新來的青年人》）、劉賓雁筆下的黃佳英（《本報內部消息》正、續篇）和劉紹棠筆下的蒲塞風（《西苑草》）等。作爲「（小）資產階級個人主義者」，這些知識分子主人公及塑造他們的作家們後來都在「反右」鬥爭中受到了批判。甚至連同他們的精神先驅陸萍和丁玲也未能幸免，她們被重新拉出來接受所謂「再批判」。

現代中國知識分子／作家一直習慣於以「醫生」或「教師」的文化身份自居，這潛在地折射出了他們內心深處的文化啓蒙英雄情結。有意味的是，丁玲筆下的陸萍恰好是一名「醫生」，而王蒙筆下的林震則是一名「教師」。當初，林震是帶著一本蘇聯小說《拖拉機站站長和總農藝師》來到區委組織部報到的。這位小學教師的最大夢想就是「按娜斯嘉的方式生活！」用區委組織部副部長劉世吾的話來說，林震「一到新的工作崗位就想對缺點斗爭一番，充當個娜斯嘉式的英雄」。在某種意義上，陸萍就是延安紅色中國文化秩序中的娜斯嘉。她的個人英雄主義精神在很大程度上遺傳給了她的後來者林震。林震與「組織部」之間的衝突在本質上也就是陸萍與「醫院」之間的衝突。1940 年代的陸萍夢想著按照自己的方式來治理醫院的陰暗面，結果卻被醫院中人一致認定爲患上了的某種「小資產階級狂熱症」。而 1950 年代的林震同樣幻想著以教師的身份來教育和改造組織部裏那些麻木的靈魂，結果同樣被以劉世吾爲首的組織部同仁（趙惠文除外）判定爲一個「小資產階級幼稚病」患者。在老革命劉世吾看來，「林震同志的工作熱情不錯，但是他剛來一個月就給組織部的幹部講黨章，未免倉促了些」。這意味著，知識分子林震還沒有當工農兵的「學生」就奢望當「先生」，雖然「可貴」又「可愛」，但畢竟是一種「虛妄」。因此，在黨小組會上，林震受到了「應有的教育」。也

就是說，一直以「教師」自居的林震最終卻成了接受「教育」的「學生」。林震的命運和最後淪爲了「精神病人」的「醫生」陸萍一樣的苦澀。雖然如此，從總體上看，林震仍然不失爲一個典型的知識分子啓蒙英雄形象。他是作家王蒙青年時代的啓蒙英雄人格的現實化身，也是其潛意識或文化人格心理結構中的眞實自我的心理投射物。通過塑造林震，王蒙有意無意地宣泄了壓抑在自己內心深處的啓蒙英雄情結。當然，這樣理解的時候，我們必須剝離掉罩在林震身上的「少年布爾什維克」光環。

在 1950 年代中期，與林震屬於同一個精神家族的啓蒙知識分子形象還有黃佳英和蒲塞風。報社記者黃佳英和大學生蒲塞風也可以看作是作家劉賓雁和劉紹棠各自文化人格心理結構中外化了的眞實自我及其啓蒙英雄人格。作爲記者，黃佳英不願做一個主流意識形態的簡單傳聲筒。她渴望做一個「人」，而不是「政治工具」。她有獨立的人格，長於思考，能夠敏銳而及時地發現現實生活中存在的問題，並堅持與之作不懈的鬥爭。黃佳英實際上是 1950 年代紅色中國文化秩序中的娜斯嘉。她那大膽「干預生活」的知識精英姿態與延安時期的陸萍如出一轍。不過黃佳英似乎比陸萍幸運，她在報社裏的鬥爭不斷得到了同事們的響應。劉賓雁塑造的黃佳英並不孤獨，她幾乎是一個振臂一呼、應者雲集的文化英雄。然而，實際上，黃佳英的勝利不過是「百花時期」中國啓蒙知識精英的一場短暫而美好的文化幻覺而已。等待他們的將是比「思想改造」更爲酷烈的長期政治流放。

熟悉劉紹棠的讀者很容易將蒲塞風視爲他的藝術化身。在「鳴放」期間，曾經名噪一時的「神童作家」劉紹棠揮筆寫下了《我對當前文藝問題的一些淺見》和《現實主義在社會主義時代的發展》，對紅色中國權威文學規範大膽提出質疑，而與他在精神上一脈相承的蒲塞風是一位具有個人獨立創見的新銳大學生，小說中的他一直在撰寫一篇名爲《論公式化概念化的反現實主義危害性》的文藝理論爭鳴文章。值得一提的是，爲了捍衛自己的獨立人格和自由思想，蒲塞風寧願將自己的文章「撕毀扔到湖裏」，也不願意「爲了在下一期《文學評論》印上自己的姓名，就把這篇文章刪削得體無完膚，面目全非」。在他看來，「如果在雜誌上說的是吞吞吐吐，委委屈屈，不痛不癢的話，那又有什麼意義呢？」由此看來，蒲塞風是一位敢於向以蕭漁眠教授爲代表的正統文化權威發出挑戰的知識分子英雄。不僅如此，在生活方式上，蒲塞風也是一位勇敢的叛逆者。他一直竭力地拒絕那種流行的「集體生活」方式，

他對整齊劃一的「集體舞蹈」和「集體唱歌」充滿了本能的反感。蒲塞風是一個充滿了個性的人，他渴望擁有私人化的日常生活空間，他不甘於做革命機器上的一個失去了稜角的螺絲釘。然而，同學們將他的異端舉動視為「孤芳自賞」和「自命清高」，他成了不被眾人接受的「一個自命為鶴立雞群的人」。在情感領域，蒲塞風也是別具一格。他打心眼裏厭惡自己與伊洛蘭之間刻板的、「革命同志」式的婚戀生活。因為他渴望對方給予自己女性的溫存，而作為他的入黨介紹人，對方卻為了政治而放逐了愛情。總之，無論在情感空間中、還是生活方式上，抑或是在思想領域裏，蒲塞風都算得上是一位個性主義者，也就是說，他是五四時期知識分子啓蒙文化英雄的精神后裔。

在某種意義上，我們可以將蒲塞風、黃佳英、林震和陸萍等知識分子文化英雄視為一群理想主義者，他們像唐吉訶德一樣在權威的紅色中國文化秩序中進行精神的掙扎和自我的搏鬥，這使得他們在當時大多數民眾的眼中變成了不可理喻和難以接納的精神異端，也就是「瘋子」。用福柯的話說，他們陷入了一種「浪漫化的瘋癲」〔註11〕。由此也就注定了他們後來的悲劇性命運。經過「反右」的政治狂濤的洗禮之後，在紅色中國的公開文壇中，我們基本上再也見不到像林震那樣的知識分子英雄的身影了。然而，伴隨著權威意識形態的強力滲透和主流文化規範的進一步強化，在 1960 年代前後的文壇中我們卻驚異地發現了另一種類型的知識分子英雄形象。其中著名的有田漢筆下的關漢卿（話劇《關漢卿》）、陳翔鶴筆下的陶淵明（《陶淵明寫〈輓歌〉》）和嵇康（《廣陵散》）、黃秋耘筆下的杜甫（《杜子美還家》）等。這是一群身著傳統歷史古裝而出場的現代知識分子文化英雄。他們實際上是各自作者文化人格心理結構中的真實自我以及個體化的理想人格的心理投射體。

田漢是在對關漢卿的個人生活史料幾無依傍的條件下塑造這位元代的偉大劇作家的。也許，與其說田漢是在塑造關漢卿，毋寧說在潛意識中他是在重塑同為一代梨園領袖的自己。田漢早年深受現代啓蒙文化的浸淫，即使是在轉向認同紅色革命文化秩序之後，他那埋藏在內心深處的知識分子啓蒙英雄情結也不會完全退隱，而是在暗中尋找著宣泄的機會。1958 年恰好是「世界文化名人」關漢卿的紀念年，在「大躍進」的一片浮躁喧囂聲浪中，這種機會出人意料地出現了。有意味的是，田漢筆下的關漢卿不僅是一位「雜劇班頭」，而且還是一位有妙手回春之術的醫生。雖然田漢沒有讓關漢卿像現代

〔註11〕 參閱福柯：《瘋癲與文明》，三聯書店 1999 年版，第 24 頁。

中國知識分子啓蒙英雄魯迅那樣選擇棄醫從文，但劇作中的這樣一個細節卻讓關漢卿和現代啓蒙英雄們在精神上有了相通之處：當劉大娘對「關漢卿這位大夫只救得人家的傷風咳嗽」表示隱隱的失望時，關漢卿覺得「她把我罵苦了，可是罵得眞對呀，我就是這麼一個專會開薄荷、甘草的大夫。一字不識的黑旋風李逵敢在江州劫法場，可我呢？只能站在大家身後忍氣吞聲，袖手旁觀。這就是我，這就是自負不凡的關漢卿！我眞看不起我自己。」顯然，關漢卿並不滿足於做一個僅僅醫治民眾的肉體疾病的醫生。他要救民眾於水火之中。震驚之餘，他的精神開始覺醒，並大膽地正視和審問自己。他終於發現了自我價值：置身在這充滿黑暗的人世間，雖然自己「無刀可拔」，但畢竟還「有一枝破筆」，筆就是他的「刀」，雜劇就是他的「刀」。他渴望用自己的文學創作來喚醒天下老百姓對當權統治者的反抗精神，也就是激活民眾逆來順受的心靈愚昧和人格麻木。所以他對青樓知己朱簾秀這樣說道：「今天良家也好，倡優也好，都是被欺壓、被踐踏的，都是奴隸！」顯然，說這話的關漢卿已經是一個地地道道的現代啓蒙文化英雄。他是作者田漢蟄伏已久的啓蒙英雄情結的強烈投射。

如此，究竟關漢卿是古代的田漢，還是田漢是現代的關漢卿，實際上已很難分辨，也無需分辨。所謂「莊周曉夢迷糊蝶」，在這裏關漢卿就是田漢的夢中蝴蝶。作家田漢和文學形象關漢卿其實已二位一體。儘管如此，如果剝去罩在關漢卿身上的傳統士人的外裝，一個充滿現代知識分子精英風采的關漢卿就會隨即凸顯出來。這位關漢卿相信文學具有社會啓蒙功能，他在創作中大膽地觸及了現實生活中的黑暗，這不僅體現了他對社會底層被侮辱被損害者的同情，而且最終也激發了被壓迫者的反抗精神：一位下層軍官王著在關漢卿的藝術感召下勇敢地刺殺了權貴阿合馬。這位關漢卿在生命受到威脅的情況下，仍然堅守著自己的獨立人格和對社會的批判精神：他不僅寫了觸怒權勢者的劇作，而且拒不按照權勢者的要求修改劇作。這位關漢卿還具有尊重女性的現代民主精神，他不囿於傳統禮法，與青樓藝妓朱簾秀大膽相愛，一曲《雙飛蝶》傾訴了他們之間忠貞不渝的愛情。熟悉田漢個性氣質、情愛生活和人生經歷的人們不難從關漢卿的形象中發現田漢的身影。田漢之所以有意無意間拔高或美化了關漢卿，其隱秘心理原由也許在於，他在內心深處對自己1949年以後的人格形象充滿了鄙視，他深深地懷念當年那個煥發著啓蒙英雄風采的眞實自我。無奈這一切已成了鏡花水月般的文學夢幻。

　　如同田漢將自我投射在元代關漢卿身上一樣，另一位五四啓蒙文學先驅陳翔鶴在兩位魏晉名士陶淵明和嵇康的身上也發現了自我。據知友馮至回憶，陳翔鶴早在五四時期就已經表現出了對魏晉人物的特殊迷戀。這和魯迅對他的影響不無關係。1960 年代初創作《廣陵散》，「小說中很大部分是根據魯迅的《魏晉風度及文章與藥及酒之關係》」。〔註12〕這意味著，早年形成的知識分子啓蒙英雄情結在陳翔鶴的文化人格心理結構中已經根深蒂固，即使在經過紅色革命文化的洗禮之後，它也仍然會伺機重現。像其精神導師魯迅一樣，陳翔鶴是一個性格執拗並具有反抗精神的人。即使是塑造陶淵明這樣一位素以平和沖淡著稱於世的隱逸詩人，陳翔鶴呈現在人們面前的也是一位「金剛怒目」式的叛逆者形象，而不是一位「渾身靜穆」的田園居士。也就是說，陳翔鶴更多地暗中認同高歌「刑天舞干戚，猛志固常在」的陶淵明，而不是人們習見的低吟「採菊東籬下，悠然見南山」的陶淵明。這顯然又是接受了魯迅的影響。

　　《陶淵明寫〈輓歌〉》共有四個部分：第一部分敘寫陶淵明因鄙薄慧遠和尚的「另一種達官貴人的派頭」，憤然下廬山；第二部分給人印象最深的場面是陶淵明凜然拒絕江州權貴檀道濟的名利誘惑；第三部分在一場家庭對話中表現了陶淵明對故友顏延之「名利心重，官癮大了點」心懷不滿，並再一次借機諷刺了慧遠和尚的虛偽庸俗；第四部分是小說的高潮部分，集中描敘陶淵明寫《輓歌》和《自祭文》的場景。然而，當寫到「最後五句時，一種濕漉漉、熱乎乎的東西，便不自覺地漫到他的眼睫間來。」他對自己的過去和現在充滿了感慨。顯然，陳翔鶴筆下的陶淵明並未超然世外，與其說他是一個看破紅塵的高士，不如視其爲一個反抗現實的叛逆英雄。正如小說中陶淵明所言：「佛家說超脫，道家說羽化，其實這些都是自己仍舊有解脫不了的東西。」這句話既可以用在小說人物陶淵明的身上，對於小說作者陳翔鶴來說就更是如此了。

　　陳翔鶴的自我反抗人格在他塑造的竹林賢士嵇康身上表現得更爲明顯。嵇康素喜以叛逆者自居，「每非湯武而薄周孔」、「越名教而任自然」，這不僅是他的人生哲學，而且也是其畢生行爲方式的眞實寫照。陳翔鶴首先展現在讀者面前的嵇康是一個敢於挑戰權威的反抗者形象。嵇康以打鐵爲由，給貴公子鍾會以難堪，這是需要極大的精神勇氣的。不僅如此，嵇康還對當時執

政的司馬家族充滿了「強烈的反感」。爲此，當得知故友山濤向大將軍司馬昭引薦他之後，嵇康很快就回了對方一封絕交書。其次，陳翔鶴在小說中還著意刻畫了嵇康作爲封建禮教的叛逆者的一面。嵇康是一個放蕩不羈的落拓奇才，飲酒賦詩、彈琴嘯歌是他每日的必修功課，輕視禮法、鄙薄名教，回歸自然的生命則是他的立身之本。作爲政治權威和文化規範的雙重挑戰者，嵇康最終難逃政治劫難。在一個充滿如磐政治風雨的歷史關口，當陳翔鶴文化人格心理結構中的自我忘情地沉醉於嵇康的魂靈中的時候，他也許已經暗中窺測到了自己日後的命運。然而，當災難在「文革」中眞正來臨時，在那場漫天的「紅色恐怖」中，他已經不可能像他崇拜的前輩嵇叔夜那樣從容地「顧日影而彈琴」了。

在很大程度上，寫於 1962 年的歷史小說《杜子美還家》是作家黃秋耘在 1956 年發表的那篇著名的文學雜論《不要在人民的疾苦面前閉上眼睛》的曲折的形象化表達。黃秋耘筆下的杜甫實際上是作家自身被主流文學規範所壓抑的眞實自我的心理外化。經過「反右」、「大躍進」和「三年自然災害」的心理衝擊，作家黃秋耘當年內心深切呼喚的那種「有著正直良心和清明理智的藝術家」終於再也遏制不住地憑藉古典現實主義詩人杜甫的形象而現身了。作爲一位「藝術家」，歷經政治動盪和社會離亂的杜甫沒有「在人民的疾苦面前心安理得地閉上眼睛，保持沉默」，而是「有膽量去揭露隱蔽的社會病症」，「有膽量去抨擊一切畸形的、病態的和黑暗的東西」。總之，他既沒有「誹謗生活」，也沒有「逃避眞實和粉飾生活」〔註 13〕。眞正地履行這種知識分子對社會黑暗現實的獨立批判功能，無疑正是作家黃秋耘內心所渴求的東西。在小說中，作者借杜甫之口表白心跡：「如果我在政治上不能有所作爲，那麼，至少可以用我的詩，我的筆。」當然，這是獨立自主的「詩人之筆」，而不是作爲權威話語附庸工具的「諫官之筆」。「對於這一點，杜甫還是有充分的自信心和自豪感的，他從來不曾有過『枉抛心力作詩人』的懊悔。」不難看出，黃秋耘筆下的杜甫渴望做一個具有獨立人格和批判精神的知識分子英雄，這和田漢筆下的關漢卿在精神心理上一脈相承。田漢塑造的關漢卿並不是歷史上眞實的關漢卿，而是田漢被壓抑的眞實自我的外在噴發。同樣，黃秋耘塑造的杜甫在一定程度上也是被作者拔高了的杜甫，他實

〔註13〕秋耘（黃秋耘）：《不要在人民的疾苦面前閉上眼睛》，《人民文學》1956 年第9 期。

際上是作家黃秋耘被壓抑的眞實自我的藝術載體。

接下來要考察創作主體自我投射的第二類藝術載體——「物」。託物言志和借物抒情是中國傳統詩藝的精髓。中國古代詩人歷來喜歡頌菊詠梅，以其作爲寄寓自己獨立理想人格的藝術載體。在 20 世紀 40～70 年代的紅色中國文化或文學秩序中，一些陷入不同程度的文化困境和政治困境中的詩人又自覺不自覺地在創作中繼承了這一古典詩藝傳統。不過，由於他們大抵都或直接或間接地接受了現代中國啓蒙文化精神或文學傳統的影響，而且即使是在皈依紅色中國文化或文學秩序之後，在他們的靈魂深處仍然還暗中埋植著啓蒙文化的精神基因，所以，他們在繼承傳統詩藝的同時，又能夠在自我投射的藝術載體的多樣化和陌生化方面做出一定程度的拓新。這意味著，置身在一個權威主義的社會文化秩序中，雖然他們的生命潛能在現實的價值實現過程中受到了壓抑，然而在一定程度上，他們的眞實自我在審美領域裏卻得到了較爲豐富的，至少也是較爲新穎別致的對象化。

這些生命力在現實中受挫，卻仍然能夠執拗地守護內心的眞實自我，並保衛其獨立的知識分子理想人格的詩人基本上都是紅色中國文學秩序中的「邊緣詩人」。其中，一類是在不同時期經受過政治衝擊的「受難詩人」。這首先包括以艾青、牛漢、綠原、曾卓等爲代表的「七月派詩人」。艾青早在延安整風運動中就曾受到過批評，到「反右」期間又遭到了「再批判」，被流放到新疆幾近二十年。而牛漢、綠原和曾卓則在 1955 年的「反胡風」政治清洗運動中身陷囹圄，且在此後的歷次政治運動中均未幸免於難。這些詩人在迷惘或受難中的詩篇爲那個沒有詩意的年代增添了生命的亮色。與「七月派詩人」處境相類的是所謂「九葉派詩人」，穆旦是他們中的傑出代表，他在「文革」末期創作的詩篇中流貫著強烈的生命氣息。此外，四川的流沙河和福建的蔡其矯也屬於這一類受難詩人的行列。前者自「反右」起便沉淪到社會底層，後者在 1958 年就曾受到過批判，而最終落難於「文革」。

再一類詩人是指在「文革」期間因紅色政治理想的幻滅而生命自我意識覺醒了的年輕一代詩人。和上一代的「受難詩人」相比，這一代青年詩人是純粹的「民間詩人」，他們的創作在當時的紅色中國文學話語秩序中一直處於某種「地下狀態」。食指、黃翔、根子、多多、芒克、北島、舒婷等人是這一類「民間詩人」中的突出代表。在他們的「地下詩歌」創作中，出自作者的眞實自我的聲音，或者說「人」的聲音迴蕩在詩作的字裏行間。在轟轟烈烈

的「上山下鄉」運動中，這類詩人幾乎都有過被從城市放逐到農村中「接受廣大貧下中農的再教育」的人生經歷。從這個意義上看，他們和上一代詩人並沒有什麼分別，都屬於「受難詩人」的精神大家族。在文化困境和政治逆境中，他們不約而同地選擇了一種現代知識分子的精英姿態，有限地超越了自己置身的紅色時代。

作為權威的紅色中國文化和文學秩序中的精神反抗者，這兩類詩人投射在紛紜多樣的藝術載體（詩歌意象）中的自我精神首先表現為這樣一種價值取向，即創作主體在政治文化困境中的自我抗爭精神和知識分子英雄人格。它傳達的是詩人對自己潛藏在文化人格心理結構中的啓蒙英雄情結的某種堅守。在蘊藏這種精神心理意涵的自我意象中，艾青筆下的礁石意象（《礁石》1954）應該是後來者的精神榜樣或心理濫觴。「一個浪，一個浪，／無休止地撲打過來，／每一個浪都在它的腳下／被打成碎沫散開……／／它的臉上和身上／像刀砍過的一樣／但它依然站在那裏／含著微笑，看著海洋……」在很大程度上，這塊在洶湧波浪的衝擊下雖然傷痕累累，但卻無所畏懼、并坦然面對的礁石其實就是詩人艾青的自我人格化身。艾青從來就是一個秉有獨立人格和獨特的藝術個性的詩人。即使是在 1940 年代進入延安紅色中國文學秩序中以後，雖然也曾迎合過主流的文學規範寫作，以「大我」的口吻創作過不少空泛的革命詩歌，但無論是在延安時期還是在人民共和國建立以後，艾青一直都與主流文化規範之間存在著或顯或隱的文化衝突，換句話說，他的「小我」一直處於某種躁動不安的心理狀態之中，時刻尋求著自我宣泄的機會。《礁石》中的主體意象其實就是艾青外在的自我結晶體。從 1942 年在延安發表「作家除了自由寫作之外，不要求其他的特權」〔註 14〕的藝術宣言，到在 1956 年的「鳴放」期間宣稱「花本身是有意志的，而開放正是她們的權利」〔註 15〕，艾青一直都在盡可能地捍衛著自己的創作自由權和精神自主權。他不願意做「百靈鳥」那樣的「專門唱歌娛樂人的歌妓」（《瞭解作家，尊重作家》），也不願意做成天唱著單調乏味的歌曲的「蟬」（《蟬的歌》）。即使是經受著無盡的政治風浪的衝擊和清洗，詩人也會暗中竭盡全力地守衛著自己的眞實自我，以求避免淪為某種「空心人」。

艾青是「七月派」的一代詩宗。作為一個投射了詩人的獨立自我人格的

〔註14〕艾青：《瞭解作家，尊重作家》，《解放日報》1942 年 3 月 11 日。
〔註15〕艾青：《養花人的夢》，《文藝月報》1957 年第 2 期。《蟬的歌》也同期發表。

典型藝術意象，礁石的眾多精神變體或派生意象在同為「七月派」詩人的牛漢、綠原和曾卓的許多「地下詩歌」中被不約而同地大量創造了出來。在《懸崖邊的樹》（1970）一詩中，曾卓傾心塑造了一棵孤獨的英雄樹。「在臨近深谷的懸崖上」，一棵樹「寂寞而又倔強」地經受著一場「奇異的風」的侵凌和襲擊，它「似乎即將傾跌進深谷裏／卻又像是要展翅飛翔」。這棵英雄樹可以視為詩人曾卓內心的不屈靈魂的外化。它和艾青筆下的礁石一樣，是詩人遭到主流文化規範放逐的啟蒙英雄情結的人格化身。而幾乎與此同時，在另一個流放地，身陷政治劫難中的綠原在精神上也沒有屈服，他依然在《信仰》（1971）一詩中倔強地宣稱：「我是懸崖峭壁上一棵嬰松，你來砍吧／我是滔天白浪下面一塊礁石，你來砸吧／我是萬仞海底一顆母珠，你來摘吧／我是高原大氣層中一絲氧氣，你來燒吧／我是北極圈冰山上一面紅旗，你來撕吧……」一個接一個的人格意象撲面而來，它們象徵著詩人內心深處強大不屈的自我。雖然在肉身上詩人是身陷囹圄的政治犯，然而在精神上詩人卻是一個人格獨立的知識分子英雄。

　　和曾卓、綠原相比，在選擇多樣化的自我意象方面，牛漢的「文革」地下詩作無疑表現得更為出色。其中，一個最令人揪心的自我意象無疑是詩人在《華南虎》（1973）中塑造的一隻儘管滿身傷痕，但卻充滿了不屈的抗爭精神的老虎。這頭囚籠中的困獸，它的牙齒「被鋼鋸鋸掉」了，它的每個趾爪「全都是破碎的，／凝結著濃濃的鮮血」，然而它對遊人（庸眾或看客）拋砸來的「石塊」，以及他們的「厲聲呵斥」和「苦苦勸誘」「都一概不理！」最後，詩人於「恍惚之中聽見一聲／石破天驚的咆哮，／有一個不羈的靈魂／掠過我的頭頂／騰空而去……」這隻反抗暴力的老虎不過是詩人牛漢在心理上的想像性補償而已。被囚禁在鐵籠中的老虎，它和身陷囹圄（「幹校」）中的牛漢的屈辱處境是何其的相似！然而，詩人終於「羞愧地離開了動物園」，因為他想到了自己並「沒有老虎那派不馴的氣魄，不但自慚形穢」，而且覺得自己像無聊的看客一樣「心靈卑劣」，於是，只能選擇「匆匆離開」〔註16〕。知恥近乎勇，一個自我靈魂覺醒了的人，他在精神上是無所畏懼的。在這個意義上，華南虎的現實反抗實際上是牛漢內在的精神反抗的外化。

　　除華南虎外，在牛漢的「文革」地下詩作中還存在著兩個自我意象群。一個是「鷹」的意象群。如《鷹的誕生》（1970）中的雛鷹、鷹的窩、鷹的蛋、

〔註16〕牛漢：《我與華南虎》，《命運的檔案》，武漢出版社2000年版，第228頁。

成長的鷹群，再如《鷹的歸宿》（1974）中的受傷的鷹、衰老的鷹、被暴風雨擊落的鷹、被雷電霹靂焚化的鷹，《墜空》（1971）中悲壯地死亡的鷹，以及《羽毛》（1975）中鷹的羽毛，《鷹形的風箏》（1973）中鷹的替身……鷹那頑強的生命，和它那不屈的英魂，實際上是詩人牛漢文化人格心理結構中個體化的理想人格的藝術化身，是詩人牛漢那個被壓抑的真實自我的現實替代品。再一個是「樹」的意象群，其中包括其衍生意象「根」。在《半棵樹》和《冬天的青桐》（1974）中，牛漢分別攝下了兩棵樹堅毅的魂魄。這是兩棵在嚴酷的自然境遇中倔強生長的樹。「真的，我看見過半棵樹／在一個荒涼的山丘上／像一個人，為了避開迎面的風暴／側著身子挺立著／它是被二月的一次雷電／從樹尖到樹根，齊楂楂劈掉了半邊／春天來到的時候／半棵樹仍直直地挺立著／長滿了青青的枝葉……」這是一棵身受重創，然而精神不倒的英雄樹。它是樹的精魂。和曾卓的那棵懸崖邊的樹相比，牛漢的半棵樹更像是一個大寫的人。和半棵樹一樣，牛漢筆下的那棵青桐樹也充滿了人的氣息。「禿禿的枝丫／高高舉起／直搗灰濛濛的天空／沒有一根傾斜／更沒有一根彎曲／／青桐的枝丫／一個個緊攢拳頭／在呼嘯的寒風中／不停地揮動／發出顫顫的金屬的聲音……」這棵青桐是一個反抗權威的勇士。它是詩人牛漢被壓抑的自我精神的藝術寫照。圍繞著「樹」這個中心意象，牛漢有意無意地派生出了許多「根」的意象。在《根》、《毛竹的根》、《巨大的根塊》、《傷疤》等詩作中，牛漢與那些身陷地層然而倔強生長的樹根在精神上相遇了，「這是兩個相近的命運的邂逅」〔註17〕。埋藏在地下的樹根喚起了淪落在社會底層的詩人的「同情」，他那被政治權威話語和主流文化規範所壓抑的真實自我逐步蘇醒了。這是一個黑暗年代中的「人」的覺醒。「在黑沉沉的地下」，「只有根一直醒著」，「還有綠的樹液，在根莖裏上上下下不息地奔流……」〔註18〕覺醒的根擁有無限的生機，而覺醒了的人也激活了充沛的生命潛能。在這個意義上，詩人牛漢無疑是中國「文革」文化專制主義時代中一個自我覺醒了的知識分子啓蒙詩歌英雄。

然而，從精神聯繫上來看，無論牛漢、綠原，還是曾卓，他們都不是最早在詩作中以獨具特色的自我意象潛在地呼應艾青的詩人。實際上，在艾青創作《礁石》後不久，四川《星星》詩刊的編輯流沙河便寫就了散文詩《草

〔註17〕牛漢：《我與草木的根》，《命運的檔案》，武漢出版社2000年版，第260頁。
〔註18〕牛漢：《只有根一直醒著》，《命運的檔案》，武漢出版社200年版，第263頁。

木篇》（1956）。詩中的「白楊」、「僵人掌」和「梅」其實就是詩人堅守的自我及其理想人格的詩意象徵。而詩中的「藤」和「毒菌」則是詩人從內心鄙視的某種不健全人格的外化物。作為詩人個體化的理想化自我，形似利劍的白楊「高指藍天」、寧折勿彎，「遍身披上刺刀」的僵人掌寧願被放逐，也「不想用鮮花向主人獻媚」，它們的人格力量集中昭示出了一位精神界戰士的風采。這一切和那寄生性的、缺乏獨立人格的藤，也就是精神庸眾的立身行為方式形成了鮮明對照。流沙河當初也許沒有料到，在很快降臨的「反右」政治風潮中，他不得不接受僵人掌似的命運。「主人把它逐出花園，也不給水喝。在野地裏，在沙漠中，她活著，繁殖著兒女……」淪落社會底層長達二十年的流沙河在人生逆境中創作了大量的「地下詩歌」。其中有一首《鋸的哲學》（1972）尤其值得玩味。「是的。鋸片在鋸木，／可是木也在鋸鋸片。／所以鋸片也會鈍，／而且愈銼愈窄，／總有一天會斷。∥木被鋸成板了，／做成家具了。／鋸片斷了，／被拋棄了。」詩中出現了兩個意象：木和鋸片。有理由相信，詩人當年引以自喻的「白楊樹」其實就是多年後正在經受鋸片折磨的「木」的前身。當年傲然挺立的白楊變成了如今任鋸片施虐的木材，同樣，當年自我人格覺醒了的詩人如今淪為了任人宰割的對象。但詩人的精神是不屈的，它仍然在暗中進行著絕望的反抗。木終於被鋸成了板，並且按照拉鋸人的權威規範做成了合乎規格的傢具，這意味著詩人的精神自救最後也還是難免失敗的結局。但那些摧殘人性的施虐者也終於像鋸片一樣，雖然逞兇一時，卻難逃最終自毀的命運。總之，這首詩中的「木」的意象實際上是詩人堅守自我，在精神上進行「韌的戰鬥」的藝術寫照。

蔡其矯是一位很有藝術個性，卻往往被權威的中國當代文學史所忽視或遺忘的詩人。他在「文革」前和「文革」中，都曾創作過不少在不同程度上背離了主流文化和文學規範的邊緣詩篇。值得注意的是，在蔡其矯的眾多詠物詩章中，人們能夠體味到詩人那潛在覺醒了的自我精神，以及對其的暗中守護。和流沙河、牛漢、綠原、曾卓等詩人一樣，蔡其矯似乎也對「樹」情有獨鍾。在他的詩筆所至之處，人們發現了擁有蓬勃生命力、追求光明、富有愛心的榕樹（《榕樹》1956），在猛烈粗野的海風中傲然挺立的椰子樹（《椰子樹》1957），在風雨寒霜的壓迫下愈見青蒼和皎潔的玉蘭花樹（《玉蘭花樹》1961），在秋風勁吹的空曠原野中「有如一樹飛揚的火焰」的烏臼樹（《烏臼樹》1973）等等。作為詩人覺醒了的自我意象，這些具有南國風味的樹與牛

漢等人筆下粗獷雄渾的樹在精神心理本質上幾乎是一致的。值得一提的是，蔡其矯還創作過以「水」為自我意象的抒情詩，這是前面那些詩人所未能捕捉到的新鮮意象。在《瀑布》（1954）一詩中，詩人用他那雄奇的詩筆為人們勾畫了一幅大氣磅礴、水珠飛揚的瀑布圖。詩人抑制不住內心的激動，他這樣讚美瀑布：「啊！你強壯靈魂的歌者！／啊！你高山深谷中的英雄！」當然，這類詩作中最著名的還是那首《波浪》（1962）。蔡其矯筆下的波浪是「大自然有形的呼吸」，它是生命的源泉，是覺醒了的人的象徵。它「對水藻是細語，／對巨風是抗爭。」當風暴來到的時候，它「掀起嚴峻的山峰，／卻比暴風還要兇猛」。它擁有一顆「英勇的、自由的心」，「厭惡災難」、「憎恨強權」，詩人不僅發問：「誰敢在你上面建立它的統治？」最後，像牛漢在華南虎面前愧然反思自己一樣，蔡其矯在英勇的波浪面前也不禁呼喚著自己被壓抑的自我精神：「我也不能忍受強暴的呼喝，／更不能服從邪道的壓制；／我多麼羨慕你的性子／波浪啊！」

在那一代因政治權力而受難的詩人中，穆旦在「文革」末期為人們留下了兩個具有現代主義意味的自我人格意象。《蒼蠅》（1975）是穆旦自1957年中斷詩歌創作將近二十年後寫就的第一首詩。兩年後詩人遽然告別人世。有意味的是，穆旦沒有選擇那些普遍被人接受的高大形象作為自己的生命隱喻，而是出人意料地在通常惹人生厭的、一隻卑微的蒼蠅的身上重新發現了自我。「蒼蠅呵，小小的蒼蠅，／在陽光下飛來飛去，／誰知道一日三餐／你是怎樣的尋覓？／誰知道你在哪兒／躲避昨夜的風雨？／世界是永遠新鮮，／你永遠這麼好奇，／生活著，快樂地飛翔，／半饑半飽，活躍無比，／東聞一聞，西看一看，／也不管人們的厭膩，／我們掩鼻的地方／對你有香甜的蜜。／自居為平等的生命，／你也來歌唱夏季；／是一種幻覺，理想，／把你吸引到這裏，／飛進門，又爬進窗，／來承受猛烈的拍擊。」起初，詩人展現在我們面前的是一個普通而卑微的生靈，它在困窘的生存境遇裏隨遇而安、樂天知命，為了生活忙忙碌碌地奔波。這恰恰是詩人，以及一代人在那個艱難時世中的命運寫照。然而讀到最後，我們恍然覺得在那隻蒼蠅普通而卑微的外表下面，實際上潛藏著一顆高貴的心靈。

像普天下無數的蒼生一樣，蒼蠅原來也有著自己的人生理想，期待著實現自己的生命價值。然而，荒謬的是，蒼蠅到頭來終於發現，原來自己是陷入了某種「圍城」。它原先追尋的理想其實是一種幻想，是一種虛妄，自己根

本就不值得爲之付出「承受猛烈的拍擊」的人生代價。痛苦的是，想出去已經是不可能的了。好在是蒼蠅的靈魂已經覺醒，準確地說，應該是詩人的自我人格已經覺醒。此時，蒼蠅之於穆旦，正如蝴蝶之於莊周，二者在精神上已二位一體。在這個意義上，穆旦筆下的蒼蠅其實是詩人文化人格心理結構中驀然覺醒了的自我人格的心理投射物。果然，自我覺醒了的穆旦在緊接著創作的一首詩《智慧之歌》中爲自己塑造了一個超越性的自我人格意象——一棵智慧之樹。「青春的愛情」、「喧騰的友誼」、「迷人的理想」，所有這一切都隨風而逝，「只有痛苦還在」，作爲對自己過去的一種「懲罰」，它滋潤和灌溉了一棵永遠不凋零的智慧之樹。穆旦的智慧樹實際上是一棵生命樹，它是一個經過痛苦的自審後靈魂覺醒了的大寫的人的象徵。所以，同作爲「樹」的自我意象，穆旦的智慧樹比曾卓、牛漢、流沙河、蔡其矯等詩人筆下的「樹」似乎具有更爲高遠明澈的精神境界。

在從事地下詩歌寫作的年輕一代「民間詩人」中，黃翔、食指和北島等人也曾創造出具有精神反抗性的自我詩歌意象。其中最令人觸目驚心的是黃翔在《野獸》（1968）一詩中勾畫的「野獸」意象。詩人以野獸自喻，極力摹寫在那個非人的社會文化秩序中「人」所陷入的生命困境。「我是一隻被追捕的野獸／我是一隻剛捕獲的野獸／我是一隻被野獸踐踏的野獸／我是一隻踐踏野獸的野獸」。詩中存在著兩個野獸意象：一個是作爲獵人和施虐者的野獸，一個是作爲獵物和受虐者的野獸。前者在現實生活中常常以「人」的面目出現，然而實際上是披著人皮的「獸」；後者在現實生活中雖然一直被視爲「牛鬼蛇神」，但其實他才是真正的「人」。然而，在那個只需要人的面具而容不得真正的「人」的時代裏，「人」——「野獸」——「我」終於被「撕著／咬著／啃著／只啃到僅僅剩下我的骨頭」。儘管如此，在黃翔的筆下，「人」並沒有死，因爲「即使我只僅僅剩下一根骨頭／我也要哽住我的可憎年代的咽喉」。這是一隻勇敢的野獸，它在那個非人的社會文化困境中作著最後的艱難的抗爭，即使是死了也不肯低下高貴的頭顱。這隻野獸就是黃翔自己，詩人正是「文革」專制文化秩序中的精神鬥士之一。

此外，在《雲呵，雲》（1972）一詩中，北島描畫的那一片雲其實也是詩人的那個叛逆性的自我的化身。云「漫步在廣漠的沙洲上，／爲小艾草遮住赤裸裸的太陽。」在北島的筆下，雲成了太陽的對抗者。爲了無數的人間生命的尊嚴，它選擇了對權威的大膽挑戰。「縱使閃電把你（雲）放逐，化作清

水一泓，／面對天空，你（雲）也要發出正義的聲響。」顯然，北島筆下的云是一個普羅米修斯式的精神勇士形象。至於食指，早在「文革」初期，他就在《魚兒三部曲》（1967）中創造過一個新奇的人格意象。但詩中的「魚兒」的自我並沒有完全覺醒，它仍然沉浸在爲了紅色理想而獻身的革命衝動中。直到「文革」結束不久，食指才在《瘋狗》（1978）一詩裏創造了一個遲到的、陌生奇異的自我意象。寫這首詩時，食指已經不再是那條眷念太陽的魚兒，換句話說，他已經從那個沉湎於文化戀父情結的詩歌意象中艱難地走了出來。詩人以「瘋狗」自喻，它「漫無目的地遊蕩在人間」，「默默地忍受」著人間的「辛酸」，從而「深刻地體驗生存的艱難」。在那個非人的世道裏，詩人敏銳而痛楚地體味到了自身的異化。食指在瘋狗身上發現自己已經異化成了非人。他渴望拯救自己，同時也渴望拯救那一代整體被異化了的同類。如果說北島的「雲」是一個具有行動性的精神鬥士，那麼食指的「瘋狗」則是一個偏重於內省的精神救贖者。它們一個是一往無前、精神不敗的唐吉訶德，一個是猶豫不決、自我反思的哈姆雷特。

以上分析了紅色中國詩壇所創造的具有反抗意味的自我意象。實際上，這種反抗者更多地只能在精神形態上存在，因爲中國知識分子在政治高壓的年代裏普遍缺乏行動上的反抗性，這已經是無法諱言的事實。當然，那段歷史的殘酷性在於，我們不僅少有唐吉訶德式的知識分子鬥士，甚至連哈姆雷特式的知識分子思想者也同樣處於極度的匱乏狀態。惟其如此，我更願意將紅色中國詩人所創造的具有反抗意味的自我意象視爲某種心理補償，對精神上的理想自我的堅守實際上就是對現實中的那個「被鄙視的自我」（霍妮語）的心理替代和精神救贖。正是著眼於這一點，我注意到了紅色中國詩人在政治文化困境中表現出來的另一種價值取向的自我精神，即對精神自由和人格自主的潛在渴求。如果說第一種價值取向，即詩人在政治文化困境中的自我抗爭精神和知識分子英雄人格，表現了詩人對自己潛藏在文化人格心理結構中的啓蒙英雄情結的某種堅守，那麼這一種價值取向則流露出了詩人對業已被壓抑在心靈深處的知識分子啓蒙英雄情結的某種呼喚。顯然，在這兩種自我精神價值取向中，以第一種在實際的詩歌創作中占主導地位，且最爲引人注目。但對於那些兼備這兩種精神價值取向的同一創作主體來說，前一種精神價值取向也許是對後一種精神價值取向的某種虛幻的心理補償。

比如牛漢，我們在前面已經看到了他的自我精神具有強烈的反抗性的一

面。然而在《死亡的岩石》（1971）、《凍結》（1974）等詩作中，我們見到的並不是那個金剛怒目式的浪漫精神戰士，而是一個精神擱淺、渴望自由的現實心靈囚犯。《死亡的岩石》與艾青在「文革」後創作的名詩《魚化石》在藝術上有異曲同工之妙，在精神上如出一轍。在一塊光滑的鵝卵石身上，詩人牛漢敏感地領悟了自己的生命境遇。這原本是一塊粗礪的岩石，然而，經過「激流的衝擊」、「細砂的洗磨」、「漩渦的潤飾加工」，它終於變成了一塊「晶瑩而圓潤」的鵝卵石。可悲的是，它「像一枚蛋，卻孵不出雛鳥，／像胚胎，卻沒有一點生機，／像頭顱，卻不會思考。」這是一塊「死亡的岩石」。這是一個精神已經死亡，自我業已淪喪的生命體。詩人在淒涼無奈的自訴中流露出了自己對精神自由和人格獨立的渴望。在《凍結》一詩中，牛漢再一次在一排「凍結在厚厚的冰裏」的小船身上體驗到了生命自由的艱難。一場暴風雪過後，在荒涼的湖邊，一排小船「連同槳，／連同舵，／連同牢牢地／拴著它們的鐵鏈」都被凍結了。這是一幅「人之死」的藝術畫面。它的創造意味著詩人的自我開始從蒙昧混沌中覺醒。

　　和剛硬的牛漢相比，曾卓的性格似乎柔弱一些。雖然曾卓也曾創造過一棵英勇的懸崖邊的樹，但總體來看，他在政治受難後的地下詩作更多的是像《有贈》那類柔婉的情詩。比如，同樣是鷹的意象，曾卓筆下的鷹（《呵，有一隻鷹……》1957）就不似牛漢的鷹那樣充滿了搏擊長空、與風雨雷電相抗衡的英雄氣質，在詩人娓娓的傾訴中，傳達的是他對象鷹那樣「在高空中自由地盤旋」的生命嚮往。再比如，在《海的嚮往》（1973）一詩中，曾卓在一隻孤獨無依的海螺身上寄寓了自己的潛在願望。「那有著波濤氣息的海螺／它擱淺在我的案頭／我們相互默默地訴說／海的嚮往和海一樣深的寂寞。」與其說詩人「渴望著風暴和巨浪」，不如說「心裏充滿了鄉愁」的他潛在地渴望回歸到自由自在的生命誕生地，因為「大海呵，我的故鄉」。

　　無獨有偶，就在曾卓將覺醒的自我投射到一隻海螺身上的次年秋天，偏居四川鄉下小鎮的流沙河也在一隻貝殼（《貝殼》1974）身上發現了自己潛在的生命願望。詩人深情地將那隻曾經滄海的貝殼「放在耳邊／我聽見洶湧的波濤／放在枕中／我夢見自由的碧濤」。詩人那渴望人身自由和精神自由的夢想已經是溢於言表。值得一提的是，詩人早在「文革」前夕就已經創造過一個比貝殼更加新穎別致的自我意象。在《壁釘自歎》（1964）中，詩人援引掛在牆上的一枚壁釘作為自己的生命隱喻。全詩共分三節，每一節都以這樣的

句子開頭：「我是牆壁上一枚釘子，／一經釘入，／不知何年何月才能拔去。」反覆詠歎，烘托出詩人內心悲涼的心境。在第一節中，詩人自述了壁釘艱難而又惡劣的生存處境。「我的夥伴冬天是涼鞋，／夏天是氈帽。／我的鄰居是蜘蛛。／我的過客是蟑螂。」更可怕的是，「主人」往往自己出錯，卻拿「我」出氣，不僅「頓腳大罵」，而且「用鐵錘敲我的頭」。雖然「我想抗議」，「可是我沒有嘴，／只好沉默不語」。顯然，這是一枚被剝奪了人身自由和精神自由的釘子。在第二節中，詩人自訴了壁釘對自由的無限希冀。「我思念著故鄉的原野，／那紫色的岩礦間有我的兄弟。」然而，「如今我卻陷身木內」，生命跌入絕境。在第三節中，詩人描述了一場幻夢。「有一回我夢見化鐵爐」，實指望木製牆壁從此坍塌、化為灰燼，最終還是「醒來一場空歡喜」。這意味著壁釘所渴望的自由遙遙無期。其實，這也是詩人流沙河當時的真實心境。然而，無論如何，意識到了自己的生命境遇，並渴望改變它的詩人應該是一個自我的初步覺醒者，這一點應當是沒有多少疑問的。

在紅色中國從事地下寫作的年輕一代「民間詩人」中，舒婷也曾創造過一隻小船（《船》1975）的自我生命意象。它和牛漢在《凍結》（1974）中自喻過的一排小船在詩歌意象的精神內涵上基本相同。由於命運的撥弄，這隻小船「傾斜地擱淺在／荒涼的礁岸上」，它的「風帆已經折斷」，受傷的它已經陷入了生命困境之中。雖然「滿潮的海面」近在咫尺，然而「咫尺之內」，大海「卻喪失了最後的力量」。小船渴望自由，但是大海卻無力充當它的精神拯救者。大海只不過是一個理想化的精神港灣，它雖是自由的象徵，然而卻是一個可望而不可即的象徵。詩人最後絕望地發問：「難道飛翔的靈魂／將終身監禁在自由的門檻」？在這個意義上，舒婷筆下的小船就是曾卓筆下的海螺、就是流沙河筆下的貝殼。對於小船、海螺和貝殼來說，大海就是它們的故鄉，就是它們的自由精神的棲居地。而它們對大海的呼喚也就是它們對內心深處的真實自我的召喚。既然連小船和海螺都如此，那麼對於創造它們的詩人們來說，情形就更應該是這樣了。

值得指出的是，這是一群脆弱的精神反抗者，他們雖然有著實現自我價值的潛在心理願望，但在嚴酷的現實境遇面前，他們又無力承擔拯救自己的歷史使命。他們只能無奈地顧影自憐，在內心中保持一塊精神的自留地，做一個怯於行動的、有限的反抗者。惟其如此，所謂反抗，通常就只是少數紅色中國詩人的精神世界或文化人格心理結構中的一個潛在的側面而已。所

以，當人們發現有關這群詩歌反抗者的其他精神心理側面，如人格的屈從性或逃避性的時候，也就不應該感到奇怪，因為這一切正好顯示了紅色中國詩人文化人格心理結構的複雜性。

二、體驗「他者」：「中間人物」與「邊緣人物」

　　和自我投射相似，接下來要分析的體驗「他者」也是創作主體暗中從事精神反抗的心理內部防禦策略之一，也可以說是一種話語反抗方式。如果說自我投射是指創作主體將內心深處被壓抑的真實自我潛在地外化在一個與自己的社會身份（知識分子）相同的人物形象身上，或者外化在一個為自己所心儀的自然意象之中，那麼所謂體驗「他者」指的就是創作主體在塑造非知識分子社會身份的異己人物形象過程中，通過與其發生潛在的心理「同情」，從而在一定程度上有意無意地發現並堅守了自己的潛在自我。所以，這裏的「他者」在表面上是指創作主體筆下的異己人物形象，但歸根結底還是指創作主體深層文化人格心理結構中被壓抑的那個真實自我。一般來說，這些「異己的他者」人物在作品中並不佔有中心位置，往往只是充當「革命英雄人物」的陪襯。因此，在塑造他們的創作主體的文化人格心理結構中，其真實自我也經常是處於某種被壓抑和被遮蔽的狀態，真正凸顯在外的還是其權威的革命集體道德理想人格。在這個意義上，將要分析到的一些作家，除了少數在「文革」中從事地下寫作的年輕作者之外，他們的精神反抗性都是很有限的。然而，儘管如此，還是應該正視他們在那個特殊時代中所默默做出的精神努力，而不是帶有偏見地完全忽視他們曾經付出的一切。

　　作為一種話語反抗方式，體驗「他者」主要被一些從事敘事文學創作的紅色中國作家所運用。首先要分析的一種「他者」人物形象系列是所謂「中間人物」。這個概念雖然並不科學，但卻具有一定的歷史價值。它得名於邵荃麟在 1962 年召開的大連「農村題材短篇小說創作座談會」上的一次著名講話。邵荃麟將「中間人物」大體界定為處於「好人」（「先進人物」或「英雄人物」）和「壞人」（「落後人物」或「反面人物」）之間的「廣大中間階層」〔註 19〕。雖然有些欠模糊，但我仍然願意在文學史的意義上沿用這種約定俗成的說

〔註 19〕參閱邵荃麟的《在大連「農村題材短篇小說創作座談會」上的講話》，《中國新文學大系 1949～1976・文藝理論卷》，第 1 卷，上海文藝出版社 1997 年版，第 518 頁。

法。不同之處在於，接下來我將那些雖然「落後」，但卻並非「壞到成爲反革命」的「落後人物」也納入到我們今天分析的「中間人物」系列之中。一般來說，這些「中間人物」的社會階級身份都是農民。按照紅色中國時代的習見說法，他們既具有中華民族的「傳統美德」，如「勤勞、善良、樸實」之類，同時又染有我們這個民族的「劣根性」。這集中表現爲兩點：一個是「愚昧」，一個是「自私」。當然，這兩者之間不可能截然兩分，它們之間有時候存在著某種惡性的心理循環。這裏只是在相對的意義上把紅色中國文學秩序中的「中間人物」系列劃分爲兩種精神類型：「愚昧」型和「自私」型。通過對他們的各別分析，我們將發現塑造他們的紅色中國作家堅守或體驗自我人格的不同心理途徑。當然，對於具體的人物形象而言，兼備這兩種精神類型是經常存在的情形。因此在接下來的探討中，只能依照其主導的精神心理傾向予以分別論列。

　　由於「文革」時期嚴苛的文化規範和文學語境，所以紅色中國文學話語秩序中的「愚昧」型「中間人物」主要存在於「延安文學」和「十七年文學」之中。但從總體上看，當時屬於這種精神類型的人物並不多見，其中著名的有：二諸葛、三仙姑（《小二黑結婚》）、老秦（《李有才板話》）、李成娘（《傳家寶》）、楊白勞（《白毛女》）、侯忠全（《太陽照在桑乾河上》）、老孫頭（《暴風驟雨》）、小飛蛾（《登記》）、嚴志和、老騊頭、老套頭（《紅旗譜》）、孫喜旺（《李雙雙小傳》）、王二直槓（《創業史》）、王長鎖（《苦菜花》）等。不難看出，這實際上已經涉及到像趙樹理、丁玲、周立波、柳青、梁斌、李準、馮德英等紅色中國文學代表作家。實際上，這些作家筆下的「愚昧」型人物在他們各自塑造的人物形象群體中並不佔有非常顯要的位置。其中似乎只有趙樹理筆下的人物還能算是一個例外。在某種程度上，這種「愚昧」型農民人物形象的匱乏，意味著現代中國啓蒙文學話語在紅色中國文學話語秩序中處於被壓抑狀態，因爲揭示底層民眾的精神愚昧是現代中國啓蒙文學話語的核心命題，它與紅色中國革命文學話語中高揚「工農兵」的階級鬥爭精神是相齟齬的，很難通約。

　　眾所週知，在以魯迅爲代表的五四啓蒙文學話語中，像阿 Q、閏土、祥林嫂那樣的典型農民形象大都處於一種精神暗昧、自我喪失、奴性深重的心靈狀態。作爲現代中國文學史上最著名的「精神界戰士」，魯迅選擇了以農民作爲他從事精神啓蒙的重點對象。本來，從「精神奴隸」過渡到「精神貴族」，

從「非人」演進成「人」需要經歷一個漫長而且艱難的文化人格心理蛻變過程。然而，由於一個歷史時代的文化語境的轉換，到了紅色中國文化和文學秩序中，這一艱難的精神嬗變過程被人爲地忽視或輕視了。在絕大部分紅色中國作家的筆下，它不再成爲創作關注的中心問題，或者變成了一個輕而易舉、一蹴而就的次要命題，甚至「假命題」。一系列叱咤風雲、大公無私的農民革命英雄人物因此應運而生，他們彷彿一夜之間就完成了人格蛻變和精神新生，已經和正在成爲「社會主義（共產主義）新人」。正是在這個意義上，對於置身紅色中國文化和文學秩序中的趙樹理們而言，他們當年對中國農民精神奴性的發掘，即使是有限的發掘，其價值也不應被忽視。因爲他們所做的這一切體現了埋植在現代中國作家的文化心理結構中的知識分子啓蒙英雄情結的頑強生命力。在傳統中國的現代化進程沒有取得實質性的進展時，中國知識分子／作家的啓蒙英雄情結是不會完全在歷史文化舞臺中退場的。

在上列「愚昧」型農民形象群體中，他們幾乎都有一個共同的精神特徵，即在他們的文化人格心理結構中，自我人格完全處於一種被壓抑的蒙昧狀態。也就是說，他們的精神世界完全被某種外在的權勢者所支配，後者以權威意識形態或主導文化規範的形式在他們的文化人格心理結構中內化爲某種「超我」，或者說是精神「主人」，正是它統治和奴役了他們的靈魂。這意味著，他們不僅是在肉身上，更重要的是在精神上已經淪落爲奴。這種精神上的奴性是如此的積重難返，以至於它經常會以一種近乎本能的方式，或無意識的方式表現出來。比如趙樹理筆下的老秦，當他心目中的「縣裏的先生」老楊同志到他家吃飯時，他是「必恭必敬」雙手捧上一碗特備的湯麵條；當飯後老楊同志要幫他打穀揚場時，他又連說「不敢不敢」，唯恐驚動了「官家」大駕；然而，當他得知老楊同志也是長工出身時，他不但沒有被激發出任何同類的優越感和自尊心，相反，對老楊同志「他馬上就變了個樣子」。實際上，老秦對老楊的鄙視是發自內心深處的，在無意識中他將老楊當成了和自己一樣的奴隸，並甘心以奴隸身份自居，不思反抗。更有甚者，當老楊領導的革命鬥爭取得了勝利時，老秦又「冷不防」地攔住他們，「跪在地上咕咚咕咚磕了幾個頭」，口中急道：「你們老先生們眞是救命恩人啦！」好不容易鬥倒了封建地主閻恒元，可他在老秦心中的主人位置的空缺馬上就被老楊同志填補了。老秦的靈魂是麻木的，他是一個地地道道的精神奴隸，在他的文化人格心理結構中，那個精神主人的位置必須要有一個現實的化身來盤

踞，否則他就會心理失衡。實際上不光老秦是這樣，趙樹理筆下的二諸葛和三仙姑同樣也是如此。人們往往拿他們的封建迷信活動作爲笑談，那誠然也是他們精神愚昧的表現，然而更能夠反映他們精神上的奴性的場面莫過於二諸葛一定要請區長「恩典恩典」，三仙姑一到區長房裏，「她趴下就磕頭，連聲叫道：『區長老爺，你可要給我做主！』」。此外，還有《傳家寶》裏的那個李成娘，由於兒子沒花錢就討來了媳婦，爲了表示對黨的衷心擁護，老太婆竟「高興得面向西給毛主席磕過好幾個頭」。

其實，不只是趙樹理，其他如丁玲、周立波、梁斌、柳青等作家也曾有意無意地塑造過老秦那種精神類型的傳統中國農民形象。像侯忠全、郭柏仁、老孫頭、老田頭、楊白勞、嚴志和、老驢頭、老套頭、王長鎖、王二直槓等當過長工的傳統中國農民，從整體上看，在他們的精神世界或文化人格心理結構中無一例外地都充滿了十足的奴性。他們習慣於逆來順受，無力也無意於去改變自己的奴隸身份，不僅是社會身份，更重要的是精神身份。用丁玲在《太陽照在桑乾河上》中的話來說就是，不僅要「翻身」，更重要的是還要「翻心」。這意味著，相對於政治革命和階級解放來說，思想革命或文化革命和人的解放更爲艱難，更爲任重道遠。比如侯忠全老頭，在村幹部的「逼迫」下，他好歹被迫進了地主老財的家門。然而，一幕戲劇性的場面緊接著就出現了：「侯殿魁躺在炕上問道：『誰在院子裏？』侯忠全說：『二叔，是咱呢。』『呵！是你，你來幹什麼呢？』侯忠全便說：『沒什麼事，來看看二叔的啦。』說完話他找了一把掃帚，在院子裏掃了起來。」侯忠全是那種「死也不肯翻身的農民」。即使在地主被鬥爭打倒之後，當侯殿魁請他「上炕坐」，並「撲通朝他磕頭」的時候，侯忠全居然一下子「給嚇住了」，他慌忙起身陪著侯殿魁蹲在地下，再也不敢或不願站起來。再比如周立波筆下的老孫頭，當工作隊長問他怕不怕地主韓老六的時候，他嘴頭倒是很強硬，可嘴裏頭說是「不怕」，卻又趕緊慌忙轉換話題，深怕觸到內心的痛處。還是這個老孫頭，在開會鬥爭地主時，仗著人多勢眾他大膽地鳴鑼開道，可會後他又暗地裏把分來的「鬥爭果實」給主人如實退回。如此看來，表面上幽默風趣的老孫頭在骨子裏和老實巴交的侯忠全一樣充滿了奴性。

像這樣愚昧型的農民形象還有柳青筆下的王二直槓。這位固執的前清遺民一直不肯剪去頭上的小辮子。年輕時因盜竊被官府當眾脫掉褲子，大打八十大板的屈辱經歷，使得王二直槓早就喪盡人格尊嚴，他從此心甘情願地一

輩子「當皇上的忠實順民」。所謂「老子打兒，兒不惱；縣官打民，民不羞」，王二老漢一直到晚年失明以後還在「感謝皇上的代表——知縣老爺那八十大板」。他一直崇拜天官與王法的無上權威，是中國封建專制主義的官本位文化的典型精神殉葬品。在土改中，當人民政府將沒收的地主土地分配給他時，他拒絕接受，理由也不外乎是「小心招禍」、「命裏要有」、「外財不扶人」那一套老論調。這說明，和侯忠全、老孫頭一樣，王二直槓也是那種不僅「奴在身」更是「奴在心」的人。用胡風的話說，他們都染有「精神奴役的創傷」。這是中國漫長的專制主義政治和文化在國民靈魂中所造就的集體心理積澱。因而對於他們來說，翻身難，「翻心」更難。

值得指出的是，對於這些愚昧的精神奴隸而言，他們不僅沒有清醒地意識到自己的奴隸身份，而且往往還會虛妄地以主人的身份自居，一旦條件允許，他們就會去奴役那些比自己更弱小的人。比如王二直槓，儘管他已經是年逾古稀的瞎老漢了，可「還不要兒子拴拴在家裏掌權」。更有甚者，正是這個曾經屈辱地挨過官府八十大板的王二，爲了打掉機靈的兒媳婦素芳的「性氣」，使其死心塌地地跟自己愚鈍的兒子拴拴過一輩子，他居然幾度策劃了兒子殘忍棒打兒媳的人間慘劇。甚至在解放後的人民政權「陽光普照」下，他還是對兒媳實行嚴酷的家庭專政，杜絕其參加一切社會活動，使她沒有任何精神覺醒的機會。顯然，王二直槓有意無意地在使自己年輕時候的精神悲劇在素芳的身上重演。這些「做穩了奴隸」（魯迅語）的人比他們的主子有時候還要殘酷。

與王二老漢極爲神似的還有趙樹理筆下的小飛蛾。《登記》裏的小飛蛾在年輕的時候因爲在外有「相好」，她被丈夫張木匠殘忍地鞭笞，強迫著過了大半輩子。如今她卻要蠻橫地干預自己女兒的婚事。在中國的傳統家庭結構中，這種「多年的媳婦」一旦「熬成婆」，換句話說，「多年的奴隸」一旦「熬成主子」，他們就會自覺不自覺地幹起當年的主子曾經幹過的勾當，比如《傳家寶》中的李成娘就曾不由自主地充當過這種角色。實際上，張木匠打小飛蛾是其母出的主意，原來其母當年也是被老木匠鞭打之後才「老實」下來的。張木匠的母親深信：「人是苦蟲！痛痛打一頓就改過來了！」這和王二直槓相信的「眞理」如出一轍：「再調皮的駕轅騾子，多壞幾根皮鞭子，自然就老實了，何況比騾子千倍聽話的人呢。」這在王二直槓有現身說法，比如「清朝的知縣衙門打過他八十大板，就沒白打嘛！」值得一提的還有李

準筆下的孫喜旺。別看他半輩子混得個灰頭灰臉，在外膽小怕事、說話唯唯諾諾，可一旦回到家裏就儼然高大了起來。這當然是傳統社會家庭倫理體制賦予給他的特權，實際上孫喜旺的大男子主義思想在傳統中國，以及處於現代化轉型中的中國一直是一個十分普遍的社會精神文化現象。當然，在李準幽默輕鬆的筆調中，孫喜旺倒沒有多少機會逞強，他的家庭主子夢是終於破滅了。

不難看出，正是在對以上那些傳統中國農民人物的「愚昧」精神心理的發掘中，丁玲、柳青、趙樹理等紅色中國作家悄然接續上了五四文學的啓蒙精神傳統，從而在紅色中國文學話語秩序中撥響了不和諧的異質聲音。這意味著，即使是在那個精神一體化的紅色時代裏，現代中國知識分子文化人格心理結構中的啓蒙英雄情結也並未被完全消解，在它爲數並不多的文學現形中我們可以發現，一部分紅色中國革命知識分子／作家實際上已經有意無意地覺察到了自我人格的存在。因爲在解剖那些傳統中國農民愚昧型精神心理狀態時，他們不可能完全脫離自身的精神心理體驗。比如現代中國啓蒙文學的先驅者魯迅，他之所以能夠那麼深入骨髓地解剖自己筆下人物的靈魂，主要在於他更經常地解剖自己。用紅色年代的常用語來說就是，「批評」必須以「自我批評」爲基礎。

與上面分析的那種「愚昧」型「中間人物」形象相比，下面要分析的「自私」型「中間人物」系列在陣容上要龐大得多。這裏將其中較有代表性的人物名單粗列如下：王克儉（《種穀記》）、任常有（《高幹大》）、梁三老漢、郭振山、郭世富（《創業史》）、「糊塗塗」、范登高、袁天成（《三里灣》）、「亭麵糊」、陳先晉、「菊咬筋」（《山鄉巨變》）、「彎彎繞」、「馬大炮」、馬連福（《豔陽天》）、高二林、張金髮、秦富（《金光大道》）、宋老定（《不能走那條路》）、趙滿屯（《「三年早知道」》）、黎老東和傅老剛（《鐵木前傳》）、賴大嫂（《賴大嫂》）、「小腿疼」、「吃不飽」（《「鍛鍊鍛鍊」》）、高正國（《橋》）……實際上，前面已經論及的「愚昧」型農民人物形象大都帶有不同程度的「自私」性。因此，在一定程度上，他們都可以劃歸到這裏的「自私」型農民家族中來。從這份人物名單中不難看出，像趙樹理、柳青、周立波、孫犁、浩然、李準、馬烽、西戎等曾經名重一時的紅色中國作家在當時都曾參與了對傳統中國農民「自私」性的表現和挖掘。多年來，各類中國當代文學史教科書，以及眾多的評論或研究文章已經對這些「自私」的農民形象做過大量的社會階級剖

析。這裏首先要關注的問題是，爲什麼紅色中國作家在當時更熱衷於塑造這種「自私」型農民形象，而不是那種「愚昧」型農民形象？其次，但卻更重要的是，紅色中國革命作家當年塑造「自私」型農民形象的文化或文學行動，究竟在何種意義上才能夠被理解爲一種話語反抗或精神反抗行爲？

　　毛澤東在 1949 年曾提出過一個著名論斷：「嚴重的問題是教育農民。」〔註20〕這個論斷在當時和後來都曾經被人們出於各種目的反覆引用。但有一點必須加以澄清的是，毛澤東是站在革命文化的話語立場上來談論中國農民問題的，這和以魯迅爲代表的現代中國啓蒙主義者所持的啓蒙文化立場有著根本的不同。首先，在革命文化語境中，農民在整體上佔有比知識分子／作家更高的地位，而在啓蒙文化語境中，作爲文化精英的知識分子擁有比農民更多的話語權。關於這一點已經在前面做過分析，這裏就不再展開。其次，在啓蒙文化語境中，農民之所以成爲被「療救」（魯迅語）的對象，這是因爲在他們的文化人格心理結構中「精神奴役的創傷」（胡風語）最爲嚴重。比如，在農民阿 Q 身上實際上最集中地體現了中國國民劣根性，其中主要是奴性。而在革命文化語境中，農民之所以被視爲「教育」的對象，這是因爲和除了勞動力之外一無所有，只能一心從事現代化大生產的工人階級相比，作爲小私有者和小生產者的農民階級如果不加以革命教育，他們就無法滿足農業集體化的革命要求。這一點毛澤東在《論人民民主專政》中其實說得很分明，而且已經被後來的歷史發展所證實。大體上可以這樣說，在啓蒙文化語境中作家更多地拷問農民的精神「愚昧」，而在革命文化語境中作家更多地發掘農民的「自私」心理。這意味著，紅色中國革命作家之所以更多地塑造「自私」型農民形象，而不是「愚昧」型農民形象，這實際上是革命文化模式或革命知識型在背後運作的結果。

　　然而，問題在於，「自私」並不是什麼不可寬恕的罪惡。恩格斯就曾經兩度爲人類的「私欲」做過歷史辯護。一次是在《家庭、私有制和國家的起源》中，他指出：「卑劣的貪欲是文明時代從它存在的第一日起直至今日的動力；財富，財富，第三還是財富，──不是社會的財富，而是這微不足道的單個的個人的財富，這就是文明時代唯一的、具有決定意義的目的。」〔註 21〕再

〔註20〕毛澤東：《論人民民主專政》，《毛澤東選集》第四卷，人民出版社 1966 年版，第 1414 頁。

〔註21〕馬克思、恩格斯：《馬克思恩格斯選集》第四卷，人民出版社 1972 年版，第 173 頁。

一次是在《路德維希・費爾巴哈和德國古典哲學的終結》中，恩格斯說：「黑格爾指出：『人們以爲，當他們說人本性是善的這句話時，他們就說出了一種很偉大的思想；但是他們忘記了，當人們說人的本性是惡的這句話時，是說出了一種更偉大得多的思想。』……在黑格爾那裏，惡是歷史的發展動力藉以表現出來的形式。……自從階級對立產生以來，正是人的惡劣的情慾——貪欲和權勢欲成了歷史發展的槓杆，……」〔註22〕如果承認恩格斯的論斷的合理性，那麼也就意味著在很大程度上應該承認 20 世紀 40～70 年代紅色中國文學中那些「自私」的「中間人物」的「貪欲」的歷史合理性。因爲在不違反人類基本的道德倫理規範的前提下，或者說，在「利己而不損人」、「利己又利他」的前提下，對於梁三老漢和蛤蟆灘的「三大能人」們（私欲膨脹的姚士傑不包括在其中）來說，他們當年「發家致富」的個人欲望實際上是符合人的本性和人類歷史的發展進程的。這樣說並不意味著知識分子／作家只能夠對人物的私欲行爲做出正面的歷史評價，而不能對其做出否定的道德評價。問題的關鍵在於作家所處的具體歷史語境。具體來說，由於紅色中國社會秩序是以集體爲價值本位的，個人的欲望在其間處於某種被壓抑的狀況，所以，如果一個作家在當時堅守自己的藝術良知，那他就應當爲自己筆下人物的私欲行爲辯護。相反，對於今天我們所置身的這個私欲膨脹、物欲橫流的時代來說，一個眞正聽從時代良心召喚的中國作家就應該批判性地看待自己筆下人物的私欲行爲。在這個意義上，可以說，眞正的知識分子／作家是自己所置身的歷史時代的「永遠的反對派」。

還是再回到我們所討論的紅色中國文化和文學秩序中來。遺憾的是，我們發現那個年代的中國作家幾乎都是站在批判「中間人物」的「私欲」的政治立場上的。但問題也就產生在這裏。當我們做出上述判斷的時候，實際上只注意到了那批紅色中國革命作家在理性（意識）層面上的顯性文化立場，而忽視了他們在非理性（無意識）層面上的隱性文化立場。一個非常突出的創作症候是，對於趙樹理、柳青、周立波等當時的紅色主流作家來說，無論他們主觀上是多麼的努力，他們始終都無法擺脫在同時塑造「英雄人物」和「中間人物」時存在的某種「有意栽花花不發，無心插柳柳成蔭」的尷尬。在讀者和眞正的批評家眼裏，他們傾力塑造的「英雄人物」往往並不是最受

─────────────────

〔註22〕馬克思、恩格斯：《馬克思恩格斯選集》第四卷，人民出版社 1972 年版，第233 頁。

歡迎的人物形象，相反，那些「妙手偶得之」的「中間人物」更能夠打動讀者的心靈。這種主觀的創作意圖和客觀的審美效應之間的矛盾也許並不是關於英雄人物的生活積累不足之類的堂皇理由可以完全說明的。在我看來，在這個鮮明而集中的創作症候的背後實際上潛藏著紅色中國作家內心的文化人格衝突，及其所衍生的不同文化價值立場的衝突。具體而言，儘管那個時代的主流作家在表面上常常習慣於站在「超我」（集體理想人格）的立場上發言，也就是站在革命文化立場上展開宏大革命敘事，但在內心深處，他們卻又往往暗中站在真實自我的立場上言說，也就是站在啟蒙文化立場上肯定人物的個人化欲望的合理性。當然後者對於紅色創作主體來說經常是在無意識中發生的，處於某種不由自主的創作心理狀態。這意味著，在塑造「中間人物」的過程中，創作主體往往會獲得更大的藝術快感。因為他們在創作過程中畢竟是在逼近人性的深層，是在逐漸地接近和體驗自己那個被壓抑的真實自我，儘管他們在表面的理性層面上還必須否定自己筆下暗中心儀的人物。也許這就是他們經常一邊為自己的創作尷尬而表示苦惱和自責，一邊又在這種所謂的創作尷尬中樂此不疲和流連忘返的隱秘心理原由。因為，正是在這種創作尷尬中，他們力所能及地完成了對主流文化規範的話語反抗。

對此，我們不妨以趙樹理的著名小說《「鍛鍊鍛鍊」》（1958）的創作為例稍加說明。在「文革」期間所做的長篇自述中，趙樹理曾經說這篇作品是「半自動寫的」〔註 23〕。之所以這樣說，是因為作者一直信守「問題小說」的創作立場，這篇小說的創作也不例外，在主觀上作者就是想「批評中農幹部中的和事佬的思想問題」〔註 24〕。然而在客觀上作者對自己批評的人物又不是沒有「同情」，他幾乎是「不由自主」地想如實描寫所謂「中間人物」（其實就是「普通人」）在那個特殊政治時代中的尷尬處境。他這樣曲折地為他們辯護：「這是一個人民內部矛盾問題，王聚海式的，小腿疼式的人，狠狠整他們一頓，犯不著，他們沒有犯什麼法。可是他們思想、觀點不明確，又無是無非，確實影響了工作的進展。」〔註 25〕然而，在小說中，「小腿疼」和「吃不

〔註 23〕趙樹理：《回憶歷史　認識自己》，《趙樹理文集》第 4 卷，工人出版社 1980 年版，第 1833 頁。

〔註 24〕趙樹理：《當前創作中的幾個問題》，《趙樹理文集》第 4 卷，工人出版社 1980 年版，第 1651 頁。

〔註 25〕趙樹理：《當前創作中的幾個問題》，《趙樹理文集》第 4 卷，工人出版社 1980 年版，第 1651 頁。

飽」這兩個典型的「中間人物」實際上正是受到了「犯人」般的對待。雖然她們「自私」，喜歡貪小便宜，但這還不至於要通過「大鳴、大放、大辯論」的方式才能解決。然而，合作社副主任楊小四卻寫了揭發她倆「自私」劣迹的「大字報」。對於這種「罵派」文字，「小腿疼」的感受不可謂不真切：「你還嫌罵得不痛快呀？……你又是副主任，你又會寫，還有我這不識字的老百姓活的哩？」不僅如此，為了激發合作社社員的勞動積極性，楊小四還避開主任王聚海搞了一次不大不小的「陽謀」。包括「小腿疼」和「吃不飽」在內的許多「中間人物」輕易地便陷入了這種政治圈套之中。明明頭天晚上宣佈了「自由摘花」，然而到第二天早上出發前又突然「變了卦」。楊小四的政治用意很明顯，他就是要利用農民的「自私自利思想」將他們召集起來，然後實行強制性的勞動改造。而沒有參加集體勞動，私自去「自由摘花」的「小腿疼」和「吃不飽」們則被突然宣佈為「偷花」的「犯人」。更有甚者，被平白無故地宣佈為「犯人」後還不允許人家為自己辯護，留給她們的只有「坦白交待」一條路，而且時時都有被移交「法院」的權力威脅。

楊小四對待「中間人物」的方式顯然是趙樹理在情感上不能夠接受的，然而他在理智上卻又必須認同這種主流的「革命」行動。在作者平靜幽默的敘述中，我們發現作者在「顯文本」中從始至終都是站在楊小四的激進革命立場上，也就是主流意識形態立場上寫作的。然而這一切卻還是掩蓋不住這樣一個被壓抑了的「潛文本」，即作者有意無意地站在王聚海的溫和改良立場上對「中間人物」的「自私」所付出的「同情」。正是在對普通人的個人化欲望的潛在辯護中，趙樹理又靜悄悄地在無意識中回到了以人性為中心的啓蒙文化立場上。其實，何止是趙樹理，像柳青、周立波、馬烽、西戎等人在創作他們各自筆下的「自私」型「中間人物」時，他們又何嘗不是在其文化人格心理結構中承受著不同程度的精神衝突，或難言的心靈苦痛呢？也許正是在這個意義上，紅色中國革命作家當年塑造「自私」型「中間人物」形象的文學行為才能夠被理解為一種有限的話語反抗或精神反抗行為。

接下來要考察的是另一種「他者」人物形象系列。在從「延安文學」到「十七年文學」，再到「文革文學」（包括「地下文學」）的整個紅色中國文學發展歷程中，我們都能夠發現一個個被侮辱被損害，然而又被大多數人所歧視、忽視或遺忘的女性人物的身影。在相對的意義上，我這裏把她們稱為「邊緣人物」。這不僅是因為她們通常都在紅色中國社會文化秩序中處於某種邊緣

地位，而且還因為她們在當時甚至還沒有被納入到所謂「中間人物」的行列中。總之，她們是一個真正的社會弱勢群體，也是一個文學弱勢群體。然而，正是在對她們的關注和塑造中，我們發現了賦予她們生命的紅色中國作家的文化人格心理結構中的另一側面。這是一個具有反抗性的精神側面。

在紅色中國文學話語秩序中，這類人物典型形象的最早出現應該追溯到丁玲筆下的貞貞（《我在霞村中的時候》）那裏。貞貞原本是紅色解放區農村裏一個平凡的弱女子。在不幸被日寇蹂躪之後，她開始主動肩負起了民族解放的重任，通過暗中與日軍周旋而獲取其軍事機密，為此她付出了精神和肉體的雙重代價。我們可以說貞貞是「紅色間諜」，但也可以說貞貞是現代的李香君，貞貞是中國的「羊脂球」，因為和抗戰時期的中國許多墮落為漢奸的所謂正人君子相比，這個用肉體來拯救民族的女性「貞貞」理應得到無數人的尊重，她在精神上無疑是貞潔的，丁玲給她如此命名顯然含有深意，甚至是寄慨遙深。然而殘酷的現實卻是，貞貞遭到了村莊周圍幾乎所有人的遺棄，由此釀成了她內心的深重焦慮。貞貞在霞村中無疑是孤立的，她的親人非但不同情她的遭遇，反倒視其為家族的恥辱；鄰人就更不消說，連戀人夏大寶也不能真正理解她，他的同情舉動在貞貞看來不過是對自己良心的贖罪。實際上，正是戀人的軟弱才導致了她這個大膽從封建家庭出走的「娜拉」最終身陷日寇魔窟。「我」雖然自始至終都是貞貞精神的知己，但作為敘述人，「我」和主人公實質上是作家丁玲文化人格心理結構中的兩種不同的聲音，區別在於，「我」代表作者的理性人格發言，而貞貞卻暗中在傳遞著作者潛意識的消息。由此可見，「我」和主人公原本是作者人格有機構成的一體兩面。

貞貞／「我」遭受到了「霞村」所象徵的紅色中國現實社會秩序的深重壓抑，由此導致了無盡的「現實焦慮」乃至「道德焦慮」。貞貞在日寇的魔掌中無辜受辱（先被動，後主動），但她崇高的犧牲並未得到霞村人的認同，反被誣為人格的墮落，由此釀成了她無法排解的「道德恐懼症」。聯繫到丁玲當年作為左翼作家在南京民國政府「魍魎世界」〔註26〕裏的個人囚禁遭遇，人們不難體味到，丁玲實際上是在貞貞這個「他者」的身上體驗到了自己潛意識中所糾結的巨大心理創傷。當年的國統區自是不必說，即令是在後來的解放區丁玲也同樣因為自己的囚居生涯而沒少遭到他人的誤解甚至攻擊，她內

〔註26〕參閱丁玲晚年回憶錄《魍魎世界》，湖南人民出版社1987年版。

心深處的道德焦慮乃至恐懼是不難想見的。終於，貞貞在「理性」的霞村人的威逼下陷入「瘋狂」，就「像一個被困的野獸」，又「像一個復仇的女神」。作爲被看者，貞貞的沉默和瘋狂在作爲看者的霞村人眼中無疑屬於反常行爲，倘若將看者／被看者加以置換，則貞貞的「瘋癲」不過是「另一種理性」，而霞村人的「理性」卻變成了「另一種瘋癲」（福柯語）。這樣，丁玲不僅於反常中發現了正常，而且在正常中看出了反常。換句話說，丁玲不僅在「非人」中發現了「人」，而且在「人」中發現了「非人」。

　　由此可見，丁玲及其《我在霞村的時候》在當時和後來都受到批判並不是偶然的。這不僅是文人間個人恩怨的結果，而主要是因爲丁玲在這篇精彩的短篇小說中所傳達的那種啓蒙文化精神和現代知識分子所難以割捨的啓蒙英雄情結，它們在根本上不能見容於她所置身的延安紅色中國革命文化語境。小說的敘事人「我」顯然是一個清醒的女性知識分子啓蒙者，而小說的女主人公貞貞無疑又是一個已經覺悟的被啓蒙者形象，她們對自己置身的紅色中國社會文化語境是如此的隔膜乃至抵制，這就注定了充滿個性主義的她們在紅色中國文化和文學秩序中的命運。初到延安時的丁玲在骨子裏無疑有些另類，她對延安的紅色中國語境雖然充滿了期待，但她的寫作還是顯得有些不合時宜，她筆下的貞貞更是陷入瘋狂，可見在 1958 年的「再批判」運動中張光年能寫出那樣一篇批判文章——《沙菲女士在延安》〔註27〕——確實不是偶然的，這無異於指責丁玲是穿著沙菲女士的「資產階級個人主義」外衣混進延安「革命聖地」的女特務。這是丁玲的悲劇，也是貞貞的悲哀。事實上，在「延安文學」中，像貞貞這樣的邊緣女性人物也並不是沒有同類，比如陳老太婆（丁玲《淚眼模糊中的信念》）、慧秀（孫犁《鐘》）、黑妮（《太陽照在桑乾河上》）、雙眉（孫犁《村歌》）、趙寬嫂（柳青《被侮辱了的女人》）、紫金英（阮章競《漳河水》）等。然而，由於在她們身上都散發出了某種「人性論」或「小資產階級情調」，所以在形象誕生後都受到了不同程度的質疑或批判，這是她們必然的共同命運。

　　在人民共和國成立後的「十七年文學」中，貞貞的精神后裔也並沒有完全消失，包括老舍、孫犁、柳青、周立波、浩然、陳登科、周而復、馮德英、李準、郭小川等著名作家在內的許多紅色中國革命作家都曾經一度塑造過這種女性邊緣人物形象。其中較爲著名的有：方珍珠（《方珍珠》）、小丁寶（《茶

〔註27〕原載《文藝報》1958 年第 2 號「再批判」專欄。

館》)、小滿兒（《鐵木前傳》）、素芳（《創業史》）、張桂貞（《山鄉巨變》）、林宛芝（《上海的早晨》）、孫桂英（《豔陽天》）、羊水英（《風雷》）、杏莉的母親（《苦菜花》）、申玉枝（康濯《水滴石穿》）、童亞男（楊履方《布穀鳥又叫了》）、徐文霞（陸文夫《小巷深處》）、季玉潔（豐村《美麗》）、娜梅琴措（徐懷中《無情的情人》）、二妹子（石言《柳堡的故事》）、蘇麗亞（聞捷《復仇的火焰》）、於植（郭小川《白雪的讚歌》）、大劉（郭小川《深深的山谷》）、王蘭（郭小川《嚴厲的愛》）、賈桂香（邵燕祥《賈桂香》）、周桂英（陳登科《「愛」》）、楊紅桃（劉紹棠《田野落霞》）、加麗亞（鄧友梅《在懸崖上》）等等。這是一個典型的女性弱勢群體。在生活中她們幾乎都是或被人誤解，或受人歧視，甚至遭人凌辱的對象。雖然她們中的大多數人都曾經有過不好的名聲，但是塑造她們的作者基本上不是從道德的層面上去譴責她們，而是在很大程度上自覺不自覺地肯定了她們對愛情和幸福的追求，或者是對她們不幸的愛情和生活悲劇有意無意地寄予了深切的同情。換句話說，作者並沒有從正統的道德價值立場出發，把她們塑造成為那種「壞女人」形象，而是努力按照人性的本來面目去表現她們的生命精神。這在紅色中國文學秩序中顯然是一種叛逆性的行為。它表明那批紅色中國作家在塑造她們時是站在啟蒙文化的立場上展開革命文學話語實踐的。然而，這些女性邊緣人物不僅在生活中，而且在具體的文本中一般都是處於某種邊緣地位，比如她們在長篇小說中通常都是可有可無的配角，或者在一個作家所塑造的人物形象群體中總是顯得有些另類。這意味著，塑造她們的作家的精神反抗性是有限的，她們實際上僅僅是那批革命作家內心深處被壓抑的啟蒙英雄情結偶爾衝破主流文化規範制約的產物。

以柳青在《創業史》中塑造的素芳為例。來到蛤蟆灘之前的素芳實際上是一個被人誘姦後又遭人遺棄的不幸女子。然而，在她嫁給了蛤蟆灘最「魯笨」的青年人拴拴之後，她卻遭受到了更加粗暴的肉體虐待和精神挫折。愚魯的拴拴在其父王二直槓的教唆下對素芳百般折磨、肆意毒打，目的不過是為了使素芳最終喪失「性氣」，屈從於做老王家傳宗接代的生育工具。實際上，不僅王家父子在封建的父權和夫權的名義下，在家庭和婚姻的合法幌子下對素芳惡意凌辱，而且包括蛤蟆灘在內的整個下河沿區的村民們都或直接或間接地參與了製造這一場非人的人間慘劇。這一切正如小說中的一個少年人任歡喜所意識到的，他們「都在起保證作用，監督作用，不讓任何不規矩的小

夥子，插進拴娃叔叔和素芳嬸子中間去。大夥都在心裏盼著：素芳快生娃子吧！」。這其中就包括革命英雄的現實化身梁生寶。

初到蛤蟆灘的素芳一開始便愛上了梁生寶，但她的多次示愛都被梁生寶拒絕了。素芳妄圖像母親一樣過那種紅杏出牆的畸形婚戀生活，作爲解脫自己無愛婚姻的變態補償，如果站在人道主義的立場上看，梁生寶原本應該對她給予一定的同情與諒解才對。然而梁生寶沒有。小說中這樣敘述道：「有一回，生寶竟以村幹部的資格，大白天日教訓了她一頓。生寶板著臉要她好好勞動，安分守己和拴拴過日子。她向村幹部生寶哭訴，她還沒有解放。她沒有參加群眾會和社會活動的自由，要求村幹部干涉。生寶硬著心腸，違背著他宣傳的關於自由和民主的主張，肯定地告訴素芳：暫時間不幫助她爭取這個自由，等到將來社會風氣變得好了再說。」在這裏我們看到了一個多少有些專制的村幹部梁生寶，他無視，甚至「善意」地踐踏了一個被侮辱被損害的弱女子的個體生命意志，從而充當了傳統專制主義意識形態的幫兇。雖然梁生寶也有拒絕被愛的權利，這就像素芳有愛的權利一樣，然而梁生寶卻並沒有權力去剝奪一個人愛的權利。梁生寶可以不愛素芳，但他不應該利用手中的公權力和話語權去扼殺一個人的愛的自由。難怪素芳會發出這樣的感歎：「民兵隊長（指梁生寶）什麼都好，就是對苦命的素芳生硬、缺乏同情心。」素芳當然不可能理性地意識到，正是積澱或殘留在人們（包括梁生寶在內）的文化人格心理結構中的封建意識形態暗中支使著他們變得如此冷酷無情，即使是像梁生寶那樣藏在一個冠冕堂皇的紅色完美人格面具的背後，也還是無法掩飾他內心人性的匱乏。所以素芳也永遠「想不通」爲什麼「平等」對自己來說是那麼遙不可期，既然「解放後一般不滿意舊婚姻的女人，張鬧離婚，李鬧離婚」，那麼自己什麼時候可以砸掉婚姻的枷鎖呢？

然而，更爲不幸的一幕終於出現了：正當素芳在富農姚士傑的磨坊裏苦苦思忖自己的悲慘命運的時候，衣冠禽獸的堂姑父姚士傑趁其不備玷辱了她。作者接下來這樣寫道：「在這崇高的世界上，二十三歲的素芳，不幸的女人，受到了她出身以來第二次打擊。」究竟誰是素芳的悲劇的製造者，僅僅是姚士傑嗎？實際上，正是王家父子，以及以梁生寶爲代表的蛤蟆灘的村民們將素芳一步一步地逼進了姚士傑的罪惡陷阱。他們對素芳的漠視、歧視、家庭暴力和人格侮辱使素芳即使是在一個「崇高的世界」裏也無法重新獲得做「人」的資格。素芳不但沒有「翻身」，更沒有「翻心」。她一直像一個女

奴一樣艱難地活著。然而素芳內心的人性並未泯滅，她仍然殘留著對自由和愛情的潛在渴望。但在一片缺乏人性溫情的政治生活土壤裏，素芳的生命本能最終只能夠以一種畸形的方式被發現並實現了。在被姚士傑初次強暴後，素芳變得不再「被動、勉強和害怕」了，她「甚至於產生了報復心，和堂姑父在一塊的時候，帶著對瞎眼公公的仇恨心理！『叫你指使你兒打我！』」。不僅如此，她還沉浸在姚士傑給她帶來的性愛快樂裏，一想起「和拴拴在一起的淡漠無情，沒有樂趣」，素芳的心裏便感到委屈不已。她心裏重新升騰起了曾經被梁生寶壓抑下去的情人夢。「素芳鄙棄白占魁的婆娘李翠娥和隨便什麼人亂搞。素芳決心學她娘，娘只和一個叔叔好，好到老。」也許從童年時候開始，素芳的內心深處便一直在尋找著那個神秘的「叔叔」。雖然在遭到梁生寶的拒絕後，她曾經斷了這個念頭，可如今在姚士傑的蠱惑下，她那種隱秘的欲望之火又重新燃燒了起來。素芳是單純而真誠的，她不願意接受姚士傑的金錢施捨，「她覺得接了這錢，她就太下賤，太骯髒了。她簡直不是人了。她生活裏需要另外的一個男人，而不是出賣自己。⋯⋯她娘從來不要叔叔的錢。相反，娘常給叔叔做鞋，做襪子；有好吃的東西，也留著給叔叔吃」。這就是素芳最簡單、最樸素的生活夢想，有些變態但並非沒有合理性。

然而，素芳的變態愛情夢再一次破碎了。她沒想到姚士傑在佔有她之後又想利用她來充當政治誘餌，讓她違背自己的良心去陷害梁生寶。姚士傑打錯了算盤。素芳並不是李翠娥那樣靈魂麻木，人格墮落的「破鞋」，其實在她的內心深處有著自己做人的基本準則。素芳並不是不想獲得一個堂堂正正的做人資格，她是在絕望的困境中才被迫選擇了一條變態的靈魂自救之路。在一定程度上，素芳所置身的「蛤蟆灘」與貞貞當年所置身「霞村」之間在本質上並沒有什麼區別。它們雖然在表面上都經過了紅色文化的洗禮，然而在骨子裏仍然潛存著非常濃厚的封建道德倫理文化的精神基因。通過對素芳這個藝術形象的塑造，柳青有意無意地表達了自己的某種文化隱憂。這實際上是作者內心深處被壓抑的啟蒙英雄情結在紅色中國文化秩序中不甘陷落，勉力掙扎的外在表現。當然，柳青通過素芳所傳達出來的啟蒙文化聲音畢竟太微弱了，它基本上被《創業史》中鋪天蓋地的主流文化聲浪所淹沒。不僅如此，對於當時的大多數讀者和批評家來說，他們在素芳的悲慘遭遇中被激發出來的往往並不是對「人」的解放的渴望，而是對「階級敵人」姚士傑的無比憎恨。這意味著，紅色中國文化秩序的解體或轉型必須期待著真正的啟蒙

文化英雄的出現，用魯迅的話來說，就是必須要有「精神界戰士」勇敢地站出來大膽吶喊，用他們震聾發聵的文化聲音喚醒那些沉睡在紅色烏托邦中靈魂麻木的人們。

物極必反。到「文革」時期，由於紅色中國文化秩序已經異化成了封建性專制文化秩序，也就是已經演變到了一種登峰造極的狀態，所以此時離它解體的日子也就不遠了。作為一個歷史時代和文化模式轉型的預言，在「文革」時期的地下文壇中終於湧現出了一批具有文化反抗精神的文學作品。提供這批作品的民間作家實際上就是「文革」後那些重新樹起啟蒙文學大旗的作家的精神先驅，或者乾脆就是他們中間的一分子。這裏需要關注的是「文革」時期的地下小說作品。和地下詩歌相比，「文革」時期的地下小說的創作無疑是貧乏的。然而令人驚訝的是，在為數不多的地下小說中，我們不僅聽到了啟蒙文化的響亮吶喊，而且還發現了一個引人注目的創作現象，即地下小說家們似乎偏愛關注那些流落在紅色中國社會生活邊緣的女性人物。如在《九級浪》中畢汝協塑造了司馬麗，在《波動》中趙振開（北島）塑造了肖凌，在《公開的情書》中靳凡塑造了真真，在《晚霞消失的時候》中禮平塑造了南珊。這些小說作者通過用自己的心靈去體驗那些被主流社會文化規範排斥在外的女性「他者」，最終體驗或觸摸著的實際上是他們自己的靈魂，即文化人格心理結構中那個已經覺醒了的真實的自我人格。由於放棄了對政治功利性的追逐，所以相對於柳青那一代主流作家來說，這些年輕一代的地下小說家在傳達自己的啟蒙文化聲音的時候便少了那份欲說還休的政治困惑，而更多的是大膽地表達自己的真實的生命體驗和自我反思。如果說柳青們當年通過素芳那類邊緣女性人物形象只不過是有限地傳達了他們內心中被壓抑的啟蒙英雄情結，那麼在北島們塑造的肖凌等人身上，我們則看到了現代中國知識分子／作家長期以來被壓抑的啟蒙英雄情結的自由無忌的藝術噴發。無論是畢汝協對醜惡現實的大膽批判，還是禮平對歷史、文化和人生的反思，無論是北島對生命情緒的執著，還是靳凡對自我覺醒的呼喚，凡此種種，這一切正如「從黑暗和血泊中升起」的點點「星光」〔註28〕，雖然它們並不能迅速地照徹那整個歷史的暗夜，但它們無疑是那個時代中最耀眼、最璀璨的生命星辰。

〔註28〕老廣：《星光，從黑暗和血泊中升起——讀〈波動〉隨想錄》，收入《中國新時期名家爭鳴小說大觀》（下），青島出版社1997年版，第3361～3368頁。

在司馬麗、肖淩、眞眞和南珊這四個女性邊緣人物形象中，既存在著共同之點，也存在著不同之處。雖然「同是天涯淪落人」，但司馬麗、肖淩和南珊出身於所謂「反動階級」家庭，她們幾乎從童年時代起便在紅色中國社會文化秩序中遭遇到了各種各樣的歧視和侮辱。可以說，她們一直都生活在紅色中國社會底層。在當時的社會現實中像這樣的邊緣人物無疑是很多的，她們只不過是那個邊緣人物群體中的藝術代表而已。而眞眞來自「革命幹部」家庭，屬於那種「生在新中國，長在紅旗下」的一代人中的上層代表。如果沒有「文革」時期的批鬥「黨內走資本主義道路的當權派」運動，眞眞根本就不會流落到社會底層嘗盡生活的酸甜苦辣，因此也就永遠不會陷入人生的迷惘，至於自我覺醒那就更加談不上了。當然，在那個重視階級血統論的時代裏，這種家庭出身上的差異仍舊是表面的，更重要的在於她們精神人格上的異同之處。從精神心理的角度來看，司馬麗可以說是「垮掉的一代」中的代表，而肖淩、南珊和眞眞則屬於所謂「思考的一代」，或「探求的一代」。

司馬麗原本是一個美麗純潔、氣質不俗的姑娘。由於出身在一個知識分子兼官僚的家庭裏，這使得她在那個「血統論」橫行的「階級鬥爭」年代裏倍受心理屈辱和人身攻擊。儘管現實是如此的殘酷，儘管內心充滿了困惑和痛苦，但司馬麗依然不願放棄自己高貴的靈魂，她獨自沉醉在繪畫藝術的審美空間中，以求保持自我人格的高潔。然而，有一個夜晚，在司馬麗和男友一起從繪畫老師家裏學畫歸來的途中，她被一個無恥的流氓強暴了，而男友則在流氓的威逼下早就倉惶而逃。在被路人解救後，形容不整的司馬麗無奈之中想到了自己的繪畫老師，她期待著那位道貌岸然的人的最後拯救。然而老師接踵而至的施暴讓司馬麗徹底絕望了，她的自我人格乃至於整個文化心理人格結構都已經宣告崩潰，她不再相信世間的任何人和任何事。既然肉體已經被玷污，自己還苦苦地堅守那份精神上的高貴又有何益？司馬麗終於墮落了，她淪爲了一個生活放蕩的女人。

通過與各種身份的男人發生性關係，司馬麗向那個不公平的社會瘋狂地發洩著自己的不滿和變態性的報復欲。連那位昔日的男友也跟在那些人的後邊無恥地「玩弄」了她，理由是司馬麗已經不再是他心靈中的那個聖潔「女神」，但他沒有想過，其實早在他落荒而逃的那個夜晚，司馬麗已經就不再把他當作自己的藝術「知音」。司馬麗最終走向自我毀滅，實際上與他的軟弱不無干係。就這樣，司馬麗在充滿了九級狂浪的生活大海裏獨自苦苦掙扎，而

在冷漠的世人眼中，她僅僅是一個「浪」得夠九級的壞女人。在紅色中國文學話語秩序中，司馬麗無疑是一個絕無僅有的「異端」形象。通過這個女性邊緣人物形象的塑造，作者不僅批判了人物當年所置身的社會現實，更重要的是還象徵性地展示了一代人自我淪喪和人格毀滅的心路歷程。從一個如花的少女變成一朵「惡之花」，作者實際上是在將有價值的東西，即司馬麗的自我和靈魂毀滅給人們來看，讓人們在這幕現實悲劇中有所感悟，從而激活自己內心長期沉睡的生命自我意識。在這個意義上，《九級浪》是一代人的精神文化寓言，它預示著「文革」中青年一代的沉淪與反抗，而它的作者畢汝協不愧是「文革中運用批判現實主義手法的第一人」，司馬麗也確實是「文化大革命『典型環境中的典型性格』」。〔註29〕

與司馬麗的自我墮落不同，肖淩、南珊和眞眞在黑暗中開始了自我反思和精神探索。其中，肖淩和南珊是那種憑藉個人的精神力量自我覺悟的「智者」形象，而眞眞則是一個在精神導師的啓蒙下靈魂才得以逐步覺醒的「人」。北島筆下的肖淩生長在一個高級知識分子家庭，然而在那個「橫掃一切牛鬼蛇神」的動亂歲月裏，她的父母相繼自殺身亡，只留下她一個人獨自繼續承受那場「紅色恐怖」的襲擊。由於無法忍受學校裏無窮的群衆專政和階級審查，肖淩開始了無家可歸的流亡生涯，從此嘗遍了世態炎涼和人情冷暖。尤其是在輾轉插隊後被一個高幹子弟始亂終棄的經歷更是讓她瀕臨精神的絕境。然而肖淩畢竟不是司馬麗，她默默地舔乾自己的心靈傷口，將孩子生下來寄養在一戶農家後又輾轉招工來到一家城鎮工廠，開始了她孤獨的精神自救之路。在那個萬馬齊暗的年代裏，肖淩痛苦地思考著個人的生命存在價值問題。由於經常在精神領域裏陷入一種對生命存在的虛無體驗，肖淩的外在行爲和性格也變得越來越孤僻和憂鬱，甚至給周圍的人一種冷酷的印象。正在這時候，她遇上了男主人公楊訊。楊訊雖然也是一個精神叛逆者，但他思考得更多的是關於國家和民族的命運這樣一些宏大話題。楊訊基本上還是一個理想主義者，他無法在精神上進入肖淩的虛無主義世界。所以當肖淩問他「在你的生活中，有什麼值得相信的呢？」的時候，楊訊的回答是「祖國」。然而，在肖淩看來，「祖國」在當時不過是「過了時的小調」，一個「用濫了的政治名詞」而已。當楊訊堅持認爲「咱們對祖國是有責任的」的時候，肖

〔註29〕楊健：《文化大革命中的地下文學》，朝華出版社 1993 年版，第 76 頁和第 78 頁。

凌冷冷地反問道：「你說的是什麼責任呢？是作爲供品被人宰割之後奉獻上去的責任呢，還是什麼？」不僅如此，肖凌還「越說越激動，滿臉漲得通紅，淚水溢滿了眼眶」。她繼續詰問楊訊：「你有什麼權力說『咱們』？……這個祖國不是我的！我沒有祖國。」

顯然，在我們這個長期以來國家主義和民族主義至上的國度裏，肖凌的觀念是大膽而又具有叛逆性的。對待肖凌的觀點我們不能脫離她當時說話的特定歷史語境。肖凌實際上是在一個生命個體意志完全被國家意志和集體意志所淹沒的歷史語境中講那一番話的。按照馬克思和恩格斯的說法，那個理想的共產主義社會「將是這樣一個聯合體，在那裏，每一個人的自由發展是一切人的自由發展的條件」〔註30〕。任何社會和國家的存在都應該以尊重生命個體的自由意志爲基本前提，否則它就將是一個病態的社會和非人的國家。在這個意義上，當肖凌宣稱自己沒有祖國的時候，她實際上是表達了自己對一個踐踏生命個體自由意志的社會和國家的強烈不滿。因此，與其說肖凌是一個虛無主義者，毋寧說她是一個尊重生命個體價值的存在主義者。當肖凌敏銳地指責楊訊沒有權力以「咱們」自居的時候，她其實是意識到了包括自己在內的全體國民的人格異化狀態。在「文革」中，大多數國民可以說並沒有獲得做「人」的資格，他們幾乎都淪爲了紅色政治祭壇上的「犧牲」，或是整人的工具，或是挨整的對象。所以當他們宣稱自己是「我們」或「人民」的時候，他們的個體生命意志實際上早就被抽空了，這才是真正的「垮掉的一代」，他們是一群渾渾噩噩的「空心人」。相反，肖凌是「思考的一代」中的代表，正是在痛苦的自我反思過程中，她的精神走向了新生。肖凌是一個痛苦的沉思者，她的精神思索穿越了那個漫長的歷史暗夜，因此她又是一位孤獨地在歷史困境中苦苦掙扎的啓蒙文化英雄。

在當時的歷史境遇中肖凌也並不是完全沒有精神上的同道，如禮平筆下的南珊就是像她那樣的精神探求者。南珊是一個出身於國民黨起義將領家庭的女學生。由於父母流亡國外，她一直和外祖父、外祖母在一起生活。由於這種特殊的家庭血統關係，南珊在童年時代便遭受到了嚴重的心理創傷。她一時無法理解也無法淡忘小夥伴們對她的人身攻擊和人格侮辱，她陷入了深深的自卑之中。多年以後，當即將下鄉插隊的南珊向「爺爺」袒露心曲的時

〔註30〕馬克思、恩格斯：《共產黨宣言》，《馬克思恩格斯選集》，人民出版社1972年版，第273頁。

候，她這樣剖析當時的自己：「我感到委屈，感到怨恨，感到世界不公正。那是我唯一的一次懷著敵視的心情來看待這個世界。如果我在這種心情下生活到今天，我可能早已被仇恨和嫉妒腐蝕了心靈。但這種心理卻不是我們家庭的傳統，不是體現在我的長輩們身上的風尚。」原來，南珊的心靈之所以沒有被那個暴力盛行的年代所扭曲，或者說，南珊之所以對世界報以寬容的愛而不是恨，主要原因在於她從外祖父身上獲得了巨大的精神力量，通過向外祖父認同，南珊重建了自己的人格尊嚴。正是「爺爺」身上「沉著、淵博、深思、寬厚和樂觀等美德」，以及他對南珊的「贊許和誇獎」，共同塑造和「扶植了一個孩子的尊嚴」。「這尊嚴對於我（南珊）的整個人生都是無比寶貴的。」它使南珊「免去了心靈上由於自責和羞愧而受到的種種折磨」，從而在「那種根深蒂固的自卑中解脫了出來」。在某種意義上，南珊正是從「爺爺」這面鏡子中發現了自己的自我鏡像。她「終於相信，我自己在人格上絲毫也不低於他人」，「我的人格並不因為我無力抗衡屈辱就有了虧欠。不，人的品格不是任何強權所能樹立，也不是任何強權所能詆毀的」。

顯然，南珊已經在她的心靈中建立了一個獨立的自我人格形象。不僅如此，在那個荒唐和野蠻的時代裏，南珊的那份「自尊與自信」「並不是建築在仇視他人和鄙視他人的基礎上的」，而是建基於對「人」的生命的無限敬畏與悲憫。這是一種宗教般的神聖情感。南珊心目中的上帝與其說是耶和華，不如說就是一個大寫的「人」。應該說，南珊是一個人道主義者，她對野蠻與文明的思考也是以人的根本價值作為評價標準的。在她看來，「人們在各種各樣無窮無盡的鬥爭和衝突中，為了民族，為了國家，為了宗教，為了階級，為了部族，為了黨派，甚至僅僅為了村社和個人的愛欲而互相殘殺。」這一切究竟「是好，還是壞？是是，還是非？」，雖然南珊宣稱對此「我們可能永遠也找不到答案」，但正如書中男主人公所言：「再也不會有比南珊更好的答案」了。顯然，南珊的人道主義立場已經在她的敘述話語中自動地流露出來了，但它還需要讀者和聽眾去領悟。這裏，我們看到，在超越國家主義和民族主義、尊重個體生命價值和尊嚴的立場上，南珊和肖淩在一個共同的精神空間中相遇了。

如果說南珊和肖淩是那種在精神困境中孤獨探求的精神戰士，那麼對於靳凡筆下的真真來說，如果沒有戀人兼精神導師老久的啓蒙，她就無法順利完成那個由精神蒙昧走向自我覺醒的心靈蛻變過程。作為一個高幹子女，真

眞的童年是快樂和幸福的，長大後又順利地來到京城上大學。這與肖淩、南珊、司馬麗的青少年經歷形成了鮮明的反差，也使得她的精神再生過程顯得更爲被動和艱難。直到「文革」爆發後，一場滔天的政治巨浪才把她「從養尊處優的特權地位無情地拋到堅實的地面上」。父親被監禁了，京城的姨父成了「反動學術權威」，她自己也淪爲了「黑幫子女」和「精神貴族的臭小姐」，從此跌入「屈辱困窘的深淵」。她開始變得沉默寡言起來，然而她的內心世界卻比從前任何時候都要活躍。她不久便不再爲失去了「富裕的物質生活」、「高高在上的優越感」和「出眾的學習成績」而懊悔不已，因爲她終於平生「第一次感到：我是個人，我應該有人的尊嚴，我應該有和別人一樣的權利。特權的被剝奪，只能使我清醒。昨天人們百般吹捧而今天又大肆侮辱的是我這同一個人。我大聲疾呼：我是人！我要普通人的權利！」。然而，對於眞眞來說，她此時的「人的覺醒」還只能說是停留在理性的層次上，它是被動反思的結果，還不能眞正在她的情感方式和行爲方式中主動得到肉身化實踐。

眞眞在失意落魄中很快便墮入了一場根本就沒有愛情的戀愛糾葛之中。一個是「小人童妝」，一個是「市儈石田」，在他們的欲望追逐下，眞眞在「人」與「非人」之間苦苦掙扎，她想獨立拯救自己，然而又力不從心。不過她還是很快便識破了童妝的虛僞本質，因爲這個「無恥的惡棍」不久便暴露了他的強烈的佔有欲。然而眞眞要想擺脫石田的糾纏就不那麼容易了，因爲石田僅僅是一個「庸人」，他的權力欲和金錢欲在一般人看來不過是人之常情，似乎並不是什麼罪過，更何況在眞眞貧病交加的時候石田曾經有恩於她。於是眞眞陷入了道德超我和生命自我的心理衝突之中。雖然明知道那是「沒有愛的愛情」，然而眞眞「抱著一種怕人說我忘恩負義的犯罪心理」，「壓抑自己的感情」，以便「忠實於石田」。不難看出，在眞眞與石田的關係上，她實際上已經失去了自我，淪爲非人。當然這一切的發生在她的父兄和世人眼中顯得是那麼樣的自然、合理、悄無聲息。直到眞眞和老久之間展開了通信聯繫以後，她的文化人格心理結構中被壓抑的自我才重新清醒過來。老久（「臭老九」）顯然就是知識分子的化身，正是在他的精神啓蒙之下，眞眞才最終由一個「庸人」昇華成了一個「戰士」，「一個敢於追求眞理的戰士」。此時的石田在眞眞的眼中已不再僅僅是一個「庸人」，而是一個只知道在社會名利場上「爬和撞」（魯迅語）的「奴隸」而已。在這個意義上，眞眞離開石田而選擇老久的愛情故事可以被視爲一則文化寓言，它象徵著紅色中國

年輕一代人的自我已經覺醒，他們選擇「老久」其實就是選擇了現代性文化，「老久」的勝利實際上就是現代知識分子的勝利，就是啓蒙文化英雄的勝利。當然，在那個漫長的歷史暗夜中，眞正的啓蒙文化英雄還並不是眞眞、司馬麗、肖淩和南珊等女性邊緣人物，而是那些曾經賦予過她們藝術生命的作家們，如趙振開、畢汝協、靳凡和禮平等人。

三、回歸自我：心理獨白和心靈對話

　　與前面分析的自我投射和體驗「他者」不同，接下來要論及的回歸自我不再是一種間接的自我心理防禦機制，而是一種直接的自我心理宣洩方式。當然，心理宣洩也是一種心理防禦，只不過是一種更爲主動、更爲積極的心理防禦而已。在不同程度上，自我投射和體驗「他者」也都在文化人格心理結構中潛在地指向了作者的眞實自我。然而，這裏談到的回歸自我主要是指那種顯在的精神心理傾向，它一般並不借助於某個單一的藝術載體，無論是直接的藝術化身還是間接的藝術「他者」，而是主要呈現爲兩種傳達方式：一個是心理獨白，一個是心靈對話。無論是在抒情還是在敘事的過程中，當創作主體運用這兩種藝術傳達方式的時候，他們一般並不對某個特定的詩歌意象或者藝術典型人物情有獨鍾，相反，他們更爲看重對某種思想或情感的直接傳達，更爲看重對自己的文化人格心理結構的整體性表現。當然，這樣說並不意味著回歸自我這種心理防禦機制與自我投射和體驗「他者」之間有著判然不同的區別，因此，它們也可以，實際上也經常在同一個文學作品的創作過程中被創作主體同時加以運用。畢竟，它們在本質上都屬於創作主體反抗現實文化語境的心理機制之一。

　　由於在紅色中國文學秩序中的公開文壇裏存在著強大的文化壓抑，所以在當時公開發表的主流文學作品中，我們幾乎看不到多少立足於創作主體自我人格基點的心理獨白話語，當然也就更談不上眞正的心靈對話了。相反，在當時的公開文壇中充斥著大量的「假大空」話語，那是一種僞自我話語，或者說是「超我話語」。具體來說，就是創作主體經常站在所謂「大我」的立場上發言，而將自己所獨有的自我，即「小我」幾乎徹底壓抑在無意識中。他們往往習慣於代表某一個特定的階級、政府、黨派或民族來說話，而不是站在個體的「人」的立場上來立言。然而，一旦在文學創作中忽略和摒棄了「人」，那麼作品也就異化成了某種性質的宣傳品，作者也就異化成了特定

集體組織的宣傳工具。從當時的具體創作來看，相對於小說領域而言，在詩歌領域裏存在著更爲嚴重的「非人」寫作或「無我」寫作現象。然而，這樣說並不意味著紅色中國文學秩序中的創作實踐是鐵板一塊，這不僅僅是因爲在當時曾先後斷斷續續地出現過一些飽受爭議的爭鳴作品，人們從中依稀聽見了一些人性的聲音，而且更重要的是，自 1990 年代以來，人們逐步開始確信，在紅色中國公開文壇之外實際上還存在著一個地下文壇。當然，地下文壇中的作品也並不是清一色的「人的文學」，但從總體上看應該是一種立足於創作主體的眞實自我的藝術審美活動。所以，在接下來的探討中，將主要涉及當時的地下文學寫作活動，至於公開文壇中的爭鳴作品就不再論及了，實際上此前已經從不同的角度觀照過它們。

從總體上看，心理獨白在當時的地下詩歌創作中得到了更爲明顯的運用。相對於小說而言，詩歌顯然更適宜於在整體上採用心理獨白這種藝術傳達方式來結構作品。更何況對於當時的地下詩歌作者來說，由於基本上擺脫了公開文壇中的文化霸權的宰制，他們與其去尋找那些精緻的藝術意象，毋寧更直接地抒發自己出自內心的思想情感，以此宣泄長期遭受壓抑的心理苦悶。從精神心理的角度來考察，當時的地下詩歌作者運用心理獨白主要傳達了兩個方面的藝術情思：一個是對民主和自由的理性呼喚，一個是對個體生命體驗的審美傳達，二者都直接指向了對創作主體的眞實自我的心理回歸。

從第一個方面的詩歌創作來看，在當時既有黃翔、多多、北島這樣的新銳詩人，也有綠原、蔡其矯這樣的老一代詩人不約而同地大膽唱響了這種文化啓蒙的最強音。他們在這方面大都有一些代表性的詩作被後來的人們所接受。如黃翔的《火炬之歌》（1969）、《我看見一場戰爭》（1969）、《長城的自白》（1972），《火神》（1976），多多的《當人民從乾酪上站起》（1972）、《祝福》（1973）、《年代》（1973）、《解放》（1973）、《無題》（1974），北島的《冷酷的希望》（1973）、《太陽城札記》（1974）、《回答》（1976），綠原的《重讀〈聖經〉》（1970）、《信仰》（1971），蔡其矯的《無題》（1962）、《無題》（1963）、《屠夫》（1973）、《玉華洞》（1975）、《祈求》（1975），等等。這些詩作也可以稱作「政治抒情詩」。不過它們和當時公開文壇所流行的那種紅色政治抒情詩在本質上並不相同。由於淪爲了政治工具，後者幾乎都是一些「頌詩」或「戰歌」，詩人的眞實自我在其中基本上是缺席的。而對於地下詩人的政治抒情詩而言，由於詩人的自我精神幾乎洋溢在詩作的字裏行間，因此它們在本

質上屬於「人之詩」。創作它們的詩作者並不主動地迎合主流的政治文化規範，而是忠實於內心深處的真實自我，表達人類對民主和自由的渴望。他們不再充當特定集團的代言人，而是勇敢地在精神上擔當起了人類解放的文化使命。他們代表著一個特殊時代的良心。在他們的心靈中，遭到主流文化規範排斥的現代知識分子啓蒙英雄情結已經壓抑得太久、太深，如同骨鯁在喉、不吐不快。所謂「在心爲志，發言爲詩」（《毛詩序》），詩歌創作對於他們來說已經成了一種生命激情和自由意志的宣泄。

　　由於藝術個性的不同，不同的詩人在傳達這種啓蒙聲音的心理獨白中也會呈現出不同的話語風格。從中我們可以逆向還原出不同詩人的真實自我來。儘管當時偏處貴州一隅，但黃翔的另類政治抒情詩卻給人一種石破天驚之感，大氣十足。這不僅僅是因爲黃翔在這類詩作中大膽地抨擊了現代中國專制制度，揭穿了「文革」時期紅色中國社會的非人本質，更重要的在於，黃翔的這類詩歌中還具有一種「凌雲健筆意縱橫」的內在氣勢，或如驚雷陣陣，或如海潮滾滾。因此，黃翔的另類政治抒情詩在總體上給人一種激越憂憤之感。即便信口頌來，也還是很容易感受到詩人那顆跳躍不止的狂放心靈。如《火炬之歌》中寫道：「爲什麼一個人能駕馭千萬人的意志／爲什麼一個人能支配普遍人的死亡／／爲什麼我們要對偶像頂禮膜拜／被迷信囚禁我們活的意志情愫和思想／／難道說偶像能比詩和生活更美／難道說偶像能遮住真理和智慧的光輝／／難道說偶像能窒息愛的渴望心的呼喚／難道說偶像就是宇宙和全部的生活」。顯然，黃翔是一個偶像的破壞者，一個五四時期的青年郭沫若式的抒情詩人，活躍在這首詩中的詩人的靈魂是一個生命的精靈。在那個黑暗的歷史年月裏，這無疑是一個不可多得的最清醒、最富有理性的自由靈魂。在某種意義上，黃翔就是五四時期魯迅塑造的狂人形象在紅色中國文化秩序中的現實化身。狂人當年滿懷憂憤地以「吃人」一語爲中國漫長的封建社會文化秩序作結，而他的精神后裔，一代「詩狂」或曰「詩獸」黃翔則在那個歷史的暗夜中點破了紅色中國社會文化秩序的泛宗教性質，或者非人本質。在詩中，黃翔爲一個民族的精神淪陷和自我淪喪痛心疾首，他渴望著能夠通過自己孤獨的吶喊來喚醒那些依然沉睡在「鐵屋子」中的愚昧國民。究竟是偶像的虛築的尊嚴重要，還是我們自己的生命尊嚴重要，或者說，究竟是神重要，還是人重要，在黃翔看來，這是擺在當時紅色中國民眾面前的一個必須回答的問題。問題的核心就在於「生存，還是毀滅？」，當然這不僅僅是關

係到人的肉體，更重要的是關係到人的精神的生與死，這是一個哈姆雷特式的難題。意識到這個難題是痛苦的，但這是一種「人」的痛苦，智慧的痛苦。它的存在是對那些雖然精神已死，卻還執著於肉體的苟活的「非人」的強烈反諷。可以說，黃翔的另類政治抒情詩中散發出來的是那種「血的蒸氣，醒過來的人的真聲音」〔註31〕。它是作為精神界戰士的詩人的靈魂告白，而它的獨白者黃翔則是那個紅色中國艱難時世中一個孤獨而痛苦的啟蒙詩歌英雄。

實際上，在那個歷史的暗夜裏，身處窮山惡水的黃翔並不孤獨。他仍然有著精神上的同類，雖然他們是那樣的稀少，而且彼此之間也音訊全無，但無論如何，他們總算是在一個共同的精神空間中相遇了。這裏首先要提到當時流落在福建的窮鄉僻壤之間的老一代詩人蔡其矯。早在 1960 年代初，蔡其矯也曾像黃翔那樣寫過兩首思想激烈、感情激越的《無題》詩。詩人在其中分別發出了這樣的吶喊：「不要讓災難佯裝幸福，／不要讓帝王扮成導師，／不要讓盲目替換理想，／以寧靜而光輝的目光觀望，／不輕信任何最漂亮的言辭。」「我活著不是為別人湊數字，填雄心，／我要做一個真正的人。／……／我不願在自己的腦袋裏，／有另一個人在替我出主意，／與其說像人，不如說像東西，／可以隨便拿來，隨便處理。／……／要知道，心是不能搜索的。／我要思想，我要理解，／我要愛，我要恨。」詩中透露出來的文化啟蒙思想也與黃翔後來的詩歌在精神旨趣上如出一轍。不過在藝術個性上，蔡其矯在總體上並不像黃翔那麼性格外向，具有激進的反叛性。相反，他是一個習慣於內斂激情的詩人。蔡其矯在「文革」期間寫下的詩歌代表作大都寓強烈的政治激情於淺斟低唱之中，同樣是自我心理獨白，但並不像黃翔的另類政治抒情詩那樣鋒芒畢露，而是在深刻中彌漫著一層淡淡的憂傷。

如在著名的《祈求》中，詩人「祈求炎夏有風，多日少雨」；「祈求花開有紅有紫」；「祈求愛情不受譏笑」；「祈求同情心」；「祈求知識有如泉源」；「祈求歌聲發自個人胸中」等等。這是對當年那個專制和禁欲的社會文化秩序的強烈控訴，然而娓娓讀來卻讓人頓生悲涼之感。在另一首長詩《玉華洞》中，詩人將自己有如泉源般的汩汩情思自然而平靜地流注到玉華洞中的自然景觀和人文景觀之中。讀者彷彿和詩人一道去完成一次旅行，不過不是一般的自

〔註31〕 魯迅：《隨感錄四十》，《墳》，《魯迅全集》第 1 卷，人民文學出版社 1981 年版，第 321～322 頁。

然旅行，而是一次精神的旅行、心靈的旅行。在那一個個飽孕詩人自我情思的詩歌意象中，如「被封固的暴風雨」、「僵化的瀑布」、「凝止的雪崩」、「死寂的浪峰」、「隕石裂縫中的劍」、「被凍結的呼聲留在張開的嘴裏」等，詩人長期以來備受壓抑的自我情緒緩緩地流淌了出來。當然，詩人有時候也還是禁不住要吶喊幾聲：「玉華洞呀，告訴我／那傳說中的王／是不是為無上權威弄得昏聵／相信自己的金口能創造一切／醉心於無聲的秩序／使歌喉凍結／筆端凝止？」在這裏，我們似乎又看到了當年寫《無題》詩的那個蔡其矯的身影。那是一個和黃翔一樣憤激的詩人，而後來的他已經被那個艱難的時世鍛造和磨練成了一個憂憤抑鬱的詩人。

　　和黃翔、多多、北島那一代新銳詩人相比，像蔡其矯這樣的中年受難詩人的心理獨白話語呈現出一種更為深沉的風格，但同時也失去了年輕人所特有的那份慷慨與激越。比如綠原的著名詩作《重讀〈聖經〉》也是如此。獨自在深夜裏面對著一本「異端的《聖經》」，當年身陷「牛棚」的綠原不禁思緒萬千、心潮起伏。奇異的是，在那個西方遠古神話世界裏，詩人發現「裏面見不到什麼靈光和奇迹，／只見蠕動著一個個的活人。／論世道，和我們的今天幾乎相仿，／論人品（唉！）未必不及今天的我們」。這是詩人當年獨自的心靈低語。詩人站在人性立場上對歷史進行了檢視，同時這也是對當時紅色中國現實社會秩序的人道主義反思。在他對摩西、沙遜、大衛、所羅門、耶穌、馬麗婭·馬格黛蓮、羅馬總督彼拉多、猶大等歷史人物的逐一評點中，我們不難體會到詩人當年那顆憂憤深廣的心靈。與蔡其矯相彷彿，寫到最後的綠原顯然也已經是越來越激憤，這位現代的「人之子」終於抑制不住內心長期以來鬱結著的濃烈憤怒，他情緒激昂地寫下了這樣的詩句：「今天，耶穌不止釘一回十字架，／今天，彼拉多決不會為耶穌講情，／今天，馬麗婭·馬格黛蓮注定永遠蒙羞，／今天，猶大決不會想到自盡。」此時的詩人彷彿再也無法掩飾自己出離的憤怒，唯有打開情感的閘門，讓自己胸中的塊壘盡情地釋放，也許只有這樣才能夠撫慰他那一顆飽受創傷的心靈。

　　在當時的年輕一代新銳詩人中，和黃翔相比，多多和北島的「政治抒情詩」帶有更強烈的現代主義色彩。同樣是表達對民主和自由的呼喚，然而多多和北島的政治抒情話語更多地融入了個體生命的變形體驗。在多多的詩歌中經常出現一些宏大的語彙，如「革命」、「人民」、「祖國」、「戰爭」、「解放」、「太陽」、「君王」、「階級」等等。而在北島當時的許多詩歌名篇中也大量充

斥著這種性質的語彙，如「希望」、「世界」、「大屠殺」、「黑夜」、「太陽」、「罪惡」、「自由」、「青春」、「信仰」、「勞動」、「人民」、「和平」、「祖國」、「人類」等等，不一而足。正是在這個意義上，這裏才將他們的這類詩作也視爲某種「政治抒情詩」。實際上這些宏大的革命語彙在當時的主流文壇中已經是屢見不鮮，基本上淪爲一些沒有藝術生命力的、虛浮而空洞的能指。然而令人驚異的是，正是這些正統的革命語彙，經過多多和北島的藝術處理，在他們的詩歌世界中重新獲得了陌生化的藝術效果。當然，這一切都得益於詩人對現實社會政治生活的變形體驗，或者說是「超現實」的體驗。所以，多多和北島的另類政治抒情詩較之黃翔的同類詩作具有更加強烈的審美衝擊力。換句話說，同樣是心理獨白，多多和北島的心理獨白較之黃翔的心理獨白在情緒上更加內斂、更加沉鬱、更加逼近人性的幽深之處。

如在《無題》（1974）中，多多這樣書寫下了自己對那個病態的紅色中國社會的非常體驗：「一個階級的血流盡了／一個階級的箭手仍在發射／那空漠的沒有靈感的天空／那陰魂縈繞的古舊的中國的夢／／當那枚灰色的變質的月亮／從荒漠的歷史邊際升起／在這座漆黑的空空的城市中／又傳來紅色恐怖急促的敲擊聲……」多多在這裏傳達的那種沉鬱的詩情和恐怖的印象簡直讓人震驚。又如在《年代》中，多多爲那個特殊的歷史年代繪製了這樣一幅令人觸目驚心的時代速寫：「沉悶的年代蘇醒了／炮聲微微地撼動大地／戰爭，在倔強地開墾／牲畜被徵用，農民從田野上歸來／擡著血淋淋的犁……」還有那首著名的《當人民從乾酪上站起》，詩人在其中更是將自己獨特的變形心理體驗渲染到了極致：「歌聲，省略了革命的血腥／八月像一張殘忍的弓／惡毒的兒子走出農舍／攜帶著煙草和乾燥的的喉嚨／牲口被蒙上了野蠻的眼罩／屁股上掛著發黑的屍體像腫脹的大鼓／直到籬笆後面的犧牲也漸漸模糊／遠遠地，又開來冒煙的隊伍……」實際上這裏例舉的三首詩在精神和審美世界裏是相通的，它們「互爲本文」，彼此詮釋，共同指向了詩人的那個獨特的靈魂世界。多多站在人道主義的立場上強烈地譴責了那個泛革命語境中暴力給中國社會所帶來的血腥氣息和恐怖氛圍，以及給中國民眾所造成的精神奴役和生命災難，從而曲折地表達了自己對民主和自由的渴望。

相對而言，黃翔的政治抒情詩是激憤的、多多的政治抒情詩是冷峻的，而北島的政治抒情詩則界乎二者之間，其總體話語風格是既激憤又冷峻，既熱情又殘酷，既洋溢著強烈的政治激情，又充滿了絕望的死亡氣息。這樣，

同是對自由和民主的吶喊，但北島仍然執拗地發出了有著自己獨特質地的聲音。這裏不能不提到北島的那首代表詩作《回答》。詩人在第一節中便這樣描述了自己對那個殘酷而血腥的時代的變形體驗：「看吧，在那鍍金的天空中，／飄滿了死者彎曲的倒影。」這幾乎和多多當時的變形生命體驗如出一轍。實際上像這樣的異常體驗在北島的詩中還有很多，如在組詩《太陽城札記》中，北島將「自由」體驗爲「飄／撕碎的紙屑」；將「青春」體驗爲「紅波浪／浸透孤獨的槳」；將「人民」體驗爲「月亮被撕成閃光的麥粒／播在誠實的天空和土地」；將「和平」體驗爲「食品櫥窗裏旋轉著／寂靜的巧克力大炮」；將「祖國」體驗爲「她被鑄在青銅的盾牌上／靠著博物館發黑的板牆」；以及最著名的將「生活」體驗爲「網」，等等。然而在北島的詩作中，除了這種多多式的變形體驗之外，還有那種黃翔式的政治激情流貫其間，這使得當年的北島更像是一位爲民主和自由而呼號奔走的精神鬥士，或者說是一位知識分子啓蒙詩歌英雄。在《回答》中我們實際上已經依稀看到了詩人的那種精神鬥士或啓蒙英雄的風采：「我來到這個世界上，／只帶著紙、繩索和身影。／爲了在審判之前，／宣讀那些被判決的聲音：／／告訴你吧，世界，／我──不──相──信！／縱使你腳下有一千名挑戰者，／那就把我算作第一千零一名。」

　　和黃翔相比，在北島的政治激情中隱藏著一股無法按捺的絕望氣息。北島的聲音是冷酷的，他從來不會像黃翔那樣去高擎著「火炬」，爲一種理想化的自由和夢幻般的民主大唱讚歌。對於北島來說，與其沉迷於虛妄之中，還不如勇敢地在精神上將民族的政治苦難擔當起來，在絕望的抗爭中去發現希望。所以在《回答》中，北島一方面這樣宣泄了自己的絕望心境：「我不相信天是藍的；／我不相信雷的回聲；／我不相信夢是假的；／我不相信死無報應」；另一方面又做出了這樣的自我告白：「如果海洋注定要決堤，／就讓所有的苦水都注入我心中，／如果陸地注定要上陸，／就讓人類重新選擇生存的巔峰」。這樣，北島的政治抒情詩就流露出了詩人的內在精神矛盾，而在多多和黃翔的同類詩作中我們幾乎見不到這種心理矛盾，有的只是明朗的自信或者辛辣的嘲諷。當年的北島無疑是痛苦的，而且他超出了那種理想主義者的痛苦，而跌入了某種虛無主義的精神深淵。北島的痛苦不是唐吉訶德式的，而是哈姆雷特式的。可以說，當年的北島以自己的文弱之軀，勇敢地擔當起了一個民族的精神苦痛。在這個意義上，北島在詩中所傳達出來的那份憂鬱

和絕望，較之黃翔的激情宣泄和多多的冷峻犀利，似乎顯得更為真實，更有時代的超前性，更具思想上的穿透力。

除了表達對民主和自由的理性呼喚以外，紅色中國的地下詩人還往往傾向於以心理獨白的方式書寫自己獨特的個體生命體驗。當然這種個體的生命體驗直接來自於詩人的日常生活經驗之中，而不是出自於對宏大的時代、社會和政治語境的體驗。正是在這一點上，可以將這種直接書寫生命個體在日常生活中的個人化體驗的詩作稱為「生活抒情詩」，以此區別於前面所論的「政治抒情詩」。這種生活抒情詩具有強烈的人性色彩，或者表達自己對人性的感性體驗，或者在此基礎之上還上陞為對人性的理性反思。在「人之詩」的本質上，這種生活抒情詩和前面論及的政治抒情詩之間是一致的。區別僅僅在於前者與政治之間並無直接的關聯，而後者具有明顯的政治訴求，當然這是一種對現代民主政治的訴求，它和人類的自由本性之間也是完全契合的。在當時的地下詩歌創作中，像這種真正的生活抒情詩是很多的。不僅有綠原、牛漢、曾卓、穆旦、蔡其矯、流沙河這樣的中年受難詩人，更有食指、黃翔、多多、根子、芒克、北島、舒婷、顧城這樣的年輕一代新銳詩人都積極參與了這種生活抒情詩的寫作。從精神形態上來看，這些地下詩人們抒發的藝術情思大體上有兩種價值取向：一種是重視對日常生活的感性體驗的發掘與表現，再一種是在並不偏廢日常感性經驗的基礎上，更注重對詩人的自身生命存在價值的理性思索。從藝術風格上來看，前一種詩歌一般帶有強烈的浪漫主義傾向，而後一種詩歌則通常具有一定的現代主義色彩。如果說前一種詩歌是外傾型的，那麼後一種詩歌則是內傾型的。一般來說，這也大體上反映了詩歌創作者在特定條件下的某種主導性的性格心理傾向。

在上述第一種類型的生活抒情詩創作中，詩人們往往醉心於對自己所親身體驗的個人生活情感的書寫，其中尤以對愛情、親情和友情這些日常生活中的人倫情感的書寫為多。在紅色中國地下詩人中，似乎很少有不寫愛情詩的，而且有些愛情詩還成了他們各自的代表詩作。由於在當時的特定歷史條件下，詩人們寫作這種愛情詩更多地是表達了自己對一個充滿了溫愛的家庭港灣或情感空間的迷戀，也就是說，其中主要是流露了地下詩人們對社會現實環境的某種逃離傾向，而不是一種反抗精神，所以，我將在第六章中探討話語疏離立場時再來集中剖析這些洋溢著人性溫情的詩篇，以及它們的藝術創造者們，如曾卓、流沙河、蔡其矯、食指、芒克和舒婷等人。當然，在這

一種類型的生活抒情詩中也還存在著大量的不屬於愛情範疇的情感形態，如生命個體在一些日常的生活場景或生活事件中瞬間萌發的對人生的感喟、對命運的感悟等等。一般來說，這是一些爲詩人們的敏感心靈所特有的情感碎片，它們本來會稍縱即逝，但最終還是被詩人們的妙手給捕捉了回來。它們只是一些塊狀的朦朦朧朧的情緒團，詩人們則忠實地將它們給外化出來，並沒有，同時也沒必要去做更深的理性思考。在這方面，食指在「文革」時期寫的部分代表詩作都具有這種精神特徵和審美特徵。

食指是一個有著豐富的藝術感覺的詩人。在寫詩的過程中他似乎總是充滿了靈感。他的許多詩作，如《這是四點零八分的北京》（1968）和《魚兒三部曲》（1967），據他說都是來自於自己生活中的瞬間靈感的勃發〔註 32〕。前一首詩記錄下了詩人當年去山西杏花村插隊當知青，遠離北京城的那一瞬間的心理感受。隨著列車在「四點零八分」準時開動，詩人的視覺和聽覺猛然變得格外敏感，他看到了「一片手的海浪的翻動」，聽見了「一聲尖厲的汽笛長鳴」。甚至還出現了這樣的幻覺：「北京車站高大的建築 / 突然一陣劇烈的抖動 / 我吃驚地望著窗外 / 不知發生了什麼事情。」真正的詩人都是天生的預言家。他們往往能夠憑藉其詩人特有的敏感在不經意之間對一些重大的歷史事件做出超前的正確判斷。準確地說，這不應該稱爲「判斷」，因爲詩人在做出這種「判斷」時，甚至連他自己都沒有有意識地覺察到。當北京城的建築群在食指的心靈世界中發生「劇烈的抖動」的時候，實際上食指已經在無意識中對那個混亂無序的紅色中國社會做出了正確的價值「判斷」。此時的食指是一個靈感四溢的詩人。不僅外部世界在他眼中開始抖動，而且他的內心世界裏也發生了本能的震顫。「我的心驟然一陣疼痛，一定是 / 媽媽綴扣子的針線穿過了我的心胸。」這種真實的心靈痛楚的體驗在當年的民間知青世界裏曾經不知道打動了多少人的心靈。除了這首詩之外，人們在食指的《命運》（1967）、《相信未來》（1968）、《煙》（1968）等詩作中也能夠充分地領略到詩人那豐富而銳敏的藝術感覺力。食指曾經用他那詩意靈動的筆觸這樣描繪過自己的現實生活處境：「蜘蛛網無情地查封了我的爐臺」、「灰燼的餘煙歎息著貧困的悲哀」、「我的紫葡萄化爲了深秋的露水」、「我的鮮花依偎在別人的情懷」……食指還曾經這樣體驗並預言過自己的命運：「我的一生是輾轉飄零

〔註32〕郭路生（食指）：《寫作點滴》，《沉淪的聖殿》（廖亦武主編），新疆青少年出版社 1999 年版，第 59～58 頁。

的枯葉，／我的未來是抽不出鋒芒的青稞，／如果命運眞的是這樣的話，／我願爲野生的荊棘放聲高歌。」聯想到食指大半生漂泊無依、艱難困厄、坎坷不平的人生經歷，人們不能不以爲這是食指多年前無意中爲自己寫下的一首詩的讖語。食指的心靈無疑是脆弱的，他的精神也是痛苦的，以至於生命中曾經幾度陷入絕望的瘋癲狀態。可以說，食指是一個被繆斯女神所俘虜的天才詩人。他彷彿一輩子只能死心塌地地做那個女性詩神的奴隸，或者說，做她的忠實的工具。即便是後來住在精神病院裏，食指也沒有放棄寫詩。這是食指的宿命。雖然作爲一個「人」的食指是痛苦的，然而作爲一個洋溢著靈感的天才詩人，食指無疑又是幸福（幸運）的。所以人們發現食指在感歎「詩人命苦」的時候，還是掩飾不住那種做詩人的驕傲（《詩人命苦》1995）。

和食指的生活抒情詩相比，綠原、牛漢、黃翔、穆旦等人的生活抒情詩少了那份意象紛呈、氣韻飛動的感性色彩，卻多了一份對生命存在給予人文關懷的理性氣息。從總體上看，在紅色中國地下詩歌創作中，除了前面所論的政治抒情詩之外，眞正具有理性思辯色彩的生活抒情詩是不多見的，而且思想藝術水準普遍並不是很高。只有黃翔、綠原和牛漢的少數詩篇還值得一提。當然穆旦生命中最後的詩篇是一個例外，我將在下一章探討人道主義懺悔時再來集中關注那些充滿了智性的詩章。

這裏首先要提到的是黃翔具有現代主義意味的生活抒情詩。早在 1962年，黃翔就在一首題名《獨唱》的詩中書寫過自己獨特的個人化生命體驗。「我是誰／我是瀑布的孤魂／一首永久離群索居的／詩／我的漂泊的歌聲是夢的／遊蹤／我的唯一的聽眾／是沉寂。」在一個集體合唱的聲浪洶湧澎湃的時代裏，黃翔勇敢地選擇了「獨唱」，而拒絕加入到那個吞噬生命自我的集體演唱組織中去。詩人寧願做一個沒有任何聽眾的孤獨的歌者，也不願意充當那種既欺世盜名，又媚俗自欺的「黨喇叭」（郭沫若語）。當一個民族開始集體的精神自戕的時候，黃翔卻大膽地追問起了「我是誰？」。此時的黃翔實際上是在獨自爲正在全面失去自我的整整一代人招魂。他清醒地意識到一代人或一個民族正在跌入精神奴役的深淵之中。如果可能，他願意以自己理智的吶喊發出一個民族精神「死亡的訃告」，幫助他們從死亡中贖回自己的靈魂。這一切正如他在另一首詩《我》（1968）中所告白的：「我是一次呼喊／從堆在我周圍的狂怒的歲月中傳來」，「我是我，我是我的死亡的訃告／我將從死中贖回我自己」。在黃翔那孤獨而決絕的詩性傾訴中，我們發現

在那個特殊的時代中仍然有一顆理性的良心在孤獨地跳動。

再看綠原的那首經典詩作《又一名哥倫布》（1959）。寫作這首詩時，綠原正因胡風案的株連而被囚禁於神秘的秦城監獄之中。置身於那「四堵蒼黃的粉牆」之間，詩人被迫體驗到了無盡無邊的孤獨。正所謂詩必須「窮而後工」，綠原正是在那種非人的人生境遇中才觸摸到了自己的生命本體的存在。此時的詩人正像幾百年前的哥倫布一樣「告別了親人／告別了人民，甚至／告別了人類」，不過他不是「駕駛著他的『聖瑪麗婭』／航行在空間的海洋上」，而是以囚禁他的牢房為船，「航行在時間的海洋上」。綠原筆下的哥倫布顯然主要並不是一位行動上的英雄，而是一位精神上的勇士。這位孤獨的精神勇士雖然「衣衫襤褸」，「然而精神抖擻」，他以塊然軀殼擔當了整個人類在蒼茫的宇宙天地間所無法承受的大孤獨和大痛苦。在某種意義上，宇宙就是一片海洋，既是一片空間的海洋，也是一片時間的海洋。人在宇宙間就如同漂流在一片漫無邊際的時空的海洋上。惟其如此，當年身處紅色中國監獄的綠原以哥倫布自居，實際上就是以一個大寫的「人」自居，哥倫布的孤獨和痛苦實際上就是「人」的孤獨和痛苦。如果說哥倫布是一位義無反顧地挑戰「空間」的精神勇士，那麼當年的綠原則是一位試圖超越「時間」的精神英雄。漂流在一片「沒有分秒，沒有晝夜／沒有星期，沒有年月」的「時間的海的波濤」中，當年的詩人肯定是體驗到了某種生命中無法承受的存在性焦慮。那是一種即將陷入絕望的虛無體驗的本體焦慮，它的出現將使詩人的靈魂產生恐懼和顫慄。遺憾的是，當年的綠原終究還是沒有勇氣去直面人生的虛無感和悲劇性，他在一個精神的深淵面前輕易地轉過身去。為了擺脫那種生命的存在性焦慮，這位「形銷骨立」、「蓬首垢面」的現代中國哥倫布最終還是憑藉著一部「雅歌中的雅歌」和「愛因斯坦的常識」，也就是說，憑藉著宗教和科學度過了自己的信仰危機。綠原就這樣從形而上的思辯中退了回來，中斷了自己的存在主義精神探索。

而直到十多年後，在江南的一片沼澤山地之間，他的一位同命相憐的老友牛漢才開始無意中思索起了人的生命價值問題。不過不是從存在主義的角度，而是從人道主義的角度，雖然薩特宣稱存在主義也是一種人道主義，但它畢竟和經典的人道主義之間還是有著明顯的區別。在牛漢的眾多地下詩篇中，經常能看到一個詩人用以自喻的自我精神意象，如華南虎和鷹等，它們往往象徵了詩人具有潛在反抗性的那個被壓抑的自我人格。然而，在《悼念

一棵楓樹》（1973）中的那個楓樹意象顯然是一個例外。這並不是一棵英雄的楓樹，儘管它也「高大、雄偉、美麗」，但詩人在精心營造的那個悲劇意境中，反覆詠歎的卻是楓樹在被伐倒之後所飄散出的「濃鬱的清香」。這「清香／落在人的心靈上／比秋雨還要陰冷」。詩人沒想到一棵楓樹「的生命內部／卻貯蓄了這麼多的芬芳／芬芳／使人悲傷」。當詩人以這樣的詩句結束全篇的時候：「伐倒了／一棵楓樹／伐倒了／一個與大地相連的生命」，他實際上已經躍到了人道主義的精神高度上，這在紅色中國詩人中已經是了不起的創舉。

對於牛漢來說，這並不僅僅是一種理性的思考，他來自於詩人多年來的生命屈辱和創傷性體驗。牛漢顯然對那顆楓樹的被伐和它的創痛感同身受。所以，在這首詩日後公開發表之後，當許多詩評家認為詩中的楓樹意象的象徵性很明確的時候，如說是懷念某一個人，悼念許多令人敬仰的英靈等等，牛漢頗不以為然。他說：「其實，我當時並沒有想要象徵什麼，更不是立意通過這棵樹的悲劇命運去影射什麼，抨擊什麼。我悼念的僅僅是天地間一棵高大的楓樹。我確實沒有象徵的意圖，我寫的是實實在在的感觸。這棵楓樹的命運，在我的心目中，是巨大而神聖的一個形象，什麼象徵的詞語對於它都是無力的，它不是為了象徵什麼而存在的。」〔註33〕如此看來，牛漢並不否認他筆下的楓樹的象徵性，他僅僅是反感人們對楓樹的象徵意涵做出狹隘的解釋。實際上，從牛漢的辯白中不難領悟，詩人筆下的楓樹其實就是一個大寫的人的象徵。牛漢表面上是在悼念一棵楓樹，但在心靈的深處，他是在悼念失去了生命價值和自我靈魂的整整一代人。詩人為一代人失去了生命的清香和芬芳而在內心深處悲傷不已。在一定程度上，可以將牛漢筆下的楓樹之死理解為一個民族或它的一代人的集體精神之死。只有這樣，我們才能夠賦予牛漢筆下的那棵楓樹以悲劇性的個體生命尊嚴，才能夠理解牛漢為什麼要以那棵記憶中的楓樹作為自己的生命的故鄉。

心理獨白不僅在紅色中國地下詩歌創作中，而且在那個時期的地下小說創作中也得到了長足的使用。比如在《波動》中採用了意識流技法，《公開的情書》是一部書信體小說，而《九級浪》和《晚霞消失的時候》都運用了第一人稱敘事。很明顯，紅色中國地下小說作者們之所以不約而同地選擇了這樣一些主觀化的敘事手法和表達方式，其原因主要是為了便於宣泄他們文化

〔註33〕牛漢：《一首詩的故鄉》，《命運的檔案》，武漢出版社 2000 年版，第 231～232 頁。

人格心理結構中長期以來被權威文化規範所壓抑的生命情緒和自我訴求。如果從精神心理的角度來考察，地下小說的創作旨趣和當時地下詩歌的藝術情思之間並沒有什麼大的分別。只不過由於小說的篇幅比較長，精神信息容量相對來說也就比較大，所以在地下詩歌中一般各有側重的思想和情感訴求，卻常常在爲數不多的地下小說文本中被兼容了。在這些地下小說中，既表達了對民主和自由的理性呼喚，或者說對社會專制和精神奴役的理性批判，同時又藝術地傳達了作者的個體生命體驗，即在重視對日常生活的感性體驗的發掘與表現的基礎上，還注重對人類自我生命存在價值的理性探索。

然而，我這裏更爲關注的是紅色中國地下小說創作中的另一種傳達方式：心靈對話。一般來說，和詩歌相比，小說體裁更適宜於採用心靈對話的方式。在很大程度上，可以將上列四部紅色中國地下小說理解爲巴赫金所謂的「複調小說」〔註34〕。比如說，《九級浪》是「我」和司馬麗之間的心靈對話，《晚霞消失的時候》是「我」（李淮平）和南珊之間的心靈對話，《波動》主要是楊訊和肖凌之間的心靈對話，其中還包括他們與林東平、白華、林媛媛之間的心靈對話，而《公開的情書》則是老久、老嘎、老邪門和眞眞彼此之間的心靈對話。不僅如此，如果進一步考察小說作者的精神心理世界或者文化人格心理結構可以發現，這些人物與人物之間的心靈對話在本質上都可以歸結爲作者的心靈世界中不同的心理人格側面，或者說不同的精神價值觀念之間的心靈對話。這意味著，這些地下小說實際上是這些地下作者們在精神探求的道路上艱辛跋涉所留下來的藝術轍印。

由於《波動》和《公開的情書》相對來說人物較爲複雜，所以不妨稍事解析。《波動》中人物雖然眾多，但楊訊和肖凌無疑是不可或缺的中心人物。肖凌其實不僅僅是楊訊的戀人，她還是楊訊的精神伴侶。肖凌和楊訊之間的精神對話實際上流露了作者北島的精神迷惘和心理困惑。正如肖凌所評價的，楊訊是一個「理想主義戰士」。雖然身爲高幹子弟，但楊訊還是具有難得的正義感和同情心。在插隊期間，他甚至還充當了一回爲民請命的英雄。因逢上大旱之年，親眼目睹了民生疾苦的楊訊帶頭反對「交公糧」，爲此他還蹲過縣大獄。作爲一個流落民間的知識青年，楊訊具有強烈的政治參與意識。他關心國家的前途和民族的命運，時刻幻想著終有一天能夠拯救人民於水火

〔註34〕參閱巴赫金：《陀思妥耶夫斯基的複調小說和評論著作對它的解釋》，《巴赫金文論選》，中國社會科學出版社1996年版，第1～6頁。

之中。不難看出，在楊訊的身上實際上流淌著傳統儒家文化的精神血液。傳統儒家士人的入世精神、民本情懷和政治情結在楊訊的身上得到了明顯的傳承。正如前面曾經分析的那樣，肖淩與楊訊在理想人格、價值觀念和人生態度上都有很大的不同。肖淩基本上是一個「虛無主義者」或曰「存在主義者」。在那個荒謬的世界中，她為了堅守自身的人的價值而孤獨地進行著絕望的精神掙扎。她對楊訊所強調的外在的責任（比如對國家的責任等）進行了尖刻的嘲弄，她唯一信守的只有內心中的人的價值、人的意義和人的本質。她不願意充當任何冠冕堂皇的「主義」的祭品，因為如果那樣的話，她將作為某種「犧牲」而喪失了人的存在性。為此，她寧願孤獨一生，也不願意像楊訊那樣捲入到一個罪惡而荒謬的世界中去。在很大程度上，楊訊和肖淩之間的精神衝突實際上就是作者北島的心靈衝突的外在顯現。可以說，當年的北島正是一個集肖淩和楊訊於一身的矛盾人物。他既是一個理想主義者，又是一個虛無主義者。他既充滿了強烈的政治激情，又無法擺脫那種絕望感和虛無感的糾纏。當然，這兩種精神傾嚮之間，或者說這兩種理想人格之間的對立僅僅停留在形而上的精神心理層面上，其實在形而下的實踐形態中，它們之間倒往往會「中和」在一起，彼此滲透、交互影響。比如楊訊從肖淩那裏獲得個性意識和存在理念，而肖淩從楊訊那裏吸取社會意識和啓蒙信念。在很大程度上，北島就是楊訊和肖淩在精神上彼此結合後的產物。這種靈魂結合後的矛盾性在北島的著名詩作《回答》中實際上有著鮮明的體現，對此前文已經做過分析，由此也可以窺見北島文化人格心理結構內部的異質性和同一性。

再看《公開的情書》。這部小說實際上由老久、老嘎、老邪門和眞眞這四個人物的書信所組成。實際上，小說中信件最少的人物老邪門就是作者靳凡的眞實自我的化身。作者之所以在這個人物身上著墨最少，主要是因為作者其實並沒有清醒地意識到自己的眞實自我的存在。這原本也很正常，因為一般來說，一個人的眞實自我通常隱藏在潛意識中，很少有被人明確意識到的時候。但作者畢竟還是偶而捕捉到了這個神秘的眞實的自我，所以他在創作中又情不自禁或不由自主地設置了老邪門這個人物，關鍵時刻總是讓他直接站出來吶喊幾聲，主要是替老久和老嘎做精神上的支撐。老久無疑是整個小說中的關鍵人物。他的名字的諧音告訴我們，老久實際上是知識分子（「臭老九」）的藝術化身。不僅如此，老久還是作者靳凡的理想自我的現實化身，

不過不是紅色中國文學中流行的集體化的理想自我的化身，而是個體化的理想自我的化身。也就是說，老久是老邪門的自我人格心理派生物，或者說是作者的眞實自我的個體理想化的產物。當然，這種自我人格心理的嬗變過程是一個自由的精神發展過程，而不是被某種集體文化規範或權威意識形態所控制的非人的過程。其實從理論上講，一個人道主義的理想自我必然符合人類實現自我價值的潛在要求，它必然和一個人的眞實自我是和諧一致的。所以，小說中的老久主要是一個崇尚科學、追求個性解放，有著獨立人格和自由精神的現代知識分子形象。「戰士」和「庸人」是他的信件中經常出現的關鍵詞。這其實表明了他作爲現代中國啓蒙英雄的文化身份。用魯迅的話來說，老久幾乎就是一個「精神界戰士」，雖然他離一個眞正的精神界戰士的要求還有一定的距離。老久在小說中有一個重大的文化使命，那就是設法將女主人公眞眞從一個軟弱的「庸人」變成一個堅強的「戰士」。雖然歷盡波折，但老久最終還是完成了這一艱巨而莊嚴的啓蒙使命。當眞眞最後撲向老久的懷抱的時候，她實際上是邁進了現代中國個體啓蒙文化的精神殿堂。

　　至於小說中的另外一個重要人物老嘎，在很大程度上，他可以被視爲作者靳凡的「被鄙視的自我」的藝術化身。作爲一個青年知識分子，老嘎與老久在人格理想和價值觀念之間存在著巨大的差異。老嘎是一個軟弱的人。由於家庭出身不好，他長期背負著巨大的精神包袱。面對紅色中國社會秩序對他的各種非人的壓迫，老嘎沒有選擇反抗，而是獨自一人背著心愛的畫夾四處流浪。老嘎是一個逃避現實的犬儒主義者，他幻想著能夠在自己構築的藝術審美世界中去安放自己的靈魂。然而，在他的自我精神沒有蘇醒和強大之前，他不可能眞正達到那種藝術境界。所以，老嘎的繪畫作品經常受到老久和老邪門的指教。那實際上是作者的眞實自我及其自由衍生的理想自我，對他內心深處或文化人格心理結構中的「被鄙視的自我」所進行的某種心理說服或規勸。在這一點上，老嘎和眞眞在精神狀態上極爲相似，他們都屬於那種需要知識啓蒙英雄來進行精神拯救的對象。老嘎雖然愛著眞眞，但是他缺乏大膽追求愛情的精神勇氣。這正如同眞眞雖然愛著老久，但也沒有勇氣從自己與石田之間的無愛的愛情中大膽出走一樣。在這個意義上，老嘎實際上和眞眞在精神上二位一體，他們本質上都是作爲作者的文化人格心理結構中的「被鄙視的自我」的外在化身而存在的，區別僅僅在於性別的不同而已。綜上所述，既然老嘎（眞眞）、老久和老邪門分別是作爲作者的不同的文化心

理人格而存在的，那麼我們有理由相信，靳凡創作這部小說其實是爲了給自己靈魂中不同的聲音提供一個心理宣泄的機會，或者說，他是想通過和盤托出自己的心靈對話來實現對眞實自我的回歸。

作爲一種回歸自我的藝術傳達方式，心靈對話並不僅僅在紅色中國地下小說創作中得以廣泛運用。實際上，它也被少數優秀的詩人使用到了紅色中國地下詩歌的創作中。比如根子的代表詩作《三月與末日》（1971）、《致生活》（1972），穆旦的「短詩劇」《神的變形》（1976）等，都採用了對話體的「新詩戲劇化」〔註35〕方式來展現地下詩人複雜的內心世界。以根子的《致生活》爲例，這首奇異的對話體長詩完全是一場精神對話的寓言劇或象徵劇。根子不愧是一個優秀的音樂人，連他創作的詩篇也有多聲部的交響樂神韻。從表面上看，這場對話是在「我」和「生活」之間展開。然而，由於詩中的「我」出現了人格分裂，因此這場對話同時又在「我」的文化人格心理結構內部展開。分裂後的「我」由兩個符號來代指：一個是「眼睛」，一個是「大腦」。前者被「我」命名爲「狼」，後者被「我」命名爲「狗」。仔細體味這首長詩之後不難發現，詩中的「生活」其實就是當時紅色中國文化象徵秩序的代稱。拉康把它習慣上命名爲「象徵界」或「符號界」，也就是所謂「文化父親」的名字。在這個意義上，可以把詩中的「生活」理解爲那個在紅色中國社會生活中無所不在，既有形又無形的政治父親形象。他曾經用虛無飄渺、有名無實的「希望」（「蘋果」或「花香鳥語」等），「肆無忌憚」地「愚弄」過「我」、「欺騙」過「我」，甚至「凌辱」過「我」。他總是罩著雖然「厚厚」，但卻「美麗」無比的「面紗」，穿著一層又一層「脫不完的衣裙」出現，這一切都是爲了讓「我」上當受騙，使「我」看不清他的廬山眞面目。一句話，他是一尊莊嚴肅穆，卻又虛僞造作的神祇。

「生活」欺騙「我」的主要途徑就是使「我」完全變成「狗」，或者說完全聽從「狗」的命令。而「狗」實際上是「我」的「大腦」，「我」再怎麼樣也想不到「我」的「狗」／「大腦」已經不再忠實於「我」。當然，「我」的「狗」也不是故意想陷害「我」，它只不過是無意中扮演了「生活」的同謀，或者一不小心成了「政治父親」的工具，也就是充當了後者的隱形代言人。然而，「我」對這一切並無明確的覺察。一直到最後，「我」都仍然在懷

〔註35〕袁可嘉：《新詩戲劇化》，《中國現代詩論（上編）》，楊匡漢、劉福春編，花城出版社 1985 年版，第 503 頁。

念著那條死去的「狗」。殊不知，那條曾經長期伴隨著「我」的「狗」／「大腦」早就已經不由自主地背叛了「我」，它實際上是「生活」或「政治父親」安插在「我」的文化人格心理結構中的一個不知道自己的使命的「奸細」。在這個意義上，「我」的「狗」／「大腦」實際上是「我」的集體化的理想自我，也就是「超我」。它是「生活」／「政治父親」內化在「我」的文化人格心理結構中的一個權威主義的集體理想人格。或者說，它是「我」在集體無意識層面上被迫向「生活」／「政治父親」認同，從而被動地形成的一個凌駕於「我」之上的神聖人格。它的形成意味著「我」已經被異化，儘管「我」還並沒有意識到這個問題的嚴重性。於是，在「狗」／「大腦」的引領下，「我」執迷不悟地走向了「生活」的大海的深淵。「狗」並不是一個有意的精神騙子，它也是一個受害的工具。當「我」完全相信它的時候，「我」實際上就是「狗」。一直到「狗」在「生活」的大海中「淹死」了之後，即在「狗」終於成了獻祭給「政治父親」的「犧牲」之後，「我」才猛然從生命悲劇中驚醒，於是「我的眼睛復明了」，也就是說，「我」開始轉而聽從「狼」的指令了。「眼睛是狼，它已復活」，從前「我虐待了誠實的狼」，那時「我蔑視它，欺侮它，以它為恥」，可如今，「只有它，為我活著／單純，膚淺，誠實，專斷」。「我」的「狼」是「刻薄的，急躁的」，但也是堅定和務實的，「花香鳥語，它不感興趣」，沒有什麼冠冕堂皇的言詞可以欺騙得了它。對於「生活」／「政治父親」來說，「你能欺騙眼睛嗎？／你躲得過鏡子嗎？」「我」的「大腦」／「狗」「已經冰冷」，所以如今的「我絕不思考」！「我」只聽從「我」的「眼睛」／「狼」的指揮和召喚。

至此不難看出，「狼」／「眼睛」實際上就是「我」的真實自我。它長期得不到「我」的信任，它一直被壓抑在了「我」的潛意識中。然而，「它看到了遍地的農民綠色的痰，／不會想到人民的崇高。／它看到了姑娘的污髒的肚臍，／不會想到愛情的偉大」。顯然，它具有清醒的理性批判精神。這意味著，當「我」以「眼睛」／「狼」自居的時候，或者說當「我」信任它的時候，「我」實際上已經實現了對「我」的真實自我的回歸。從今往後，「生活」／「政治父親」再也不可能欺騙「我」、凌辱「我」了，「我」已經徹底擺脫了它的精神奴役。在一定程度上，根子的這首詩不僅僅是他自己的一場心靈對話，它還是一則文化寓言，它隱喻了一個民族走出精神蒙昧所必須經歷的艱難的心靈蛻變過程。

第三節　文化審父的心理潛影

一、文化審父的歷史源流

上一章中探討了紅色中國作家（主要是主流作家）的文化人格心理結構中普遍存在的文化戀父情結的問題。正是它在集體無意識的層面上決定了紅色中國作家的屈從型的主導話語立場。然而，這就遺留下來了一個疑問：反抗型的話語立場在紅色中國文學話語秩序中究竟是否存在呢？進一步說，在紅色中國作家（包括主流的革命作家在內）的文化人格心理結構中究竟是否存在著某種消解文化戀父情結的文化審父情結呢？通過上一節的探討，已經在個體無意識的層面上證明了一種被壓抑的現代性的啓蒙英雄情結或隱或顯地存在於紅色中國作家的創作心理結構之中。惟其如此，一種被壓抑的文化審父情結在集體無意識層面上的存在就有了必然性。當然這主要表現在一些紅色中國邊緣作家的創作實踐中，但這並不意味著在紅色中國主流作家的文化人格心理結構中就根本不存在這種現代性的文化審父情結。只不過相對於紅色中國邊緣作家而言，紅色中國主流作家的文化審父情結被文化戀父情結壓抑得更爲深重，更沒有機會表現出來罷了。在通過具體文學作品的解讀來證明紅色中國文學中文化審父情結的存在之前，有必要簡略地探尋一下文化審父情結的中國歷史淵源。

如果說紅色中國作家的文化戀父情結與中國傳統的儒家文化有著精神上的深層血緣聯繫，那麼他們的文化審父情結則主要是近現代以來逐步在中國植根繁衍的西方現代性文化精神的產物。在很大程度上，文化審父情結不是「本土」的產物，而是「他者」介入「本土」的「寧馨兒」，其文化基點是西方近現代人文主義價值體系，包括民主、自由、科學、理性、個性、自我等基本觀念，而其文化本質則是對精神權威的反抗和對權力話語的挑戰。這樣說意味著必須澄清兩個問題：首先，在傳統中國社會文化人格心理結構中可不可能產生現代性的文化審父情結？其次，現代中國知識分子／作家的文化審父情結是如何在特定的歷史文化語境中生成的，後來又是如何遭到壓抑或閹割的？

在中國漫長的封建專制主義社會文化形態中，傳統儒家文化長期以來佔據著主導的文化地位。雖然它也曾短暫地遭遇到法家文化、道家文化和佛家文化的衝擊和挑戰，但歷史表明，後三種文化基本上都被主流的儒家文化給

先後吸納或同化了，在很大程度上成了它的某種附庸或補充性的文化存在。按照現代中國學術界通行的看法，從社會心理和人生哲學的角度來看，「儒道互補」是中國傳統文化系統的根本特徵之一，而從國家職能和政治思想上來看，「外儒內法」（「陽德陰刑」）也是中國傳統文化系統的一個基本特徵。至於從印度傳來的佛教，到唐宋之際，已經呈現出了一種與中國本土的儒道思想交融與合流之勢，先後形成了一些中國化的佛教宗派，其中以禪宗的影響最大。實際上，中國封建社會後期的「新」儒家思想體系——宋明理學——正是在儒佛道三家文化融合的基礎上最終形成的。如此看來，中國傳統的文化秩序基本上處於一種和諧通融的相對靜止狀態，它的同化力和排斥性是如此之強，以至於從中根本上不可能自覺地產生某種截然異質的嶄新思想文化體系，最多也只能是在中國封建社會末期產生少許近代思想文化萌芽，然而等待它們的也終將是無情的絞殺。在這個意義上，可以說，在傳統中國的社會文化心理結構中不可能形成一種現代性的文化審父情結，甚至是表層的文化審父意識。因爲無論是所謂魏晉名士也好，還是近些年來頗被人推崇的晚明思想家也好，他們都不可能在根本上反叛和動搖中國傳統的思想文化體系，甚至僅僅是儒家文化體系。

以魏晉時期的竹林賢士嵇康和阮籍爲例，他們的放蕩不羈、吃藥喝酒、破壞禮法在當時是最負盛名的。然而，魯迅先生曾經專門針對他二人尖銳地指出：「魏晉的破壞禮教者，實在是相信禮教到固執之極的」〔註36〕。比如嵇康，通常人們只知道他給山巨源的《絕交書》，以及他蔑視貴公子鍾會的故事，然而，魯迅卻在嵇康做給兒子看的《家誡》中敏銳地發現了另一個嵇康。歸根結底，他那一條一款的教訓不過是要求其子長大後必須遵守名教禮法，做一個符合封建正統文化規範的謙謙儒生。這是一個庸碌世俗的嵇康，他和通常人們所知道的那個「非湯武而薄周孔」、「越名教而任自然」的嵇康之間何止相距霄壤。至於阮籍，魯迅說他老年時改得很好，竟做到了「口不臧否人物」的地步。如此看來，無論是阮籍還是嵇康，他們之所以裝出一副高傲放達的清高模樣，完全是因爲他們生於亂世，迫不得已而爲之罷了。這意味著，所謂的魏晉名士們原本是與現代的個性自由觀念沾不著邊的。所以，於今我們說起魏晉文學，倘若說那是一個「文的自覺」或「文學的自覺

〔註36〕 魯迅：《魏晉風度及文章與藥及酒之關係》，《而已集》，《魯迅全集》第三卷，
人民文學出版社 1981 年版，第 515 頁。

時代」〔註 37〕猶可，如若徑直把魏晉時代說成一個「人的自覺」的時代，那恐怕還是站不住腳的，因為魏晉時代的「人的自覺」畢竟與五四以來的現代中國借鑒西方近現代人文主義傳統而確立的「人的自覺」不可同日而語。

其實何止魏晉名士，對於那批晚明思想家來說，情形幾乎也是如此。以當時最負盛名的封建思想叛逆者李贄為例，公元 1602 年，李贄在獄中以剃刀自刎，死後被人譽為「犧牲自我」。對此，當今美籍華裔學者黃仁宇持有不同看法。在他看來，「李贄是儒家的信徒」，他所生活的時代只能把他「構成一位特色鮮明的中國學者」，而不是一位「歐洲式的人物」。實際上，在李贄剃度為僧之前，他已經按照儒家的倫理文化規範完成了自己對家庭應該盡的一切義務。不僅如此，在他自裁氣絕之前，一句「七十老翁何所求！」的絕命辭其實也流露出了他的濃重的消極悲觀情緒。這與西方人文主義者在臨死前所表現出來的那種高貴的生命尊嚴感之間存在著明顯的區別。用黃仁宇的話來說，李贄既「沒有路德的自恃，也缺乏伊拉斯謨的自信」。黃仁宇進一步指出：「李贄的悲觀（其實這本質上是他作為一個「自相衝突的哲學家」的集中的外在表現——引者注）不僅屬於個人，也屬於他所生活的時代。傳統的政治已經凝固，類似宗教改革或者文藝復興的新生命無法在這樣的環境中孕育。」〔註 38〕黃氏的這種見解無疑是符合中國封建社會後期的社會文化思想實際狀況的。不僅如此，在黃氏看來，李贄「的學說破壞性強而建設性弱，他沒有能夠創造一種思想體系去代替正統的教條，原因不在於他缺乏決心和能力，而在於當時的中國社會並不具備接受改造的條件」〔註 39〕。對於李贄來說是如此，其實對於他的同代思想家來說也是如此，當然對於更久遠的一代魏晉名士來說就更是如此了。

比如嵇康和阮籍，他們在當時的中古歷史文化語境中根本就不可能建構出一個異質的思想體系去代替正統的綱常名教。所以，他們一方面以「老子、莊周為吾師」，倡導「越名教而任自然」（嵇康《與山巨源絕交書》），進行一種逃避性的反抗，另一方面卻又宣稱要「懷忠抱義」，前提是必須在遵守名教的同時達到一種「不覺其所以然」的「自然」狀態（嵇康《聲無哀樂論》）。這正如有學者所指出的那樣：「在嵇、阮這裏，『自然』成了『名教』的外殼，成了反對

〔註 37〕魯迅：《魏晉風度及文章與藥及酒之關係》，《而已集》，《魯迅全集》第三卷，人民文學出版社 1981 年版，第 504 頁。
〔註 38〕黃仁宇：《萬曆十五年》，中華書局 1982 年版，第 205 頁。
〔註 39〕黃仁宇：《萬曆十五年》，中華書局 1982 年版，第 223 頁。

假名教的工具」〔註40〕。由此看來，在一代魏晉名士那裏，在表面上他們似乎是將名教和自然對立起來的，但在骨子裏他們其實不過是想調和名教與自然，在儒道思想之間尋找一條折衷的道路。也就是說，他們在根本上並未走出中國傳統文化的精神藩籬。再比如李贄，他的思想核心即在於對「自然人性」和「人欲」的熱情肯定。他所謂的「童心」其實也就是「人欲」、「私欲」或「物欲」。今天看來，李贄的「童心說」，以及公安派文人「獨抒性靈」的文學理念等，雖然在當時具有對抗封建禁欲主義的革命性，然而在它們和現代性的個性自由觀念形態之間畢竟存在著本質的區別。因此，對於李贄們來說，具有現代意味的大寫的「人」還並沒有被發現，也就是說，他們的自我還並未真正地覺醒。否則，我們就不能理解，爲什麼學貫中西的周作人在五四時期還要呼籲有良知的中國人去「從新發見人」、去「闢人荒」，去提倡「一種個人主義的人間本位主義」〔註41〕。顯然，由於缺乏一種異質的現代性文化體系及其基本文化精神的支撐，李贄和其他的晚明思想家們的精神反抗實際上是比較淺表的，也是很有限的。他們還無法在根本上從中國傳統文化結構形態中走出來。所以，人們看到，像李贄、徐渭、湯顯祖、公安三袁等晚明思想家和文學家最終還是只能通過沉醉到自然山水之間，迷戀於老莊佛禪之中來尋求精神解脫。

歷史證明，中國傳統文人要想演變爲眞正的現代知識分子／作家，他們就必須「別求新聲於異邦」（魯迅語），必須首先接納異質的西方現代文化價值觀念體系，在此基礎之上再來吸收傳統文化中的有益養分，從而眞正完成對中國傳統文化的創造性轉換。這意味著，眞正的現代中國知識分子／作家必須具備一種對中國傳統文化的理性批判精神。用西方社會文化學派的精神分析學術語來說，就是他們必須具備一種清醒的文化審父意識。然而，在傳統中國這樣一個長期處於家國同構狀態的封建宗法專制主義國度裏，在整個國民的集體無意識中，或文化人格心理結構中實際上已經生成了一種積重難返的文化戀父情結，因此，要想重新在國民的意識域中創生出一種理性的文化審父意識與之相對抗又談何容易。但儘管如此，對於部分中國近現代知識分子來說，這一艱難而痛苦的人格心理蛻變過程還是不可避免地開始了。1840 年以降，在西方列強的堅船利炮的凌辱之下，傳統中國被迫開始逐步向

〔註40〕李宗桂：《中國文化概論》，中山大學出版社 1988 年版，第 125 頁。
〔註41〕周作人：《人的文學》，《新青年》第 5 卷第 6 號，1918 年 12 月 15 日。

現代化轉型，與此同時，中國近現代知識分子也「循序漸進」地開始了對傳統文化的審視和反思。按照目前學術界比較通行的文化三分法，相對而言，洋務派那一代知識分子對傳統文化的反思還停留在「器物」或「物質」的層面上，資產階級維新派和革命派知識分子對傳統文化的審視則躍進到了「制度」的層面，只有到了五四新文化運動一代知識分子那裏，他們對中國傳統文化的反審才最終深入到了「思想」的層面上。實際上，也只有在五四一代知識分子／作家群體的文化人格心理結構中才最終形成了一種激進而徹底的文化審父意識。這種文化審父意識是如此的強烈和執著，它不僅是理性的產物，而且充滿了非理性的情緒化色彩。它是一個長期遭受專制文化壓抑的民族的生命力的總爆發，所以一經形成，也就沉澱在了那一代知識分子的集體無意識中，從而生成了一種深刻的文化審父情結〔註42〕。

這種文化審父情結或文化審父意識的本質在於，它站在現代人道主義或人文主義的文化立場上來審視和批判中國的傳統文化精神。它主要通過鼓吹民主自由和個性解放等「人」的觀念和思潮，來顛覆綿延了二千多年的「非人」的儒家政治倫理文化規範體系。五四一代知識分子的文化審父行為集中表現為他們掀起了疾風暴雨般的「非孔反儒」文化浪潮。中國傳統文化的象徵性人物「大成至聖先師」孔子的牌位被他們棄置若敝履，包括陳獨秀、胡適、李大釗、魯迅、吳虞、高一涵、易白莎等在內的一大批五四知識精英個個都可以稱得上是「隻手打孔家店」的文化英雄。在以魯迅為代表的那一代五四作家創作的啓蒙文學作品中，反抗封建禮教、鼓吹個性解放可以說是風行一時的思想主潮。在現代中國文學領域裏，正是魯迅筆下的狂人，這個中國傳統儒家文化的「逆子貳臣」率先祭起了文化審父的大旗。憑藉對「禮教吃人」的聲討和吶喊，狂人也就將孔子這個中國人文化人格心理結構中巨大的精神父親形象，及其歷代的精神替身推上了現代人道主義的理性法庭，使其接受「人」的審判。可以說，在狂人及賦予其精神生命的魯迅的心靈深處

〔註42〕昌切在其博士論文《清末民初的思想主脈》（東方出版社，1999年版）中反覆提請人們注意：「五四前一代若不非孔反儒，變政改制將寸步難行。」（見該書第三章）這當然是符合歷史實際情形的判斷。然而就連作者也樂於承認，無論是嚴復、譚嗣同、章太炎、孫中山，還是梁啓超、康有為、王國維，甚至包括早期的魯迅，他們在五四前的非孔反儒在規模和深度上應該說都是不很徹底的。作者在該書中提供了正反兩方面的史料可資佐證。正是著眼於這一點，本著才將文化審父意識（情結）限定在五四一代知識分子（作家）的身上。

實際上已經埋植下了一種無法釋懷的文化審父情結。其實，不僅僅是魯迅，在五四那一代知識分子／作家群體的文化人格心理結構中又何嘗沒有那種相同性質的文化審父情結（意識）呢？區別不過在於表現形態和程度不同罷了。

　　然而，到了紅色的 1930 年代，隨著中國整個的歷史（政治、軍事、文化）語境的激變，現代中國知識分子／作家的這種集體無意識層面上的文化審父情結（意識），及其表現在社會無意識層面上的啓蒙文化英雄情結，也就逐漸遭到了日漸高漲的革命文化和文學規範的抑制或遮蔽，直至 1940 年代的延安紅色中國文化和文學秩序中則更是遭到了根本的消解。及至人民共和國成立後「一體化」的紅色中國文化和文學秩序中，這種文化審父情結（意識）或啓蒙英雄情結的生存開始變得越發艱難，它們突破創作主體的理性規範的可能性也就變得越來越小，當然也不能就此說它們已經完全不復存在。接下來就將通過對典型文學文本的解讀來進一步證實這一點。

二、神聖意象的顛覆

　　在紅色中國文學話語秩序中的公開詩壇裏，「太陽」這個神聖意象在很大程度上已經構成了一個文學原型，它頻繁地出現在紅色中國的各類詩歌文本中，具有無上的政治尊嚴。這裏幾乎用不著再去花費篇幅例舉這類平庸的詩作了。放眼看去，在紅色中國盛行詩壇的「頌詩」和「戰歌」大潮中，又該有多少頭頂「政治抒情詩人」桂冠的人沉迷於這種「太陽崇拜」之中不能自拔。他們的整個心靈世界幾乎完全都被那個光芒萬丈的太陽神所佔據，至於他們文化人格心理結構中的眞實自我則在不經意間被放逐到了潛意識的黑箱之中，一時再也難以獲得精神上的超度。可悲的是，他們往往對自己的這種精神奴役狀態並無覺察。他們幾乎是不由自主地在溫順的自己和那位莊嚴的政治文化父親之間維持著一種精神上的隱形父子關係。這意味著，這種太陽崇拜其實可以在精神分析學的意義上被還原爲一種「父親崇拜」，至於它的本質則是權力崇拜。不難看出，此處所謂的太陽崇拜實際上就是上一章中曾重點論及的文化戀父情結的一種藝術表現。然而，這裏要關注的並不是太陽崇拜和文化戀父情結，恰恰相反，是對它們的某種有意無意的消解和顛覆，即從壓抑中開始回歸的文化審父情結（意識）。在當時公開發表的詩歌作品中，紅色中國主流詩人們幾乎不可能流露出這種拆解神聖意象的潛在審父心態。但在「文革」地下詩壇中，卻有不少傳達出這種精神旨趣的另類詩篇。其中，

最值得關注的是號稱白洋淀詩壇「三劍客」的根子、多多和芒克的部分地下詩歌作品。

芒克是一個十分感性的詩人。他的詩中總是充滿了大量的讓人驚奇的超現實藝術感覺。比如在紅色中國主流詩人的筆下神聖無比的太陽意象，到了芒克的感覺世界裏卻完全變了形、走了樣。芒克一般這樣「感覺」太陽：「秋天呵，／太陽為什麼把你弄得這樣瘦小？」（《秋天》1973）；「你又一次的驚醒，／你已滿頭花白。」（《給太陽》1973）；「太陽落了。／黑夜爬上來／放肆地掠奪。／這田野將要毀滅，／人／將不知道往哪兒去了。」（《太陽落了》1973）；「我全部的情感／都被太陽曬過。」（《土地》）……顯然，太陽意象在芒克的心靈中已經不再神聖，相反，它幾乎變成了一個應該接受譴責和審判的充滿了暴力的獨夫形象。表面上是「秋天」、「田野」和「土地」經受了太陽的欺凌和摧殘，實際上卻是「人」在遭受著太陽的精神奴役。當然，芒克對太陽「感覺」得最深刻、最使人震驚的一次還是在《天空》（1973）組詩中。在這首詩的首尾兩節，芒克這樣寫道：「太陽升起來，／把這天空／染成了血淋淋的盾牌。」；「太陽升起來，／天空，／這血淋林的盾牌。」早有論者指出，芒克這首詩中的太陽意象「是新詩有史以來最攝人心魄，最具打擊力的意象之一」〔註43〕。芒克幾乎是天才地捕捉到了這個渾身洋溢著血腥和暴力的太陽意象，但他不是以理性的力量，而是以其敏銳的藝術感覺觸摸到了一個特殊年代的歷史真實和心靈真實。在芒克的潛意識中實際上湧動著一股強烈的「弒父」衝動，他彷彿是本能地時刻在詩中尋找著褻瀆那個太陽神君，實際上是一代人的精神文化父親的機會。

「弒父」其實是審父的一種特殊而極端的表現方式。與芒克出於非理性的「弒父」衝動不同，多多在《致太陽》（1973）一詩中表現出了一種理性和智慧的審父意識。和芒克相比，多多似乎更長於理性的思辯（當然他的藝術嗅覺也很靈敏）。顯然，叛逆的多多在《致太陽》這首詩中運用了反諷的表現技法，筆鋒直指作為一代人的精神父親的太陽神。在詩中，多多先是用一種莊嚴而冷峻的語調這樣描述那個統治一代人的精神世界的太陽父親形象：「給我們家庭，給我們格言／你讓所有的孩子騎上父親的肩膀／給我們光明，讓我們羞愧／你讓狗跟在詩人後面流浪／／給我們時間，讓我們勞動／你在黑夜中長睡，枕著我們的希望／給我們洗禮，讓我們信仰／我們在你的祝福下，

〔註43〕唐曉渡：《芒克：一個人和他的詩》，《詩探索》1995年第3輯。

出生然後死亡。」這是一個為一代人的心理和行為製定文化規範的「立法者」形象。儘管他已然老邁昏憒，「在黑夜中長睡」，然而作為「子民」的「我們」卻仍然對他頂禮膜拜，敬若神明，終其一生未能悔悟。然而，究竟是誰賦予他那種絕對化的權力，使他不僅能夠「查看和平的夢境、笑臉」，而且有權「沒收人間的貪婪、嫉妒」，難道他真的是所謂「上帝的大臣」和「靈魂的君王」？最後，詩人對這個宰制一代人的靈魂，並閹割其生命潛能、剝奪其精神自由的太陽父親表達了強烈的嘲弄和鄙視：雖然「你創造，從東方升起」，然而「你不自由，像一枚四海通用的錢」。多多就這樣將一代人的精神父親推上了人道主義的理性法庭接受自我覺醒了的「人」的審判。詩人敏銳地發現，那個權力膨脹的靈魂君王其實已經異化成了「一枚四海通用的錢」，雖然在表面上他擁有無限的自由，然而在骨子裏，他卻不過是一個權力的奴隸。

　　這裏還必須提到根子的那首著名長詩《三月與末日》（1971）。實際上，這首詩中並沒有直接出現「太陽」這個父性意象，然而卻存在著兩個由太陽衍生的神聖意象：女性的「春天」和男性的「夏天」。不難發現，詩中「驕陽似火」的「夏天」其實是「陽光明媚」的「春天」的同謀，即詩中所謂「殘忍的姘夫」。它們之間構成了一種二位一體的關係：溫柔的「春天」不過是酷烈的「夏天」的假面具，而後者則是前者的真面目。表面上「春天」是詩中的主角，而實際上「她」僅僅是被「夏天」推到前臺的配角。也就是說，隱藏在「春天」背後的「夏天」才是詩人所要真正顛覆和審判的「太陽神」。在這個意義上，當詩人毅然將「春天」推上了人性的法庭接受末日審判的時候，他的潛在所指本質上卻是「夏天」。由此看來，根子筆下的「夏天」實際上是一個戴著「春天」面具的、戕殺一代人的自我人格精神的「溫柔殺手」。

　　既然「夏天」和「春天」之間在本質上完全相同，為了方便，接下來的分析中將只論及「春天」，而一般隱去「夏天」。根子筆下的「春天」每年都帶著「一樣血腥的假笑」「在三月來臨」。這個「世襲的大地的妖冶的嫁娘」，「裏卷著滾燙的粉色的灰沙／第無數次地狡黠而來」，它「把大地——我僅有的同胞／從我的腳下輕易地擄去」。它使我的「同胞」一再地喪失了「人的原則」，直至變成了一個精神侏儒匍匐在它的腳下。在這一點上，根子筆下的春天（夏天）和多多、芒克筆下的太陽並沒有什麼不同，它們都是現實社會中那個靈魂君王的藝術化身。根子對「春天」（「夏天」）的褻瀆和審判其實也就是對自己文化人格心理結構中的精神父親的褻瀆和審判。不僅如此，根子在

詩中還從「審父」轉向了「自審」，或者不如說，根子的「審父」其實是建立在「自審」的基礎上的。這使得根子的「審父」比芒克和多多的「審父」具有更為深刻的精神心理內涵。在社會文化派精神分析學的意義上，這首詩中的「大地」意象並不僅僅是指外在社會現實世界中的芸芸眾生，在它和「我」之間並不僅僅是個體和集體（「同胞」）的關係，而是那種「超我」（集體化的理想人格）與「自我」的關係。在很大程度上，超我其實是異化的自我，它是被紅色中國權威的政治文化父親所「擄去」的自我的另一半。在以前的那「十九個一模一樣的春天」裏，「我」被迫蟄伏在潛意識的心靈深淵，而「我」的超我人格——「大地」卻心甘情願、執迷不悟地做著「春天」的精神奴僕。雖然「我」也曾竭力地啟蒙過「大地」，然而無奈「大地」的精神過於暗昧，簡直無法蘇醒：

> 作為大地的摯友，我曾經忠誠／我曾十九次地勸阻過他，非常激動／「春天，溫暖的三月——這意味著什麼？」／我曾忠誠／「春天，這蛇毒的蕩婦，她絢爛的裙裾下／哪一次，哪一次沒有掩藏著夏天——／那殘忍的姦夫，那攜帶大火的魔王？」／我曾忠誠／「春天，這冷酷的販子，在把你偎依沉醉後／哪一次，哪一次沒有放出哪些綠色的強盜／放火將你燒成灰燼？」／我曾忠誠／「春天，這輕佻的叛徒，在你被夏日的燃燒／烤得垂死，哪一次，哪一次她用真誠的溫存／扶救過你？她哪一次／在七月回到你身旁？」／作為大地的摯友，我曾忠誠／我曾十九次地勸阻過他，非常激動／「春天，溫暖的三月——這意味著什麼？

雖然詩人的超我（「大地」）是如此的愚昧，然而詩人的自我畢竟「第一次清醒」了。他驕傲地宣稱：「春天，將永遠烤不熟我的心——／那石頭的蘋果」。在「蒙受犧牲的屈辱」之後，在經過「十九個兇狠的夏天的薰灼」之後，「我」的心已經變成了「一座古老的礁石」，「它沒有融化，沒有龜裂，沒有移動」，「心已經成熟」。既然「大地」「從不奮力鍛造一個樸素壯麗的靈魂」，「既然他浩蕩的血早就沉澱」，那麼覺醒的「我」只有將它連同「春天（夏天）」一起甩開、一起顛覆。終於，在這「第二十個春天」到來之際，「我」「第一次沒有拼死抓住大地／這漂向火海的木船，沒有／想要拉回它」。隨著「大地」再一次葬身於「夏天」的火海，在「冷漠」中，「我」卻獲得了靈魂的超昇。在某種意義上，「大地」（超我）之死實際上是詩人的自我新生的標誌。它預

示著詩人從此擺脫了超我、擺脫了「春天（夏天）」的精神束縛和靈魂控制，從而成為了一個既勇於「自審」又敢於「審父」的啓蒙文化英雄。

難能可貴的是，這位啓蒙英雄是如此的清醒，他深知在一個精神的歷史暗夜中從事文化啓蒙的艱難。在全詩就要結束的時候，詩人寫道：「今天，三月，第二十個／春天放肆的口哨，剛忽東忽西地響起／我的腳，就已經感到，大地又在／固執地蠕動，他的河湖的眼睛／又渾濁迷離，流淌著感激的淚／也猴急地搖曳」。這意味著詩人敏銳地覺察到了自己業已死去的超我（「大地」）仍然有死灰復燃的可能，同時也意味著作為詩人的「同胞」的「遼闊」的「大地」依然處於精神昏睡和自我休眠的異化狀態中。可見這首詩不僅顛覆了神聖的太陽意象，而且也顛覆了神聖的大地意象。

三、現代性的父子衝突

在小說和話劇這樣的敘事文學話語中，也許從父子衝突的角度能夠更直接地切入我們正在探討的文化審父命題。然而在紅色中國主流文學作品中，雖然存在著大量的以父子衝突為核心情節的敘事話語，但從這種父子衝突中卻尋繹不出多少現代性的文化內涵。這又存在著兩種情形：一種是整個父子衝突基本上屬於披著革命外衣的偽現代性衝突；再一種是雖然這種父子衝突具有一定程度的現代性，然而在文本中卻遭遇到了主流文化規範或權威意識形態的消解和淡化。

在紅色中國農業合作化題材的長篇小說中，關於父子衝突的敘事是一個十分顯著的創作現象。其中著名的如在《創業史》中梁三老漢與梁生寶之間，在《山鄉巨變》中盛祐亭和盛學文之間、陳先晉與陳大春之間，在《豔陽天》中蕭老大和蕭長春之間都存在著一定程度的父子衝突。此外，在《金光大道》中高大泉和高二林之間，雖然表面上是兄弟衝突，然而在文化人格心理結構上也應視為父子衝突。當然，在《三里灣》中范登高和范靈芝之間的父女衝突也應屬於一種廣義的父子衝突。由於這些衝突關係中的父親形象往往主要是作為「自私」型農民典型而主要不是作為「愚昧」型農民典型被塑造的，換句話說，由於他們基本上都是紅色中國作家的革命話語的產物，而不是啓蒙話語的藝術結晶，所以，這種父子衝突只具有一種表象上的現代性。也就是說，雖然作為子輩的人物一再企圖消解父輩的「封建意識」，然而他們對父輩的「審視」或「思想改造」並不是為了使其最終告別精神奴役和人格麻木

的愚昧狀態，而是爲了使其從一種扼殺個性的傳統倫理文化秩序中走出來後，馬上又投身或皈依於另一種同樣具有壓抑性的紅色道德文化秩序之中。在很大程度上，這些子輩人物對父輩人物的自私心理的批判其實是以剝奪他們的生命本能需要或人性的基本欲望爲代價的。

顯然，這裏並不是在爲極端的自私自利作道德辯護，因爲任何陷入極端的個人私欲中的人實際上已經淪爲了非人，異化成了欲望的奴隸。然而，對於一個完全被剝奪了個體生命欲望的人，同樣也不可能奢望他能成爲一個「爲自己的人」或「自爲的人」（弗洛姆語）。這種人必然會最終異化爲某種外在的權力規範的奴隸。本來對於紅色中國文學中的梁三老漢們來說，要想使他們從提倡「克己復禮」的傳統中國宗法專制主義文化困厄中解脫出來就已經夠艱難的了，沒想到在原有的精神桎梏還未完全解除的情況下，他們又被戴上了另一條冠冕堂皇的現代紅色精神鎖鏈。正是在這個意義上，紅色中國文學話語秩序中的梁生寶們的所謂「文化審父意識」其實是背離了現代性精神的，這是一種虛僞或虛假的文化審父意識，它不是爲了使父輩們如馬克思所說的那樣「作爲一個總體的人，佔有自己的全面的本質」〔註44〕，而是爲了使其像自己一樣從傳統的文化戀父情結中走出來，然後皈依到紅色的文化戀父情結中去。實際上，當年那些大膽審父的子輩人物自身並不具備「人的解放」的現代意識，他們沒有意識到自己執迷其間的「階級的解放」其實只能是「人的解放」的工具，而不應該成爲後者的目的。

當然，在紅色中國主流文學中也並不是完全沒有現代性的父子衝突敘事，然而由於紅色中國作家普遍固執於自己已經選定的話語屈從立場，他們往往出於迎合主流文化規範或權威意識形態的目的，有意無意地壓抑、稀釋或置換了這種父子衝突的現代性內涵。比如《三里灣》中，趙樹理不是沒有注意到作爲「馬家大院」中的權威父親——「糊塗塗」馬多壽對家人，尤其是對兒子馬有翼的封建宗法家長制的管理是有悖於現代民主精神的。實際上作者對「有翼革命」給予了高度的讚賞。爲了追求個人的愛情幸福，馬有翼雖然只能被迫採用一種「裝瘋」的可悲方式，但他畢竟還是最終擺脫了「父母之命，媒妁之言」。然而，具有諷刺意味的是，馬有翼雖然沒有屈從父母的「拉郎配」，娶袁小俊爲妻，但他卻無法反抗作家趙樹理利用手中的敘事話語權力將他和王玉梅強扭在一起。顯然，馬有翼鍾情的是范靈芝而不是王玉梅。

〔註44〕馬克思：《1844 年經濟學哲學手稿》，人民出版社 2000 年第 3 版，第 85 頁。

但作者彷彿是爲了通過紅色文學話語將「知識分子和工農兵相結合」的革命命題加以合法化敘事，他選擇了讓馬有翼和范靈芝這兩個「中學生」（「知識分子」）分別與農民青年王玉梅和王玉生「花好月圓」〔註45〕。不僅如此，在整部小說中，趙樹理還圍繞著馬家的一塊「刀把地」設置了一個展開情節衝突的焦點事件，以此來著意表現馬多壽在合作化過程中的自私心理，這就從根本上弱化了對馬多壽在家政管理上的專製作風的批判。總之，趙樹理一方面發現了馬多壽和馬有翼之間的現代性父子衝突，另一方面又在主流文化規範或權威意識形態的拘囿下有意無意地掩蓋或淡化了這種現代性的父子衝突。換句話說，趙樹理一方面無意識地體驗到了自身萌發的現代性的文化審父意識，另一方面又不敢正視它，或者說，在剛剛抵達它的面前之際，卻又無奈地轉過身去。

在 1960 年代初的紅色中國話劇創作「高潮」中，《年青的一代》（陳耘等）和《千萬不要忘記》（叢深，原名《祝你健康》）兩劇在當時影響甚大。有意味的是，兩劇的作者都選擇了以父子衝突作爲他們展開合法化敘事的切入點：在《年輕的一代》中是林育生與其養父林堅之間的衝突，在《千萬不要忘記》中是丁少純與其生父丁海寬之間的衝突。在前一劇中實際上還涉及到林育生與其早已爲革命犧牲了的生父（母）之間的潛在衝突，同樣，在後一劇中也存在著丁少純與其從鄉下來的祖父之間的根本衝突。後一種衝突與前一種衝突在本質上是一致的，是對前一種衝突的某種補充和強化，屬於泛父子衝突。如果揭去這兩劇的作者有意罩在林育生和丁少純身上的漫畫化的政治面紗來看，應該說，這兩位子輩人物與其父輩人物之間的衝突具有明顯的現代性意蘊。在很大程度上，這種衝突其實是兩位「自私」的兒子與兩位「無私」的父親之間的文化人格價值衝突，是個體（自我）本位的現代價值觀與集體（超我）本位的「新古典主義」價值觀之間的衝突。

以丁少純爲例，在劇作者的眼中，年輕的工人丁少純無疑在精神上是不「健康」的，他居然背叛了身爲車間主任的父親丁海寬的革命精神傳統。婚後的丁少純在岳母的影響和慫恿下開始講究吃穿，甚至熱衷於在下班後通過打野鴨來賺錢改善物質生活條件。然而，如今看來，丁少純對「毛料子」衣服的追求和他業餘「打野鴨」貼補家用的行爲實在僅僅是爲了滿足人類的一些基本物質欲望，並沒有任何過頭的地方。在「八小時以外」，丁少純應該

〔註45〕趙樹理的長篇小說《三里灣》在 1950 年代末被改編成電影《花好月圓》。

享有足夠的人身自由和精神自由，他有權滿足自己的個體生命欲望並實現自己的個體人生價值。然而，在他「以廠爲家」的父親丁海寬當時看來，「要是你們光想著自己的毛料子，光惦著多打幾隻野鴨子，那你們就會忘了關電門，忘了上班，忘了我們的國家正在發憤圖強，忘了世界革命！」。這眞是習慣於「上綱上線」的「革命的鐵的邏輯」！按照這種邏輯，爲了集體、爲了國家、爲了革命，任何生命個體都應該將自己無保留地奉獻出來，消滅自己的全部「私欲」和私人空間，從而做一個生活在完全透明的公共空間中的「大公無私」的革命者（「接班人」）。否則就會像丁少純那樣忘記了「祖父是個老雇農」、忘記了「父親是個老工人」、忘記了自己「是工人階級的一個成員」。如此看來，丁少純與丁海寬之間的父子衝突實際上是兩種不同的人生價值觀之間的衝突。丁少純當初對丁海寬的反叛其實是對其父所代表的革命集體本位的「新古典主義」價值觀的反叛，而他自覺追求的則是一種以生命個體爲本位的現代性人生價值觀念形態。父親要求兒子像自己一樣做國家革命機器上的一顆永不生銹的螺絲釘，然而兒子希望能夠擺脫父親的政治文化規約，獨立自主地立身行事，這其中就首先包括滿足自己的基本生命欲望。毫無疑問，林堅和林育生之間父子衝突也可以作如是觀，這裏就不再贅析。

　　然而必須指出的是，由於這兩劇的作者都囿於主流文化道德規範的強力制約，所以他們在劇中自始自終都對子輩人物反叛父輩人物的文化行爲採取了簡單的否定態度，並讓他們最終都迷途知返，重新回到了道德理想主義的紅色文化規範中來。這意味著，劇作者們根本就沒有清醒地意識到自己已經在有關父子衝突的敘事中無意地觸及到了現代性的文化主題，他們只是不由自主地按照權威意識形態的律令不遺餘力地消解或遮蔽這種父子衝突的現代性文化意味。也就是說，隱藏在這種父子衝突敘事中的文化審父意識被劇作者們專橫而麻木地壓抑到無意識域中去了。

　　在 1960 年代初的紅色中國主流文壇中，像這兩部劇作的作者一樣強行抑制自己（人物）的文化審父意識的作家應該說不在少數。比如趙樹理，他在這時期創作的兩篇小說《互作鑒定》和《賣煙葉》都不能算是成功之作。小說失敗的原因也許主要就在於作家在寫作時違背了自己作爲知識分子的良知，背叛了弗洛姆所謂人的內心深處「眞正的自我」的聲音，即「自愛、自我關心的聲音」〔註46〕。趙樹理在這兩篇小說中極具諷刺性地塑造了兩位「不

〔註46〕弗洛姆：《爲自己的人》，三聯書店 1988 年版，第 152 頁。

好好在農村安心勞動」的中學生形象：劉正和賈鴻年。與生長在城市的丁少純和林育生一樣，農村出生的初中生劉正和高中生賈鴻年也不願意爲了高度集體化的「革命事業」而捨棄了個體的人生價值追求。劉正想獲得進一步學習深造的機會，爲此他和故意打擊他的生產隊長之間產生了尖銳的衝突。劉正始終弄不明白，自己想多學點知識，愛學著做詩，「這難道也是錯的嗎」？賈鴻年更是「野心勃勃」，他先是想當一名作家，在遭到生產隊長的壓制之後，他又做起了「投機倒把」的生意：「賣煙葉」。如果在更寬泛的意義上來理解父子衝突，我們就會發現，在集體無意識的社會文化人格心理結構層面上，劉正或賈鴻年與農村生產隊長之間的衝突其實是一種隱蔽性的泛父子衝突。它和前面論及的丁少純與丁海寬、林育生與林堅之間的父子衝突具有相同的文化性質，即「自私」的兒子與「無私」的父親之間的文化人格價值衝突。

　　如今看來，置身在紅色中國「禁欲主義」社會文化秩序中的那些子輩人物是有理由得到人們的同情的，因爲每個人都有實現自己的人生價值並滿足自己的基本欲望的權利。在 1980 年代初名噪一時的小說《人生》中，路遙塑造的農村知識青年高加林曾經博得了時人的廣泛同情。在精神形態上，趙樹理當年塑造的劉正或賈鴻年正是後來路遙筆下的高加林的前身。只不過劉正和賈鴻年沒有高加林那麼幸運，他們生不逢時，高加林得到了作者路遙的理解和同情，然而他們卻遭了趙樹理的無情諷刺和強烈批判。從早年創作中習慣於對「小字輩」人物讚譽有加，到晚年對劉正和賈鴻年這兩個子輩人物的漫畫化塑造，其間流露了趙樹理在紅色中國文化秩序中越陷越深，精神越來越趨於僵化和保守的實際狀況。1960 年代的趙樹理已經越來越無力或無心反抗主流文化規範和權威意識形態了。正是在那種主導性的話語屈從立場的支配下，趙樹理無法聽從內心深處的自我的呼喚，因此他也就不可能意識到在這些子輩人物與父輩人物之間的文化衝突中其實隱藏著一種現代性的文化審父意識。

　　如果說在紅色中國主流文學作品中，我們所發現的文化審父意識基本上都遭到了作者有意無意的消解和遮蔽的話，那麼在紅色中國「爭鳴」文學作品中，相對而言，我們所看到的文化審父意識就顯得更爲明確、更爲集中、更爲強烈一些。前面曾重點論及了一些代表性的「爭鳴」文學作品，如丁玲的《在醫院中》、王蒙的《組織部新來的青年人》、劉賓雁的《本報內部消息》、劉紹棠《西苑草》等。不難發現，在女醫生陸萍與農民出身的醫院院長之間，

在小學教師林震與區委組織部副部長劉世吾之間，在報社記者黃佳英與報社總編輯陳立棟之間，在大學生蒲塞風與革命化的老教授蕭漁眠之間，實際上都或顯或隱地存在著一種廣義的泛父子衝突。如果以紅色中國主流文化規範作為參照系，那麼這些子輩人物與父輩人物之間的對立其實可以歸結為反抗與屈從這兩種話語立場之間的對立。具體而言，這些子輩人物都在不同程度上要求回到以生命個體為本位的啟蒙文化立場上來，他們渴望思想自由和人格獨立，他們希望能夠按照生命個體的自由意志來實現自己的人生價值。當然，由於紅色中國話語言說缺乏足夠的自由度，他們堅守自我的潛在心理要求還必須在紅色中國文化的大框架內曲折地有限傳達。但如今的我們卻不能因此而過於強調他們的歷史文化局限性，從而忽視或低估了他們的精神求索或文化反抗性。從父輩人物來看，他們幾乎都是紅色中國權威政治話語的現實化身。換句話說，他們都屬於精神分析學中所說的政治文化父親形象。這些父輩人物對自己控制範圍內的子輩人物的壓制本質上就是權威政治文化父親對孤獨的生命個體的自由意志的壓制，而那些子輩人物對父輩人物的精神質疑和文化反思其實也就是具有一定的獨立自由意志的生命個體對專制的政治文化父親的重新審視。正是在這個意義上，可以把紅色中國「爭鳴」文學作品中出現的那些子輩人物與父輩人物之間的精神心理衝突視為一種含有現代性的文化審父意識（情結）的父子衝突。

和以上提到的那些「爭鳴」文學作品相比，在1950年代後期曾經聚訟紛紜的一部話劇《布穀鳥又叫了》（楊履方）中潛藏的文化審父情結顯得更為複雜，因此可以作為一個著例來加以分析。該劇在顯文本的層面上主要講述了一個關於女主人公童亞男的三角戀愛故事。而在潛文本的層面上，它實際上暗中揭示了童亞男從初步形成的文化戀父情結中大膽出走，並勇敢地反叛和重新審視自己精神上的政治文化父親，從而最終回歸真實自我的深度心理嬗變過程。童亞男被人譽為「布穀鳥」，她性格外向，能歌善舞，喜歡和年輕人在一起瘋瘋打打、吵吵鬧鬧。然而，就是這樣一隻快樂、單純、自由的「布穀鳥」，一旦與農業生產合作社的團支委王必好確立了戀愛關係，她就必將面臨這位政治人物粗暴施加給她的各種「非人」的人身和精神限制。年紀輕輕的王必好說話做事到處都顯出一副老氣橫秋、不苟言笑、道貌岸然的做派。他時時處處都在童亞男面前以一種威嚴的父親的姿態出現。實際上，童亞男對王必好並沒有產生過真正的愛情，這一切正如她對王必好主動表白的：「我

知道你喜歡我，我看你認識高，思想好，又肯幫我進步，我就答應你了，相信你了，可你還不大瞭解我，我喜歡跟大夥兒唱唱跳跳，說說笑笑，我的性子就是這樣。」在童亞男的眼中，王必好實際上是她的精神導師，她像一個小學生一樣對王必好充滿了「敬愛」。在童亞男的潛意識中，她其實是將王必好當作自己的精神父親來加以認同的。實際上，王必好在童亞男的面前確實一直都在有意無意地扮演著一個政治文化父親的角色。在一定程度上，可以將王必好視爲紅色中國主流文化規範或權威意識形態的現實化身之一。

這位專制的精神父親具有強烈的排他性和佔有欲，他先是在第一幕中以「組織」和「同志」的名義強迫「布穀鳥」停止歌唱，隨後又在第二幕中對其提出了變本加厲的「五項原則」：「一、退出劇團，不許跟青年男女一起唱歌、跳舞、演戲——准許你在我家裏唱歌。二、不許跟男人單獨談話——談了話，當天跟我彙報。三、不許在群眾面前嘻嘻哈哈——特殊情況，必須經我批准。四、看見申小甲遠遠躲開，以免發生意外——如有公事，由我雙方傳達。五、馬上跟我結婚，發誓不想拖拉機。」這真是一篇現代奇文，它的根本目的就是試圖將童亞男塑造成爲一個雖然穿著現代服裝，卻仍然講究封建的三從四德的傳統女性。也就是說，罩著革命外衣的王必好其實是想借革命的名義在精神上奴役童亞男這個充滿了個性自由意志的現代女性。王必好的「五項原則」中的後兩條是專門針對他的情敵申小甲的，因爲他深知，和自己相比，能歌善舞的申小甲更有資格做童亞男的戀人。王必好萬萬沒想到童亞男在看完他的「約法五章」之後憤然將它撕爲碎片，從此與他一刀兩斷。不僅如此，即使是在王必好夥同團支書孔玉成一起以「組織」的名義來向童亞男施壓，並以開除團籍相威脅的時候，童亞男也沒有屈服。相反，童亞男這一次終於全面看清了王必好這位精神父親的虛僞人格本質。這位滿嘴「革命道理」，實際上卻極端「自私自利」的人無時不在盜用革命的名義，背地裏幹一些陰謀的勾當。在某種意義上，團支書孔玉成和黨支書方寶山都可以說是團支委王必好的有意無意的「同謀」。換句話說，他們都可以被視爲童亞男的文化人格心理結構中潛在的政治文化父親形象。在全劇中權力最大、職位最高的方寶山那裏，「人」的位置甚至連「豬」都不如，童亞男的精神痛苦遠遠比不上合作社一頭種豬的病情更能吸引他的關注。與這些「非人」的精神父親相比，自我覺醒後的童亞男則是一個大寫的「人」，她喊出了「開除了我的團籍，我也要愛！」這樣具有挑戰性的口號，她不再像過去那樣爲了外在

的精神父親的尊嚴而放棄了自己的靈魂，相反，爲了捍衛自己獨立的自我人格尊嚴，必要時她完全能夠背叛那些權威的精神父親的「非人」要求。正是在這個意義上，可以說，劇作者楊履方通過對童亞男的個性形象塑造，以及對其深度心靈蛻變過程的敘述，實際上暗中宣泄了自己潛意識中壓抑已久的文化審父情結及其所衍生的現代中國知識分子啓蒙英雄情結。

本章最後要辨析的是，在「文革」時期的部分地下小說中也存在著文化審父的心理潛影。如《波動》中楊訊（肖凌）與林東平之間，《公開的情書》中眞眞與其兄長之間、老久與其父及鄔叔叔之間都潛藏著一種現代性的父子衝突。與前面論及的那些子輩人物相比，這幾位子輩人物對父輩人物的精神質疑和文化反叛具有更爲強烈的現代文化審父意識。可以說，自 20 世紀 40 年代以來，現代中國作家長期被壓抑的文化審父意識（情結）在「文革」時期從事地下寫作的少數叛逆性作家的身上得到了眞正的自由的心理回歸。這裏不妨重點分析一下《公開的情書》中以老久爲中心的現代性父子衝突的文化審父意味。在老久的自我覺醒過程中，他實際上在自己的內心深處暗中審判過兩位精神父親：一位是他的親生父親，一位是生父的摯友鄔叔叔。前者主要是一位傳統的道德文化父親形象，而後者則主要是一位被紅色文化規範所異化了的政治文化父親形象。

還是在解放前，老久的父親和鄔叔叔同時愛上了一個名叫香玉的女同學，然而香玉鍾情的人是老久的父親而不是鄔叔叔，這使得鄔叔叔很痛苦。由於老久的父親考慮到鄔叔叔平時對自己多有接濟，因此他出於一種「感恩」的心理將香玉「出讓」給了鄔叔叔。悲劇於是不可避免地發生了：香玉在絕望和痛苦之中選擇了投河自盡（後被人搭救），而鄔叔叔也懷著一種負罪的心理遠渡重洋，到美國留學去了。多年以後，在「文革」期間，老久也陷入了其父當年所陷入的幾乎同樣的情感困境。他和好友老嘎也是幾乎同時愛上了眞眞。然而，在通過對父親當年的行爲做出一番精神拷問之後，老久沒有重蹈悲劇的覆轍。在老久看來，父親的戀愛悲劇是由他的「陳腐的道德觀」及其滋生的「罪感」釀成的。爲了維護自己的傳統道德人格面具，父親「無情地克制自己」，父親沒有想到自己這樣做實際上既褻瀆了愛情也傷害了自己。也許父親根本就不懂得愛情，因爲「愛情是屬於戀愛雙方的，父親沒有出讓愛情的權利」。父親並沒有意識到「他出讓的不是一件東西，而是一個人，一個同樣有愛的權利的人」。老久發現，正因爲父親沒有建立一種尊重生命個體

的人格獨立和自由意志的現代人道主義精神，所以他才像中國封建社會中的傳統男性一樣，「不把女性眞正當作平等的人，而是把她們的感情和肉體隨意出讓」給他人。在對父親的精神文化審判中，老久的自我人格昇華了，他決心「要改造這個不尊重愛的現實環境，成爲握著眞理之劍的戰士」。於是，老久在愛情困境面前不再像父親那樣畏縮和虛僞，他勇敢地將老嘎的一封信轉寄給了眞眞，那封信傾吐了老嘎暗戀眞眞的痛苦心境。老久這樣做只是因爲他堅信「每個人都有愛的權利」，「這種權利既不能剝奪，也不能出讓」，而只能「行使」。老久尊重老嘎的愛的權利，但他並不因此而放棄了自己的愛的權利，既然愛情不是哪一方的專利，那就只能讓雙方在自由的情感交流中自然而然地達成一種神聖的精神契合。

　　再看老久對鄔叔叔的精神審判。老久曾明確地在信中對戀人眞眞說過，鄔叔叔「是我精神上的父親」，「是他引導我走上了科學的道路」。鄔叔叔在美國獲得機電博士學位後，毅然學成歸來報效祖國。他在一家電機廠擔任總工程師。出於某種贖罪心理，鄔叔叔一生未婚，「他幾乎把所有的愛都傾注在我（老久）身上」。老久在鄔叔叔的指導下系統閱讀了大量的西方哲學著作和中外文科技書籍。科學精神，或者說現代理性精神已經融入了老久的生命血液之中。他對鄔叔叔這位精神父親充滿了由衷的敬意。老久萬萬沒有想到，隨著「文革」浩劫的到來，鄔叔叔簡直讓他覺得前後判若兩人，他終於痛苦地發現了這位精神父親的內在矛盾性。「文革」爆發後，鄔叔叔在家鄉被打成了「資產階級反動權威」，被誣陷爲「美國特務」。本來父親在信中是告誡老久不要再和鄔叔叔通信，然而老久無法違背自己的良知（「自我的聲音」），他必須堅持眞理，因此他毅然寫信到那家工廠爲鄔叔叔辯護。但令老久失望和痛苦的是，後來鄔叔叔竟然當著他的面私下承認說：「我有罪，我的父親是剝削階級，手上沾滿了人民的血。我是資產階級知識分子，精神貴族，過著剝削勞動人民的寄生生活……」老久「突然發現，以前我只看到了鄔叔叔光明的一面，今天才發現他還有另一面」。原來在鄔叔叔的精神心理世界裏，「光明和陰影是分裂的」，他「掌握的科學武器只能破除對自然界的迷信，卻不能破除對社會、對人的迷信」。這意味著，鄔叔叔並未全面而眞正地信仰科學理性精神，對於他來說，科學信仰不過是「一種安慰自己的宗教，是用來和緩因內心分裂而帶來的痛苦的麻醉劑」。

　　鄔叔叔之所以一頭扎進科學知識的海洋不願自拔，其隱秘的心理原由只

是爲了躲避和遺忘早年因戀愛悲劇而造成的心靈創傷。其實，鄔叔叔的獨立自我人格並未覺醒，他其實是一個「不敢正視生活」的「軟弱的人」。所以，在那個充滿了宗教狂熱的特殊歷史年代裏，向來以科學家身份自居的鄔叔叔也和普通民眾一樣陷入了對革命領袖的非理性崇拜之中。在此時的鄔叔叔心目中，革命領袖所提倡的「共產主義道德」顯然比「科學」精神更重要。老久痛苦地發現，鄔叔叔已經「背叛了科學，背叛了現實生活，變成了只知認罪的可憐蟲」。老久無法相信那個曾經像普羅米修斯一樣給自己送來智慧和光明的啓蒙使者，如今「自己卻甘心困厄於黑暗屈辱之中，沒有絲毫怨言和反抗。難道只有逆來順受，只有把不公正的遭遇視爲命運，才叫忠於神聖的事業嗎？」。老久痛苦至極，他爲「自己尊敬的人有如此怯弱、不敢正視現實的靈魂而難過」。正是與鄔叔叔的這一場「精神上的交鋒」，或者說，正是在對鄔叔叔的一場靈魂拷問中，老久才更加堅定了自己捍衛科學精神或啓蒙理性的決心。在漫長的黑夜裏，老久獨自唱起了一首古老的奴隸的戀歌：「他望著燦爛的北斗，嚮往著自由！」顯然，老久是一個信仰自由、民主、科學、理性的現代啓蒙知識分子形象。他對兩位精神父親所進行的「人」的審判本質上傳達了作者對中國傳統的政治倫理文化規範系統和紅色道德理想主義文化規範系統的理性審視。

應該指出的是，在「文革」時期的地下小說中，像老久這樣具有清醒的文化審父意識的人物形象畢竟太少。進一步說，在整個 20 世紀 40～70 年代的紅色中國文學中，像老久這樣的現代知識分子啓蒙英雄人物形象還是太少了。這不僅是紅色中國知識分子／作家的精神悲劇，而且也是我們這個民族的精神悲劇。但無論如何，於今的我們必須直面歷史，這意味著我們不僅應該批判地審視紅色中國知識分子／作家精神淪陷的悲劇，而且也不應該完全忽視或抹煞他們中的一部分精英作家在當時嚴酷的歷史文化語境中所做出的艱難的精神掙扎，儘管這種精神掙紮實際上是很有限的；因爲畢竟二者都是當下中國重建知識分子自我人格，以及重塑民族文化性格的精神資源。

第五章　話語懺悔立場：在屈從與反抗之間

　　對於置身紅色中國文學話語秩序中的作家來說，大多數人在文學創作實踐中更多的時候是選擇的話語屈從立場，而不是上一章中探討的話語反抗立場，當然也不是本章中將要透視的話語懺悔立場。這三種話語立場之間的區別在於，在當時特定的歷史文化語境中，話語屈從立場能夠被權威意識形態和主流文化規範所接納，話語反抗立場經常遭到它們的壓制和排斥，而話語懺悔立場的命運則介乎兩者之間，處於某種既被有限地接納，同時又被有意無意地壓抑的尷尬境地。

　　因此，如果說話語屈從立場折射了創作主體對眞實自我的心理逃避機制，話語反抗立場流露了創作主體對眞實自我的心理堅守機制，那麼話語懺悔立場的心理防禦機制則具有雙重性：相對而言，它在創作主體的理性（意識）層面上往往體現爲對眞實自我的逃避心理，而在創作主體的非理性（無意識）層面上又常常表現出對眞實自我的不同程度的堅守心態。所以，話語懺悔立場處於屈從與反抗之間，它的出現與存在，體現了紅色中國作家文化人格心理結構內部防禦機制的分裂與妥協。這既是一種新穎別致的話語反抗方式，同時也是一種曖昧猶疑的話語屈從姿態。

第一節　作爲話語儀式的懺悔

　　在 20 世紀 40～70 年代紅色中國革命文學人物（包括詩歌中的抒情主人公）形象畫廊中，和陣容龐大的工農兵英雄人物群體相比，知識分子人物形

象明顯勢單力孤，他們遭到了主流文化規範和權威意識形態有意無意的貶黜與放逐，在紅色文學話語空間中屬於那種被壓抑的「邊緣人」。這意味著紅色中國主流作家在塑造知識分子人物形象時必然存在著不同程度的權力文化的限制，他們還缺乏足夠的話語空間來自由地言說自身。通常，他們不願意或沒有勇氣站在話語反抗立場去塑造知識分子人物形象，無論是運用間接的「自我投射」，還是採用直接的「回歸自我」的藝術傳達方式。

實際上，在紅色中國文學話語秩序中，對知識分子人物形象的塑造有一種更為常見的方法。從延安時期何其芳創作的著名詩集《夜歌》，到 1949 年建國後楊沫的紅色經典長篇小說《青春之歌》和曹禺轉向後的話劇代表作《明朗的天》等不同時期的各體文學作品中可以看出，紅色中國主流作家通常似乎更願意或被迫站在話語懺悔立場上去塑造知識分子人物的典型形象，或者直接抒發他們的內心衝突和矛盾情思。具體來說，他們一般習慣於以主流文化規範和權威意識形態為價值坐標，將自己筆下的知識分子人物處理成為某種曾經犯有不同程度的「政治過失」，或者染有一定程度的「階級污點」，從而需要並且已經在接受「思想改造」的「思想犯規者」或「階級原罪者」形象。在很大程度上，當這些紅色中國作家在創作中有意無意地以自己筆下充滿了「負罪感」的知識分子主人公自居的時候，或者當他們直接抒發自己內心深處的某種政治性的懺悔情結的時候，他們的這些文學作品是可以被視為作者試圖謀求政治救贖的「自白書」或「懺悔錄」來看待的。

福柯曾經對作為一種話語立場的懺悔做過深入的研究。按照他的說法，懺悔是在某種權力關係之中展開的、特殊的話語方式，即「話語儀式」〔註1〕。作為權力的產物，一切懺悔話語都內在地具有某種權力結構。也就是說，置身於懺悔儀式中的說話者和聽話者，即懺悔主體和懺悔客體之間的關係是不平等的，前者處於被後者支配和壓抑的弱勢地位。不僅如此，後者還可以不以人格化的形象出場，但這種表面上的缺席並不影響他對前者所具有的那種支配性和統治力量。實際上，說話者的懺悔話語的內容和形式已經預先被規定，他是根據聽話者所製定的話語規範來言說的。在說話者的懺悔話語的背後其實隱藏著聽話者所製定的深層話語構成規則系統，即權威的「知識型」在暗中起作用。因此，在這個意義上，作為懺悔主體的說話者在很大程度上是被動的，他是某種誤認的主體、虛構的主體。相反，作為懺悔客體的聽話

〔註1〕福柯：《性史》，青海人民出版社 1999 年版，第 53 頁。

者卻是主動的權威者和裁判者，即眞正的主體、隱匿的主體。正是它從說話者身上「壓榨」或「擠壓」出了懺悔話語，並且擁有對其進行最終裁決和處置的話語權力。

　　然而，這僅僅是問題的一個方面，儘管是一個主導性的方面。問題的另一方面在於，作爲懺悔主體的說話者在具體的懺悔話語實踐中有時候也並不是完全屬於那種被動言說、言不由衷的說話機器，他時常也會在暗中進行一種有限的、曲折或變形的話語反抗。也就是說，懺悔其實是一種雙重性的話語策略。這意味著，在懺悔話語儀式中，作爲懺悔主體的說話者一方面在意識的層面上是福柯所說的那種被動言說的「陳述主體」，後者在本質上僅僅是一個功能性的言說「位置」〔註2〕，另一方面他也在無意識的層面上仍然有限地保留了自己作爲眞正的「說話主體」，即內心中眞實自我的權利。作爲某種意義上的「越軌者」或「犯規者」，懺悔主體在作爲「立法者」的權威面前往往會表現出一種非常複雜矛盾的心態。當越軌者懺悔自己的犯禁行爲時，一方面，作爲陳述主體，他需要通過否定自己來迎合立法者，以求後者寬恕並拯救自己，另一方面，作爲眞正的說話主體，他又常常不由自主地憑藉言說自己的具體犯禁行爲或越軌心理，而再一次潛在地宣泄了自己內心中被壓抑的犯禁衝動。正是通過這種有意無意的心理補償，懺悔者似乎又重新肯定了自我。顯然，這對於懺悔者的理性人格而言是始料未及的，然而它卻屬於懺悔者被壓抑的潛在自我人格所曲折傳達的「人」的聲音。

　　以上不過是從學理層面分析了懺悔話語立場的本質及其雙重心理功能。如果對紅色中國文學話語秩序中以知識分子爲敘事對象或抒情主體的文學作品作一番系統的考察，我們將不難發現，由於這些敘事文本或抒情文本中的知識分子人物形象大都具有某種「政治原罪感」，因此以他們爲中心而滋生的文學話語通常也就具有不同程度的政治懺悔意味。值得關注的是，正是在這種知識分子人物的懺悔話語中可以進一步發現隱藏其間的某種共同的權力結構。無論是《夜歌》中的抒情主人公，還是《青春之歌》中的林道靜和《明朗的天》中的淩士湘，這些知識分子主人公之所以在特定的歷史政治語境中鄙視自我、否定自我、批判自我、甚至作踐自我，其實都根源於他們內心深處或文化人格心理結構中的一種知識分子自我改造的政治激情，這實際上是回應紅色中國主流政治話語召喚的必然產物。所以，在這種具有政

〔註2〕福柯：《知識考古學》，三聯書店 1998 年版，第 119 頁。

治懺悔意味的紅色文學文本中，我們分明能夠辨別出兩種不同性質的文化聲音：一種是以現代知識分子爲本位的、以「人性論」爲理論預設基點的現代性啓蒙意識形態，一種是以中國共產黨及其所代表的工農兵爲本位的、以「階級論」爲理論預設基點的「新古典主義」革命意識形態。這實際上是兩套不同的話語規範系統：一套是紅色的革命話語系統，能夠集中凸顯其基本特徵的關鍵詞有：工農兵、馬列主義、革命、階級、集體主義、樂觀精神、大眾化、民族形式等；一套是「灰色」的啓蒙話語系統，與之相應的關鍵詞則是：知識分子、人道主義、個性主義、自由主義、人性、自我、悲觀情調、「化大眾」、「現代化」或「西化」，等等。曾幾何時，現代中國的知識分子群體被貼上了「灰色」的標籤，以彰顯其自私、冷漠、動搖、妥協等負面精神特徵。這使得他們在大公無私、不斷革命的工農兵群體面前相形見絀、黯然失色。實際上，在上面所提到的紅色典型文學文本中，這兩套不同色調的話語系統之間的對立並不是勢均力敵的雙峰對峙，而是呈現出一邊倒的態勢；不是雙方之間平等的互動式對話，而是一方臣服並認同於另一方的話語主導權。

當然，這種抽象的對立在具體的紅色文學文本中主要表現爲不同的人物形象之間，或者同一人物形象心靈內部的對立。比如林道靜、凌士湘和《夜歌》中的抒情主人公的各自內心衝突，以及林道靜與革命者林紅、江華之間的對比，凌士湘與女兒凌木蘭、女婿何昌荃之間的對比等等。用紅色中國的學術流行語來說，這種對立可以歸結爲「舊我」與「新我」之間的對立，或者「小我」與「大我」之間的對立。如果用精神分析學的術語來講，這種對立本質上是指紅色人物或創作主體的「自我」與「超我」之間的對立。對於像林道靜那樣的轉變型知識分子人物形象來說，他們的集體革命理想人格，即「超我」實際上是當時的權威意識形態和主流文化規範內化在其文化人格心理結構中的一個主導性的人格形態。而他們的眞實自我則基本上與五四時期初步形成的現代啓蒙話語保持一致。一般來說，「超我」對主體的眞實自我擁有絕對的權威，在高高在上的「超我」面前，眞實的自我往往只能匍匐於地，被迫或甘心接受前者的精神控制和人格壓抑。這個「超我」可以說是主體的文化人格心理結構中的一尊神，或者說是「上帝」，面對他的無上威嚴，主體的眞實自我除了爲自己的「越軌」行爲和「犯禁」心理表示無盡的懺悔之外，似乎也就不可能有更好的途徑來獲得前者的承認和接納。然而，正是

在這種具體的懺悔話語實踐過程中，創作主體或人物形象卻暗中無意識地宣洩了自己被「超我」所壓抑的某種心理情結或心理衝動，從而獲得了某種意外的心理滿足感。

以上對兩種不同的話語系統之間的對立作了一番簡略的心理轉換分析。從中可以看出，追根溯源，這種文學文本中的話語權力結構實際上是創作主體的文化人格心理結構中的權力結構的外化物。這意味著，紅色中國的許多作家之所以不約而同地選擇了站在懺悔話語立場上來展開他們的知識分子敘事或抒情，這其實是因為在他們的群體文化人格心理結構中已經潛在地形成了某種可以被命名為「懺悔」的思維結構或精神結構。儘管他們長期以來固執於這種特殊的思維定勢的原因是多方面的，但從深度心理學的角度來看，其中的主要原因在於，在一般情況下，這種思維結構及其所支配的懺悔話語方式能夠同時既照顧到權威意識形態和主流話語規範的要求，又力所能及地滿足創作主體或人物形象的自我心理宣洩的潛在欲望。這裏，為了使上述抽象的學理分析落到實處，接下來有必要結合不同體裁的文學作品做一番文本實證分析，以進一步澄清懺悔話語立場的心理文化內涵。

在詩歌寫作領域，從延安時期的何其芳、艾青，到建國後的郭小川、馮至、綠原、流沙河、穆旦等著名詩人，無論是主流的革命詩人，還是處於轉換期的邊緣詩人，他們都曾經寫下過數量不等的具有政治懺悔意味的詩篇。其中代表性的如何其芳的詩集《夜歌》中的大部分詩章，艾青的《我的父親》，馮至的《我的感謝》，流沙河的《筆的故事》，綠原的《給一個鬧情緒的同志》，穆旦的《葬歌》，郭小川的《致大海》、《白雪的讚歌》、《深深的山谷》，等等。何其芳在 1940 年代的詩歌轉向在中國現代文學史上很有典型性，至今仍有「何其芳現象」一說流行。可以說，何其芳的詩集《夜歌》中的大多數詩篇都是詩人站在懺悔話語立場上寫作的產物。對此，何其芳曾經作過這樣的告白：「這些詩發洩了舊的知識分子的傷感、脆弱與空想的情感，而又帶有一種否定這些情感並要求再進一步的傾向（雖說這種否定是無力的，這種要求是空洞的）。」〔註3〕不難看出，何其芳其實已經意識到了自己在詩歌寫作中運用了一種雙重性的話語策略。在理性的層面上，詩人顯然站在革命集體話語的立場上「否定」自己的個人話語，也就是甘願服從於集體理想人格的威

〔註3〕 何其芳：《〈夜歌〉初版後記》，《何其芳研究專集》，四川文藝出版社 1986 年版，第 245 頁。

權而「否定」自己的真實自我。然而，在無意識的層面上，詩人正是通過「否定」自我和批判自我而獲得了言說自我的話語權力，從而暗中「宣泄」了被壓抑的自我的真實情感。因此，在表面上，神聖化的「超我」具有「否定權」和裁決權，然而實際上它是「無力的」和「空洞的」。這意味著，在詩人當時內心中兩個「矛盾著，爭吵著，排擠著」的「舊我」與「新我」的較量中〔註4〕，表面上是「新我」，即「超我」取得了勝利，而實際上卻是「舊我」，即詩人的真實自我獲得了真正的話語滿足和心理補償。所以，在很大程度上，當年沉醉在懺悔話語實踐中的何其芳一方面在理智上是「如此痛苦地想突破我自己，提高我自己」（《夜歌》之二），他當然不可能拒絕紅色意識形態的召喚，只能主動地否定自己、審判自己，藉此向紅色中國文化秩序表示認同和皈依；但另一方面，他其實在情感上又是「如此快活地愛好我自己」（《夜歌》之二），以至於有意無意地借自我懺悔之機最大限度地宣泄了自我，頑強地表達了自己個人化的矛盾情感。

以愛情話語為例，在紅色中國文化規範的視界裡，愛情無疑是「灰色」的，屬於「小布爾喬亞情調」之類。而對於多情的詩人來說，「在這十年中纏繞得我靈魂最苦的／是愛情」，「談論得最響亮的是戀愛」。（《給 T. L.同志》）但詩人深知作為「灰色」話語的愛情無法直接和正面地走進革命詩歌話語之中，因為權威意識形態及其內化的「超我」人格強烈地排斥和否定著它。然而，就在上引的同一首詩中，詩人通過站在話語懺悔立場上，以一種自我否定的方式直接喊出了「打倒愛情」的口號，就「像可憐的洋車夫喊『打倒電車』」一樣，以此來表達他對紅色中國主流文化規範的認同，但與此同時他卻暗中達到了「熱烈地談論」愛情話語的潛在目的。與這種「否定」的言說策略稍有不同，詩人在《夜歌》（五）中運用了「消解」策略，即以紅色的「同志愛」置換「灰色」的愛情，以此來滿足權威文化規範的要求。設若稍加體味，便可發現這首詩實際上曲折地表達了詩人對自己在奔赴延安途中邂逅的一位女子的愛慕、相思與悵惘之情。然而詩人在理智上卻要明確地否認這是一首「情詩」，還說，「我想即使是，／恐怕也很不同於那種資產階級社會裡的，／無論是在它的興盛期或者沒落期」。這種誠惶誠恐的表白顯然是為了贏得那個文化人格心理結構中高高在上的「超我」的寬恕，並藉此逃避其精神

〔註4〕何其芳：《〈夜歌〉初版後記》，《何其芳研究專集》，四川文藝出版社 1986 年版，第 242 頁。

懲罰。《我想談說種種純潔的事情》同樣運用了消解式的話語策略，雖說是爲了祭奠「最早的愛情」和憶念「最早的愛人」，但又不得不罩上「純潔」透明的面紗，小心翼翼或者欲說還休地向紅色中國主流話語爭取著「談說」「灰色」愛情話語的機會。可以說，如果轉嚮之初的何其芳沒有找到這種雙重性的話語懺悔立場，也許他的詩歌寫作在延安時期就會患上某種「失語症」。實際上，在被迫放棄了這種話語懺悔立場之後，何其芳確實就很少再有詩作面世。以至於在共和國建國之初，他還不得不通過一首題名爲《回答》的長詩，爲自己的詩歌寫作陷入停滯狀態做出無可奈何的解釋。

　　和詩歌相比，在小說領域站在話語懺悔立場上寫作的作家和作品明顯要多得多。當然，由於特殊的政治歷史語境的制約，眞正以知識分子人物爲主人公的具有政治懺悔意味的小說作品在當時還是並不多見，值得一提的有丁玲的《入伍》、《秋收的一天》、蕭也牧的《我們夫婦之間》、楊沫的《青春之歌》、歐陽山的《三家巷》、高雲覽的《小城春秋》、宗璞的《紅豆》、鄧友梅的《在懸崖上》、方紀的《來訪者》、康濯的《春種秋收》、徐懷中的《我們播種愛情》等長、中、短篇小說。像林道靜、周炳、陳四敏、丁秀葦、李克、江玫、倪慧聰、康敏夫、劉玉翠等都是在紅色中國文壇引起過不同程度爭議的知識分子人物形象。可以說，在賦予他們藝術生命的作家眼裏，他們基本上都是被當作具有一定程度的「小資產階級弱點」的知識分子人物來塑造的。他們在小說中所流露出來的政治懺悔心態在某種意義上可以視爲作家集體無意識中的政治懺悔情結的外化物。實際上，與林道靜們一樣被視爲「思想犯規者」或「階級原罪者」來塑造的知識分子人物還有很多，只不過他們在特定的小說作品中不是作爲主人公，而是作爲次要人物或配角、甚至是反面人物而出現的。比如柳青的《種穀記》中的趙德銘，丁玲的《太陽照在桑乾河上》中的文采、任國忠，孫犁的《風雲初記》中的李佩鍾、趙樹理的《三里灣》中的馬有翼、范靈芝，梁斌的《紅旗譜》中的江濤、張嘉慶和嚴萍，羅廣斌和楊益言的《紅岩》中的劉思揚，吳強的《紅日》中的華靜，楊沫的《青春之歌》中的余永澤、白利蘋和王曉燕，徐懷中的《我們播種愛情》中的苗康，雪克的《戰鬥的青春》中的胡文玉，馮德英的《苦菜花》中的王柬芝，歐陽山的《三家巷》中的陳文雄和陳文婷兄妹，柳青的《創業史》中的徐改霞、韓培生，浩然的《豔陽天》中的焦淑紅、馬立本，浩然的《金光大道》中的徐萌，等等，不一而足。

　　從以上粗粗羅列的小說作品及其知識分子人物群體中不難看出，紅色中國的許多革命作家深知，他們唯有將知識分子人物處理爲某種程度的「否定」對象才能夠獲取「合法」的言說知識分子的資格，這就先在地決定了這類小說文本中必然內在地具有某種不平等的權力話語結構。這裏，我們以丁玲在延安時期創作的一個並不爲人所重視的短篇小說爲例。《秋收的一天》透視了兩個女性知識分子在延安馬列學院接受「勞動改造」過程中的心理嬗變。身體偏弱的薇底「執拗地決定參加重勞動」，以此徹底洗刷自己身上的「嬌氣」，而「患著厲害的神經衰弱」的劉素在學員們高漲的勞動熱情中也不甘或不敢怠慢。終於，在繁重的體力勞動中，薇底變得更加「單純、愉快、堅定」，而劉素也認識到「人是應該明朗的、陰暗是不可愛的」。顯然，在文本中明朗和愉快的薇底與陰暗和憂愁的劉素之間形成了鮮明的對比。她們可以分別視爲作者文化人格心理結構中的不同人格化身，即被延安紅色意識形態所建構的「新我」和即將或正在向其認同的「舊我」。她們之間的對話實際上是紅色和「灰色」兩種不同性質的意識形態之間展開的對話。這種對話本質上是不平等的，前者高踞「上位」，後者屈從「下位」，前者是裁判者和支配者，後者是懺悔者和犯規者。在這種懺悔話語儀式中，作者一方面通過女主人公立場的轉變表現了對延安紅色文化秩序的認同和皈依，另一方面又通過展示劉素內心的隱痛來曲折地表達了自己的隱衷，從而在一定程度上超越了紅色中國主流文化秩序及其文學生產規範。

　　提到共和國成立後的懺悔型知識分子人物形象，人們最容易聯想到的是林道靜的名字。然而，實際上在「反右」中受到批判的一些文學作品中同樣也存在著這種懺悔型的知識分子人物形象，如宗璞筆下的江玫（《紅豆》），鄧友梅筆下的技術員「我」（《在懸崖上》）等。《紅豆》中的江玫和林道靜一樣，她們都屬於那種曾經染有「小布爾喬亞情調」，但最終接受了主流意識形態「規訓」的女性知識分子人物。雖然《紅豆》和《青春之歌》這兩部小說在內在的文本結構上具有某種同一性，即都隱藏著「懺悔」式的話語等級結構，然而，它們在外在的文本形態上卻有著明顯的不同。《青春之歌》採用的是歷時性的敘述，它將林道靜皈依主流意識形態和權威文化秩序的整個思想情感歷程全部地予以翔實地記錄。《紅豆》則不同，它在整體上採用了倒敘的手法來結構作品。整部小說由「現實 —— 回憶 —— 現實」所組成，其中「回憶」是主體部分，它講述了江玫與齊虹這兩個年輕的大學生由於政

治立場的分歧而導致的愛情悲劇。而兩個「現實」部分只不過是起了「楔子」或「尾聲」的作用，篇幅非常之短。如果將這兩部小說做一個簡單的對比，不難發現，其實《紅豆》在很大程度上僅僅只是敘述了《青春之歌》中林道靜與余永澤之間的那一段愛情故事，而有意無意地迴避了女主人公以後接受主流意識形態「思想改造」的人生經歷。這意味著，和楊沫相比，宗璞顯然更加清醒地意識到了懺悔話語方式的雙重心理功能的妙處。可以這樣說，宗璞創作《紅豆》這篇小說，其本意並不在於演繹關於「知識分子改造」這一宏大的政治命題，儘管作者在理性的層面上確實是有意識地想這樣做，相反，作者其實在無意識中主要是為了宣泄自己作為知識分子的某種心理焦慮和情感痛苦。但迫於內心中日漸成型的政治化「超我」人格的權威，作者無奈中只能運用這種懺悔話語方式來同時滿足自己的「超我」和「自我」人格的雙重心理需要，但滿足自我的潛在需要顯然佔據了主導地位。

於是，《紅豆》發表後隨即招來了這樣的批評：「似乎作者的意圖在反映江玫在革命熔爐裏的成長」，但其顯著的藝術效果「卻是突出了江玫的這一段陳舊戀情的痛苦回憶，孤獨的江玫的濃重感情仍然留戀著過去，她的參加革命，倒彷彿只是一種陪襯，一種裝飾」〔註5〕。今天看來，雖然批評者當時是站在「左」的立場上來苛評作者及女主人公的，但應該承認，這位敏感的批評家在當時確實點出了《紅豆》在創作上的要害之處，即作者的主觀創作意圖與其客觀上達到的藝術效果之間的悖謬。顯然，宗璞在主觀的意識層面上是想批判江玫的「小資產階級情調」，換句話說，她是想通過以江玫自居而展開一場話語懺悔實踐，從而淨化自己的「小資產階級」靈魂。然而，由於作者在無意識中始終在同情著江玫，也就是同情著真實的自我，所以給人留下一種政治懺悔是「虛」，而自我同情是「實」的矛盾印象。

無獨有偶，鄧友梅的《在懸崖上》與宗璞的《紅豆》之間似乎有著異曲同工的妙處。從外在的文本形態來看，兩篇小說均由「現實——回憶——現實」三部分所構成，而且中間的「回憶」部分都是整個文本的主體部分。從內在的文本結構來看，兩個小說文本中都潛藏著一種相同性質的「懺悔」話語等級結構。區別僅僅表現在這兩篇小說的顯性的故事層面。鄧友梅在《在懸崖上》中借男主人公之口，站在主流的革命道德理想主義的立場上，以充

〔註5〕伊默：《在感情的細流裏——評短篇小說〈紅豆〉》，《人民日報》1957年10月8日。

滿了「內疚感」和「負罪感」的語調講述了「我」的一個婚外戀故事。曾經念過大學的「我」在婚後移情別戀，愛上了一個畢業於藝術學院的混血姑娘加麗亞，而準備拋棄「上學不多」，具有「工農兵」美德的妻子。故事的結果是「我」終於迷途知返，和妻子重歸於好，於是便有了一個充滿懺悔意味的情感故事。值得注意的是，由於特定時代的政治文化語境的限制，作者賦予了男主人公的一般道德懺悔以明顯的政治懺悔的色彩。比如小說中有這樣一個典型的故事情節：老科長找「我」做「思想工作」，在他看來，「我」的移情別戀本質上表明了「我」的「階級意識」和「道德品質」出了問題。他希望「我」能夠本著「對集體負責」的「共產主義精神」不要離婚，因為在大家的眼裏，加麗亞其實是一個「道德墮落」、「品質惡劣」，具有「純粹的資產階級作風」的姑娘。這意味著，「我」對妻子的背叛本質上就是對「無產階級」的背叛，而「我」對加麗亞的愛戀在本質上可以歸結為對「資產階級」的愛戀。這樣，一個一般的道德懺悔故事就被改裝成了一個充滿了政治懺悔的宏大敘事。然而，這樣說並不意味著一般的道德懺悔在這篇小說中完全缺席，實際上它始終存在著，只不過是被權威的政治懺悔壓抑和遮蔽著罷了。

不僅如此，對於作者來說，雖然他在理性的層面上始終對「我」的婚外戀行為持一種批判的態度，然而他在無意識中又對「我」充滿了同情與理解，這種隱在的情感幾乎滲透在了整個小說文本的字裏行間。人們一般只注意到了作者對加麗亞充滿了這種既肯定又否定的矛盾情感，連作者本人也含蓄地承認了自己在塑造加麗亞時存在著主觀的創作意圖與客觀的藝術效應之間的背反〔註6〕。然而，在我看來，作者不僅僅是在加麗亞的身上，其實他在「我」的形象塑造中同樣充滿了那種複雜難辨的矛盾心理。這實際上反映了作者文化人格心理結構中所存在的意識與無意識、理性與非理性、超我與自我、權威政治話語與個人的生命體驗之間的潛在矛盾狀態。顯然，如果作者鄧友梅不是站在懺悔這種特殊的話語立場上展開敘述，他將無法達到這種雙重的藝術功效，即，既滿足了真實自我的潛在情感傾向的合法表達，同時又一定程度上照顧到了政治化超我的要求，並未背離主流革命道德文化規範。

在話劇創作領域裏，除了曹禺的《明朗的天》之外，真正站在話語懺悔立場上寫作的劇作家和作品值得一提的並不是太多，只有郭沫若的歷史劇《蔡文姬》和陳耘的現實題材話劇《年青的一代》等寥寥幾部。以《蔡文姬》的

〔註6〕 參閱鄧友梅：《致讀者和批評家》，《處女地》1957年第2期。

創作爲例，據郭沫若自己說，他創作《蔡文姬》的意圖有二：一個是「替曹操翻案」，一個是藉蔡文姬而傳達自己的生命經驗，即所謂「蔡文姬就是我！」。雖然郭沫若宣稱前一個創作意圖是「主要」的，但他在《蔡文姬‧序》中最先談到的卻是第二個「次要」的創作意圖〔註7〕。如果說前一個創作意圖是劇作家內心深處長期糾結的紅色革命英雄情結的曲折外化，那麼後一個創作意圖則是爲了宣泄作者多年前的個人苦悶心緒，那是在 1930 年代的抗戰烽煙中郭沫若爲了民族大義，毅然拋婦別雛、離開異邦返回祖國所遺留下來的內心隱痛。如果站在作者的眞實自我的立場上來看，應該說這部劇作的宏大政治意圖並不重要，重要的是作者必須借助此劇的寫作來釋解自己早年積鬱於胸的深度心理創傷。然而，郭沫若肯定深知直接和正面地抒發這種「小我」的「一己悲歡」在紅色中國革命語境中「不合時宜」，他必須運用某種特殊的話語策略來達到既滿足「大我」或「超我」的政治性訴求，同時又能夠滿足「小我」或「自我」的生命欲求的目的。

這種特殊的話語策略就是我已經一再闡述過的話語懺悔立場。它在《蔡文姬》一劇中主要表現爲，一方面，郭沫若通過以蔡文姬自居盡情地宣泄了自己爲了民族和國家的大義而獨自承受的個人苦痛，另一方面，郭沫若又借助曹操的使臣董祀之口不斷地「否定」著這種個人化的痛苦。在董祀看來，「個人事」在「天下事」面前是沒有位置的，他希望蔡文姬不要「沉浸在個人的兒女私情裏面」，以「天下的悲哀」和「天下的快樂」來「沖淡」「個人的感情」。董祀看著傷感的蔡文姬「就好像看著一個人沉溺在水裏」，他不能「袖手旁觀」，他必須從精神上來拯救她，否則他就既「對不住你（蔡文姬）」，「也對不住曹丞相」。正是在董祀的精神引導下，蔡文姬終於克服了「小我」的羈絆，從而皈依了「大我」所屬的集體本位文化秩序。在某種意義上，董祀這個人物其實是曹操的影子，就是曹操的代言人。他在蔡文姬的面前經常代曹操立言，正如在他被人誣陷後蔡文姬在曹操面前爲他辯解時所言：「他教我，應該效法曹丞相，『以天下之憂爲憂，以天下之樂爲樂。』像我這樣的沉溺在兒女私情裏面，毀滅自己，實在辜負了曹丞相對我的期待。」又說：「自從董都尉勸告了我，我的心胸開朗了。我曾經向他發誓：我要控制我自己，要樂以天下，憂以天下。自從離開長安以來，我就不曾在夜裏彈琴唱歌

〔註7〕 參閱郭沫若：《蔡文姬‧序》，《郭沫若劇作全集》第三卷，中國戲劇出版社 1983
年版，第 3 頁。

了。我覺也能睡，飯也能吃了。我完全變成了一個新人。」如此看來，曹操其實是蔡文姬崇拜的精神偶像，這正如同紅色中國社會現實中的革命領袖也是劇作者崇拜的精神偶像一樣，而董祀不過是曹操的一個替身，是他代理曹操將蔡文姬拯救或曰「改造」成了一個「新人」。

雖然郭沫若在劇中不斷地美化著曹操的文治武功，讓他對蔡文姬的《胡笳十八拍》欣賞有加，然而曹操之所以迎文姬歸漢，其主要目的卻是為了讓她代父續寫《後漢書》，而不是為了讀到蔡文姬更多的個性化的悲憤詩篇。這可以理解為，曹操或者董祀希望蔡文姬充當的是統治者的政治工具，而不是什麼情思洋溢的才女。由此不難看出，在《蔡文姬》這一部歷史劇中實際上隱藏著一個關於知識分子思想改造的現代革命主題。這同時也意味著，與《青春之歌》、《紅豆》和《明朗的天》等紅色作品一樣，在《蔡文姬》的文本中同樣也潛藏著一種可以命名為懺悔的話語等級結構。

第二節　革命文學話語中的政治懺悔情結

以上從思維結構和文本結構的同一性出發，分析了話語懺悔立場的權力本質及其雙重性的心理功能。接下來需要進一步澄清的問題是，紅色中國作家之所以不約而同地站在話語懺悔立場上寫作，這不僅僅是因為在他們的群體文化人格心理結構中潛匿著那種可以命名為懺悔的思維結構或精神結構，實際上它還可以進一步被歸結為在他們的集體無意識中所隱藏著的政治性懺悔情結。

顯然，這種政治懺悔情結與紅色中國文化秩序中長期開展的針對知識分子的「思想改造」運動密切相關。這場漫長而又強勁的政治文化運動肇端於1940年代延安思想整風運動，1949年建國後又在規模上和頻率上大為增加，及至「文革」中演變到無以復加的地步。絕大部分知識分子都在劫難逃，真正淪為徹頭徹尾的「階級罪人」，整天忙著作無止無休的「政治檢討」，坦白交待自己的「思想罪惡」。正是在正視這場知識分子思想改造運動的連貫性的前提下，在很大程度上可以認為，由於20世紀40～70年代大多數紅色中國作家長期以來一直習慣於有意無意地以「思想犯規者」或「階級原罪者」自居，因此在他們的集體無意識中不可避免地會釀成一種政治懺悔情結。在這個意義上，那些追求革命的知識分子／作家之所以紛紛塑造那種應該和正在接受「思想改造」的知識分子人物形象，其隱秘的心理原因在於，他們想藉

此或隱或顯地宣泄自身長期積鬱於胸而又難以釋懷的政治懺悔情結。

在紅色中國文學中，我們能夠發現革命知識分子／作家的懺悔話語日益增長和泛化的顯著文化徵象。從延安時期的何其芳、丁玲、艾青、柳青等知名作家，到「十七年」中楊沫、趙樹理、歐陽山、孫犁、高雲覽、吳強、梁斌、雪克、蕭也牧、宗璞、鄧友梅、徐懷中、康濯、曹禺、郭沫若、馮至、郭小川、穆旦、綠原等一大批或主流或邊緣的知識分子／作家，他們都給歷史遺留下了或多或少具有懺悔話語的紅色文學文本。到「文革」中，由於群體性地淪爲「牛鬼蛇神」，紅色中國知識分子／作家作爲話語主體已然異化成了某種「懺悔的動物」（福柯語）。當然，這種懺悔話語的繁榮是虛假的、膨脹的，它和以魯迅、郁達夫等人爲代表的五四作家的懺悔話語相比有著根本的區別〔註8〕。五四是現代中國「人」的覺醒的文化時代，五四作家的懺悔話語基本上屬於人道主義懺悔的範疇。而 20 世紀 40～70 年代是一個「階級意識」凸顯的政治時代，置身紅色中國文化秩序中的知識分子／作家由於受到主流意識形態的制約，他們的懺悔話語幾乎都是權威主義性質的懺悔。如果說前者是「人」的懺悔，那麼後者就是「階級」的懺悔或「人民」的懺悔，即站在「階級」或「人民」的集體本位立場上的政治性懺悔。所以，如果說前者是自律型的懺悔話語，那麼後者就是他律型的懺悔話語。

大凡懺悔行爲總是內含著某種性質的良心或曰良知。美國人本主義心理分析學家弗洛姆把良心區分爲「人道主義良心」和「權威主義良心」兩種類型。所謂權威主義良心，是指「外在權威——如父母、國家或任何文化中偶然出現的權威內在化了的聲音」，而人道主義良心則「代表著我們所表達的眞正的自我」，是「自愛、自我關心的聲音」，是人內心中自我的聲音〔註9〕。不難看出，弗洛姆界定的權威主義良心其實就是弗洛伊德命名的超我人格，而弗洛姆理解的自我基本上是指人所擁有的實現自身價值的生命潛能，這與霍妮的眞實自我概念完全一致，其間既包含了弗洛伊德界定的本我人格，同時這種自我又是本我的自然發展，而不是對本我的異化。在這個意義上，人道主義良心可以說是來自「人」的靈魂中的眞實聲音，而權威主義良心則是來自外在於「人」的某種權威的異己聲音。這種權威可以是公開的，也可以是

〔註8〕 陳思和：《中國新文學發展中的懺悔意識》，《陳思和自選集》，廣西師範大學出版社 1997 年版，第 98～117 頁。
〔註9〕 弗洛姆：《爲自己的人》，三聯書店 1988 年版，第 137、152 頁。

匿名的，可以是家庭中的父母，也可以是國家中的政治領袖，而究其實，他們總是代表著某種主流的文化規範或意識形態律令。有精神分析學家形象地把這種權威主義良心稱為「日性良知」，而把人道主義良心稱為「月性良知」〔註10〕。「日」是文化父親的象徵，它是權力的隱喻，而「月」是心靈深處被壓抑的自我所回歸的對象——文化母神的象徵，它是愛的隱喻。顯然，「日性良知」是社會公共話語空間的聲音，而「月性良知」是生命個體話語空間的聲音，兩種聲音來自不同的心理人格，前者來自「超我」，後者來自「自我」，由此形成了權威主義懺悔和人道主義懺悔的分野。

　　從一般的文化學角度考察，良心或良知，其實是指某種道德文化規範系統，它集中表現為某種倫理標準或道德尺度。而從深層心理學的角度來看，良心可以歸結為某種特定的心理人格的聲音或者意志，或者是超我的意志和聲音，或者是自我的意志和聲音。如果將這兩種視角結合起來，也許在深層文化心理學的意義上，我們能夠更加清晰地透視權威主義懺悔和人道主義懺悔的心理文化內涵。作為一種精神心理狀態，懺悔本質上是一種負罪感或內疚感（sense of guilt），弗洛伊德認為它產生於「嚴厲的超自我和受制於它的自我之間的緊張關係」〔註11〕。顯然，弗洛伊德說的是權威主義懺悔的起源。在權威主義的懺悔實踐中，懺悔主體表面上是屈從於外在的文化道德權威，而實際上由於這種外在的文化道德權威已經內化在懺悔主體的文化人格心理結構之中，故而權威主義懺悔在本質上傳達的是懺悔主體的超我對其自我的某種壓抑，以及由這種壓抑所帶來的罪感心理。這可以理解為，懺悔主體因為自己的自我觸犯了內在的超我或外在的文化權威而惶懼不安、焦慮異常。而在人道主義懺悔實踐中，懺悔主體不再站在內化了的外在文化道德權威的立場上，而是站在真實自我的立場上言說，因此懺悔主體此時審判的對象不再是自己的真實自我，相反卻是那個早就已經被異化了的權力人格，即超我。故而在人道主義懺悔行為中，懺悔主體因為自己曾經喪失了自我，屈服於超我的權威而滿面羞慚、愧悔不已。在這個意義上，人道主義懺悔可以理解為是對權威主義懺悔的「再懺悔」。

　　接下來有必要進行實證性的紅色文本分析，目的是為了解讀或者發掘潛匿在紅色中國知識分子／作家群體的文化人格心理結構中的權威主義政治

〔註10〕參閱默里‧斯坦因：《日性良知與月性良知》，東方出版社1998年版。
〔註11〕弗洛伊德：《弗洛伊德文集‧文明與缺憾》，安徽文藝出版社1996年版，第73頁。

懺悔情結。當然，爲了論述的深入，適當的時候也會兼及人道主義懺悔的特殊表現。首先要考察的是政治懺悔情結在詩歌領域裏的表現。從延安到「十七年」的詩歌寫作中，有這樣一個引人注目的創作徵象，包括艾青、何其芳、郭小川、馮至、穆旦、綠原、流沙河等在內的一批著名詩人在當時都曾站在權威政治話語的立場上寫過那種「審父」或「自審」的政治抒情詩。當然，這與上一章中探討過的根子、芒克和多多等地下詩人的「審父」或「自審」詩篇在內涵上有著根本性的不同，因爲那些地下詩人們基本上是站在自我的立場上，或人道主義的立場上來拷問或駁詰主流意識形態及其藝術化身的。而這裏要關注的是那些傳達了權威主義懺悔意識的政治抒情詩，如艾青的《我的父親》、何其芳的《解釋自己》和《北中國在燃燒》斷片（二）、郭小川的《致大海》、馮至的《我的感謝》、穆旦的《葬歌》、綠原的《給一個鬧情緒的同志》、流沙河的《筆的故事》等等。從這些詩章中流露出來一種共同的精神旨趣，即詩人們都爲自己的「剝削階級出身」，乃至一些「非無產階級」行爲而滿懷政治性的「負罪感」。在很大程度上，他們正是以一種「戴罪之身」或者「刑餘之人」的身份而寫作這些懺悔性的詩篇。出於希望獲得紅色中國文化秩序接納的政治訴求，這些詩人都不由自主地在內心重建了一種新型的權威主義良心，即政治化的超我人格，並以它的聲音作爲自己思想和行動的最高律令，或者說以它們爲自己精神的參照系，從而回過頭來否定自己的「過去」，譴責自己的「舊我」，把詩變成了履行自己的政治懺悔話語實踐的工具。

　　一般來說，這些詩人總是將審判的目標首先選定自己的「父親」，其次才轉向自身。因爲正是父親的階級血統直接導致了他們的政治「原罪感」。比如艾青在《我的父親》中寫道：「他是一個最平庸的人；／因爲膽怯而能安分守己，／在最動盪的時代裏，／度過了最平靜的一生，／像無數的中國地主一樣：／中庸，保守，吝嗇，自滿，／把那窮僻的小村莊，／當作永世不變的王國；／從他的祖先接受遺產，／又把這遺產留給他的子孫，／不曾減少，不曾增加！」和艾青相比，何其芳似乎走得更遠，他在《北中國在燃燒》斷片（二）中把自己的父輩人物幾乎全都拉出來接受政治審判：「我就是從他們（指人民——引者注）中間走了出來。／對於他們我是負債的。／我的父親不種田而我有糧食吃。／我的母親不織布而我穿著衣。／雖說我的祖父的祖父是一個自耕農，／我的祖父的祖母也常常下田耕種，／……／我的父親已

經完全沒有了農民的辛勤，／而僅僅有著地主的貪婪和慳吝。／他的箱子裏放著許多錠銀子；／每年除夕他把它們取出來，擺在桌子上；／他從蠟燭光中望著它們，發出微笑。」不難看出，在很大程度上，何其芳和艾青筆下的父親形象可以說是紅色詩人爲一代「地主階級」所描繪的精神畫像。在主流政治意識形態的視域中，「地主階級」本質上就是剝削農民階級的「吸血蟲」、「吝嗇鬼」或「守財奴」。貪婪和吝嗇是他們這個階級的「反動本性」。這一切在何其芳和艾青筆下的父親形象中得到了本質化的反映。在某種意義上，詩人們之所以要將自己的父親拉出來進行政治審判，其隱秘的心理原由在於，他們想以此來洗刷自己「不光彩的階級血統」，或者說是爲自己的「政治原罪感」贖罪。

如果追根溯源，潛在地支配著紅色詩人對自己血緣的父親進行政治審判和階級反叛的內在心理動力在於，在他們的文化人格心理結構中都已經生成了一種權威主義良知，也就是一種共通的政治化的超我人格。在精神分析學中，超我又可以稱爲文化父親或精神父親。這意味著，在一個神聖的政治文化父親的面前，那些追求革命的紅色詩人不得不拋棄舊有的血緣父親，以及他所代表的剝削階級的舊式意識形態。與此同時，對於這些紅色詩人來說，「審父」的潛在精神心理指向其實是「自審」。因此，與其說他們是把父親，還不如說他們是把自己推上了政治審判的道德法庭。因爲父親在本質上象徵著他們的「過去」，是他們以前的「舊我」的替代品。關於這一點，馮至和流沙河在他們1950年代寫的兩首詩中都曾作過直接的表露。在《我的感謝》中，馮至寫道：「你讓祖國的山川／變得這樣美麗、清新，／你讓人人都恢復了青春，／你讓我，一個知識分子，／又有了良心。／／我的父母把我生下來，／心上就蒙蓋了灰塵，／幾十年，越埋越深，／像一個漫長的冬夜，／看不見春天和早晨。／／看不見光明，只看見了黑暗，／分不清朋友和敵人，／感不到人類的歷史在前進，／把眞的摻上了假，／假的摻上了眞。／／是你喚醒了我，／掃除了厚重的灰塵，／我取出來這顆血紅的心——／朋友和敵人劃清界限，／眞和假也有了區分。」顯然，詩中的「你」指代革命領袖及其所體現的權威意識形態，正是他充當了紅色中國一代知識分子的新的「良知」的化身。他代表著「青春」、「光明」、「春天」和「眞理」，在這個權威主義良知的面前，過去的「我」和「我的父母」則成了「灰塵」、「黑暗」、「冬夜」和「錯誤」的化身，除了通過政治懺悔來贖清自己的階級罪孽、「重新做人」之外，「我」

已經不可能有更好的命運。這一切正如流沙河在《筆的故事》中所寫的那樣：
「父親隨著舊時代進墳墓去了，／兒子早已叛逆了他，／從濕漉的庭院裏跑
出來，／愛上了草木蔥蔥的原野，／愛上了放牛的小孩，／砍柴的老爹，／
種菜的大嫂……∥父親給我的那支筆是黑色的，／智慧的人用了，／也會變
得愚蠢。／黨給我的這支筆是彩色的，／糊塗的人用了，／也會變得聰明。
∥從一支筆到另一支筆，／我看見了一個人的再生。」

　　對於這些染上了政治懺悔情結的紅色中國詩人而言，「審父」並不是他
們的最終目的，站在權威政治話語的立場上「自審」才是他們必須承受的「心
理負擔」。實際上，我們在這些紅色詩人的筆下見得更多的還是那種「自審」
性的文字。早在延安時期，何其芳就曾在《解釋自己》一詩中寫過這樣的句
子：「我忽然想在這露天下／解釋我自己，／如同想脫掉我所有的衣服，／
露出我赤裸裸的身體」。詩人接下來根據自己初步形成的政治化超我，即權
威主義良知的要求，大膽而毫無保留地檢討了自己過去的「斑斑劣迹」。詩
人爲自己曾經是「一個個人主義者」，曾經「接受浪漫主義」、「接受尼采」
和「接受沙寧」而充滿了悔恨之情。不僅如此，詩人甚至從自己的「孤獨」、
「怯懦」、「待人冷漠」這些「弱小者容易犯的罪」中爲自己「幻想」出了一
樁「眞實的罪證」：「我曾經在晚上躺在床上想，／我會不會消極到這樣：／
我明知有一個人在隔壁屋子裏自殺，／我明知還可以救他，／卻由於對人淡
漠，／由於懶惰，／由於不想離開暖和的被窩，／我竟不管他，繼續睡我的
覺，／而且睡得很好」。對此詩人還補充寫道：「有一個時候我常常想著這個
幻想中的事情，／彷彿我眞曾經這樣做過。」不難想見，在紅色中國詩人何
其芳的內心深處，他爲自己作爲一個「小資產階級知識分子」曾經承受了多
麼深重的心靈撞擊和心理煎熬！這一切甚至到了主動爲自己「虛構」罪名和
罪證的境地。

　　何其芳的這種政治懺悔情結並不歸他個人所獨有，在和他同時代的許多
著名紅色詩人的筆下也能夠發現這種無形的心理情結的身影。比如在 1949
年建國後寫的《給一個鬧情緒的同志》一詩中，「七月派」詩人綠原就曾經
表達過願意淨化自己的「小資產階級」靈魂，從而獲得精神救贖的願望。與
其說詩人在勸慰「一個鬧情緒的同志」，不如說他是在自我勉勵。詩人希望
自己像一條「並不怯懦」的「小河」，「它一面從礁石上翻騰而過，／一面又
澄清了自己」。詩人還希望自己像一棵「並不消極」的「樹」，「它一面抗拒

著嚴寒，／一面又擺脫自己的枯葉」。再比如在《致大海》一詩中，郭小川為自己曾經有過的「無端的憂鬱」、「倨傲的心」、「渺小的哀愁」、「太多的可恥的倦怠」、「太多的昏沉大睡」、「無聊透頂的爭執」、「孤高自傲的癖性」、「生活的瑣碎與平庸」、「無病呻吟而又無事奔忙」等等為「小資產階級知識分子」所獨有的「階級罪孽」而懺悔不已。詩人繼而希望接受「大海」的洗滌，也就是希望接受權威革命話語海洋的精神洗禮。他希望海風能夠吹去「一個知識分子的可憐的夢幻」，他希望大海的「聖潔的水」能夠「洗滌洗滌我的殘留著污迹的心靈」。在大海的面前，詩人甚至充滿了強烈的政治獻身的衝動：「呵，大海，在這神奇的時刻裏，／我真想張開雙手／縱身跳入你的波濤中。／但不是死亡，／而是永生。」從此，「我就是海，／我的和海的每一呼吸／都是這樣息息相通」。顯然，詩人是想將自己的「舊我」，實際上是他的真實自我，無情地獻給那個紅色時代的政治祭壇。

　　然而這一切真正實行起來又談何容易！它需要紅色中國知識分子／作家切實地來一番痛苦的精神人格蛻變。於是我們聽到穆旦在1950年代為自己無奈地唱起了《葬歌》。這首長詩分為三個部分：在第一部分中，詩人表達了對「舊我」的憑弔之情。「你可是永別了，我的朋友？／我的陰影，我過去的自己？」在一個「天藍日暖」的日子裏，「我」又想起了你，「讓我以歡樂為祭」，使你的靈魂得到「安息」。當「多少人在天安門寫下誓語」的時候，當「我在那兒也舉起手來」的時候，從此，「洪水淹沒了孤寂的島嶼」，「新我」壓抑了「舊我」，「超我」遮蔽了「自我」。「自從那天，你就病在家裏」，「你的千言萬語雖然曲折」，「但是陰影怎能碰得陽光」？從今往後，「我」就只能在「多少年的斷瓦和殘椽」中才能發現你那「凍僵」了的「小資產階級」的「魂魄」。在全詩的第二部分中，詩人進一步表達了自己「埋葬」「舊我」、放逐自我的決心。在紅色意識形態人格化的「希望」看來，即在「新我」的眼中，「過去只是骷髏」，「他的七竅流著血」，「沾一沾，我就會癱瘓」，因此根本就不值得留戀。作為「舊我」的化身，「我」的「過去」在詩中被分解為「驕矜」、「愛情」和「恐懼（慎重）」等心理人格側面。然而，在「希望」／「新我」／「超我」的眼中，它們全都呈現出一副「自私」、「冷酷」和「陰險」的「反動」面目。終於，「我」成了「希望」的俘虜。「我不禁對自己呼喊」：「哦，埋葬，埋葬，埋葬！」面對著那個威嚴的紅色集體主義良知，「我」願意「以眼淚洗身，／先感到懺悔的喜歡」。不僅如此，直到在長詩的最後一部分中，詩人還

在爲自己「貧窮的心」，「只有自己的葬歌」而愧疚不已。他深知知識分子自我改造的艱難，因此才承認「我的葬歌只唱了一半，／那後一半，同志們，請幫助我變爲生活」。由此我們不難領會到，在那個泛政治的歷史境遇中，當年追求革命的那批知識分子／作家的內心深處承受了深重的政治懺悔情結的驅迫，那是一場精神上的煉獄。

　　和詩歌相比，在小說創作領域裏，流露出紅色中國知識分子／作家的政治懺悔情結的作品在數量上更多，這樣的例子簡直不勝枚舉。對此，上一節中曾經專門開列過小說篇目及其人物表，這裏就不再贅述。但爲了使論斷落到實處，不妨還是以楊沫的紅色經典長篇小說《青春之歌》爲例，進一步加以說明。其實，小說的女主人公林道靜在剛一出場的時候便已注定無法擺脫她內心深處或文化人格心理結構中的政治原罪感的糾纏。要知道，這個「渾身上下全是白色」的女學生實際上並不「純潔」，她的寂寞、清高和孤傲，無不表明了她那「灰色」而「脆弱」的「小資產階級知識分子」身份。像五四時期眾多追求個性解放的知識女性一樣，逃婚的林道靜也是一個「出走的娜拉」，雖然她背叛了自己的家庭，尤其是反叛了身爲封建官僚地主的父親林伯唐，然而，如果她在以後不走上「與工農兵相結合」的革命道路，她就永遠也擺不脫那條「小資產階級尾巴」。在很大程度上，楊沫寫作《青春之歌》主要就是爲了證實「小資產階級知識分子自我改造」的歷史必然性和合理性。因此可以說，作者的直接創作心理衝動，或者藝術原動力從根本上來自於，她試圖站在話語懺悔立場上，通過一番關於知識分子的「原罪——贖罪」敘事〔註 12〕，以期最終拯救自己曾經犯下過「階級原罪」的灰色靈魂，從而化解自己長期糾結於心的政治懺悔情結。對此，作者在 1957 年版的《青春之歌》的《初版後記》中作過相應的說明。實際上，正是一種在政治上被「拯救」後的「刻骨的感念」之情，以及由此而衍生的政治懺悔衝動和救贖欲望，構成了楊沫寫作這部紅色長篇小說的心理基石。

　　在《青春之歌》的小說文本中，到處可以見到這種政治懺悔情結的心影。比如，儘管楊沫對自己身爲官僚太太的母親一直心懷不滿，甚至滿懷怨恨〔註 13〕，然而在小說的開篇中，我們看到作者將林道靜的母親「改寫」成

〔註12〕王一川：《中國現代卡里斯馬典型》，雲南人民出版社 1995 年版，第 183～186 頁。
〔註13〕楊沫：《我的生平》，《中國當代文學研究資料·楊沫專集》，瀋陽師範學院中文系編，1979 年內部印行，第 3～16 頁。

了一個出身佃農的農家姑娘，她在生下小道靜後不久便被林伯唐夥同其婦徐鳳英迫害致死。不難理解，作者之所以做出這樣的藝術虛構，其隱秘的心理原由在於，這不僅滿足了她在潛意識中對生活中缺席的母愛的渴望，更重要的是，它還可以沖淡作者在參加革命後由於階級血統問題而長期焦慮不安所導致的政治原罪感。換句話說，作者通過這樣一番敘事策略化的藝術處理，其本意是希望能夠以此稀釋和淡化自己內心的政治懺悔情結。然而，由於這種政治懺悔情結是如此的深重，以至於它不可能在根本上被消解，而是滲透在了整部小說文本的深層結構之中。

《青春之歌》既是愛情敘事又是政治敘事，既是「日常敘事」又是「宏大敘事」，愛情與政治在整個文本中糾纏在一起。然而從本質上看，愛情敘事不過是政治敘事的美麗化妝品。女主人公林道靜與三名男性人物（余永澤、盧嘉川和江華）之間的愛情關係在本質上可歸結為她與他們之間的政治關係。大體上可以說，林道靜和「胡適弟子」余永澤之間的愛情屬於「小資產階級知識分子」與「資產階級知識分子」之間的愛情，這種「灰色」的「小布爾喬亞情調」不但沒有減輕，相反還加重了林道靜由於階級出身問題而導致的政治原罪感。在這個意義上，林道靜最後選擇離開余永澤已經變成了一種政治性的心理需要。與余永澤的決裂意味著林道靜從此自覺地走上了一條政治化的精神救贖和靈魂懺悔之路。於是我們看到，在接下來與盧嘉川和江華的情愛交往過程中，作者這樣安排了林道靜的愛情歸宿：她有意讓「革命知識分子」盧嘉川為革命英勇獻身，因此成全了林道靜與出身「工人階級」的江華之間的結合。非常明顯，革命化了的「小資產階級知識分子」盧嘉川是處在余永澤和江華之間的一個過渡性人物。也許在作者看來，「學運領袖」盧嘉川雖然「革命」，然而畢竟「天生」拖著一條「小資產階級尾巴」。他對林道靜的革命啟蒙基本上停留在理論層次上，還不可能轉化為宏大的革命實踐行動。因此，如果選擇讓林道靜與盧嘉川結合，雖然是「合情」的，但卻不「合理」。換句話說，雖然林道靜在情感上傾向於盧嘉川，然而，由於作者從根本上無意於講述一個充滿了人性論色彩的愛情故事，相反是為了完成一次使主流意識形態（「知識分子與工農兵相結合」）進一步「合法化」的話語實踐，所以她必須理智地斬斷林道靜與盧嘉川之間的私人情緣。在這個意義上，林江二人之間的愛情其實具有強烈的政治意味，它象徵著中國的「知識分子」最終走上了「與工農兵相結合」的「革命道路」。因此，與其說林

道靜在江華那裏最終獲得了愛情，毋寧說她是在一場政治化的婚姻中獲得了
靈魂的拯救或階級的贖罪。江華不僅是林道靜的入黨介紹人，而且還是林道
靜的精神牧師，林道靜只有撲向他的懷中才能夠完成最後的精神超度。由此
也就不難理解，爲什麼楊沫要在《青春之歌》的修訂版中花去整整七章的篇
幅重點增寫林道靜在農村的階級鬥爭生活，這不僅僅是迫於批評界的壓力，
更重要的也許在於，正是在江華引薦的農村活生生的階級鬥爭實踐中，林道
靜和江華之間締結了精神聯繫，因此，這種擴寫既能強化作者在初版寫作時
就已經設定的與主流意識形態合作的政治主題，同時又能夠進一步宣洩自己
內心深處的政治原罪感，以及由此所衍生的政治懺悔情結。

在 1960 年代初的歷史小說創作「高潮」中，馮至的短篇小說《白髮生黑
絲》其實也具有潛在的政治懺悔意味。作爲一個特例，這裏有必要予以相應
的剖析。上一章中曾探討過陳翔鶴和黃秋耘寫於 1960 年代初的歷史小說名
篇，之所以對馮至的這個歷史短篇存而不論，就是因爲馮至在這篇小說中塑
造的杜甫形象不僅不同於故友陳翔鶴筆下的嵇康和陶潛，甚至也不同於黃秋
耘筆下的杜甫，也就是說，他不屬於那種投射有作者潛在的知識分子英雄情
結的，既古典又現代的反抗型知識分子人物形象，而是在他的身上凝結著或
外化有作者馮至潛意識中的政治懺悔情結。

《白髮生黑絲》的故事情節主要由兩個部分所組成：一個是杜甫與以老
漁夫爲代表的當地漁民們的交往，一個是杜甫與出身底層貧民的英雄俠士蘇
渙的交往。不難推想，在「虛構」這篇歷史故事的過程中，馮至在有意無意
之間是以杜甫自居的，與此同時，他又將老漁夫潛在地認同爲「農民」的代
表，而把蘇渙當成了「兵」的化身。在這個意義上，馮至的這篇歷史小說其
實和楊沫的《青春之歌》一樣，其間內隱著一個「知識分子與工農兵相結合」
的現代中國革命政治主題。換句話說，馮至當年是站在話語懺悔立場上來塑
造晚年的杜甫形象的。這個杜甫在精神上開始有了朦朧地同情「革命」的政
治意識，並初步萌生了現代的「人民性」觀念，而且他還對照著老漁夫和蘇
渙的光輝人格勇敢地檢討起了自己過去「虛僞」而「無用」的思想行爲。比
如在小說前半部分中，當落難的詩人在湘江邊得到漁民們深切的關懷和救助
之後，作者對杜甫的心理人格反審活動做出了這樣的描述：

> 他一生飽經憂患，用盡心血，寫了兩千多首詩，詩裏描述了民
> 間的痛苦、時代的艱虞和山川的秀麗，而茫茫乾坤，自己卻漂泊無依

有如水上的一片浮萍。自從中年以後，衣食成了問題，誰像這些漁夫
那樣關心過他？從前在長安時，是「殘杯與冷炙，到處潛艱辛」，如
今在達官貴人面前，仍舊是「苦搖求食尾，常曝報恩腮」，日暮途窮，
真像是可憐的「窮轍鮒」和「喪家狗」。多少親朋故舊，以及一些做
詩的朋友，見面時輸心道故，甚至慷慨悲歌，可是一分手就各自東西，
誰也照顧不了誰。想不到幾個萍水相逢的漁夫，對他卻這樣體貼照
顧，無微不至，使他感到無限溫暖。而自己過去對待窮苦的人是怎樣
呢？回想兩年前在夔州，生活比較安定，家裏有一棵棗樹，任憑西鄰
一個無食無兒的婦人過來打棗兒吃，不加防止，秋收時，地裏多丟下
一些穀穗，任憑村童拾取，也不干涉，自以為這就是很能體貼窮人了。
此外寫了些替窮人說話、為窮人著想的詩歌，但是比起漁夫們對他的
熱心關懷，還是差得很多。像在成都寫的《茅屋為秋風所破歌》，也
是出自一片至誠，但是對於無處棲身的「寒士」們到底能有什麼真正
的幫助呢？想來想去，總覺得自己愛人民的心遠遠比不上漁夫們愛他
的心那樣樸素、真誠，而又實際。他看見農民和漁民被租稅壓得活不
下去時，想的只是「誰能叩君門，下令減徵賦」，可是漁民們看見他
活不下去時，卻替他想出具體的辦法。請皇帝減徵賦，只是一個空的
願望，而漁民替他想的辦法，卻立見功效。

　　顯然，在這一段對比性的描述中，已經被人格化了的「農民階級」實際
上成了作為知識分子的杜甫或者作者馮至躬身自審的一面鏡子。在「樸素」、
「無私」、「真誠」、「善良」、「實際」的「農民」面前，知識分子杜甫或馮至
不禁發現了自己的「軟弱」、「虛偽」、「自私」和「清談」等「階級弱點」，他
忍不住要自慚形穢，繼而萌發了「重新做人」的願望。這很容易讓人聯想起
毛澤東的《在延安文藝座談會上的講話》中說過的名言：「拿未曾改造的知識
分子和工人農民比較，就覺得知識分子不乾淨了，最乾淨的還是工人農民，
儘管他們手是黑的，腳上有牛屎，還是比資產階級和小資產階級知識分子都
乾淨。」在閱讀這篇歷史小說的過程中，讀者也許會在不經意間聯想起郭沫
若在「文革」中對杜甫所作的「反歷史主義」的政治攻擊。在郭沫若看來，
杜甫根本不配備稱為「詩聖」，更不配當「人民詩人」，因為杜甫的階級意識
和階級立場「是完全站在統治階級地主階級一邊的」〔註14〕。既然如此，作

<hr>

〔註14〕郭沫若：《李白與杜甫》，人民文學出版社1972年版，第124～125頁。

爲知識分子的杜甫就應該接受「思想改造」了。也許可以這樣說，馮至在 1960
年代對杜甫所作的「政治反省」其實是郭沫若在 1970 年代對杜甫做出「政治
批判」的一個歷史鋪墊。

　　然而馮至畢竟不同於郭沫若，與其說他在反省杜甫，毋寧說他是在借杜
甫而自審，而懺悔。從整個小說來看，其間不僅有著杜甫和老漁夫（「農」）
之間的對比，而且還存在著杜甫與蘇渙（「兵」）之間的對比。這兩種對比從
精神旨趣上看並沒有本質的區別。杜甫從蘇渙（「兵」）的「強盜精神」，也
就是反抗精神和革命精神上受到了「再教育」。這一切正如小說中所寫的那
樣：「杜甫近來常常考慮，到底怎麼樣才能真正解除百姓的苦難，想來想去，
總是想不通，現在聽了蘇渙的這一番話，像是聞所未聞，卻也含有一些新的
道理。這道理彷彿是在八表同昏的宇宙中透露的一線微光，在處處窮途的旅
人面前伸出來的一條小路。」馮至在這裏是將蘇渙的「反抗思想」當作現代
「革命理念」來予以深情地歌頌的。正是由於「終日生活在漁夫們中間，也
經常和蘇渙來往」，晚年的杜甫在馮至的筆下又煥發出了「精神的春天」，他
的「白髮裏的黑絲彷彿又多了一些」。這意味著，經過和「工農兵相結合」，
作爲知識分子的杜甫或馮至在切實的懺悔話語實踐中又重新獲得了新的政
治生命。他們共同的負罪的靈魂獲救了。由此看來，當年置身紅色中國文化
和文學秩序中的馮至，因爲這篇歷史小說而遭遇文禍完全是一個誤會，因爲
他的杜甫在精神上既不同於黃秋耘塑造的杜甫，也不同於陳翔鶴塑造的陶潛
和嵇康。這是一個身著古典服裝而登場的、迫切尋求被革命文化秩序所接納
的紅色中國知識分子形象。難怪馮至在 1980 年代回憶起當年寫作《白髮生
黑絲》時的心境，仍然記憶猶新，言語中充滿了無法理解的委屈。他始終不
能明白這篇「在《人民文學》印出後，自己看了兩遍，覺得乾乾淨淨，沒有
什麼毛病」〔註15〕的歷史小說，竟然會跟「惡劣攻擊」社會主義和革命領袖
聯繫在一起。

　　接下來舉一個話劇方面的例子，這就是曹禺在 1950 年代創作的話劇代
表作《明朗的天》。雖然曹禺在建國後也曾積極地響應主流意識形態的召喚，
到工廠和農村中去「深入生活」，然而，曹禺最終還是沒能寫出一部「工農
兵」題材的劇作。實際上，對於建國後的曹禺來說，一種關於知識分子的政

〔註15〕馮至：《詩文自選瑣記》，《馮至選集》第一卷，四川文藝出版社 1985 年版，
　　　　第 21 頁。

治懺悔情結已經如同骨鯁在喉、不吐不快。因此經過一番躊躇之後，在周恩來總理的鼓勵下，曹禺終於寫作了這部以知識分子的思想改造爲主題的紅色話劇。在很大程度上，劇作的主人公凌士湘的身上其實投射著曹禺的眞實懺悔心緒。早有論者注意到，曹禺在 1950 年 10 月的《文藝報》第 3 期上發表的《我對今後創作的初步認識》一文是一篇帶有強烈的自我反省、自我批判、自我懺悔色彩的文字〔註 16〕。曹禺在該文中說，他要將「自己的作品在工農兵方向的 X 光線中照一照」，以便挖去自己「創作思想上的膿瘡」。爲此，曹禺逐一檢討了自己過去的優秀劇作，他爲自己的那批舊作曾經「蒙蔽過讀者和觀衆」而充滿了無盡的政治原罪感，並流露出了一種迫切的政治贖罪心情。在某種意義上，曹禺在建國後依照主流文學話語規範對自己的舊作嚴加刪改，這種行爲本身就是一種謀求政治救贖的表現。而話劇《明朗的天》的寫作則是曹禺企圖以文學的方式來實現自我救贖，也就是宣泄他自己內心深處或文化人格心理結構中鬱悶難消的政治懺悔情結的結果。

在這部劇作中，曹禺站在話語懺悔立場上，著力塑造了一個幡然悔悟的老知識分子凌士湘的典型形象。有意味的是，劇中的凌士湘被作者設置爲一所西化色彩濃厚的醫學院的老教授。眾所週知，「醫生」和「教師」一直是現代中國啓蒙知識分子引以自喻的兩個象徵性的職業符號。在紅色中國文學秩序中，丁玲和王蒙曾經分別塑造過「醫生」陸萍和「教師」林震這兩個著名的啓蒙知識分子英雄形象。與丁玲和王蒙不同的是，曹禺沒有站在話語反抗立場上去塑造「醫生」兼「教師」凌士湘，而是讓凌士湘在劇中經歷了一個由啓蒙知識精英淪爲紅色革命文化「罪人」的心理蛻變過程。在第一幕中出場的凌士湘原本是一位留美歸來，主張「科學救國」、信仰「人道主義」的細菌學學者。他自稱「不喜歡政治」，「也不懂政治」，他唯一堅信的就是：「只要是人，人就要進步，進步就離不開科學。」爲此，他一心埋頭從事科學實驗，撰寫學術論文，他不僅對投身革命的女兒凌木蘭所宣揚的「明朗的天」持一種消極的觀望態度，而且對昔日得意弟子何昌荃如今熱衷革命、荒廢學術大爲反感，甚至還公開抵制共產黨派來的新任院長董觀山，請他不要再強行給自己「做宣傳，講政治」。及至第二幕的兩場戲中，在醫院各方的「思想政治工作」的積極運作下，凌士湘「頑固」的精神堡壘開始出現了明顯的鬆動。在勉強參加了一次反細菌戰展覽會之後，凌士湘終於幡然悔悟，

〔註 16〕田本相：《曹禺傳》，北京十月文藝出版社 1988 年版，第 366～377 頁。

原來科學與政治不可須臾分離，原來世界上還有「殺人的科學家」，原來自己的思想已經「長黴發臭」了。這樣到了第三幕中，人們終於看見凌士湘開始積極地配合參加醫院的政治整改活動。然而，讓凌士湘的精神幾乎陷入崩潰的是，他最後不得不面對這樣一個殘酷的事實，即他早先的細菌學論文客觀上成了美帝國主義發動侵略戰爭的幫兇。因此，當凌士湘最終主動向董院長「認錯」，並連聲稱自己是「罪人」的時候，這一場政治懺悔話劇才真正達到了戲劇高潮。緊隨「認罪」而來的是「贖罪」，於是在結局中，我們看到凌士湘「穿著一身沒下過水的嶄新而肥大的軍裝」上場了。這意味著，凌士湘已經正式被紅色中國文化秩序所接納，他已經從一個信仰人道主義的啟蒙知識精英被改造成了一個反帝的革命戰士。顯然，這不僅僅是凌士湘的政治文化命運，而且也是劇作家曹禺的政治文化命運的寫照。

　　以上分別選取了詩歌、小說和話劇三個方面的典型例子進行了文本實證解讀，目的是為了證明，在不同程度上，置身紅色中國文化秩序中的革命作家普遍具有一種共通的政治懺悔情結。還需要補充指出的是，對於某一個特定的創作主體而言，也許在他的內心深處既存在著權威主義的政治懺悔情結，同時又更深地潛藏著另一種人道主義的懺悔情結，只不過一般來說，後者更難以被作者和讀者所察覺或辨識罷了。這方面的例子雖然並不多見，但也不是說完全就沒有。比如在 1960 年代初創作的歷史劇《武則天》中，郭沫若就曾經既站在「超我」人格立場上宣洩了自己的政治懺悔情結，同時又潛在站在真實自我的立場上流露出了作為一個真正的「人」或「知識分子」的懺悔心境。

　　在這部歷史劇的創作中，郭沫若顯然在一個配角人物——詩人駱賓王——的身上有意花費了過多的筆墨。我們有理由相信，郭沫若實際上是在駱賓王的身上再一次「發現」了自己，這就如同他曾經在蔡文姬的身上「發現」過自己一樣。從本質上來看，駱賓王與武則天之間的關係和蔡文姬與曹操之間的關係是一致的。在《蔡文姬》一劇中，面對政治權威曹操的威嚴人格，作為知識分子郭沫若的藝術化身的蔡文姬最終放棄了「小我」／「自我」而選擇了「大我」／「超我」，並為自己曾經沉湎於前者之中而深感愧悔。而到了《武則天》一劇中，這種懺悔話語結構又在駱賓王和武則天之間重現了。最初出場的駱賓王原本是一個企圖政治造反的文人，然而在兵變失敗後，武則天並沒有置其於死地，相反因愛惜他的文才而令其到杭州靈隱寺剃度為僧，

責其「到那兒去好好懺悔罪過，多多作些有益於人的詩文」。而駱賓王則衷心地表示「感謝天后陛下，我駱賓王從此改過自新」。顯然，當「受到鼓舞，表示出軒昂的氣概」的駱賓王宣稱今後「決不辜負天后陛下的期待」的時候，一個關於現代中國知識分子的「原罪——贖罪」敘事模式便在這部歷史題材的紅色話劇中完整地得到了再現。

　　但這只不過是問題的一個方面，它傳達的僅僅是劇作者郭沫若內心中的政治懺悔情結。問題的另一方面在於，在這部歷史劇中，郭沫若實際上還通過將駱賓王塑造成為一個「無行的文人」，而隱在地宣泄了自己內心深處因人格異化而導致的自我愧疚之情。在該劇第四幕中，身陷囹圄的駱賓王曾經有過一段「自言自語」的臺詞，它實際上可以視為郭沫若的夫子自道。這段臺詞是這樣的：「哎，知了！人是不如你呵！你潔白，你沒有野心。你把舊衣蛻了，飛到高高的樹上，自由自在地歌唱。你知道時機，該出世的時候你出世，不該出世的時候你就隱藏了。你不曉得有多天，你是多麼值得羨慕呵！」不難看出，在這段臺詞中其實寄予著郭沫若對已經失落了的自我人格的潛在呼喚，以及他對自己在現實中被迫時時刻刻以「超我」自居而產生的某種無奈感和愧疚感。詩人在表面上是仰慕那高潔自由的「蟬」，然而在骨子裏他其實是在為自己身陷人世的污泥濁水而感到深深的不安。所以，當劇中上官婉兒和定慧禪師一針見血地指出了駱賓王的一系列人格弱點時，如膽小懦弱、追名逐利、文人無行、卑鄙虛偽等，人們發現郭沫若筆下的駱賓王完全像一個「罪人」似的，忙不疊地低頭「認罪」、真心懺悔。這裏不妨將駱賓王的那些自我批判、自我責罵、自我鄙視的臺詞擇其要者摘錄如下：（1）「是的，我是一個卑鄙的小人，我是一個罪大惡極的壞蛋。」（2）「我萬分惶恐。天后陛下真把我卑鄙的心事，完全戳穿了。」（3）「上官婉兒，你不要說了，我萬分後悔，我慚愧得要死了。」（4）「是呵！我是一個斗筲之器，鼠目寸光！」（5）「我要懺悔我過去的一切。即使我只再活一天，從現在起，我就改邪歸正，更始一新！」……當然，郭沫若很可能並沒有意識到，他之所以在劇本中借駱賓王之口而不厭其煩地寫下了大量的自我懺悔話語，這實際上是因為他在特定的藝術創作心境中，再也遏制不住自己那長期積鬱於胸的自我懺悔情結的集中宣泄和強烈迸發。然而，由於這種人道主義的自我懺悔話語在整部話劇文本中基本上被權威主義的政治懺悔話語所籠罩或遮蔽，因此，毋庸諱言，對於紅色中國作家郭沫若來說，和自我懺悔情結相比，他的政治懺悔情結顯

然佔據著主宰性的心理位置。他筆下的駱賓王實在不大可能是歷史上眞實的初唐才俊駱賓王，而只不過是一代紅色中國文豪郭沫若，爲了暗中宣泄自己文化人格心理結構中備受壓抑的自我懺悔情結，而有意無意地選取的藝術心理替罪羊。

第三節　在自卑與自尊之間

　　不難推想，20 世紀 40～70 年代紅色中國作家所普遍具有的政治懺悔情結必然會在創作主體的心理潛層中釀成不同程度的自卑感，借用阿德勒的術語來說，即所謂自卑情結〔註 17〕。不過這種自卑情結並不僅僅只停留在阿德勒所謂「個體心理學」的層面上，更重要的是，它還體現在弗洛伊德所謂的「群體心理學」的層面上。這意味著，對於置身紅色中國文化秩序的中國知識分子／作家來說，他們的自卑情結實際上已經成爲了當時中國知識分子群體的一種集體無意識。然而，按照現代心理學中的習見看法，自卑與自尊是一對孿生兄弟，二者常常如影隨形，相伴相生。當然，在某一特定的情境中，自卑與自尊之間也還是存在著顯隱程度的不同。有時候是自卑佔有壟斷性的心理地位，有時候則是自尊處於明顯的心理上風。但無論如何，人們總是能夠在這對孿生兄弟中的一個的「背後」去發現另一個的身影。接下來的任務是，依循著這種「心靈的辯證法」，結合具體的作家和作品，進一步深入地分析置身紅色中國文化秩序的知識分子／作家在自卑與自尊之間徘徊遊移的心理困境。

　　還是在延安時期，即紅色中國文化秩序的初建時期，延安的知識分子／作家群體便已經集體地萌生了某種自卑感。按照胡喬木晚年的說法，討論延安時期的政治文化現象必須注意到「一個環境問題」。延安的文化環境是雙重性的，它是「戰爭環境」和「農村環境」的融合〔註 18〕。顯然，在這種特定的政治文化環境中，「（工）農兵」才是革命的眞正主體，而對於大部分知識分子、作家或文藝工作者來說，他們只能處於革命秩序的某種附屬性的邊緣地位。也就是說，他們必須「放下自己的知識分子架子」，在「工農兵」的面前「俯首甘爲孺子牛」，從而全身心地爲「工農兵」服務、爲政治服務，做革命機器上的一顆永不生銹的螺絲釘。否則就會出現毛澤東《在延安文藝座談

〔註 17〕阿德勒：《自卑與超越》，作家出版社 1986 年版，第 45 頁。
〔註 18〕胡喬木：《胡喬木回憶毛澤東》，人民出版社 1994 年版，第 60 頁。

會上的講話》中批評的那種尷尬處境，即「不熟，不懂，英雄無用武之地」。這意味著，延安的知識分子／作家唯有袪除自身原有的知識精英「優越感」，放棄自我、壓抑自我，乃至卑視自我，切實地「經過長期的甚至是痛苦的磨練」，才能夠最終完成「從一個階級到另一個階級的轉變」。轉變的標誌性結果之一，便是從此覺得世界上「最乾淨的」還是工農兵，「儘管他們手是黑的，腳上有牛屎」，而知識分子則是「不乾淨的」〔註19〕。對於當年的延安「文化人」來說，一旦他們意識到了自身作為知識分子群體性的「不潔淨」之感，可以說他們的「政治原罪感」也就生成了，由此必然衍生出一種繼發性的群體自卑感。

　　有意味的是，這種自卑感有時候卻以對自尊的強烈捍衛的形式表現了出來。在 1940 年初的延安，以丁玲、蕭軍、艾青、羅烽、王實味為代表的一批知識分子／作家紛紛以魯迅精神的繼任者自居，撰寫了一批「干預現實」的雜文，大膽地「暴露」了解放區的「陰暗面」。這實際上可以理解為這批知識分子／作家不願意放棄自己的精英啟蒙姿態的一種表現。因為在那個「尚武」的革命戰爭時代裏，「文化人」如果連自己賴以「安身立命」的獨立「精神家園」都喪失掉了，他們將不可避免地陷入某種卑微感、無助感和無力感之中。然而，實際上這一切正在日益變成可怕的心理現實。他們正在經受著紅色中國文化和文學話語秩序的改造或重塑，他們獨立的自我精神家園作為某種「小資產階級靈魂王國」已經成為了文化整肅和思想改造的對象。在這個意義上，他們之所以在當時不合時宜地提倡「暴露」，為「諷刺」辯護，反對一味地「歌頌」，其隱秘的心理原由在於，他們已經意識到了自身作為知識分子的獨立批判權利在延安紅色文化秩序中業已受到了擠壓和排斥，也就是說，他們已經有了群體性的喪失自我人格的危險。因此，為了捍衛自身獨立的知識分子人格尊嚴，抵制正在形成的知識分子群體自卑感，這批延安「文化人」開始在大量的雜文中呼籲知識分子／作家應該堅守自己作為「靈魂工程師」、作為「醫生」的精英文化身份。實際上，這種性質的精神籲求幾乎貫穿在了丁玲、蕭軍、艾青、羅烽和王實味等人的一批著名雜文之中，如《我們需要雜文》、《雜文還廢不得說》、《瞭解作家，尊重作家》、《還是雜文的時代》、《野百合花》、《政治家‧藝術家》等等。

〔註19〕毛澤東：《在延安文藝座談會上的講話》，《毛澤東選集》第三卷，人民出版社 1966 年版，第 808 頁。

　　以詩人艾青爲例，他爲什麼要在當時的延安呼籲「瞭解作家，尊重作家」呢？其實，這是因爲艾青在現實的革命戰爭環境中經常會遭遇到「文藝無用論」的尷尬。面對有人問他「文藝有什麼用處呢？」的時候，詩人總是掩飾不住自己內心的自卑感。他只能無奈而激憤地回答：「文藝的確是沒有什麼看得見的用處的。他不能當板凳坐，當床睡，當燈點，當臉盆洗臉……它也不能當飯吃，當衣服穿，當藥醫病，當六〇六治梅毒。」〔註20〕也許正是爲了驅除這種日漸濃重的壓抑感和自卑感，艾青才在這篇著名雜文的開頭執拗地爲「作家」下起了定義：「作家是一個民族或一個階級的感覺器官，思想神經，或是智慧的瞳孔。作家是從精神上—— 即情感，感覺，思想，心理的活動上—— 守衛他所屬的民族或階級的忠實的兵士。」艾青這裏實際上是在竭力地挽救當時自己日益瀕臨崩潰的知識分子尊嚴感。他以莎士比亞的作品爲例，證明一個偉大作家的作品「可以支持一個民族的自尊心理」，以此來捍衛自己和延安「文化人」的自我尊嚴。不僅如此，在強調文藝的重大精神功能的基礎上，艾青還進一步要求延安紅色秩序能夠尊重作家的獨立人格精神和自由批判精神。他公開宣稱「作家不是百靈鳥，也不是專門唱歌娛樂人的歌妓」。又說：「作家除了自由寫作之外，不要求其他的特權。」這一番義正詞嚴，正是艾青對正在遠離自身靈魂的眞實自我的捍衛和呼喚，其間隱藏著延安知識分子／作家的集體自卑情結。在一個「文藝無用論」的農村戰爭環境中，延安知識分子／作家越是挺身站出來爲文藝的功能進行辯護，就越是反向地表明了在革命知識分子群體文化人格心理結構中自我的脆弱和無助。他們由紅色文化或文學秩序的被動放逐、被動貶低、被動鄙視逐漸蛻變成了心理上的自我放逐、自我貶低、自我鄙視。

　　應該說，在延安時期，像艾青那樣通過捍衛知識分子的自尊來掩飾自己的自卑感的知識分子／作家不在少數。不過，從詩歌和小說領域裏的文學創作實踐來看，當年延安的紅色中國知識分子／作家通常似乎更願意直接宣泄自己內心無法抑制的自卑感，而將長期形成的知識分子自尊感強行抑制下去。比如詩人何其芳和小說家丁玲，他們都曾經自覺不自覺地以「思想犯規者」或「階級原罪者」自居，站在話語懺悔立場上進行過文學寫作。正是在文學懺悔話語實踐的過程中，他們一方面傳達了自己作爲知識分子的政治原罪感，及其衍生的自卑感，同時另一方面又無意中投射了自己作爲知識分子

〔註20〕艾青：《瞭解作家，尊重作家》，《解放日報》1942 年 3 月 11 日。

的脆弱的自我尊嚴感。關於何其芳的詩集《夜歌》這裏就不再深入分析了，因爲前面已經作過典型例證。然而，丁玲在延安時期創作的短篇小說《入伍》在這裏卻不應該被忽略。

　　丁玲在《入伍》中處處運用對比的手法重點塑造了兩個主人公——「新聞記」徐清和勤務兵楊明才，他們一個是知識分子的代表，一個是「工農兵」的化身。作者將徐清比喻爲唐吉訶德而把楊明才視爲桑丘。這意味著，徐清所代表的知識分子在紅色中國文化規範的視界中是一種幼稚而脆弱的理想主義者形象。比如在行軍途中，徐清在危險來臨之前往往習慣於對戰爭做出浪漫化的理解，而在危險來臨之後又情不自禁地對戰爭的殘酷流露出本能的恐懼，這使得他一路上時時處處都想利用楊明才來保全自己，他就像一個無助的小孩依戀大人一樣依附著楊明才。而楊明才則無時無處不顯示出桑丘那樣的現實主義實幹家的風采，他的存在使知識分子徐清相形見絀。顯然，這樣的「紅」「灰」對比使得《入伍》的文本內在地具有了一種懺悔話語等級結構。正是在這場文學懺悔話語實踐中，通過對徐清的無情嘲弄和無奈調侃，丁玲有意誇張地壓制和扭曲了知識分子的自我形象，從而宣泄了自己作爲知識分子的政治原罪感，尤其是其衍生的知識分子自卑感。在某種意義上，文化人徐清的脆弱、無助和自卑就是知識分子丁玲的脆弱、無助和自卑。與其說丁玲在鄙視徐清，不如說丁玲在鄙視她自己。然而，另一方面又必須注意到，在《入伍》中顯在流露的自卑感的背後實際上恰恰潛藏著作者對正在消失的知識分子自尊感的某種留戀。這就如同一位「恨鐵不成鋼」的母親，她對兒子的斥責和卑視其實正是捍衛她固有的自尊的表現。實際上，丁玲在同時期創作的著名短篇小說《在醫院中》裏就曾經塑造過一位典型的知識分子啓蒙英雄形象。如果說「醫生」陸萍是丁玲的眞實自我的化身，是她的知識分子自尊感的外化，那麼「新聞記」徐清則是丁玲的「被鄙視的自我」（霍妮語），是她的知識分子自卑感的隱性投射。他們分別是延安時期的丁玲的兩個人格側面，共同構成了一個眞實的丁玲，一個在自卑和自尊之間矛盾猶疑、進退兩憂的紅色知識分子丁玲。

　　顯然，丁玲的這種複雜痛苦的心境不僅僅屬於她自己，而是屬於那一代置身紅色中國文化秩序中的知識分子／作家群體。實際上，在 20 世紀 40～70 年代紅色中國一系列站在話語懺悔立場上創作的各體文學文本中，我們幾乎都可以在不同程度上解讀出關於中國知識分子／作家群體的自卑情結。從本

章第一節中開列的一系列作家和作品名單中，其實已不難看出，包括楊沫、趙樹理、孫犁、柳青、歐陽山、高雲覽、李英儒、吳強、梁斌、曹禺、郭沫若、何其芳、艾青、馮至、郭小川、穆旦、綠原、流沙河、宗璞、鄧友梅、蕭也牧、徐懷中、雪克等一大批紅色中國主流作家或邊緣作家都不約而同地選擇了站在話語懺悔立場上進行革命文化語境中的知識分子敘事。而通過第二節中的文本解讀，我們又將這種特殊類型的知識分子敘事歸結為紅色中國知識分子／作家群體的政治懺悔情結的藝術投射物。這裏，我們剖析的所謂自卑情結其實是紅色中國知識分子／作家群體的政治懺悔情結的心理衍生物，它和中國知識分子／作家長期以來固有的「文化人」自尊感相伴相生。為避免重複，接下來將只具體分析蕭也牧的短篇小說《我們夫婦之間》和郭小川的敘事詩《深深的山谷》，以期進一步印證我的觀點。蕭也牧的這個短篇佳作在中國當代文學史上曾經「名噪一時」，可謂一個繞不過去的話題。而郭小川的這首敘事詩也可以不僅讓我們看到了詩人的另一面，而且有助於我們進一步窺測紅色中國主流作家的文化人格心理結構的另一側面。總之，這應該是兩個很有典型性的例子。

　　《我們夫婦之間》這篇小說在 1950 年代初曾因其流露出「不健康的」、「小資產階級傾向」飽受政治責難。然而，在通讀這部作品後不難發現，從總體上看，作者蕭也牧其實是站在否定男主人公，即知識分子李克的「小資產階級傾向」的立場上來展開敘述的。換句話說，作者在這篇小說的創作中基本上遵循的是話語懺悔立場，這是一個關於知識分子的懺悔敘事。整個小說文本由四個有小標題的部分所構成。第一部分（「眞是知識分子和工農結合的典型！」）是全篇的引子，完全是正統的革命敘述。知識分子出身的革命幹部李克和農民出身的革命幹部「張同志」之間的愛情敘事／日常敘事完全被納入了革命化的政治敘事／公共敘事的軌道。然而到了第二部分（「……李克同志：你的心大大變了！」）中，知識分子丈夫李克和農民妻子張同志之間發生了一系列的生活衝突、性格衝突和文化衝突。於是，「我們之間的感情開始有了裂痕」。在很大程度上，這意味著作品中原本得到整合的個人化的愛情敘事與公共化的政治敘事之間出現了「斷裂」。它可以歸結為以知識分子和市民為代表的現代性（都市）文化與以工農兵為代表的「新古典主義」文化（本質上與傳統中國農業文明相通）之間的對立。從總體的情感傾向上來看，在這一部分中，作者基本上是站在知識分子李克的現代性立場來

展開敘述的。在知識分子丈夫的眼中，農民出身的妻子張同志顯得是那麼樣的「保守」、「愚昧」、「粗俗」、「狹隘」、「固執」、「嫉妒」……她「無知」地拒絕一切現代都市文明生活方式和價值觀念，執拗地一心想根據自己的「農村觀點」來「改造城市」。在「我」看來，即使是她的「艱苦樸素」和「大公無私」實際上也有著「禁欲主義」和「保守主義」的嫌疑。毫無疑問，這一部分是這篇小說中最受人關注，也是最容易招徠誤解和批評的一部分。其中非常明顯地流露出了作者蕭也牧的一種知識分子自尊感，而這種自尊感正是現代中國知識分子啟蒙英雄情結的心理表現，它使得知識分子李克在農民妻子張同志的面前自覺不自覺地流露出了一種「文化人」的優越感。

然而，不應忽視的是，在這篇小說的餘下兩部分中，實際上還應包括第一部分中，作者蕭也牧基本上是站在貶抑李克的知識分子自尊的立場上來展開敘事的。可以說，正是因為有了第二部分中的「小資產階級」自尊感，後面所進行的知識分子懺悔敘事才顯得順理成章。於是我們看到，在第三部分（「她真是一個倔強的人」）中，作者顯然有意設置了這樣一個場景：在一個胖胖的資本家公開「壓迫」一個瘦瘦的窮家小孩的緊要關頭，妻子張同志「愛憎分明」、挺身而出，顯示出了大無畏的革命英雄本色。而此時此刻，懦弱猶疑的知識分子李克顯得黯然失色、相形見絀。這樣，一種知識分子的政治原罪感在李克的心中不禁油然而生。而且正是在這種政治原罪感的心理籠罩下，一種知識分子的自卑感也就不期而至。所以到了第四部分中，我們看到知識分子李克終於主動地向農民妻子「認錯」，「坦白交待」自己的「思想過失」，希望獲得後者的「再教育」。「放下了知識分子臭架子」的李克在精神上開始「自我更新」，他驀然發現，原來妻子身上的「保守」、「狹隘」、「固執」之處其實正是她所特有的「新的東西」，而且這一切「正是我所沒有的」！至此，李克的知識分子自我尊嚴感也就算是徹底地被瓦解了。他完全沉浸在了對農民妻子的完美英雄人格的崇拜之中。在此時的他看來，妻子張同志在工作中的「急躁情緒」和「簡單作風」至多只能算是「革命者的缺點」，而自己「不自覺地」流露出來的「小資產階級劣根性」才真正是「病入膏肓」、「不可救藥」！不難體味，在李克的這種絕望的政治原罪感的背後，實際上潛藏著一種深入骨髓的知識分子自卑感。它是作者蕭也牧的知識分子自卑情結的藝術外化。這種自卑感和前面論及的知識分子自尊感緊緊地糾纏在一起。

與蕭也牧相比，郭小川在敘事詩《深深的山谷》中宣泄的知識分子自卑

情結顯得更為直接，更為坦率。在多數人的心目中，郭小川一直都是一個典型的紅色中國詩歌戰士形象。雖然他在二十世紀五六十年代也曾寫過不少「探索詩」，但真正為郭小川帶來聲譽的畢竟還是那些「戰歌」或「頌歌」型的主流革命詩篇。但這樣說並不意味著知識分子自我在郭小川的詩歌創作中就已完全消褪，比如在《望星空》中實際上就顯露出了詩人的真實自我開始復歸的迹象。然而從總體上看，郭小川筆下偶露真容的「小我」或曰自我，可以說是感傷有餘，啓蒙英雄氣不足。也許正是因為這種性格上的弱點和心理中的矛盾性，郭小川似乎偏愛站在話語懺悔立場上書寫一些「另類」詩篇，如抒情詩《致大海》和敘事詩《白雪的讚歌》即是。這裏要分析的是另一首敘事詩《深深的山谷》。

從表面上看，這首詩中有兩個知識分子主人公，一個是敘述人「我」，另一個是「我」曾經的戀人「他」。「我」叫大劉，基本上是一個林道靜式的轉變型的紅色知識分子形象。在整個懺悔式的回憶中，「我」總是抑制不住要為自己過去沉迷於「小布爾喬亞情調」悔恨不已。如果這首敘事詩僅僅只是塑造了一個知識分子大劉的形象，那郭小川也就並沒有什麼過人的地方。郭小川的過人之處在於，他在這首敘事詩中重點塑造的知識分子形象並不是大劉，而是大劉的昔日戀人。這是一位從始至終都「匿名」的「灰色」知識分子主人公。在深層心理學的意義上，如果說大劉的人生經歷象徵著詩人的個體化自我逐步向集體化「超我」的轉變，那麼詩中那位匿名的「他」可以說恰好隱喻了詩人內心深處的那個不變的「他者」，即真實的自我。顯然，對於一個一直都習慣於以「大我」／「超我」自居的詩人來說，他那長期被壓抑的真實自我，其實早已經淪為了一個陌生的「他者」。然而郭小川畢竟不同於一般的紅色中國主流詩人，他還「良知未泯」，他那被放逐到潛意識中的自我，偶而也會掙脫主流話語的束縛，這說明紅色詩人郭小川的文化人格心理結構中其實充滿了矛盾與掙扎。由此，我們完全可以把這首敘事詩視為紅色詩人郭小川的一場心靈對話，詩中「我」與「他」的對話其實就是詩人已經完成的「超我」與堅持不變的「自我」兩種人格之間的潛對話。二者之間的對話其實是不平等的，一個是勝利者和權威話語代言人，儘管她的權威話語中還隱含著剛剛完成轉變後的迷惘和悔悟，另一個是失敗者和懺悔話語陳述者，「他」匍匐在高大的「她」的面前，帶著萬劫不復、一意孤行的決絕，講述著他在革命戰爭中作為知識分子的自我不適感，乃至於卑微感、絕望感，目

的是爲了祈求「她」的理解、寬宥與饒恕。所以說，二者其實共同舉行了一場紅色中國知識分子懺悔話語儀式。

相對而言，如果說在詩中的大劉身上，紅色詩人郭小川借一個轉變了的知識分子形象傳達了他內心深處的政治懺悔情結，或者說是政治原罪感，那麼在那個匿名的知識分子「他」的身上，郭小川則主要通過懺悔話語儀式傳達了內心深處欲說還休的知識分子自卑情結。這是詩人郭小川作爲一個紅色中國知識分子的深深的自卑感。詩中的「他」清醒地意識到，在戰爭的漩渦裏，「那裏沒有知識分子的榮耀，／會衝鋒陷陣的，才是頂天立地的英雄」。因此，從一開始，「他」就不願意走上戰爭前線。雖然最終在大劉的勸慰下一起來到了前方，但「他」很快就苦澀地發現，「我本來是一匹沙漠上的馬，／偏偏想到海洋的波浪上驅馳。」從此，「他」在革命戰爭中的卑微感和無價值感變得日甚一日，一直到有一天，這種知識分子的自卑感終於發展到了讓「他」無法承受的地步。於是「他」想到了自殺。但「他」的自殺顯然並不是出於對戰爭血腥的恐懼，而是植根於「他」的自我價值無法得到眞正實現的失落感和絕望感。關於這一切，「他」在跳谷身亡之前曾經對大劉作過眞誠的內心告白。不妨摘錄一些相關的詩句如下：（詩中的「我」代指「他」，而「你」代指大劉）

> 過去，我一直認爲你單純的如同一張白紙，／其實，這都是我的愚蠢和過錯。／你是這個時代的眞正的主人，／你安於這個時代，跟它完全調和；／我呢，我是屬於另外一個時代的人，／在這個世界裏無非是行商和過客。

> 是你把我帶進這革命戰爭的前哨，／而這裏鬥爭太尖銳了，使我來不及重新思考！／要我用服從和自我犧牲去換取光榮嗎？／在我看來，那不過是一場太嚴肅的胡鬧。／當然，我不埋怨你、也不怪罪你，／這是時代對我這樣的知識分子的嘲笑。／我呀，也許是一個治世的良才，／在這動亂的日子裏卻只能扮演悲劇的主角。

> 我毫不懷疑，你們會取得最後的勝利，／可是，這勝利並不是屬於我的；／我也決不否認，你們一直好心地關懷著我，／可是，這種關懷反而加深了我的敵意。／當然，我也不願去當革命的叛徒，／因爲，那對於我跟革命一樣沒有意義。／我眞誠地尊敬你，而且羨慕你，／你懂得戰鬥的歡欣和生命的價值。

　　　　不過，你不要以爲我還有什麼痛苦，／我有的只是一點對於痛
　　　　苦的恐怖。／我怕在突圍中被亂槍打死，／因爲那太不符合我一生
　　　　的抱負；／我怕你終有一天會斬斷對我的愛情，／因爲那時甚至沒
　　　　有人看著我的生命結束；／我怕那無盡的革命和鬥爭的日子，／因
　　　　爲，那對於我是一段沒有目的地的旅途。

　　毋庸諱言，在「他」的這幾段充滿了絕望的自卑感的話語傾訴中，實際
上潛在地宣泄了紅色詩人郭小川內心深處糾結難解的知識分子自卑情結。詩
中的「他」其實可以說就是詩人郭小川的代言人，至少也是詩人郭小川文化
人格心理結構中眞實自我人格的代言人，而「我」則是其政治化超我人格的
藝術替身。「他」認爲自己的「紅色戀人」大劉才是眞正適應這個紅色戰爭年
代的「主人」，而自己則是「另外一個時代的人」，是這個革命戰爭年代的另
類和異類，「他」的心底有著揮之不去的「過客」情結和「悲劇」情懷。「他」
清醒地意識到「她」將取得最後的革命的勝利，但這種勝利只屬於「她」而
不屬於孤獨卑微的自己，「他」尊重「她」的選擇，羨慕「她」的勝利，但「他」
對「那無盡的革命和鬥爭的日子」充滿了恐懼，因爲他本能地意識到，或者
說預判到了那將是「一段沒有目的地的旅途」。就這樣，拒絕接受知識分子改
造的「他」，向已經成功接受改造的「她」坦白了自己的眞實自我心境。這是
一種革命語境中的懺悔，但在這種懺悔又是如此的另類，它不是認罪的懺悔，
而是服輸的告白。與其說這是一場政治懺悔話語儀式，毋寧說這是一場發泄
知識分子心理自卑情結的話語狂歡節。在「百花文學」的特殊寬鬆時節裏，
郭小川正是通過這首敘事詩和詩中的「他」，眞實地抒發了詩人自己內心深處
作爲一個紅色中國知識分子的苦惱與悲哀。當然，這樣說，並不是說詩中當
了「逃兵」、「自絕於人民」的「他」就是現實中眞實的詩人郭小川，做出這
種推測顯然是庸俗社會學的做法。然而，詩中「他」的那種知識分子自卑感
無疑應該是屬於郭小川和「他」共有的特殊精神心理狀態。一個非常明顯的
證據是，《深深的山谷》這首「虛構」的敘事詩作於 1957 年春節，而就在 1956
年的 7～12 月期間，郭小川還創作了一首「眞實」的抒情詩《致大海》，其中
不僅更爲直白地抒發了自己的政治原罪感，而且同樣也含蓄地流露出了詩人
的知識分子自卑感。在接下來從《致大海》中引用的一段詩句中，我們依稀
可以看見《深深的山谷》中那位「他」的身影或心影：

　　　　呵，殷紅的大旗，／把我捲進了西北高原的風暴，／一直跋了

腿的驢子／把我馱到一座古老而破落的城堡。／在那裏，我換上了
／灰布的軍裝，／隨後，一聲號令／把我喝上了戰鬥的崗哨。／而
黨的思想和軍隊的紀律／這時就以其特有的真理的光輝，／無孔不
入地把我的身心照耀。／而死神則像影子一樣／追蹤著我，並且厲
聲地逼問我／——你是戰鬥，還是逃跑？／我不久就折服了，／縱
然我的心中／也有過理所當然的煩惱；／我再也不想到別處去了，
／因為我已經漸漸地／與周圍的世界趨於協調。

　　應該說，郭小川在這裏傳達的知識分子在革命戰爭中曾經有過的猶疑心
態是真實的，儘管並不「偉大」。如果說虛構性的敘事詩《深深的山谷》是紅
色中國詩人郭小川文化人格心理結構中存在政治原罪感和知識分子自卑情結
的「內證」，那麼直接袒露心跡的抒情詩《致大海》就是其存在「外證」，內
證與外證俱全，足以證明在郭小川的文化人格心理結構中，由於政治化的集
體超我人格的強大擠壓，其真實自我人格開始變得疑竇叢生、信心全無，以
至於自覺罪感深重，政治原罪感遂由此滋生；與此同時，其真實自我人格還
開始變得日漸卑微和弱小，這正是知識分子自卑情結的由來。

　　其實，這種潛藏著知識分子自卑感的猶疑心態在當時又何止屬於郭小
川！就拿何其芳來說，當年一到延安他就主動申請上前線，正所謂書生請
纓、投筆從戎，可後來一旦深入到真正的戰鬥生活中去，我們的詩人「竟感
到我在前方是一個沒有用處的人」！何其芳終於未能經受住「革命的考驗」，
他主動選擇了「回延安」。詩人後來認為「這是一個可羞的退卻」，它成了自
己心中一直都難以驅除的隱痛〔註 21〕。比如在《夜歌》（七）中，何其芳就
曾借批評自殺的詩人葉賽寧而深深地譴責自己：「呵，我最悲痛／你們用自
己的手／割斷了生命的人！／不只是你們呵我想，／在最痛苦的時候／想像
用手槍對準他的太陽穴，／在最疲乏的時候／希望閉上眼睛就不再睜開，／
在鬥爭最劇烈的時候／動搖過，打算從人生裏開一次小差！」不難發現，何
其芳在這首詩中含蓄地否定了自己內心中那個「被鄙視的自我」。本質上，
何其芳的這個「被鄙視的自我」與郭小川《深深的山谷》中的那個「他」並
沒有什麼大的分別。只不過對於何其芳來說，他已經將那種知識分子在戰爭
中的自卑感「放大」到整個革命語境中去了。如果考慮到整個 20 世紀 40～

〔註21〕參閱何其芳：《〈星火集〉後記一》，《何其芳研究專集》，四川文藝出版社 1986
　　　　年版，第 254～260 頁。

70 年代紅色中國文化人格心理結構都為一種「戰爭文化心理」〔註 22〕所支配，那就應該承認，紅色中國知識分子／作家在革命戰爭年代裏形成的那種自卑情結即使是到了建國後的「和平年代」裏也不會立刻消除，相反，由於眾所週知的原因，這種集體的知識分子自卑情結衍變得越來越沉重了，到「文革」中則惡化到一種無法承受的、近乎整個自我人格全面崩潰的地步。紅色中國知識分子／作家在那個極端荒謬的年代裏已然習慣於自我作踐和自我虐待，而不再僅僅是自我否定和自我卑視，這在巴金老人的《隨想錄》以及王蒙、張賢亮、從維熙等「57 族」作家 1980 年代的大量「反思小說」中有著生動的記述。借用著名「右派」作家張賢亮的話來說，大部分紅色中國知識分子／作家其實在精神上已經異化到了一種「無法蘇醒」、「習慣死亡」的可悲境地〔註 23〕！

　　雖然在郭小川的《深深的山谷》一詩中主要透視的是詩人內心深處的知識分子自卑情結，然而不難想見的是，在詩中「他」的自殺行動中不也同樣表現了「他」對自己的知識分子自我尊嚴的某種捍衛麼？當然，和自尊感相比，「他」的自卑感畢竟還是主導的心理傾向。郭小川是如此，何其芳也是如此，推而廣之，在紅色中國大部分知識分子／作家的心理潛層中同樣應該如此，他們都在那種自卑與自尊相糾結的文化人格心理困境中痛苦地徘徊過，區別只在於不同的作家有著表現這種矛盾心理的不同方式罷了，其中自然也包括部分始終在創作中迴避著這種矛盾心理的作家。

　　實際上，為了透視紅色中國文化秩序中作家的知識分子自卑情結，我們還可以選擇不同的視角，比如結構主義的心理－文化闡釋模式。在 20 世紀 40～70 年代紅色中國敘事文學作品中，有這樣一個有趣的文學徵象：大凡涉及到三角戀愛敘事，知識分子出身的女性人物通常都願意選擇一位工農兵出身的男性人物結成「革命伴侶」，而另一位遭遺棄的男性第三者則往往是一個知識分子人物。比如前面剛分析過的郭小川的敘事詩《深深的山谷》中，知識分子出身的女主人公大劉最終就嫁給了一位人民軍隊的「指導員」，而男主人公「他」則在一種知識分子自卑情結的支配下跳崖自殺了。無獨有偶，在郭

〔註22〕 參閱陳思和：《當代文學觀念中的戰爭文化心理》，《陳思和自選集》，廣西師範大學出版社 1997 年版，第 182～199 頁。

〔註23〕 《無法蘇醒》和《習慣死亡》是張賢亮的兩部小說的題目，前者是中篇，後者是長篇。

小川的另一首敘事詩《白雪的讚歌》中也存在著幾乎同樣的情形。女主人公于植雖然也曾對知識分子出身的那位匿名男性「醫生」有過朦朧的愛戀，然而最終她還是選擇了寂寞地等待那位杳無音訊的丈夫的歸來，後者是一位共產黨的基層領導幹部。當然，像這種性質的人物愛情關係模式在紅色中國文學作品中還有很多，其中最著名的例子還得算《青春之歌》裏林道靜和余永澤、盧嘉川、江華之間的情愛關係。眾所週知，知識分子林道靜最終投向了出身工人家庭的江華的懷抱，而「資產階級」知識分子余永澤則遭到了她的拋棄，甚至「革命」的「小資產階級」知識分子盧嘉川也無法獲得和她結合的機會。其他的如《創業史》中的徐改霞——梁生寶——郭永茂，《豔陽天》裏的焦淑紅——蕭長春——馬立本，《三里灣》裏的范靈芝——王玉生——馬有翼等等也屬於這種情形。值得指出的是，這裏之所以把徐改霞、郭永茂、焦淑紅、馬立本、范靈芝和馬有翼那樣「粗通文墨」的「小學生」和「中學生」也算作「知識分子」，主要原因在於，在那些紅色經典作品中，作者無不著重強調這些人物在農村中的「文化人」或「知識分子」身份，可以說，作者是把他們當作特定歷史條件下的知識分子人物來塑造的。不難看出，在這幾部著名的紅色經典長篇小說中，都是知識分子女性人物「鍾情」於工農兵出身的男性人物，而對另一位男性知識分子人物則充滿了「鄙視」。

問題在於，這些紅色中國主流作家爲什麼不約而同地在創作中遵循著這樣一種人物愛情關係模式呢？如果從社會學的角度來看，原因無非在於，這是紅色中國社會現實生活中普遍存在的一種愛情婚姻現象在文學作品中的形象化反映。不過，如果換一個角度來看這個問題，即從作家的深層創作心理來看，也許會得出這樣一個結論：這種特殊的人物情愛模式其實是紅色中國文化和文學話語秩序中，背負政治原罪感和自卑情結的知識分子／作家通過文學創作進行政治贖罪的一種象徵性的表達方式，其間折射出了紅色中國知識分子／作家群體所普遍擁有的一種政治懺悔情結，及其所衍生的知識分子自卑情結。以林道靜來說，作爲一個決心獻身革命的知識分子，她已經日漸喪失了愛的能力，她深陷在一種知識分子原罪感和自卑感中無力自拔，她內心渴望著嫁給一個出身工農兵的人物，以此實現「知識分子和工農兵相結合」，也就是拯救自己的政治原罪感和補償自己的階級自卑感。林道靜是如此，其實，改霞、焦淑紅和范靈芝等女性「知識分子」人物又何嘗不是如此呢？她們對「中學生」郭永茂、馬立本和馬有翼等人的那種發自內心的「鄙

棄」恰恰表明了另一種隱秘的心理真實，即她們在後者身上不約而同地發現了自己的「知識分子自我」，或者說在後者身上驚訝地看到了自己潛意識中的那個「被鄙視的自我」（霍妮語）。在這個意義上，與其說她們在鄙視後者，還不如她們在鄙視自己。她們對後者的鄙視實際上是把自己的知識分子自卑感給「外表化」了。

因此，可以說，儘管她們表面上是一群深層心理學意義上的「施虐者」／傷害者，而本質上卻是一群知識分子「自虐者」／自傷者，因為她們的心理攻擊對象其實並不在於某個外在的人物，而恰恰就是她們的真實自我本身。至於那些外在的「無辜受辱」的知識分子人物，實際上不過是被動地充當了一群可憐的心理「替罪羊」。由此不難看出，以林道靜為首的那群紅色中國女性知識分子人物其實是一群「自卑者」，而不是「他卑者」，儘管她們有時候給人一種「他卑者」的心理錯覺。不僅如此，以林道靜為首的這群紅色中國女性知識分子人物的女性身份，在某種意義上也暗中泄漏了紅色中國文化和文學秩序中知識分子／作家的女性身份，按照精神分析學的常見說法，這是一種被去勢或曰被閹割的男性身份，它意味著現代中國知識分子／作家的男性身份或獨立自我人格在紅色中國文化和文學話語秩序中已經完全喪失，僅剩下異化或變形（變性）了的女性身份或弱者身份。但儘管如此，紅色中國知識分子／作家內在的自我心理能量卻並未消失，而是轉化或置換為一種攻擊性的變態心理能量，這主要表現為紅色中國知識分子／作家內部的自相殘殺，如彼此攻擊、相互作踐，或者表現為知識分子／作家的自我卑視、自我作踐，而不復表現為良性的自我獨立創造了。

第四節　人道主義懺悔的悄然回歸

在 20 世紀 40～70 年代紅色中國文學中，權威主義懺悔話語盛行而人道主義懺悔話語退隱已是一個不爭的歷史事實。倘若要追究人道主義懺悔精神退隱的心理根源，則大致上可以歸結為紅色中國知識分子／作家群體的文化人格心理結構中自我良知的集體性失落，即弗洛姆所謂的人道主義良知的整體性退場。當然，這樣說並不意味著人道主義懺悔話語在紅色中國文化和文學話語秩序中就完全缺席，比如在「文革」時期的地下文學創作中就曾依稀地出現過部分人道主義懺悔話語。在上一章中論及根子的長詩《致生活》和

《三月與末日》、北島的小說《波動》、禮平的小說《晚霞消失的時候》等地下文學作品時，我已經順帶作過一些探討。應該說，這些閃爍著人性光澤的懺悔話語的出現是紅色中國地下文學作者的自我良知逐漸覺醒的結果。

儘管從數量上看，紅色中國文學中人道主義懺悔話語還顯得寥若晨星，然而從其精神價值來看，它們的歷史超前性卻應該是不朽的。在很大程度上，由於這些人道主義懺悔話語產生在紅色中國文化和文學話語秩序盛極而衰、行將解體的歷史時刻，因此它們又具有某種文化轉型的寓言意味。實際上，它們的悄然出現，象徵著一個精神沉睡已久的民族的自我良知開始逐步蘇醒，或者不如說，終於有了覺醒的希望。如果考慮到在「文革」後的整個「新時期文學」中，像巴金老人在《隨想錄》中所做出的那種人道主義懺悔依然顯得鳳毛麟角、彌足珍貴，那麼，我們就越發不應該忽視和低估「文革」時期的地下文學中人道主義懺悔話語的意義和價值。

這裏需要重點探討穆旦在生命即將走到盡頭時所寫就的詩篇。就在「文革」宣告結束的 1976 年，飽經滄桑、精神受到長期壓抑的穆旦集中寫下了 27 首詩（其中包括一篇未完稿），實現了他生命力的最後迸發。如果再加上作於 1975 年的《蒼蠅》一詩，這 28 首詩作便是穆旦生命中最後的詩篇〔註24〕。不難發現，除卻少部分抒發一般人倫情感和諷刺現實黑暗的詩作之外，如《友誼》、《有別》、《老年的夢囈》、《退稿信》、《黑筆桿頌》等，穆旦的大部分詩歌遺作中都貫穿了一個核心的精神旨趣，這就是一個自我良知已經完全蘇醒了的紅色中國詩人，為自己、以及自己所屬的一個民族的靈魂做出深刻的精神反思和虔誠的自我懺悔。雖然無論從內容還是形式上來看，穆旦的這些詩作都具有強烈的現代主義色彩，然而，也許只有將這些詩作放回到詩人後半生的命運史和一個民族的特殊歷史（包括精神史或心靈史）進程中，也就是它們所產生的紅色中國社會文化背景中，我們才能夠真正地理解它們。

正如前面論及的那樣，在 1950 年代中期，剛剛從美國歸來不久的穆旦也曾自覺地寫過像《葬歌》那樣具有明顯的權威主義懺悔氣息的詩篇。這說明和當時紅色中國的絕大部分知識分子／作家一樣，那時的穆旦也曾努力地站在權威政治話語的立場上「改造」自己、否定自己、審判自己，力求使自己能夠被主流文化和文學秩序所接納。然而，在隨後經受的漫長政治苦難中，穆旦並沒有像大多數同樣罹難的紅色中國主流作家一樣異化成那種只知「埋

〔註24〕以上統計據李方編：《穆旦詩全集》，中國文學出版社 1996 年版。

頭認罪」的「懺悔的動物」（福柯語），他將自己內心中深藏的精神痛苦無言地釋放在大量的譯書工作中。直到臨終前的那一兩年，詩人穆旦終於達到了近乎自我澄明的精神境界。年近六旬的他開始反思起自己後半生的人生歷程，不過不是停留在表層的生活坎坷和悲歡離合的層次上，而是上升到那種對自身的精神世界或靈魂的自我拷問之中。晚年的詩人穆旦就像一棵大徹大悟的「智慧之樹」（《智慧之歌》），他在這一時期創作的許多地下詩作都可以看作是他力求通過自我拷問而獲得最後的精神救贖的「懺悔錄」。

可以看出，和《葬歌》時代的那些外在的、他律的，站在特定的泛政治化的文化立場上所進行的權威主義懺悔話語實踐不同，穆旦在暮年所進行的自我拯救和靈魂懺悔實際上是一種內在的、自律的，站在現代人道主義的文化立場上所展開的懺悔話語實踐。顯然，從前一種權威主義懺悔話語中我們能夠聽到太多權威的，尤其是政治和道德方面的意識形態律令，它們限制了知識分子／作家主體的話語空間，從而導致出現了懺悔主體和懺悔客體之間身份誤認或錯位的情形。也就是說，在整個懺悔話語儀式中，說話人／懺悔主體的懺悔話語主要受制於聽話人／懺悔客體預先規定的文化道德規範。而從深層心理學的角度來看，所謂聽話人／懺悔客體其實已經在主體中內化成了某種神聖的集體理想人格，即「超我」。正是它與外在的權威政治話語一起聯合「謀殺」了說話人／懺悔主體的真實自我，使得說話人／懺悔主體淪為某種被動的、誤認的、虛構的主體，而聽話人／懺悔客體則成了暗中操縱前者的真正的、隱藏的、匿名的主體。於是，「誰在說話？」〔註25〕，這便已然成為了問題。與之相對應的是，在後一種人道主義懺悔話語中，由於擺脫了外在的政治、道德、文化方面的主流意識形態羈絆，故而我們發現此時的說話人／懺悔主體和聽話人／懺悔客體已經「重合」了，這是一種真正的「人」的懺悔。對於現代人來說，它是堅守自我人格精神的一種必然心理需求。它聽從的是以人的價值為思維中心的現代啟蒙意識形態的召喚，它是現代人的自我審判和自我拯救。

也許是這個民族沉重的歷史選擇了穆旦，選擇了這個生命垂危的老詩人作為自己的代言人。晚年的穆旦在精神上顯然是無所畏懼的，他已經開始趨近一種靈魂自由的精神境界。他終於能夠以博大的精神勇氣走上靈魂探險的畏途，並以詩的語言來傳達自己的靈魂拷問和對一個民族的精神審判。在穆

〔註25〕福柯：《知識考古學》，三聯書店1998年版，第62頁。

且的這些詩性懺悔話語中，其人道主義懺悔精神集中表現爲詩人對自己曾經迷失過的靈魂所做出的大膽精神解剖。這又首先表現爲詩人對自己曾經追逐和信仰過的「理想」的質疑。《蒼蠅》是穆旦在沉寂多年後寫下的第一首詩。就在這首標誌性的詩作中，詩人通過一隻平凡的蒼蠅隱喻了自己的精神命運。那隻追求「理想」的蒼蠅到頭來猛然發覺，原來自己捨命追求的不過是一種「幻覺」。詩人不禁爲自己曾經爲此而「承受猛烈的拍擊」而滋生出幾分悔意。在隨後寫作的《智慧之歌》中，詩人再也掩飾不住自己對那種「理想」的深深失望之情。他不無苦澀地寫道：「另一種歡喜是迷人的理想，／它使我在荊棘之途走得夠遠，／爲理想而痛苦並不可怕，／可怕的是看它終於成笑談。」值得一提的是，穆旦甚至還專門做了一首題名爲《理想》的詩。在詩的第一部分中，詩人首先肯定了「理想」存在的重要性，然後便沉痛地將「理想」比喻爲「一個從邪惡的遠方／侵入他的心的精靈」，這個邪惡的生命精靈「把他折磨夠，因爲他在地面看到了天堂。」在接下來的第二部分中，詩人更是直接地宣判了那種「理想」的虛僞性和荒謬性。在詩人看來，「理想是個迷宮，按照它的邏輯／你越走越達不到目的地」。作爲一種表面上「多美好的感情」，「理想」一經「流到現實的冰窟中，／你看到的就是北方的荒原，／使你豐滿的心傾家蕩產」。正是在這種「理想」與「現實」的悖謬中，詩人痛苦地發現自己的心靈已經變成了一片精神的「荒原」。原來多年來自己沿著「崇高的道路」往前走，實際上就「像追鬼火不知撲到哪一頭」。這就是詩人過去追逐的「理想」，一個異己的生命幽靈。

在穆旦的詩性懺悔話語中，「理想」有時候也會以其他的隱喻形式表現出來。比如在《春》中，「理想」便罩上了「春天」的誘人面紗。「春意鬧：花朵、新綠和你的青春／一度聚會在我的早年，散發著／秘密的傳單，宣傳熱帶和迷信，／激烈鼓動推翻我弱小的王國」，然而最終的結果卻是，「你們（春天）帶來了一場不意的暴亂，／把我流放到……一片破碎的夢」。如今，「我的老年也已築起了寒冷的城，／把一切輕浮的歡樂關在城外。」顯然，對於靈魂已經覺醒的老詩人來說，他不會再輕易地「被圍困在花的夢和鳥的鼓譟中」，他已經從昔日的「理想」中幡然悔悟，從此開始懂得用那些「寒冷的智慧」去「衛護我的心」。再如在《夏》一詩中，「理想」重新又變成了像「紅色的血」一樣的「太陽」。宣稱「要寫一篇偉大的史詩」的太陽，雖然「富於強烈的感情，熱鬧的故事」，「但沒有思想，只是文字，文字，文字」。因爲曾

經追尋過這種空洞的理想，自我蘇醒後的詩人不禁萌生出「汗流浹背」的窘迫與愧慚之感。此外在《問》一詩中，那個年代的「理想」則是通過「光明」或「天堂」來指代的，而詩中的「黑暗」和「地獄」則代指過去的現實。曾經在1949年前後親歷過兩個時代、兩種社會制度的詩人在「文革」的浩劫中驀然驚覺，當年的「我衝出黑暗，走上光明的長廊，／而不知長廊的盡頭仍是黑暗；／我曾詛咒黑暗，歌頌它的一線光，／但現在，黑暗卻受到光明的禮贊：心呵，你可要追求天堂？」在詩人看來，那些「天堂」的追求者之所以「享受了至高的歡欣」，那是「因爲他們播種於黑暗而看不見」。而慶幸的是，終於「活到了睜開眼睛」的詩人如今要勇敢地「掙脫天堂」的羈絆，哪怕從此之後不知道自己「竟要浪迹何方」？

　　在質疑「理想」的基礎上，晚年穆旦的人道主義懺悔精神還表現爲對自己曾經堅信不疑的「理想」的現實人格化身 —— 革命領袖的神聖性和權威性的質疑。比如在《自己》、《好夢》、《「我」的形成》等詩作中，詩人便對那些「金塑的大神」和「泥塑的權威」進行過大膽的拆解。此時的穆旦完全是一個清醒而理智的「偶像破壞者」，他的自我人格已經開始從當時猶在盛行的領袖崇拜的迷夢中驚醒過來。當然，在對偶像的顛覆和拷問方面，穆旦最有代表性的詩篇還得首推《神的變形》一詩。詩人在詩中這樣描述了「神」和「權力」之間的對話：「神」曰：「浩浩蕩蕩，我掌握歷史的方向，／有始無終，我推動著巨輪前行；／我驅走了魔，世間全由我來主宰，／人們天天到我的教堂來致敬。／我的眞言已化入了日常生活，／我記得它曾引起多大的熱情。／我不知度過多少勝利的時光，／可是如今，我的體系像有了病。」而「權力」回答：「我是病因。你對我的無限要求／就使你的全身生出無限的腐鏽。／你貪得無厭，以爲這樣最安全，／卻被我腐蝕的一天天更保守。／你原來是從無到有，力大無窮，／一天天的禮贊已經把你催眠，／豈不知那都是我給你的報酬？／而對你的任性，人心日漸變冷，／在那心窩裏有了另一個要求。」對於這段引文來說，任何闡釋都已經顯得多餘，它本身的現實諷喻性和歷史超前性簡直是一目了然。穆旦還在另一首題名爲《愛情》的詩作中對當時中國民眾對領袖的非理性崇拜迷狂進行過別具一格的反諷。這是一首具有「黑色幽默」意味的詩。詩人將民眾對權威的崇敬之情以「愛情」名之。在智慧的詩人看來，這種「愛情是個快破產的企業，／假如爲了維護自己的信譽」，因爲「它雇傭的是些美麗的謊，／向頭腦去推銷它的威力」。不僅如

此，這種「愛情的資本變得越來越少，／假如她聚起了一切的熱情」，因為「雖然她有一座石築的銀行，／但經不住心靈祕密的抖顫，／別看忠誠包圍著的笑容，／行動的手卻悄悄地提取存款」。顯然，穆旦的見解是深刻的。在自我靈魂覺醒後，他的眼光同時也就變得既犀利又睿智。這種詩性的智慧在這首「愛情」詩中被發揮得淋漓盡致。

以上分析了穆旦晚年詩篇中質疑的兩種對象：「理想」和「偶像」。如果說前者代表了紅色中國主流意識形態，那麼後者則是當時主流意識形態的現實人格化身。正如本書一再提及的那樣，在法國後現代精神分析學家拉康看來，對於特定歷史語境中的主體來說，這種意識形態化了的人格或者人格化了的意識形態在主體的文化人格心理結構中實際上已經內化成一種被他命名為「象徵界」的心理實體。不僅如此，拉康還將這種符號化的文化秩序予以人格化，把它稱為「父親的名字」，也就是所謂文化父親。如果用弗洛伊德的概念來說，這位文化父親，主要是道德父親，還可以獲得「超我」的命名。超我其實是一種集體化的理想人格，通常它在一個人的文化人格心理結構中佔據著神聖的權威位置，它的形成過程往往也就是一個人的真實自我逐漸被壓抑、被埋沒的心理過程。基於上述，對於暮年的穆旦來說，他對自己曾經信仰的「理想」和崇拜的「偶像」所進行的清醒質疑，實際上可以理解為紅色中國詩人穆旦對自己昔日所認同的精神父親，也就是政治文化父親的理智審判。一句話，這其實是一種文化審父行為。當然，由於穆旦不可能完全超越於他的時代，作為一種時代的「共名」，那位政治文化父親同樣也已經變成了他的文化人格心理結構中的一部分（「超我」），所以，晚年穆旦的文化審父行為本身已經構成了他對自己的整個靈魂（精神心理世界）進行自我審判的一部分。可以說，走向生命盡頭的穆旦是勇敢地將自己推上了現代人道主義法庭，他根據自己已經回歸的人道主義良知無情地解剖著自己、審判著自己。此時的他實際上是一位人格高貴的精神「罪人」，因為他不僅僅是代表著他自己，而且是代表著一個曾經集體精神「失足」的民族。正是在這個意義上，晚年穆旦對自己靈魂的自我拷問其實可以看作是他為這個民族、也為自己所默默遞交的一份拯救靈魂的懺悔錄。

於是，我們看到穆旦接連在幾首詩中直接反審了自己的靈魂異化或精神蛻變的心理狀態（過程）。往嚴重一點說，詩人是在為自己曾經有過的人格「墮落」心理（行為）而滿懷愧悔。比如在《自己》一詩中，詩人就表達了

因爲自我失落而感到的內心痛苦。他貌似平靜地寫道：「在迷途上他偶而碰見一個偶像，／於是變成它的膜拜者的模樣，／把這些稱爲友，把那些稱爲敵，／喜怒哀樂都擺到了應擺的地方，／他的生活的小店輝煌而富麗：／不知那是否確是我自己。」這首詩總共有四節，前三節均以「不知那是否確是我自己」作結，第四節則進一步以「不知我是否失去了我自己」爲結束語。不難體味，正是在這種反覆迴環的生命低吟中凝結著一位老詩人的深深自責和內疚感。詩人爲自己曾經有過的精神「失蹤」或自我「睡眠」而沉痛難當！在這個意義上，《自己》這首詩的主題實際上是「審判自己」。再如在《「我」的形成》一詩中，穆旦冷峻地透視了自己的人格異化過程，其中同樣潛藏著他在自我覺醒後的精神苦澀與痛楚。最先出現在詩人的回憶中的是這樣一幕場景：「報紙和電波傳來的謊言／都勝利地衝進我的頭腦，／等我需要做出決定時，／它們就發出恫嚇和忠告。」這意味著，正是在當時強大的主流意識形態的積極運作之下，「我」終於失去了自我，「我」已經不成其爲「我」，「我」其實被「我們」所暗中取代了。從此，「我」就如同被「一個我從不認識的人」蠻橫地「抓進生活的一格」，「我的生命的海洋」也就在那種刻板的生活規程中日漸乾涸，或者說，在那種泛政治化的主流文化規範的「印章下凝固」了。「我」開始不由自主地崇拜著那些「泥塑的權威」，雖然最終「泥土仍將歸於泥土」，「但那時我已被它摧毀」。意識到自己曾經親手「摧毀」或「謀殺」過自己（自我）肯定是萬分痛苦的，這實際上正是暮年穆旦在精神上的大覺悟與大苦痛！他無法像那個傳說中的「瘋女」一樣健忘和迴避現實，他深深地被「那荒誕的夢釘住了」。我不知道穆旦在1976年寫這首詩的時候會不會記起自己寫於1956年的那首「地下詩」——《妖女的歌》。從那首詩中可以看出，當年歸國不久的穆旦其實已經隱隱地感覺到了「我」即將被主流意識形態吞沒的命運。詩人寫道：「一個妖女在山後向我們歌唱，／『誰愛我，快奉獻出你的一切。』／……／這個妖女索要自由、安寧、財富，／我們就一把又一把地獻出，／喪失的越多，她的歌聲越婉轉，／終至『喪失』變成了我們的幸福。」實際上，當時穆旦曾預感到的那種精神「喪失」的過程正是晚年穆旦所痛悔的那種「我」的「形成」（「異化」）過程。

顯然，我們不應該將穆旦的自我靈魂審判的意義僅僅局限於他自己，而是應該將晚年穆旦視爲那個特殊歷史年代的民族良心。實際上，晚年穆旦不僅僅「常常解剖自己」，他往往也會「推己及人」，也就是審視一個民族已經

集體淪陷的靈魂。比如在總共五節的《好夢》一詩中，詩人在每一節的最後都以「讓我們哭泣好夢不長」作結，此時的詩人完全是以一個民族的代言人的身份來完成這場詩性的靈魂懺悔的。詩中寫道：「因爲熱血不充溢，它便摻上水分，／於是大揮彩筆畫出一幅幅風景，／它的色調越濃，我們跌得越深，／終於使受騙的心粉碎而蘇醒：／讓我們哭泣好夢不長。∥因爲眞實不夠好，謊言變成眞金，／它到處拿給人這種金塑的大神，／但只有食利者成爲膜拜的一群，／只有儀式卻越來越謹嚴而虔誠：／讓我們哭泣好夢不長。∥因爲日常的生活太少奇迹，／它不得不在平庸中製造信仰，／但它造成的不過是可怕的空虛，／和從四面八方被嘲笑的荒唐：／讓我們哭泣好夢不長。」在這首詩中，穆旦將《「我」的形成》中那種個人化的「荒誕的夢」進一步擴展到整個民族的集體精神心理的範域。顯然，詩中的「我們」只不過是一個虛擬的人格實體，它代指一個自我良知開始覺醒的民族。這個民族已經從那場貌似「好夢」的騙局中驚醒過來，並且集體流下了悔恨的眼淚。他們爲自己曾經犯下的所有「精神罪孽」而感到深深的痛苦。然而，這一切在當時不可能眞正地變成現實，因爲這個古老的民族依然沉醉在那個荒唐的「好夢」中難以自拔。也就是說，他們還不可能達到詩人所期待的那種自我精神境界。在這個意義上，《好夢》這首詩中的哭泣其實僅僅是一位自我靈魂覺醒後的偉大懺悔者的哭泣。然而，他的眼淚無疑又預告了一個曾經盲目輕信的民族終於有了覺悟的希望。

對於穆旦這樣一位早年深受西方現代主義詩歌精神薰陶的現代中國詩人來說，他的人道主義懺悔話語實際上在部分詩作中還被提升到了那種超越具體歷史時空的世界性高度。如在《沉沒》一詩中，雖然依舊是表達詩人因喪失自我而感受到的精神痛苦，然而導致這種精神痛苦的力量已經不再是那種特定的權威政治話語，而是更爲抽象，也更爲有力的整個「物質」世界。詩人敏感地體驗到自己的「身體一天天墜入物質的深淵」，包括「欲望」、「青春」、「理想」、「愛憎」、「情誼」、「職位」、「勞作」等等在內的一切塵世「生活」歸根結底只不過是爲自己「搭造了死亡之宮」。詩人的整個生命幾乎都要被這種物化的生活憋悶得喘不過氣來，他只能絕望地叫喊：「呵，耳目鼻口，都沉沒在物質中，／我能投出什麼信息到它窗外？／什麼天空能把我拯救出『現在』？」在這裏，渴望靈魂拯救的已經不僅僅是一位生命即將走到盡頭的中國詩人，而是身陷在廣袤無邊的物質世界中無法自救的整個現代

人。所以，晚年穆旦的自我懺悔話語不僅僅是爲了謀求他個人的靈魂救贖，甚至也不僅僅是爲了謀求一個民族的靈魂救贖，還最終指向了 20 世紀最重要的人文精神旨趣，這就是拯救日漸異化的現代人的靈魂。

第六章　話語疏離立場：對自我的尋找

　　所謂話語疏離立場，它指的是話語主體爲了應對特定的文化權力的作用而被迫採用的一種逃避現實、遠離權力的心理防禦機制。這實際上流露了特定的話語主體對自身的精神世界爲權力話語所異化而感到的心理焦慮，由此也就導致他們在內心深處滋生一種尋找那個業已被壓抑的眞實自我的潛在心理需求。然而，由於此時他們的眞實自我並未被發現，換句話說，他們的眞實自我還一直蟄伏在潛意識中沉睡，僅僅還只是所謂「本我」的萌動，尙未來得及自然地成長爲現實化的眞實自我，所以他們此時不可能採取那種直接反抗的話語立場，因爲反抗意味著對眞實自我的堅守，而只能間接地、迂迴地啓動一種在權力話語規範之內營造某種形態的精神避風港的心理退守機制。

　　正是通過迷失在這種虛築的精神避風港灣中，疏離型的話語主體獲得了虛幻的心理補償。他們以爲自己已經尋找到了那個曾經失落的眞實自我，卻不知此時的自己在精神上尙未成長爲一個眞正的「大寫的人」，他們實際上就像一群無意識地拒絕成長或無法成長的嬰兒，一味地陶醉在虛構的白日夢中樂而忘返。這意味著，話語疏離立場其實也是一種話語反抗，只不過是一種消極的話語反抗而已。但無論如何，和話語屈從立場相比，選擇話語疏離立場的主體還是要顯得人格高潔得多，儘管此時的話語主體是站在文化人格心理結構中「本我」人格的立場上發言，但較之於屈從型話語主體站在「超我」人格立場上言說，還是更加接近話語主體的生命本源。但毋庸諱言，比起反抗型話語主體站在「自我」人格立場上言說，疏離型話語主體站在「本我」人格立場上的言說又顯得軟弱多了，或者說是「任性」多了。但具體到文學

創作領域，柔軟或任性的疏離型文學話語形態又別有一番藝術情致，這又是剛強或理性的反抗型文學話語形態所不及的，至少是無法取代的。

第一節　另一種話語反抗

在紅色中國文學話語秩序中，提起站在話語疏離立場上寫作的作家，人們最容易想起的名字莫過於孫犁和茹志鵑了。在很大程度上，和紅色中國主流作家相比，他們可以說是比較著名的另類風格作家。然而在這裏，我們所探討的對象範圍並不僅僅局限於這類另類風格作家的主要文學作品，它還應該牽涉到紅色中國部分主流作家，如周立波、歐陽山、曲波、梁斌、吳強、高雲覽、李英儒、浩然等人的部分文學作品，以及一部分從事地下寫作的紅色中國作家，主要是地下詩人，如曾卓、流沙河、蔡其矯、食指、芒克、舒婷、顧城等人的諸多地下詩作。

這意味著，話語疏離立場不僅僅只是一種爲紅色中國少數邊緣作家所操持的特殊話語立場，相反，作爲一種普遍性的文藝創作心理防禦機制，它被紅色中國許多作家所廣泛採用。區別在於，與那些另類風格作家和地下詩人相比，當時的紅色中國主流作家與權威文化和文學規範之間的疏離程度明顯要低一些。可以說，由於前者具有更爲明確而集中的疏離意向，因此他們在文學創作中所表現出來的與權威文化和文學規範之間的距離也就更爲疏遠，更爲清晰可辨，而後者由於疏離意向還不是很明朗和堅決，故而在同一部文學作品的創作中，他們的話語疏離立場往往並不佔有主導地位，換句話說，他們的話語疏離立場常常被其主導性的話語屈從立場給遮蔽了。

在明確了研究對象的範域之後，接下來將著重探討紅色中國作家的話語疏離心理狀況。眾所週知，在紅色中國文學話語秩序中，以革命爲元主題的宏大敘事長期以來一直佔有壟斷性的話語地位。從本質上看，這種宏大的革命敘事以抽象的「階級論」爲其理論預設基點，因此在其文學敘述中尤爲重視對人的外部社會關係，主要是階級關係的凸顯式反映。換句話說，對於那些嚴格遵守這種宏大革命敘事模式的紅色中國主流作家而言，他們在文學文本中總是習慣於竭力建構一種集體化或大眾性的話語空間，其中充滿了階級鬥爭的殘酷血腥氣和大量的暴力話語。實際上，在紅色中國革命時代的公開文壇中，任何作家要想絕對地逃離主流文化和文學規範的制約幾乎是不可能的。無論是上述的邊緣作家，還是主流作家，乃至於少數地下作家，他們至

多只能在其革命文學話語空間中有限度地開闢出相對和諧、安寧、美好的個人話語空間或心理空間，以此作爲自己個體靈魂憩息的精神「自留地」。

不過，在紅色中國文學語境中，這塊相對獨立的精神自留地要想獲取合法化的生存權，它所屬的文學作品就必須首先符合「工農兵方向」。具體說就是，它首先必須是「爲工農兵的」，最好是「寫工農兵的」，這是革命文學敘事的最基本的前提。當然，對於紅色中國大多數地下作家而言，他們可以不用那樣艱難地在權力話語夾縫中尋求生存的話語空間。然而，在他們的自我還沒有真正地覺醒之前，或者說，在他們脆弱的自我人格還沒有足夠地強大起來之前，文學創作在他們眼中常常不過是供其逃避現實的一種方式。因此，他們在這種逃避心態下所寫就的文學作品往往可以被視爲一塊精神淨土。大體而言，無論是上述邊緣作家、主流作家，還是地下作家，他們表現在文學文本中的疏離立場或逃避心態基本上可以概括爲兩種文學話語空間形態：一種是在文學文本中構築日常性的情感（生活）話語空間，一種是在文學文本中營造審美性的自然（風俗）話語空間。當然，對於某一個特定的作家或作品而言，這兩種文學話語空間形式有時並不是各自獨立存在的，而是相得益彰地共生在一起，從而共同構成了那個作家逃避現實的靈魂棲居地，或者說，共築遠離權力話語的精神家園。

一、日常性的情感（生活）空間的構築

對於紅色中國公開文壇中的另類風格作家或某些主流作家而言，他們在文學創作中往往熱衷於在特定的革命文學話語空間中另闢出種種日常性的情感（生活）空間。換句話說，就是在宏大的革命敘事的裂隙中力所能及地爲個人化、私人化的日常生活敘事謀求必要的生存空間，以此作爲創作主體的心理港灣或精神棲息地。這裏牽涉到「日常生活」的概念問題，而且日常生活敘事、日常生活空間這些概念都屬於日常生活概念的派生物。所謂日常生活，按照東歐新馬克思主義者阿格妮絲‧赫勒的定義，它指的是作爲「總體的人」的「對象化」活動。這是一個哲學化的泛化的日常生活概念。赫勒從盧卡契的總體性理論和青年馬克思的異化理論出發，致力於西方資本主義社會日常生活批判。她將日常生活大體分爲四種形態：一是作爲「『自在的』類本質對象化」的日常生活，這是人類文化活動的物質起點，屬於「給定的」秩序和「必然性」領域；二是作爲「『自爲的』類本質對象化」的日常生活，

它體現的是人類的「自我」特性和「自由」意志；三是作爲「既是『自在的』又是『自爲』的對象化」的日常生活，其中「自爲的」的成分增長，「社會行動意識」也在增長和加深；第四種則是赫勒期待中的理想化的「爲我們存在」的日常生活，它超越了對象化範疇〔註1〕。如果從精神分析學的角度看，赫勒的前三種有關人的類本質對象化的日常生活形態，又大體上可以分別理解爲作爲「本我」對象化的日常生活、作爲「自我」對象化的日常生活和作爲「超我」對象化的日常生活。顯然，赫勒所謂的第三種日常生活，或者作爲「超我」對象化的日常生活，其實就是我們常說的公共生活，它來源於日常生活，但是對日常生活的異化和反動，這就如同「超我」來源於「自我」和「本我」，但也是對後者的人格異化和反動一樣。而赫勒所說的「自在」型日常生活，則是我們通常所理解的狹義的日常生活概念，它帶有私人性、邊緣性、超穩定性，與公共生活正相反對。至於「自爲」型日常生活，它是狹義的日常生活通向廣義的公共生活過渡的橋梁和紐帶。而本書中所謂的日常生活、日常生活敘事和日常生活空間的概念，主要是建立在人的自然「本我」人格基礎上的生活、敘事和空間形態。

一般來說，在宏大的革命敘事的蔭庇下得以展開的日常生活敘事，在本質上是以「人性論」爲其基本理論預設的，它一般都是通過個人化或私人化的日常生活事件（場景）來表現「人」（主要是作爲「本我」的自然人格的人）的基本心理情感欲求，當然主要是一些美好、善良、溫情的「正面」情感欲求，如對愛情、親情和友情的需要、對公正、和平和自由的渴望等等。這些都是出自於人的自然本能和社會本能的正常情感心理需求，屬於良性的本我潛能。相反，對於那些消極或醜惡的「負面」情感欲求，如兇殘、冷酷、貪婪、狡詐、自私、痛苦、絕望等等惡性的本我潛能，疏離型的紅色中國作家通常都願意將其主觀地排斥在自己的日常生活敘事話語空間之外，以在一定程度上保持後者的「純潔性」。例如飽經戰亂之苦的孫犁，儘管他在生活中既看到過「眞善美的極致」，又體驗過「邪惡的極致」，然而出於一種「但願人間有歡笑，不願人間有哭聲」的美好理想，對於後者，孫犁不僅「不願去寫這些東西」，甚至「也不願意去回憶它」〔註2〕。這樣說並不意味著在這

〔註1〕 參閱阿格妮絲‧赫勒：《日常生活》，重慶出版社1990年版，第125～131頁。
〔註2〕 孫犁：《文學和生活的路——同〈文藝報〉記者談話》，《文藝報》1980年第6～7期。

些作家的筆下完全就沒有那些「負面」的心理情感的存在空間。但一般說來，它們只能夠存在於日常生活敘事的話語「外殼」，即宏大的革命敘事話語空間中。對於這種為了論述方便而進行的話語「剝離」，顯然不能作絕對化的理解，因為有時候在紅色中國文學中確實能夠發現那種「負面」的人性欲求侵入日常生活敘事話語空間的情形。然而，即使如此，還是應該首先承認那些疏離型作家立足本我自然人格，在革命宏大敘事話語中努力構建理想化的日常生活情感心理空間的基本事實。借用紅色中國文論的一句流行話來說，在那些革命作家的日常生活敘事中往往表現出來的是「無產階級（工農兵）的人性美和人情美」。實際上，從這一折衷性的流行命題中，其實已經不難體味到當時疏離型的革命作家的創作逃避心理。但為了進一步澄清這種創作逃避心理的本質及其具體表現，我們還是有必要展開代表性的實例分析。

在紅色中國另類風格作家中，孫犁和茹志鵑的小說創作主要因其高揚了「無產階級（工農兵）的人性美和人情美」而勉強為主流紅色文學話語秩序所接納。由於後面還要重點探討到孫犁的小說創作，這裏僅以茹志鵑的小說創作為例加以說明。關於茹志鵑小說創作的藝術風格，當年的許多著名文學批評家已有定評。如茅盾譽之為「清新、俊逸」，侯金鏡說它「色彩柔和而不濃烈，調子優美而不高亢」〔註3〕，等等。顯然，茹志鵑的這種藝術風格是疏離於紅色中國主流文學風格之外的，否則也就不會在那時的文壇上激發起較有規模的文學爭鳴。然而，這裏關心的問題是，當年茹志鵑執意創作這樣一批疏離型的小說作品的深層心理動機究竟是什麼？是否僅僅因為作者是一名女性作家，因而藝術個性就必然偏於柔弱纖細，不宜剛健粗獷呢？恐怕並不盡然。《百合花》是茹志鵑的成名作和代表作，接下來不妨分析一下作者創作這篇小說的隱秘心理動機，也許有助於對上述問題的回答。

《百合花》是一篇詩意盎然的詩化小說。作者在其中不僅勾畫了三個原生態的人物形象，即敘述人「我」、通訊員和新媳婦，而且更重要的是表現了他們之間一種和諧、美好、溫馨的人際關係。長期以來，人們總是習慣於從政治視角出發，將這種理想化的人際關係「窄化」為「軍民魚水情」，進而將它確定為這篇小說的「主題」。然而根據作者的說法，她當時根本就「沒有考慮過」什麼「主題」和「副主題」，她只是想寫一個人，即通訊員，由此而牽

〔註3〕 侯金鏡：《創作個性和藝術特色——讀茹志鵑小說有感》，《文藝報》1961年第
　　　　3期。

連出了另外兩個女性人物。中心人物通訊員是一個「年輕，質樸，羞澀」的小戰士。在通訊員和「我」之間，作者「要讓『我』對通訊員建立起一種比同志、比同鄉更為親切的感情。但它又不是一見鍾情的男女間的愛情。『我』帶著類似手足之情，帶著一種女同志特有的母性，來看待他，牽掛他。」這真是一種複雜微妙得無語言表的美好情感。至於維繫在通訊員和新媳婦之間的紐帶，同樣也是一種聖潔美好的情感。按照作者的「坦白交待」，她之所以「要新娘子，不要姑娘也不要大嫂子」，「原因是我要寫一個正處於愛情的幸福之漩渦中的美神，來反襯這個年輕的、尚未涉足愛情的戰士。當然，我還要那一條象徵愛情與純潔的新被子，這可不是姑娘家或大嫂子可以拿得出來的。」原來，作者是在竭力地渲染通訊員和新媳婦之間神聖高潔的情感關係。所以她才這樣說：「一位剛剛開始生活的青年，當他獻出一切的時候，他也得到了一切。潔白無暇的愛，晶瑩的淚。」從通訊員、新媳婦和「我」之間的關係中不難看出，作者之所以要在這篇「沒有愛情（其實是高於愛情、超越了愛情——引者注）的愛情牧歌」〔註4〕中著力渲染一種聖潔美好的情感，其顯在的心理動機在於，她是想努力在文本中營造一個理想化的日常生活情感心理空間。

問題是，茹志鵑當年為什麼要傾心營造這個理想化的日常生活情感心理空間呢？換句話說，作者寫作這篇小說的潛在心理動機又是什麼？這裏不妨引用一段作者的原話，我以為其中正好隱藏著作者創作《百合花》的深層心理動機。

> 我寫《百合花》的時候，正是反右派鬥爭處於緊鑼密鼓之際，社會上如此，我家庭也如此。嘯平處於岌岌可危之時，我無法救他，只有每天晚上，待孩子睡後，不無悲涼地思念起戰時的生活，和那時的同志關係。腦子裏像放電影一樣，出現了戰爭時接觸到的種種人。戰爭使人不能有長談的機會，但是戰爭卻能使人深交。有時僅幾十分鐘，幾分鐘，甚至只來得及瞥一眼，便一閃而過，然而人與人之間，就在這個一剎那裏，便能夠肝膽相照，生死與共。《百合花》便是這樣，在匝匝憂慮之中，緬懷追念時得來的產物。然而產物和我的憂慮並沒有直接關係。〔註5〕

〔註4〕茹志鵑：《我寫〈百合花〉的經過》，《青春》1980年11月號。
〔註5〕茹志鵑：《我寫〈百合花〉的經過》，《青春》1980年11月號。

　　不難發現，茹志鵑對自己當年的創作心態充滿了矛盾和困惑。一方面，作者承認，在那個多事之秋裏她的心中「不無悲涼」，甚至是「匝匝憂慮」，而《百合花》正是她宣泄自己內心深處的「悲涼」和「憂慮」的產物。另一方面，作者又有意無意地否認著《百合花》和這種受到壓抑的心情的內在關係。客觀地看，這兩者之間確實「沒有直接關係」，然而他們之間卻存在著一種間接而必然的關係。具體來說，由於當年的作者對當時日漸緊張的社會人際關係充滿了「憂慮」和「悲涼」，因此她不得不尋找適當的方式來宣泄自己內心的鬱悶。但作者顯然不可能，也不願意採取直接的心理宣泄方式，她只能暗中選擇一種曲折、迂迴的心理釋放方式。這就是通過有選擇性地對過去的往事展開溫馨的回憶，讓那些洋溢著「眞善美」的人間至情，作為一種美好而又虛幻的心理替代品，間接地補償自己內心中的心理缺失。這頗有點「望梅止渴」的味道。反映在文學創作中，就是通過在文本中傾力虛構一種美好、溫馨、和諧的日常生活情感氛圍或心理空間，來曲折地表露自己對現實的不滿，以及由這種不滿所滋生的無可奈何的逃離心態。在這個意義上，逃離無疑也就是另一種反抗。否則我們就難以理解爲什麼作者要「在一九五八年春寒料峭的夜裏」，把戰爭年代裏的美好往事，尤其是同志間的良好人際關係「都翻了個遍」。作者之所以那樣執拗地沉浸在溫馨的回憶中，原只不過是爲了潛在地獲得一種「變態」的心理補償而已。惟其如此，她才在文學虛構中置當年的許多歷史眞相於不顧，竭力地利用手中敘事權力「改寫」著歷史眞實，淡化或虛化歷史的嚴峻色彩，從而美化記憶和往事，目的是爲了給自己虛築一個可以退守的精神憩息地。對此，作者曾經誠實地解釋說：

> 　　我拿來原生活中與通訊員夜間競走的一節，但我捨棄了夜間的景色，捨去了炮聲的呼嘯的緊張氣氛；我拿來原生活中通訊員和我拉開距離的情節，但去掉了原因是出於軍事行動的需要，代替以性格。這一段路程的同行，對於刻畫通訊員的性格來說，是一段重要的過程。「我」需要走得從容，緊張的戰鬥還在後面呢。而且有些內容，即使在一個緊張的軍事行動中，也無法表現。因此，我把它處理在總攻的前夕，一段平靜的間隙時間裏。使得「我」與通訊員是在完全正常的環境中同行，致使他和「我」拉開距離，更顯得突出，也更能顯出性格的矛盾，顯出他怕女性的那種特定年齡。〔註6〕

〔註6〕茹志鵑：《我寫〈百合花〉的經過》，《青春》1980年11月號。

　　誠然，作者當年所作的這一番「藝術處理」自是有其刻畫人物性格的目的，然而不可否認的是，作者的另一潛在目的不正是爲了便於「讓『我』對通訊員建立起一種比同志、比同鄉更爲親切的感情」麼？也許，對於作者個人而言，後一種目的，因其具有某種補償性的心理功能而顯得更爲重要。這就無怪乎茹志鵑一直到 1980 年代初寫《百合花》的創作談時，她還在爲自己當年「未按眞實生活去描紅」而深感「慶幸」。或許我們有理由相信，在茹志鵑的潛意識中，「文革」後的她仍然還在爲自己當年「創造出了另一個似有似無，似生活中又非生活中」的美好人物形象或者溫馨的情感氛圍，即日常性的情感空間和生活空間，而掩飾不住她內心中的得意。可以說，當年置身於紅色中國文化和文學秩序中的茹志鵑，在公共政治空間及其強大的集體超我人格的擠壓下，被迫將自己文化人格心理結構中被壓抑的本我欲求，投射到了小說文本中虛構的也是理想化的日常生活情感空間。

　　以上分析的雖然僅僅是茹志鵑寫《百合花》時隱秘的創作逃避心態，然而在很大程度上，這種潛在的逃離心態實際上暗中支配著作者在 1950～1960 年代之交的大部分小說創作。早在 1962 年，茹志鵑就在一次大會發言中主動地提出這樣一個問題：「爲什麼從一九五七、一九五八年開始，我寫的東西忽然多起來了呢？」〔註 7〕但也許是心有隱衷，作者當時並未對此做出明確的答覆。直到「文革」結束後的 1977 年，在一篇紀念《在延安文藝座談會上的講話》的文章中，茹志鵑這才對那個問題做出了遲到的回答。她認爲自己那時候的文學創作是「偏離」了《講話》的方向的，可謂是「繞彎子入迷途」。她解釋說：「可是入城轉業以後，自己的創作題材一度越寫離自己越近，越寫越小，身邊事，兒女情，代替了革命鬥爭的火熱生活。爲什麼人的問題模糊了，淡忘了。」〔註 8〕這種內心告白應該說是眞實的。在茹志鵑的第一個創作高峰期中，她的大部分小說作品確實是離「革命鬥爭的火熱生活」越來越遠，相反離自己的內心世界越來越近，準確地說，應該是離她內心中虛構的那個理想化的日常生活情感空間越來越近。通過沉醉於那種「家務事，兒女情」的敘寫，茹志鵑的「本我」差不多是隱遁在那個經過淨化和美化了的心靈港灣中去了。雖然她那時創作的小說作品以現實題材的居多，但

〔註 7〕 茹志鵑：《今年春天——在上海市第二次文代大會上的發言》，《解放日報》1962
　　　　年 5 月 17 日。
〔註 8〕 茹志鵑：《毛主席給我手裏這支筆》，《人民文學》1977 年 9 月號。

既然作者能夠「改寫」戰爭年代的歷史眞實，她也就能夠「改寫」和平年代的現實眞實。誠如侯金鏡所言，茹志鵑的代表性小說作品「常常是生活激流中的一朵浪花」，或者是「社會主義建設大合奏裏的一支插曲」〔註9〕。茹志鵑似乎總是不由自主地熱衷於對「生活的激流」或「革命的大合奏」進行某種「藝術加工」，或者說是按照自己的內心要求對其進行必要的迴避、剪裁、稀釋、淡化或淨化處理，其目的則是爲了在革命文學文本中，虛築起一個潛在的美好而又和諧的日常生活情感話語空間。

在茹志鵑的諸多小說代表作中，這個隱含的日常生活情感空間其實已經構成了某種共通的文本潛結構。它在本質上可以被概括爲一種相對和諧美好的人際關係。例如《姊娌》中紅英和大蘭子之間的姊娌關係，《如願》裏何大媽和阿永之間的母子關係，《里程》中王三娘和阿貞之間的母女關係，《春暖時節》裏靜蘭和明發之間的夫妻關係，《高高的白楊樹》裏「我」和「大姐」張愛珍之間的革命同志關係，《靜靜的產院》裏譚嬸嬸和荷妹兩代人之間的同事關係，《魚圩邊》裏小虎和那個釣魚的孩子之間的童年夥伴關係，等等。當然，在這些基本的人際關係之中也並不是不存在矛盾和衝突。從本質上看，它們主要表現爲「先進」與「落後」之間的衝突。無庸諱言，和那個時代的幾乎所有紅色中國革命作家一樣，茹志鵑自身也不可能完全逃離於現實世界以及主流的革命文化規範之外，這也就決定了她不可能在文學文本中虛構出一個絕對化的和諧、美好、安寧的世外桃源來。但同時又必須看到，對於當年那個習慣於「微笑」而不是「沉思」〔註10〕地看待生活的茹志鵑來說，在她筆下充滿了詩意的人際衝突敘事中，衝突解決的方式絕對是友善溫和的，在很大程度上，這些基本的人際衝突可以說是人們日常生活中不可或缺的一部分。借用侯金鏡的比喻，如果說日常生活是平靜安寧的海洋，那麼這些基本的人際衝突不過是海洋上偶爾跳躍起來的「美麗的浪花」而已。

實際上，由於青年茹志鵑主要是一位情感型的作家，而不是理智型的作家，因此對於一般讀者來說，他們在茹志鵑的小說中感受最深的顯然並不是那種人際衝突中所揭示出來的深刻的社會政治意義，相反卻是憑藉這種人際

〔註9〕侯金鏡：《創作個性和藝術特色——讀茹志鵑小說有感》，《文藝報》1961年第3期。

〔註10〕黃秋耘：《從微笑到沉思——讀茹志鵑同志的幾篇新作有感》，《上海文學》1980年4月號。

衝突的敘寫所傳遞出來的那種美好的人間溫情，如夫妻情、骨肉情和同胞情。比如在《春暖時節》中，與靜蘭在政治思想上發生積極的轉變相比，她對丈夫明發的那種從始至終都發自內心的關愛顯然更能夠打動人心。再如在《如願》中，兒子阿永念及母親何大媽年事已高，不讓她晚年參加工作，這與其說是表現了一場母子衝突，毋寧說是體現了他們之間的母子情深。至於在《靜靜的產院》中，雖然作者似乎也曾著意渲染過譚嬸嬸與荷妹之間那種「愚昧」與「文明」的衝突，但作者最終還是選擇了讓她們兩代人之間獲得了相互理解，從此彼此尊重、和好如初。當然，在紅色中國主流意識形態的視界中，這樣的一些美好的人間溫情必須被置換成「無產階級（工農兵）的人情美和人性美」才有可能被接納。然而，也正是在這種意識形態的合法化改造的過程中，茹志鵑所傾心營造的那個詩意化的日常生活情感空間被人們不知不覺地忽視或遺忘了。

在紅色中國文學秩序中，和茹志鵑一樣選擇了話語疏離立場，並流露出了對社會現實和權力話語的逃避心理的作家不在少數。這裏且不再說像孫犁那樣的另類風格作家，其實，在梁斌、歐陽山、曲波、吳強、高雲覽、李英儒、劉知俠、馮志等主流革命作家的紅色經典作品中，我們同樣可以看到作家那被話語屈從立場所壓抑的話語疏離立場，及其所由生的文化逃避心態。區別只不過在於，和那些另類風格作家筆下相對寬闊的日常性的情感（生活）空間相比，這些主流革命作家筆下的日常性的情感（生活）空間在廣度上明顯要狹窄一些罷了。一個明顯的文學創作徵象是，在上述這些主流革命作家的紅色經典長篇小說中，人們幾乎都能夠發現不同程度的愛情敘事話語，它們夾雜在宏大的革命敘事話語的縫隙之中，並對其進行著某種程度的「軟化」和稀釋作用。

比如《紅旗譜》中有春蘭與運濤之間、嚴萍與江濤之間或者令人心碎，或者令人心醉的愛情悲喜劇，《三家巷》中有周炳與區桃、陳文婷之間的浪漫愛情故事，《林海雪原》中有少劍波和白茹之間細膩的愛情心理描寫，《紅日》的初版中有關於沈振新與黎青、梁波與華靜、楊軍與錢阿菊之間的大量情愛婚戀敘述，《小城春秋》中有丁秀葦與何劍平、陳四敏之間的三角戀愛糾葛，《野火春風鬥古城》中有楊曉冬與銀環之間的「地下」愛情故事，《鐵道游擊隊》中有劉洪與芳林嫂之間的生死之戀，《敵後武工隊》中有魏強與汪霞之間的朦朧戀情……正是通過對這些愛情話語的敘述，紅色中國主流作家實際上

在這批經典革命文本中無形地營建出了一個個邊緣性的話語空間。它們在本質上都可以被歸入所謂日常性的情感（生活）話語空間，因為愛情畢竟是人世間一種最基本也是最具有感染力的日常人倫情感。在一定程度上，通過對這些浪漫溫馨的（雖然有時候也不無苦澀）愛情話語空間的構築，這些主流革命作家也就從權威文化和文學秩序中逃逸了出來。這些愛情話語空間其實就如同一個個寧靜的心理港灣一樣，它們專供那些在殘酷的革命鬥爭中感到疲倦的文學人物形象來停泊。也就是說，他們將自己的生命本我欲求，有選擇性地在日常愛情話語空間中對象化了。

對於人物是如此，對於作者來說也是這樣。當紅色中國主流作家在創作中對枯乾的宏大革命敘事感到厭倦的時候，或者當他們對現實社會中無止無休的階級鬥爭生活萌生出了某種牴觸情緒的時候，他們似乎總是願意到浪漫的個人愛情話語的敘述中尋找心理的慰藉。也許在潛意識中，他們正渴望著能夠像蠻荒時代的亞當和夏娃一樣無憂無慮、無牽無掛地生活在古典愛情的伊甸園。那是人類的史前史，人的「類本質」還僅止於所謂的本我／本能需求，故而那時的日常生活也就是立足於本我的「自在」形態。當然，這裏必須補充指出的是，並不是任何愛情話語都具有那種供創作主體逃避客觀的社會現實以及特定的權力話語制約的心理功能，相反，有時候愛情話語的出現恰恰意味著某種反抗精神的覺醒。比如在五四啟蒙文學先驅者筆下的那些愛情小說或者情詩中，由於作者通過愛情話語主要傳達的是有關個性解放、自我獨立、婦女解放、思想自由等現代人文主義命題，故而這些愛情話語主要表現了那批現代中國知識分子／作家的叛逆精神和啟蒙情懷。然而，對於那些置身於紅色中國文化和文學秩序中的革命作家來說，他們筆下的愛情話語雖然在一定程度上也不無反抗意味和啟蒙色彩，但從其主導精神心理傾向上來看，它們基本上傳達的是創作主體的文化逃離和藝術逃離心態。對於那些宏大的革命話語而言，這些愛情話語其實就如同某種只有點綴功能的「化妝品」，或者並不具備獨立能力的「寄生物」一樣。實際上，不僅僅是在這些作家的創作過程中，甚至在這些紅色經典作品的讀者的閱讀過程中，那些附屬性的愛情話語常常也確實不過是一些心理消遣品或調味品。它們提供給作者和讀者的原本不過是心理補償，因此喚醒的也不過是各自的「本我」衝動。

和紅色中國主流作家總是不經意中滑入愛情故事的敘述樂園一樣，當年中國的地下詩人們也很少有不寫愛情詩的。其中比較著名的愛情詩篇有：曾

卓的《有贈》、《雪》、《感激》，綠原的《小小十年》、《謝謝你》，蔡其矯的《思念》、《也許》，流沙河的《情詩六首》、《七夕結婚》，黃翔的《愛情形象》、《田園交響詩》、《青春，聽我唱一支絕望的歌》，食指的《酒》、《書簡》（一）（二）、《還是乾脆忘掉她吧》、《難道愛神是……》、《你們相愛》，舒婷的《贈》、《春夜》、《中秋夜》、《秋夜送友》、《寄杭城》，等等。應該說，和那些紅色中國主流作家相比，當年的地下詩人們筆下的愛情話語雖然也有表面上的不同之處，但更多的則是本質上的相同。從表面上看，這些地下愛情話語是獨立存在的，它們可以不用寄生在宏大革命話語的主干上，所以在地下詩人的筆下讀到的幾乎都是純粹的情詩。然而從本質上來看，對於當年的紅色中國地下詩人來說，這些地下情詩中無形構築起來的日常愛情話語空間，基本上都可以被視為某種精神避難所，或者心靈避風港。這就和當時的主流革命作家所另闢的愛情話語空間在精神心理本質上並沒有什麼不同。在某種意義上，當年的那些「受難詩人」和「知青詩人」其實都是一批社會的棄兒。他們被權威政治秩序無情地驅逐到社會的底層或者邊緣，從而在不同程度上體驗到一種人生的失落感、孤獨感，甚至是幻滅感、絕望感。不難想見，當這些孤獨而又敏感的詩人們想平息或轉移自己的內心痛苦或心理焦慮時，他們對溫馨而又浪漫的日常愛情話語空間的嚮往和迷戀，應該不啻是一劑良好的鎮靜劑。而沉醉其間的抒情主體人格，顯然是追逐生命本能欲求的本我，而不是以愛情來反抗權威社會文化秩序的自我，本我對現實的逃離於此可見一斑。

於是我們讀到了舒婷筆下這樣的詩句：「要有堅實的臂膀，／能靠上疲倦的頭；／需要有一雙手，／來支持最沉重的時刻。」（《中秋夜》）顯然，愛情之於當年的舒婷，不過是一個可供一顆傷痕累累的心靈休憩的理想家園。於是我們還讀到了蔡其矯寫就的如下詩句：「我對你的思念充滿春意／前面是／波紋鮮明的流水，／背後／展開一片綠色的原野，／寂靜的雲影下面／你的微笑有如鳥群翻飛。」（《思念》）可見，當年身處逆境的蔡其矯為我們營造了一個充滿了寧靜、和諧、浪漫、溫馨的愛情伊甸園。雖然在愛情的身邊有時候還有痛苦相伴，但如果這種痛苦並不是由強大的外力所造成，那麼這種痛苦本身也就是愛情的一部分，它實際上是一種美麗的痛苦或者豐富的痛苦。這樣，當我們讀到食指當年充滿了痛苦的愛情詩篇時，也許就不應該懷疑，它們仍然可以被視為詩人逃避社會現實的心靈港灣。實際上，生性多愁善感的食指心靈中一直潛藏著逃離現實的精神傾向，而理想的愛情就是他寄託靈

魂的最佳寓所。對於食指來說，理想的愛情就像一杯淳美的「酒」：「火紅的酒漿彷彿是熱血釀成／歡樂的酒杯裏盛滿瘋狂的熱情／如今酒杯在我的手中顫慄／波動中仍有你一雙美麗的眼睛∥我已在歡樂之中沉醉／但是為了心靈的安寧／我依然還要乾了這杯／喝盡你那一片癡情」。(《酒》)

二、審美性的自然（風俗）空間的營造

　　和前面探討的日常性的情感（生活）空間一樣，接下來要分析的審美性的自然（風俗）空間也是紅色中國文學話語秩序中特定的疏離型創作主體，逃避現實、遠離權力話語規範的一種文學空間話語形態，或者說是一種隱性的心靈港灣。下面仍然把紅色中國公開文壇裏的另類風格作家和主流革命作家分別開來進行探討。至於地下作家，主要是地下詩人在這方面的典型精神心理傾向或者文學空間話語訴求，將在下一節中再來附帶性地作一些必要的說明。

　　對於像孫犁和茹志鵑那種另類風格作家來說，他們的小說一直以其詩意化的審美特質而為人所稱道。在他們的小說作品中幾乎都可以發現那種洋溢著詩情畫意的自然風景描寫，給人以強烈的審美感受。在很大程度上，這些詩意化的自然風景描寫其實在他們各自的小說文本中構成了一個別具一格的審美話語空間。在那些充滿了戰爭和暴力的紅色革命話語的背景映襯下，這些詩意化的話語空間顯得是那麼樣的自在、和諧與安寧。而對於宏大的革命話語而言，這些詩化的自然話語無異於某種「清潔劑」和「軟化劑」，它們潛在地洗涮和淨化著革命話語中的血腥氣和世俗氣，為作品中的人物，乃至讀者和作者自己，提供了一片令人賞心悅目、心曠神怡的精神家園。

　　任何類型的主體，一旦融入這片精神家園中詩意地棲居，也就庶幾臻達於中國古人所謂物我兩忘、寵辱皆忘、神與物遊的逍遙境界。這是一種「天人合一」的心靈境界，作為主體的「人」已經與作為客體的「自然」／「天」之間喪失了邊界，人成了「自然之子」，自然則成了人的一部分，或者說，自然就是人的生命的故鄉。借用近人王國維的話來說，這其實是一種「無我之境」，「人」在其中本質上是不存在的，正所謂「以物觀物，故不知何者為我，何者為物」〔註11〕。在這個意義上，紅色中國那些疏離型作家遁入某種詩意化的自然空間的文學行為，實際上並不是一種勇敢的反抗行為，而是一種無

────────────

〔註11〕參閱王國維：《人間詞話》，上海古籍出版社 1998 年版，第 1～2 頁。

可奈何的逃離行爲，其間隱藏著難以掩飾的怯弱心理。與其說他們在那些心造的詩意自然空間中獲得了眞正的精神自由，毋寧說他們陷入心靈幻境中不能自拔，甚至是不願自拔。

當然，並不是任何自然景物話語都必然內含著創作主體的某種逃離心態。誠然，「一切景語皆情語」（王國維語），然而，由於創作主體的文化人格心理結構的不同，因此不同的「景語」中所蘊藏的「情語」也就有著質的差別。具體來說，如果在特定的創作主體的文化人格心理結構中，「自我」佔有絕對的主導地位，那麼這一創作主體筆下的「景語」中就必然內含著某種人道主義的「情語」，它本質上是一種獨立的自我人格精神的藝術表現，有時候也表現爲某種反抗精神的藝術投射。同樣借用王國維的話來說，此時的「景語」可以稱之爲「有我之境」〔註12〕。和「無我之境」相比，雖然同樣是一種「情景交融」的境界，然而在「有我之境」中，作爲「人」的「我」並未消融於作爲「物」的「自然」之中，「我」仍然保持著獨立的自我人格精神。但是，如果在某一創作主體的文化人格心理結構中「本我」或「超我」佔有著絕對性的支配地位，那麼，此時這一創作主體筆下的「景語」中必然就內含著某種「非人」或者「反人」的「情語」，從而構成了特定的「無我之境」。

準確地說，這應該是兩種不同性質的「無我之境」。當這種「情語」來自於創作主體的「本我」的時候，按照精神分析學中習見的說法，由於「本我」具有那種返回子宮、回歸自然，退行到人類生命的發源地的無意識傾向，因此，此時的「無我之境」極爲類似於佛教中的「生命涅槃」境界。它在本質上是創作主體消極避世的產物。反之，如果這種「情語」是創作主體的「超我」的心理投射物，那麼，由於「超我」是一種異化了的自我，故而此時的「無我之境」中所掩蓋的恰恰就是眞正的「人」的死亡。如果從純粹的審美角度來看，在上述三種情景交融的境界中，由「超我」所主宰的「無我之境」最爲虛僞，因而境界最下，而由「自我」所支配的「有我之境」和由「本我」所支配的「無我之境」則在藝術境界上各有千秋。當然，如果站在關於人的自我潛能實現的價值立場上來看，也就是站在人道主義的功利主義立場上來看，那麼，由「本我」所支配的「無我之境」也許不應該受到嘉許。因此，關於這種「本我」支配的「無我之境」還是應該被限定在純粹的審美範疇內。

經過一番理論辨析，接下來便可對紅色中國文學中代表性的作家及其作

〔註12〕參閱王國維：《人間詞話》，上海古籍出版社1998年版，第1～2頁。

品展開深入分析了。首先要分析的是所謂另類風格作家，不過不是像孫犁和茹志鵑那樣的另類小說家，而是一群另類風格的詩人。相對而言，像李季、郭小川、賀敬之、田間、阮章競、張志民、嚴辰、未央、張永枚等等紅色中國主流革命詩人，他們通常擅於站在人格「超我」／「大我」的立場上進行宏大的革命詩歌寫作，而像聞捷、李瑛、公劉、梁上泉、嚴陣等另類風格的詩人，則似乎總是在努力地尋找著從革命詩歌的宏大寫作模式中突圍的機會。他們小心翼翼地擺脫著那個巨大的「超我」人格的糾纏，然而在當時的歷史文化語境下，他們又無法重建自己的獨立自我人格，因此，在更多的時候，他們暗暗地走上了一條相對地疏離於主流革命文學秩序之外的藝術道路。這主要表現爲，他們在藝術迷惘中不經意地投向了大自然的懷抱，這意味著他們想以一種回歸「本我」的消極方式來抵禦「超我」的大舉心理入侵。

於是我們發現，在那些具有另類風格的詩人的代表詩集裏，如聞捷的《天山牧歌》、李瑛的《紅柳集》、公劉的《邊地短歌》、梁上泉的《開花的國土》、嚴陣的《江南曲》等，人們幾乎都能夠見到大面積的自然景物描寫。這些另類風格的詩人似乎對大自然情有獨鍾，在他們的內心深處彷彿都有著一種割捨不下的自然崇拜心理。這使得他們的主導詩風具有一種清新、秀麗、含蓄、蘊藉的美學風格，它與當時主流革命詩人偏於「雄壯」、「崇高」、直白、淺露的主導詩風之間有著相當的距離。當然，這樣說並不意味著在這些具有另類風格的詩歌創作中，當年的另類詩人們就已經完全擺脫了主流革命詩風的羈絆。實際上，在他們的文化人格心理結構中，雖然「本我」已經開始蘇醒和萌發，但那個巨大的時代「共名」，即「超我」人格仍然佔有著重要的心理地位。也就是說，這些具有另類風格的詩人的另類性或邊緣性是不徹底的，它還不能夠完全脫離「主流」而存在。

以李瑛爲例。雖然和郭小川一樣，李瑛也是一個戰士型的詩人，然而，從主導性的詩風來看，當年李瑛的詩風明顯洋溢著一種陰柔婉約之美，而郭小川的詩風則更多地流露出一種陽剛豪放之氣。正是在這一點上，我把李瑛納入另類風格作家的行列。事實上，在審美風格上，李瑛的詩歌明顯接近於孫犁和茹志鵑的小說，而與「三紅一創」那類紅色經典小說的基本風格存在著一定距離。當然，李瑛的詩風也並不是只具備那種另類性的美學風格，它同樣也內含著主流性的革命美學風格的不少特質，倘若不是這樣，李瑛的詩歌也就無法在當時被主流紅色文學話語秩序所接受。比如當年的權威批評家

張光年，他就曾經把李瑛的詩風概括爲「寓剛健於細緻之中」，這意味著他更爲看重李瑛詩風中符合主流文學規範的因素。但與此同時，張光年也對李瑛的那些「抒情小品」表示了遺憾，說它們雖「也寫得意境清新，引人神往；但是讀過之後，總是覺得深度不夠，力量不足」〔註13〕。這顯然是代表紅色權威文學規範所發出的批評聲音。然而，李瑛的代表性詩作其實大都可以看作是那種「意境清新」的「抒情小品」，儘管其中常常也流貫著一股「剛健」的革命氣息。實際上，李瑛的主導詩歌風格是「秀美」而不是「崇高」，是「清新」而不是「剛健」，這應該是一個基本的事實。在很大程度上，只有「秀美」或「清新」才是李瑛的詩歌本色，而「崇高」和「剛健」不過是詩人「爲賦新詞」而勉力做出的一種主流姿態罷了。換句話說，雖然在李瑛的文化人格心理結構中，他那崇拜自然的「本我」和認同政治的「超我」同時參與了他的詩歌寫作，但相對而言，在李瑛的總體詩歌風格中，由那崇拜自然的「本我」所決定的「清新秀美」之風畢竟佔有著潛在性的支配地位，而由認同政治的「超我」所決定的「剛健崇高」之氣只不過是虛浮在了前者的表面上而已。

這樣說是有比較充分的事實根據的。在一份「李瑛性格心理調查表」〔註14〕中，詩人說他童年時「性格上喜歡安靜，不愛講話」，經常「羞於見人」，「給人一個十分靦腆甚至孤僻的印象」。從童年到成年，詩人一直「特別熱愛大自然，山水、花草、樹木以及小魚、小鳥們，都是我生活中有趣的侶伴」。由此詩人將自己的氣質判定爲「黏液質加抑鬱質」，並認爲自己的性格類型屬於「理智型加內傾型加獨立型」。在我看來，李瑛在本質上是一位「內傾型」的詩人，他所謂的「獨立型」不過是指自己內心深處那種對精神自由的潛在渴望，然而這種渴望並沒有導致詩人迅速建立起自己的獨立自我人格，而是在不經意間返回了「本我」的生命發源地——「大自然」。至於詩人所謂的「理智型」，指向的是他那個早已習焉不察的政治化人格，也就是「超我」或曰「大我」。在這個意義上，和那些主流詩人相比，李瑛的另類性或邊緣性在於，他的「本我」並沒有完全被強大的「超我」所壓抑，由此也就導致在他的許多優秀詩歌中，潛在的「清新秀美」之風在很大程度上

〔註13〕張光年：《李瑛的詩——序〈紅柳集〉》，《文藝報》1963年第3期。
〔註14〕郭晨：《李瑛性格心理調查表》，《李瑛研究專集》，解放軍文藝出版社1983年版，第56～62頁。

消解或沖淡了「剛健崇高」之氣。

　　然而，如果要問李瑛的「清新秀美」之風吹向了何處，答案只能在詩人所營造的詩歌意境中去找。在詩歌創作中，李瑛似乎總是對那些充滿了詩情畫意的自然風景描寫情有獨鍾。他常常喜歡把自己筆下的「人」（不僅僅是戰士）安置在一個詩意化的自然空間裏面活動，從而在一定程度上形成了那種「天人合一」的審美境界。當然，由於作者的政治化「超我」同時也投射在了他的詩歌話語空間中，所以詩人所營造的那種「無我之境」往往是並不很純粹的。借用列斐伏爾的話來說，這其實也就是所謂「空間的政治」，因爲純粹客觀和中立的空間即使在文藝作品中也是難以存在的，因爲空間往往是政治性的、意識形態性的，空間的意識形態和意識形態的空間二位一體〔註15〕。如果從精神分析學的角度看，由於創作主體的文化人格心理結構的多元性和複雜性，主體在創作中很難完全拒絕超我人格所代表的主流（集體）意識形態和自我人格所代表的個體意識形態，而純粹沉浸在本我人格的超功利、純審美境界中。恰恰相反，兩種意識形態往往會滲透進創作主體的藝術審美境界，由此造成了無數的藝術缺憾。

　　下面不妨摘抄李瑛的一些詩句，從這些「景語」中我們不難體味詩人所灌注的「情語」：

　　　　我們巡邏隊回來了，／淡淡的風裏馬蹄輕敲；／綠草湖邊飲飲馬，／沖盡一天疲勞。∥聽魚群撲啦啦打著葦箔，／驚起幾隻白水鳥；／遠處，牧女的銀鐲子一亮，／羊群歸圈了……（《巡邏晚歸》）

　　　　滿山是野草的清香，／滿山是發光的新綠，／滿山是喧鬧的小溪。∥淅瀝瀝，淅瀝瀝，淅瀝瀝，／漫空裏灑下一天細雨，／敲打著我的哨棚和石壁。∥我想起了金色的沙灘，／我想起了蕉葉的煙雨，／我想起了塞北的馬蹄。（《雨》）

　　　　邊疆的夜，靜悄悄，／山顯得太高，月顯得太小，／月，在山的肩頭睡著，／山，在戰士肩頭睡著。∥村寨邊，篝火息了，／草房裏，塘火弱了，／暮靄茫茫的山環裏，／一聲聲夜鳥在叫。（《邊塞夜歌》）

〔註15〕勒菲弗（通譯列斐伏爾）：《空間與政治》，上海人民出版社 2008 年版，第 46 頁。

雪山，松林，草海，／歡迎我們吧，／馬鞭趕來了一片聲音。／／可有一匹馬失群走散，／聽聽雞聲，辨辨蹄音，／一條條繮都繫在耳根。／高了高了，圓圓的月亮，／從雪線卷下來涼風陣陣，／我們的阿罕呵，快將夾袢裹緊。／……／牧歌聲聲，催開多少野馬蘭，／是星多呢？是花多呢？／好靜的夜呵，月色如銀……（《月色如銀》）

可以說，在這些「景語」中流淌的「情語」是詩人那崇拜自然、回歸自然的「本我」人格的產物。詩人李瑛在創作中將自己的自然「本我」人格實現了藝術的對象化。這些優美的詩歌意境其實是一個個充滿著和諧、安寧、溫婉氛圍的審美性自然話語空間。然而，在李瑛的另外許多詩歌中，這種優美的詩歌意境則常常會因為詩人的政治化「超我」人格的干預而被破壞，從而使特定的詩歌審美文本呈現出某種人為的、不和諧的風格。以詩人的著名詩作《哨所雞啼》為例：

是雲？是霧？是煙？／裹著蒼茫的港灣；／是煙？是雲？是霧？／壓著港灣的高山。／／山上山下，一團混沌，／何時才能飛出霞光一片？／忽然間，哪裏？在哪裏？／一個生命在快樂地吶喊？／／壓住了千波萬壑，／吐出了滿腔喜歡；／呵，是我們哨所的雄雞，／聲聲啼破寧靜的港灣！／／看他昂立在群山之上，／拍一拍翅膀，引頸高唱；／牽一線陽光在邊境降臨，／雲時便染紅了萬里江山。／／莫非是學習了戰士的性格，／所以才如此豪邁、威嚴；／只因為它是戰士的夥伴，／所以才唱出了士兵的情感。

不難發現，在這首詩歌的創作中，一方面，詩人對那個為晨霧煙雲所籠罩的混沌自然氛圍流露出了本能般的迷戀，另一方面，為了抒發一種宏大的革命政治情懷，詩人又不得不勉力地「託物抒情」、「借物言志」，讓一個普普通通的哨所雄雞充當了主流政治話語或權威意識形態的傳聲筒。顯然，前者是詩人的「本我」人格的藝術結晶，它是一個詩意化的自然話語空間，而後者則是詩人的「超我」人格的概念化產物，它借助強大的政治權威「聲聲啼破」前者那「寧靜的港灣」！和諧的自然話語空間就這樣被政治意識形態所破壞。正是在這個意義上，《哨所雞啼》這首著名詩作有了一種特殊的象徵意義，它可以看作是政治權威話語壓抑或者干預審美性的詩意自然話語空間的一個典型例證。

實際上，在紅色中國主流作家的文學作品中，同樣也可以發現審美性的自然話語空間。只不過相對而言，另類風格作家所創造的詩意自然空間一般來說明顯要大於，或者基本相當於其筆下的政治話語空間，而主流革命作家所創造的詩意自然空間則通常會小於其筆下的政治話語空間，有時候前一個弱勢話語空間甚至完全被後一個強勢話語空間所遮蔽。在某種意義上，這其實折射出了特定創作主體的「本我」和「超我」在其文化人格心理結構中所形成的話語權力等級結構。就另類風格作家來說，由於他們的「本我」潛在地具有一種強大的生命活力，故而在很大程度上能夠突破政治化「超我」的文化壓抑防線，從而在其主要文學文本中「對象化」爲某種較爲闊大的詩意自然空間，即一種審美性的「無我之境」。而對於主流革命作家來說，由於他們的政治化「超我」過於強大，這導致其「本我」常常只能被動地蟄伏於潛意識域中，很少有能夠在文學文本中「對象化」的機會，因此我們在這些作家筆下看到的詩意自然空間往往是比較狹窄的，有時候甚至根本就見不到它們的蹤影。相反，在他們的主流革命文學文本中通常能見到那種粗線條的、不和諧的，因而缺乏詩意的大量「僞自然」話語空間。它們其實不過是政治話語空間的一部分而已。從本質上看，它們應該是主流革命作家的政治化「超我」「對象化」的產物。這些「僞自然」話語空間雖然也是一種「無我之境」，但它們卻並不是那種審美性的「無我之境」，而是一種概念化的、理性化的「無我之境」。

像這種概念化的、缺乏詩意的自然風景描寫在紅色中國主流革命文學作品中，讀者是見得太多了。然而，儘管如此，我們還是不應該忽視當年部分主流革命作家在政治話語的縫隙中偶而營造的那些詩意自然話語空間。比如在周立波的長篇小說《山鄉巨變》、短篇小說集《山那面人家》中，在浩然的長篇小說《豔陽天》、短篇小說集《喜鵲登枝》中，在艾蕪的長篇小說《百鍊成鋼》、短篇小說集《夜歸》和《南行記續編》〔註16〕中，在梁斌的《紅旗譜》

〔註16〕在《南行記續編》（1964）中，詩意化的自然話語空間佔有的份額是很大的，在部分篇章中，它甚至超過了政治化的革命話語空間。然而考慮到艾蕪在建國後主要以工業題材的長篇小說《百鍊成鋼》名世，因此我只把艾蕪的這本短篇小說集視爲主流作家偶而創作的「邊緣性」作品來看待。實際上，老舍在1960年代初寫的自傳體小說《正紅旗下》也可作如是觀。建國後一直習慣於當「跟跟派」的老舍在這部未竟的長篇中爲人們留下了大量的自然風景描寫和文化風俗畫。

中，在曲波的《林海雪原》中，在歐陽山的《三家巷》中，在馮德英的《苦菜花》中，在康濯、王汶石和劉澍德的中短篇小說中，我們在不同程度上都能夠見到那種充滿了詩情畫意的自然風景描寫，以及對原生態的民間文化風俗景觀的摹畫。由於民間文化風俗往往被人稱爲「第二自然」，所以這裏將它也納入到「自然」範疇中加以考察。應該說，這些主流革命作家筆下的自然風景畫和風俗畫，在一定程度上都「軟化」或者「淨化」了各自所屬的文學文本中佔據主導地位的政治話語空間。如果從創作主體的深層心理發生學的角度來看，這些詩化的自然話語空間和風俗話語空間的存在，其實暗中流露出了那些主流革命作家有意無意地企圖疏離於權威文學和文化秩序之外，以及逃離客觀社會現實的潛在心態。只不過此時投射或對象化在這些審美性的自然（風俗）話語空間中的主體人格，並非獨立的自我和屈從的超我，而是本我的自然流露。

以周立波爲例。在大多數紅色批評家眼中，周立波無疑是一個典型的主流革命作家。從 20 世紀四十年代的《暴風驟雨》到五六十年代的《鐵水奔流》、《山鄉巨變》，周立波對當時的權威政治話語的迎合不可謂不積極，他幾乎對「工農兵」各種形式的革命鬥爭生活進行了全方位的文學反映。然而，這裏關注的是周立波文化人格心理結構中的另一面，即被主流革命文學視界所忽視的「本我」人格，它完全不同於作家那個政治化了的革命集體人格（「超我」）。周立波的這個「本我」人格是陰柔文弱的，它熱愛自然、迷戀鄉村，並在《山鄉巨變》等文學文本中「對象化」成了詩意的自然話語空間。下面的這一段引文出自《山鄉巨變》（續篇）中題名「雨裏」的一章：

雨落著。盛家吃過了早飯，但還沒有看見一個人把孩子送來。盛媽坐在堂屋門邊打鞋底，亭麵糊靠在階磯的一把竹椅上，抽旱煙袋。遠遠望去，墈裏一片灰濛濛；遠的山被雨霧遮掩，變得朦朧了，只有兩三處白霧稀薄的地方，露出了些微的青黛。近的山，在大雨裏，顯出青翠欲滴的可愛的清新。家家屋頂上，一縷一縷灰白的炊煙，在風裏飄展，在雨裏閃耀。

雨不停地落著。屋面前的芭蕉葉子上，枇杷樹葉上，絲茅上，藤蔓上和野草上，都發出淅淅瀝瀝的雨聲。雨點打在耙平的田裏，水裏漾出無數密密麻麻的閃亮的小小的圓渦。籬笆圍著的菜土飽浸著水分，有些發黑了。蔥的圓筒葉子上，排菜的剪紙似的大葉上，

冬莧菜的微圓葉子上，以及白菜殘株上，都綴滿了晶瑩閃動的水珠。

雨越落越大，天都落黑了。屋檐水的水珠瀑布似的斜斜往下鏈。地坪裏，小路上，園土間和山坡上，一下子都漫滿積水，流走不贏。田裏落滿了，黃水漫過了田塍，一丘一丘，往下邊奔流，水聲響徹了四野。

隆隆的雷聲從遠而近，由隱而大。忽然間，一派急閃才過去，挨屋炸起一聲落地雷，把亭麵糊震得微微一驚，隨即自言自語地說：

「這一下不知道打到麼子了。看這雨落得！今天怕都不能出工了。」他吧著煙袋，悠悠地望著外邊。

這是一段向來爲人所稱道的自然景物描寫。在迂徐有致的詩意筆觸中，周立波輕靈地摹寫了江南山鄉清新空濛的雨景，從而不動聲色地營造了一個沖淡平和的詩化意境。雖然其中也傳來了綿綿的雨聲和隆隆的雷聲，但它們如同樹林裏的蟬噪和深山裏的鳥鳴一樣，不但沒有打破那種安寧靜謐的藝術氛圍，相反使其顯得愈加古樸幽靜。難怪評論家黃秋耘要譽之爲「一幅雅澹幽美的山村雨景圖」，並誇它「眞是可以媲美米芾的山水畫」了〔註17〕。不難看出，在這幅美麗的風景畫中，中心人物亭麵糊其實已經構成了它的一部分，換句話說，他那種優遊自在的心境與空濛寧靜的山鄉雨境之間具有內在的合諧感。這一切正如評論家黃秋耘所敏銳發現的那樣，作者對雨天氣氛的描寫其實「映襯出了亭麵糊那股慢騰騰的懶散勁兒，恰到好處」。這意味著，周立波在這段自然景物描寫中所營造的是一個「天人合一」的「無我之境」。然而值得注意的是，作者是通過亭麵糊這個人物的視角來觀察那一片山村雨景的。因此在一定程度上，寫景的作者與觀景的人物之間獲得了同一性。也就是說，此時的亭麵糊不過是作者周立波的藝術替身而已。在這個意義上，我們有理由認爲，當周立波當年沉浸在這幅美麗的自然風景畫的繪製過程中的時候，他實際上是在無意識地以亭麵糊自居，從而把他自己也消融到那個詩意化的自然話語空間中去了。換句話說，此時的周立波已經達到了那種物我兩忘、主客不分的審美境界。從深層心理學的角度來看，這表明作者那崇拜自然、逃避現實的「本我」悄然擡頭了。它的復活是對作者的表層人格面具，即政治化的「超我」人格的一種消極反抗。正是在這個蘇醒了的「本我」的潛在支配下，周立波終於在一定程度上從他所置身的權威紅色文學話語秩序

〔註17〕黃秋耘：《〈山鄉巨變〉瑣談》，《文藝報》1961 年第 2 期。

中逃逸了出來。

接下來再舉個風俗畫的例子。它出自歐陽山的《三家巷》第三章：

> 到天黑掌燈的時候，八仙桌上的禾苗盤子也點上了小油盞，掩映通明。區桃把她的細巧供物一件一件擺出來。有丁方不到一寸的釘金繡花裙褂，有一粒穀子般大小的各種繡花軟緞高底鞋、平底鞋、木底鞋、拖鞋、涼鞋和五顏六色的襪子，有玲瓏輕飄的羅帳、被單、窗簾、桌圍，有指甲般大小的各種扇子、手帕，還有式樣齊全的梳妝用具，胭脂水粉，真實看得大家眼花繚亂，讚不絕口。此外又有四盆香花，更加珍貴。那四盆花都只有酒杯大小，一盆蓮花，一盆茉莉，一盆玫瑰，一盆夜合，每盆有花兩朵，清香四溢。區桃告訴大家，每盆之中，都有一朵真的，一朵假的。可是任憑大家盡看盡猜，也分不出哪朵是真的，哪朵是假的。只見區桃穿了雪白布衫，襯著那窄窄的眼眉，烏黑的頭髮，在這些供物中間飄來飄去，好像她本人就是下凡的織女。擺設停當，那看乞巧的人就來了。依照廣州的風俗，這天晚上姑娘們擺出巧物來，就得任人觀賞，任人品評。哪家看的人多，哪家的姑娘就體面。不一會兒，來看區家擺設的人越來越多，有男有女，有老有小，鬧鬧鬧鬧，有說有笑，把一個神廳都擠滿了。大家都眾口同聲地說，整個南關的擺設，就數區家的好。別處儘管有三、四張桌子，有七、八張桌子的，可那只是誇財鬥富，使銀子錢買來的，雖也富麗堂皇，實在鄙俗不堪，斷斷沒有一件東西，比得上區家的姑娘心靈手巧，手藝精明。

這真是一幅流光溢彩、精美奇妙的風俗畫。歐陽山在有限的篇幅內把中國南方城鎮的一個傳統節日——乞巧節——刻畫得如此意興盎然，充滿了歡樂祥和的古樸民間氣氛。不難看出，在這幅供物琳琅滿目、人群熙熙攘攘的民間乞巧圖中，連中心人物區桃也已完全沉醉其中了。她就像剛從天上下凡的「織女」一樣，輕靈地在風俗畫面中「飄來飄去」。眾所週知，在《三家巷》中，美麗純潔、心靈手巧的農家姑娘區桃是最令男主人公周炳心動的人，也是作者歐陽山最為喜愛的女主人公，因此我們有理由相信，當歐陽山當年沉浸在這幅溫馨和諧的風俗畫的繪製過程中的時候，他不也像自己所心愛的女主人公區桃一樣，沉醉到那個詩意化的民俗文化話語空間中去了麼？在這一點上，歐陽山和我們前面所論的周立波並沒有什麼本質上的不同，他們那熱

愛自由、崇拜自然的「本我」人格尚沒有被主流意識形態徹底壓抑，它仍然在權威政治話語的裂隙中艱難地尋找著「對象化」的機會。只不過在以上所舉的兩例中，歐陽山的「本我」被投射到了一幅溫馨和諧的民間風俗畫中，而周立波的「本我」則被外化到一幅幽靜淡雅的自然風景畫中去了。

需要補充指出的是，對於某一特定的文學作品來說，以上所探討的兩種話語空間，即日常性的情感（生活）空間和審美性的自然（風俗）空間，其實有時候並不是截然分開的，而是相得益彰地共生在一起，共同組建了作者的心靈港灣或精神家園，一道滿足了作者「本我」人格的潛在心理投射需求。比如在孫犁和茹志鵑這樣具有另類風格的作家筆下便存在著這種情形。但這裏還是簡單地說一下詩人聞捷。在聞捷的代表性詩集《天山牧歌》裏的大部分詩作中，如《蘋果樹下》、《夜鶯飛去了》、《葡萄成熟了》、《金色的麥田》、《種瓜姑娘》、《河邊》、《追求》、《賽馬》、《愛情》等，我們不僅能夠看到那種充滿了鮮明地域特色的自然風光描寫和民族風情描繪，而且還能夠感受得到那份洋溢著濃鬱詩意的日常生活情感氛圍，其中主要是甜蜜溫馨的愛情氛圍。當然，在聞捷獨具特色的愛情牧歌中，我們也並不是不能發現那種與紅色中國主流文學和文化規範相契合的因素。這主要表現爲，在聞捷所獨創的「新情歌」或「紅色情歌」模式中，詩人似乎總是熱衷於將個人化的愛情與政治化的革命「勞動」強扭在一起，這多少給人一種雷同或生硬之感。然而，這一切恰恰就是聞捷的愛情牧歌能夠被主流文學秩序所接納的主要原因。在這個意義上，聞捷對主流文學秩序的疏離顯然還是很有限的，這與孫犁、茹志鵑、李瑛等另類風格作家相比併沒有什麼不同。歸根結底，他們實不過是一群置身於「秩序」之中的「邊緣者」。在他們的文化人格心理結構中，雖然自然化的「本我」所遭受到的文化壓抑不是特別嚴重，但是政治化的「超我」仍然還是擁有著比較強大的心理地位。

第二節　文化戀母情結

第三章中曾經重點探討文化戀父情結的問題。這一章裏，我將進一步探析紅色中國文化和文學秩序中中國作家的文化戀母情結。如果說那種文化戀父情結主要潛藏於紅色中國主流作家的群體文化人格心理結構中，那麼這裏所說的文化戀母情結則主要糾結於紅色中國另類風格作家和地下作家的無意

識域中。當然，這樣說並不意味著紅色中國主流作家就沒有一定的文化戀母心態，而是說，相對於那些另類風格作家和地下作家而言，他們的文化戀母心理沒有前者那麼明顯和強烈罷了。這正如文化戀父情結也並不是紅色中國主流作家的專利一樣，其實在紅色中國部分另類風格作家和地下作家的心靈深處，同樣也在不同程度上隱藏著那種文化戀父心理。但出於分析上的便利以及避免重複，接下來只打算重點解析紅色中國另類風格作家和地下詩人的文化戀母情結。

一、戀母情結的文化闡釋與文化淵源

如果進一步追溯，在很大程度上，紅色中國另類風格作家和地下作家的文化逃離心態的背後，其實還隱藏著某種文化戀母情結。還是在第三章中，為了深入地論述文化戀父情結，我曾經附帶地對文化戀母情結作過對比性的探討。這裏不妨簡單地重申一下本書的基本觀點：站在社會文化學派精神分析學的立場上，所謂文化戀母情結指的是從文化視角理解的戀母情結，它不同於弗洛伊德從泛性論立場上所框定的那種經典戀母情結。這種文化戀母情結是一定的社會文化模式的產物，它傳達的是社會主體對以母腹／子宮／自然為象徵的心理安全感的迷戀，其中流露出了社會主體對客觀現實和特定的文化規範的潛在逃避傾向。文化戀母情結在本質上是指對博大無私、溫馨安寧的母愛的迷戀，但它不是那種生理性的亂倫固戀，而是一種精神性的亂倫心態，即弗洛姆所謂「返回子宮」。弗洛姆認為孩童與母親的關係是「最根本的自然關係」。對於孩童來說，「母親就是食物，就是愛，就是溫暖，就是大地」。如果說孩童的「出生是離開保護一切的子宮」，那麼他的「成長意味著脫離母親的保護範圍」〔註18〕。因此，一個心懷戀母情結的人，其實就是一個潛在地渴求回到大地／母親懷抱中去的精神「嬰兒」。這意味著，一般來說，我們可以從回歸大地（自然崇拜）和返回子宮（母性崇拜）兩個方面來透視某一社會主體的潛在戀母心態。當然，作為兩種基本的心理原型，對大地和母親的迷戀有時候還可以衍化為對其他類型的心理載體的迷戀，比如對愛情、家庭、家族、家鄉、民族和國家等等的迷戀。正是在這個意義上，弗洛姆認為在「民族主義」和「愛國主義」（實際上還應該包括鄉土觀念、懷舊心態、家族觀念、以及部分家庭觀念和愛情觀念）中隱藏著人類對大地／母親

〔註18〕弗洛姆：《健全的社會》，貴州人民出版社1994年版，第30～31頁。

的「亂倫根性」〔註19〕。

　　雖然這裏主要探討的是紅色中國文化和文學話語秩序中中國作家的文化戀母情結，但是在全面展開這種探討之前，還是有必要簡單地梳理一下中國傳統文化與戀母情結的精神關聯。大體上可以說，在中國傳統文化系統的兩大基本構成中，主張「積極入世」的儒家文化是一種父性文化，而主張「消極出世」的道家文化是一種母性文化〔註20〕。前者導致了我們這個民族文化人格心理結構中極爲深重的文化戀父情結，從而形成了一種缺乏現代自我反抗精神的屈從型人格，而後者在我們民族的集體無意識中釀成了幾乎同樣深重的文化戀母情結，它表現爲一種同樣缺乏現代自我反抗精神的逃避型人格。從精神分析學的角度來看，前一種屈從型人格是中國人的「超我」，後一種逃避型人格是中國人的「本我」，而人們通常所說的「儒道互補」不過是指中國人一直習慣於在「超我」和「本我」這兩極人格之間徘徊遊移而已。毋庸諱言，在我們民族傳統的文化人格心理結構中，唯一缺乏的就是那種具有現代自我意識的自由型人格。正是由於自由型人格的缺乏，導致中國人在屈從與逃避之間飽受雙重人格分裂的文化心理折磨，極端的表現就是虛僞型人格的泛濫或大行其道，正所謂「滿嘴的仁義道德，滿肚子的男盜女娼」，口是心非、言行分離，因爲文化戀父情結而將道德「超我」人格當作冠冕堂皇的面具佩戴於外，又因爲文化戀母情結而將內在「本我」人格的本能欲望放任自流，或寄情山水，或寄身青樓，由此在人格兩極之間遊走，且樂此不疲，不思悔悟，從而釀成了我們民族文化傳統的惰性或超穩定性。這種分裂型的文化人格心理結構，在紅色中國文化和文學話語秩序中也有著極端的表現，前面重點解析的雙重話語懺悔立場就是一個最好的證明。紅色中國文化和文學秩序中知識分子／作家群體的精神分裂由此不難窺斑見豹。當然，傳統中國病態的群體文化人格心理結構到五四啓蒙主義者那裏終於有了較爲明顯的改變。對此，我已在第四章中作過探討。加之在第三章中也曾探討傳統儒家文化與戀父情結的精神淵源，因此，接下來只需要探討傳統道家文化與戀母情結的精神關聯。

　　說傳統中國的道家文化是一種母性文化，其實並非虛言。眾所週知，與儒家文化的理想人格是「聖人」不同，道家文化的理想人格是「隱士」。在

〔註19〕弗洛姆：《健全的社會》，貴州人民出版社 1994 年版，第 46～47 頁。
〔註20〕參閱李軍：《家的寓言》，作家出版社 1996 年版，第 24～27 頁。

老子那裏，「隱士」基本上是一群主張「絕仁棄義」、「絕聖棄智」、「抱樸見素」、「安弱守雌」、「清靜無爲」、「少私寡欲」的人。而到了莊子筆下，這群「隱士」（「至人」）進一步「齊物我」、「齊是非」、「齊萬物」，從而進入一種「無知」、「無欲」、「無己」、「無名」、「無待」的「無何有之鄉」。不難看出，老莊所憧憬的文化理想人格，具有一種內在的敵視文明、厭惡人類、自我壓抑、拒絕成長的深層心理取向。實際上，與其說他們是一群勇敢地反抗社會的「隱士」，不如說他們是一群不敢大膽地直面人生和社會現實的「嬰兒」或「赤子」。所以在《老子》中可以見到這樣的說法：「載營魄抱一，能無離乎？專氣致柔，能嬰兒乎？」（第十章）；「知其雄，守其雌，爲天下溪。爲天下溪，恒德不離，復歸於嬰兒。」（第二十八章）；「含德之厚者，比於赤子。」（第五十五章）。這些「嬰兒」和「赤子」們鄙棄塵世、崇拜「自然」，希望自己能夠「質本潔來還潔去」地回歸「自然」。而這個「自然」也就是所謂「道」，它是宇宙萬物的發源地，即「道生一，一生二，二生三，三生萬物」（《老子》四十二章）。有意味的是，《老子》中經常用「谷」、「溪」、「淵」、「門」這類陰性的喻體來喻指「道」。如在第六章中云：「谷神不死，是謂玄牝。玄牝之門，是謂天地根。綿綿若存，用之不勤。」不僅如此，這個陰性的「道」還具有那種「厚德載物」的「母德」。誠如第十章中所云：「生之畜之，生而不有，爲而不恃，長而不宰，是謂玄德」。這種「玄德」其實也就是天地間博大無私的母愛。如此看來，「道」（「自然」）之於「人」，前者是「母」，後者是「子」，因此，「人」回歸「自然」其實也就是西方學者所謂的重歸「母腹」、「返回子宮」，回到生命最初的發源地。這一切在《老子》第五十二章中有著明確的表述：「天下有始，可以爲天下母。既得其母，以知其子；既知其子，復守其母，沒身不殆。」這意思已經相當明顯，一個人要想一輩子都獲得絕對的安全感（「沒身不殆」），最佳途徑就是永遠固戀母腹、拒絕長大成人。當然，這一論斷是建立在深層文化心理學上的，文化戀母情結並非是說肉身上的拒絕成長，而是指精神或心理上的退守或逃離，其文化心理原型是「嬰兒」或「赤子」，他永遠離不開對傳統、對自然、對母腹的眷戀與執著，因此是一種倚賴型的文化形態。

至此基本可以斷言，在對源遠流長的傳統道家文化的精神心理傳承過程中，我們這個民族在集體無意識中業已生成一種幾近無法擺脫的文化戀母情結。這就無怪乎在 20 世紀 40～70 年代紅色中國文學中仍然還能夠見到戀母

情結的文化心影。當然，與文化戀父情結相比，在紅色中國文學話語秩序中發現的文化戀母情結並沒有染上那麼濃重的紅色意識形態色彩。相反，由於這種文化戀母情結在本質上以心理逃避為精神指歸，因此它的存在本身就是對那種以心理屈從為精神指歸的文化戀父情結的一種淡化或消解。在這個意義上，對於置身紅色中國文化和文學秩序的中國作家而言，他們被壓抑的文化戀母情結其實具有一定程度的另類性和反叛性。因此，對於我們民族今日的國民性批判與重建來說，最為亟需解構的心理情結並不是文化戀母情結，而是文化戀父情結。然而，問題的另一面在於，這種主要以傳統道家文化為精神依託的文化戀母情結的反抗性畢竟是有限的。只需要和第四章中曾經探討過的現代文化審父意識（情結）稍作對比，這種古典形態的文化戀母情結的消極性就會凸顯出來。在以後的分析中我們將會看到，在很大程度上，無論是置身紅色中國文化和文學秩序中的另類風格作家還是地下詩人，當他們或隱或顯地沉浸於文化戀母情結的藝術外化過程中的時候，他們是不得不壓抑自己的自我意識的，由此也就在不經意間放棄了自己的獨立人格和自由意志。

二、孫犁小說創作的深層心理探析

首先要分析的是紅色中國另類風格作家的文化戀母情結。為了便於更深入地說明問題，這裏打算採取個案分析的方式。我選擇的典型個案作家是孫犁。具體的分析思路是這樣的：首先，孫犁的小說創作是否具有逃避性？如果有，這種逃避性又表現在哪些方面？其次要追問的是，在孫犁的潛意識中究竟匿藏著一種什麼性質的心理情結，它在暗中支配著作家在藝術創作中表現出這種逃避性？我的分析結果是母性崇拜，儘管它在表面上常常給人以女性崇拜的直接印象。最後還要闡明的是，孫犁小說創作中流露出來的這種母性崇拜還與大地崇拜或自然崇拜密不可分。由此也就基本上能夠完成對孫犁的文化戀母情結的心理解析。接下來的分析就依照這種思路而逐步展開。

眾所週知，孫犁是一個在很大程度上疏離於紅色中國主流文學秩序之外的另類風格作家。實際上，在孫犁的那種話語疏離姿態的背後就隱藏著他的某種文化的和現實的逃避心態。首先，從文學風格來看，對於孫犁那種清新婉約有餘，而「剛健豪放」不足的主導性小說風格而言，它的存在本身就是對當時主流文學話語規範的某種逃離或旁逸。關於這一點，前人之述已經很

完備，這裏無需贅言。其次，從文學與政治的關係來看，孫犁的小說創作表現出了一種「遠離政治」的藝術性傾向。孫犁曾經明確地對人說過，他「寫作品離政治遠一點」，因為他相信「那種所謂緊跟政治，趕浪頭的寫法，是寫不出好作品來的」〔註21〕。當然，這樣說並不意味著孫犁的文學創作有「脫離政治」的傾向，因為孫犁並不反對寫那種已經融入到生活當中去了的「政治」。因此，孫犁所謂「遠離政治」僅僅意味著他對當時的權威文化規範或者主流意識形態的有限度的逃避。這種有限的文化逃避心態主要表現為孫犁在小說創作中著意傳達出那種「無產階級（工農兵）的人性美和人情美」。

除了以上兩種對紅色中國主流文學規範和文化規範的逃離之外，在孫犁的小說創作中還表現出了一種「逃避現實」的精神心理傾向。由於這一種逃避形態在很大程度上還決定著前兩種逃避形態的心理發生，因此接下來予以重點剖析。說孫犁的小說創作「逃避現實」也許是讓人困惑的，因為孫犁曾經明確地說過，雖然「不能說一切作品都是作家的自傳」，但「我的作品單薄，自傳的成分多」〔註22〕。然而，孫犁所謂的「自傳」，應作兩層意思來解：其一是作家的真實生活經歷的自傳，其二是作家的真實精神心理的自傳。相比較而言，在孫犁那裏，前一種自傳畢竟是有限的，因為作家在創作過程中往往對自己的真實生活材料進行過不同程度的藝術加工處理，而後一種自傳才是更真實的，因為孫犁是一個永遠都「不願用虛假的感情去欺騙讀者」的「真誠」作家。例如，當後來許多讀者希望他能夠再寫一些《荷花淀》那種類型的小說時，孫犁選擇了沉默，因為他覺得自己已經「沒有了當年寫作那些小說時的感情」〔註23〕。往大處說，作家的這種「感情」其實也就是他當年真實的精神心理狀態。正是在這種深層的精神心理層面上，而不是在表層的生活經歷層次上，孫犁在紅色中國小說創作中有意無意地流露出了一種「逃避現實」的隱秘心態。

這首先表現為孫犁在小說創作中總是習慣於「迴避現實」和「美化現實」。對於「迴避現實」，孫犁有過坦誠的告白。他說：「看到真善美的極致，我寫了一些作品。看到邪惡的極致，我不願寫。這些東西，我體驗很深，可以說

〔註21〕孫犁：《文學和生活的路——同〈文藝報〉記者談話》，《文藝報》1980 年第 6 ～7 期。

〔註22〕孫犁：《人道主義·創作·流派——答吳泰昌問》，《文匯月刊》1981 年第 2 期。

〔註23〕孫犁：《戲的夢》，《孫犁文集》第四卷，百花文藝出版社 1982 年版，第 249 頁。

是鏤心刻骨的。可是我不願意去寫這些東西，我也不願意回憶它。」〔註 24〕
他後來甚至還說過這樣的話：「我有潔癖，眞正的惡人、壞人、小人，我還不
願寫進我的作品。」〔註 25〕實際上，正是在這種近乎偏執的藝術理念的支配
下，孫犁塑造了一個個可以視爲眞善美的藝術化身的人物形象，尤其是青年
女性人物形象，著名的有水生嫂、秀梅、吳召兒、小勝兒、九兒、春兒等等。
即使是對於《鐵木前傳》中的那個小滿兒，在她放蕩不羈的表層性格的背面，
孫犁明顯也在竭力地尋覓著人性高潔的光輝。只有《風雲初記》中的「惡之
花」——蔣俗兒——似乎應該算是一個例外。然而，眞正的現實生活畢竟不
是充滿了眞善美的天堂，其間還充斥著大量的假惡醜；人世間的芸芸眾生往
往也都「一半是天使，一半是魔鬼」，對於這一切，孫犁不是不知道。儘管如
此，孫犁仍然執意要在這些「假惡醜」和「魔鬼」的面前主動地閉上自己的
眼睛。所謂「眼不見爲淨」，孫犁在這裏顯然對現實生活採用了一種迴避性的
心理防禦機制。誠如有論者所言，一直到晚年，孫犁的處世經驗仍然是：「能
躲開就躲開，躲不開就看開：不與好利之徒爭利，不與好名之徒爭名。顯然，
這都是防禦性的武器。」〔註 26〕

　　與「迴避現實」相關的是「美化現實」。在很大程度上，與其說孫犁是
一個現實主義者，毋寧說他是一個理想主義者或浪漫主義者。相對於再現外
在的社會現實而言，孫犁更熱衷於表現內在的生命理想。他曾說：「理想、
願望之於藝術家，如陽光雨露之於草木。藝術家失去理想，本身即將枯死。」
又說：「理想就是美，就是美化人生，充實人生，完善人生，是藝術的生機
和結果。」〔註 27〕孫犁是這樣說的，也是這樣做的。在小說創作中，他確實
表現出來了一種根據自己主觀的「理想和願望」「美化現實」或「美化人生」
的精神心理傾向。以《山地回憶》的創作爲例，凡是讀過這篇小說佳作的讀
者大概都會對女主人公妞兒記憶猶新。妞兒純樸、善良、熱情，同時也有北
方女性固有的豪爽與潑辣。「我」和妞兒可謂「不打不相識」，從初次見面的
爭吵，到後來和諧融洽的相處，及至多年後「我」對妞兒的深情回憶，可以

〔註 24〕孫犁：《文學和生活的路——同〈文藝報〉記者談話》，《文藝報》1980 年第 6
　　　　～7 期。
〔註 25〕孫犁：《談鏡花水月（〈芸齋小說〉代後記》，《雲齋夢餘》，人民日報出版社 1990
　　　　年版，第 427 頁。
〔註 26〕郭志剛：《孫犁評傳》，重慶出版社 1995 年版，第 247 頁。
〔註 27〕孫犁：《風燭庵文學雜記》，《孫犁全集》第 8 卷，人民文學出版社 2004 年版，
　　　　第 342 頁。

說，作者是借助了一種「欲揚先抑」的藝術手法講述了一個美好溫馨的人間真情故事。然而小說中妞兒的生活原型，以及「我」與妞兒發生的那次衝突的實際生活情形又是怎樣的呢？

據作者回憶，1944 年春，在他隨隊伍向延安進發的途中，有一天他偶然在一個山村中遭遇到了一場可怕的「炸鍋」事件。幸虧他「命大」，有驚無險，只是落得一臉的污水和殘存的菜葉。然而，就在他到村外的小河中洗臉的時候，他和一個在下游洗菜的婦女爭吵了起來。由於「剛剛受了驚」，加之又「非常氣憤」，所以他和那位婦女之間的爭吵很激烈，雙方不歡而散。有意味的是，幾年後這場「洗臉洗菜的糾紛」竟然變成了「引起這段美好回憶的楔子」。不僅如此，實際生活中那個「很刁潑，並不可愛」的婦女在作者的「理想」中居然變成了一個善良可愛的小姑娘。至於那場讓人後怕不已的生活災難，在作者的筆下已經消失得無影無蹤〔註28〕。不難看出，在《山地回憶》的創作中，孫犁對客觀的現實生活和實際的人物原型進行了主觀化和理想化的藝術加工。在作者的筆下，現實生活中的人物衝突被化解了，女主人公的人物原型也被大大地美化了。誠如孫犁所言：「《山地回憶》裏的女孩子，是很多山地女孩子的化身。當然，我在寫她們的時候，用的多是彩筆，熱情地把她們推向陽光照射之下，春風吹拂之中。」〔註29〕其實，在孫犁的小說作品中，不僅僅是妞兒，實際上對於像水生嫂、吳召兒、秀梅、小勝兒、香菊、劉蘭等一批光彩照人的女性人物形象來說，她們都可以被視為經過作者美化和加工了的藝術結晶。因此，在她們和各自的實際生活原型之間都有著較大的差距。

一般來說，一個習慣於「迴避現實」和「美化現實」的人（作家）往往會對童年的記憶表現出特別濃厚的興趣。孫犁自然也是如此。童年的生活對於成年後的孫犁而言不啻於是一片心靈的桃花源或精神的烏托邦。它是單純、明淨、快樂、和諧的，與煩惱、痛苦和憂患無關。在這個意義上，孫犁筆下有關童年的回憶性敘事可以看作是他暗中「逃避現實」的又一明證。孫犁曾經對人說：「現在想來，我最喜歡一篇題名為《光榮》（一九四八年作）的小說。在這篇作品中，充滿了我童年時代的歡樂和幻想。對於我，如果說也有幸福的時代，那就是在農村度過的童年歲月。」〔註 30〕及至晚年，孫犁

〔註28〕 參閱孫犁：《關於〈山地回憶〉的回憶》，《延河》1978 年第 11 期。

〔註29〕 孫犁：《關於〈山地回憶〉的回憶》，《延河》1978 年第 11 期。

〔註30〕 孫犁：《人道主義・創作・流派——答吳泰昌問》，《文匯月刊》1981 年第 2 期。

還在一篇散文中這樣寫道：「人的一生，真正的歡樂，在於童年。成年以後的歡樂，則常常帶有種種限制。例如說：尋歡作樂；強顏歡笑；甚至以苦為樂等。」(《昆蟲的故事》)既然如此，我們就不妨對孫犁的那篇得意之作稍事分析。從顯文本的層面看，《光榮》以抗日戰爭為背景講述了一對農村男女的革命愛情故事。還是在「七七」事變那一年，少年原生在小夥伴秀梅的激勵下初露英雄本色，上演了一場只有大人們才敢表演的「卡槍」壯劇。從此後原生便參加了革命隊伍，在槍林彈雨中出生入死，這一去就是十個年頭，直到解放戰爭期間才有機會重歸故里。此時的原生已經是功勳卓著的革命功臣和戰鬥英雄，而當年的秀梅也已經成長為村裏的一名婦女幹部。他們少年時代的夢想——「男的去當游擊隊，女的參加婦救會」，真的變成了現實。最後在滿村人爭說原生和秀梅的美滿姻緣聲中，小說結束了。

不難看出，《光榮》的顯文本基本上屬於宏大革命敘事範疇。然而，在作者的提示之下，我們分明又在這篇作品中發現了一個屬於日常生活敘事或私人化敘事範疇的潛文本。具體來說，如果有意隱去作品中的戰爭背景，一個負載著作者本人「童年時代的歡樂和夢想」的潛文本就會凸顯出來。在故鄉的河灘上，在一片深深的蘆葦林邊，一群男女少年正在割著蘆草，累了他們便就地嬉戲、追逐、打鬧。這其中就有少小的原生和秀梅。他們兩小無猜、青梅竹馬，既保持著純真的友誼，又萌生了朦朧的戀情。他們甚至開始憧憬起了長大後的理想人生：好男兒當然志在四方，因此原生做起了自己的少年英雄夢；好女子則應在家伺候公婆，盡守孝道，耐心等待丈夫的歸來，這一切正是秀梅成年後生活的真實寫照。秀梅其實是一個現代的王寶釧，在她的身上凝結著少年孫犁的愛情夢想。正如有論者所發現的那樣，在秀梅的身上有著小時候和孫犁在一起養蠶的一位遠房妹妹的影子，因為作者曾經在一篇題名為《蠶桑之事》的散文中對這位童年的妹妹有過深情的回憶〔註 31〕。既然如此，從《光榮》的潛文本來看，這篇小說其實可以看作是成年後的孫犁對自己童年時期的一場夢境的藝術化書寫。當然，由於世易時移、物是人非，置身於革命戰爭年代裏的孫犁已經不可能全面回歸幸福快樂的童年生活中去了。他只能罩上宏大的革命敘事面紗，悄悄地重返童年。在這個意義上，可以認為，從青年時代起便對弗洛伊德和廚川白村存有好感的孫犁其實是一個

〔註 31〕參閱郭志剛、章無忌：《孫犁傳》，北京十月文藝出版社 1990 年版，第 31～32
頁和第 235 頁。

文學創作中的「白日夢」者。

　　雖然孫犁對童年的生活一往情深，對年少的夢想充滿了懷念，然而，孫犁的童年時代就果眞是那麼快樂和幸福麼？恐怕並不盡然。比如在《童年漫憶・第一個借給我〈紅樓夢〉的人》中，孫犁就曾經回憶說：「在我的童年時代，是和小小的書本同時，痛苦地看到了嚴酷的生活本身。」不過孫犁談到童年的苦澀的文字是非常稀少的。但我們不難推想，像孫犁那樣一個自小就體弱多病的人的童年不可能只有歡樂、沒有愁苦。然而，孫犁對童年記憶自是有他獨特的「自欺」式處理方式，這正如他在《鄉里舊聞・度春荒》中所言：「爲衣食奔波，而不大感到愁苦，只有童年。」這意味著，孫犁對自己的童年記憶常常一廂情願地進行有意無意的美化。從本質上看，這種美化不過是他曲折地傳達自己內心企圖「逃避現實」的一種話語姿態，或心理策略罷了。但孫犁畢竟不可能始終迴避現實生活中的痛苦和憂愁，雖然他在潛意識中只想做一個「白日夢」者，但他無疑又是一個實實在在的「社會人」。於是我們看到，在中篇《鐵木前傳》中，孫犁一方面對童年的生活充滿了迷戀，但另一方面，他又掩飾不住自己對童年記憶的隱隱約約的失望之情。

　　孫犁曾經對人這樣談及《鐵木前傳》：「這本書，從表面看，是我一九五三年下鄉的產物。其實不然，它是我有關童年的回憶，也是我當時思想情感的體現。」〔註32〕這說明，《鐵木前傳》的文本主題包括三個層次：首先，從表層來看，這篇小說「著重表現的主題是當前的合作化運動」。這是一個宏大的革命主題。其次，從中層來看，這篇小說體現了作者「當時的思想感情」，即孫犁對圍繞自身的現實人際關係感到莫名的困惑和隱約的失望。由此在作者的內心深處萌生了逃避現實、回歸童年的隱秘願望。這就是這篇小說的第三個主題，即深層主題：「對童年的回憶」。孫犁對此也有過較爲明確的解釋：「它（《鐵木前傳》）的起因，好像是由於一種思想。這種思想，是我進城以後產生的，過去是從來沒有的。這就是：進城以後，人和人的關係，因爲地位，或因爲別的，發生了在艱難環境中意想不到的變化。我很爲這種變化所苦惱。確實是這樣，因爲這種思想，使我想到了朋友，因爲朋友，使我想到了鐵匠和木匠。因爲二匠使我回憶了童年，這就是《鐵木前傳》的開始。」〔註33〕

〔註32〕孫犁：《關於〈鐵木前傳〉的通信》，《鴨綠江》1979 年第 12 期。

〔註33〕孫犁：《關於〈鐵木前傳〉的通信》，《鴨綠江》1979 年第 12 期。

確實如此，《鐵木前傳》的開篇描寫的正是一個詩意化的童年生活場景：一群小孩子饒有興致、若有所思地觀看著老鐵匠和老木匠打鐵、刨木。以此爲背景，九兒和六兒這一對童年夥伴出場了。然而，在接下來的敘述中，雖然我們也能夠讀到九兒和六兒之間天眞爛漫、充滿情趣的童年生活故事，但在這些快樂的童年故事中已經夾雜了不少的苦澀因子。比如從小嬌慣的六兒在拾柴時喜歡偷懶，爲了一時的歡樂而不懂得在生活上節約等等。終於，隨著故事情節的推進，待到九兒和六兒長大成人之後，他們之間隱在的童年感情裂痕公開化了。看到六兒和一大幫落後分子終日提籠架鳥、不務正業，九兒的心「像千斤石一樣沉重」。但她無可奈何，她只能「坐在那裏，望著空漠的沙崗出神。」她沉浸於童年生活的回憶之中。此時的九兒可以說就是孫犁自己，他感歎道：「童年啊！你的整個經歷，毫無疑問，像航行在春水漲滿的河流裏的一隻小船。回憶起來，人們的心情永遠是暢快活潑的。然而，在你那鼓漲的白帆上，就沒有經過風雨衝擊的痕迹？或是你那昂奮前進的船頭，就沒有遇到過逆流礁石的阻礙嗎？有關你的回憶，就像你的負載一樣，有時是輕鬆的，有時也是沉重的啊！」

這是從《鐵木前傳》的最後一節中摘錄出來的一段話。從中不難體味到，此時的孫犁已經從過去的那種單一的童年美夢中清醒了過來，換句話說，在《光榮》裏出現的那種童年美夢在冷峻的現實生活面前終於破碎了。有意味的是，《鐵木前傳》是一部未竟之作，孫犁從此病魔纏身，基本上中斷了自己的早年文學創作。這可不可以理解爲，失去了童年這個精神故鄉的孫犁從此就「身心交瘁」，他已經「無力」也「無心」去一如既往地書寫自己童年的「白日夢」了呢？我以爲可以這樣理解。不然我們也就無法眞正理解，爲什麼晚年再次提筆的孫犁會對《鐵木前傳》這篇小說那麼樣的諱莫如深，甚至視之爲「不祥之物」〔註34〕。這不僅僅是因爲在《鐵木前傳》的寫作過程中，孫犁在肉體上幾乎瀕臨死亡，更重要的在於，《鐵木前傳》的寫作使孫犁的精神故鄉——童年——面臨徹底崩潰的境地。可以說，孫犁在寫作這篇小說的過程中經受到了一種「乘興而來、敗興而歸」的心理尷尬。

以上分析了孫犁小說創作中的逃避心態，其中重點分析了孫犁對現實的逃避心理，並且指明了孫犁逃避現實的潛在心理歸宿——童年生活。現在的問題是，孫犁的童年生活爲什麼對他具有如此大的心理吸引力呢？不難推

〔註34〕孫犁：《關於〈鐵木前傳〉的通信》，《鴨綠江》1979 年第 12 期。

知，在很大程度上，這是因為早在孫犁的童年時期，在他的內心深處就已經生成了某種無意識的心理情結。不過，關於孫犁的這種心理情結的性質卻並不容易確認。從表面上來看，人們很容易認為孫犁的潛意識中具有一種女性崇拜的深層心理傾向。孫犁自己就曾經這樣說過：「我喜歡寫歡樂的東西。我以為女人比男人樂觀，而人生的悲歡離合，總是與她們有關，所以常常以崇拜的心情寫到她們。」〔註35〕這似乎很能夠說明問題，因為在孫犁的小說作品中人們見得最多的，就是那種美麗善良、熱情樂觀的青年女性人物形象。不僅如此，在孫犁晚年的大量回憶性文字中，有論者還發現，原來孫犁之所以長於塑造女性形象，這與他從童年時起就對一些小女伴懷有一種朦朧的愛戀不無關係。比如對那位嗜讀《紅樓夢》的「乾姐」、和他一起養蠶的遠房妹妹、以及一位叫盼兒的小鄰居，也許還應加上他的中學「戀人」王淑，一直到晚年，孫犁都對她們充滿了深情和懷念。相反，人們在孫犁的作品中幾乎見不到他童年時代的小男伴們的形象。「小變兒」似乎是被作者提及的唯一一個小男伴，只可惜他又有著「兩性人」的疑點，且未及長大便不幸夭亡〔註36〕。這一切似乎能夠證明孫犁自小便對女性情有獨鍾，也就是說他在童年時期就已形成了一種女性崇拜的深層心理情結。然而，問題在於，女性崇拜這種說法失之籠統。按照現代女性人類學的一般看法，通常人們所說的「女性」應包括「女兒性」、「妻性」和「母性」，其中「女兒性」和「母性」屬於本能的範疇，而「妻性」屬於文化的產物。但在當今人類男權主義社會文化模式中，「母性」與「妻性」往往是同一個概念。中國人所謂「賢妻良母」就是對這一說法最好的解釋。這意味著，我們不能夠簡單地說孫犁有女性崇拜傾向，而是應該進一步追問，究竟是「女兒性」還是「母性」（「妻性」）在孫犁的女性崇拜心理中佔有著更為重要的地位？

要回答這個問題，還是讓我們首先再來重新審視一下孫犁的童年心理。孫犁曾經在《文集自序》裏說自己「幼年尪怯」，按照郭志剛的說法，「尪」是指其體徵（孫犁有雞胸症候，這切合「尪」字的含義），而「怯」是指其心態〔註37〕。不難推想，童年時代的孫犁，由於先天性的營養不良、體弱多病，因此他很容易滋生一種生理上的「缺陷感」，由此又導致他在心理上釀

〔註35〕 孫犁：《文集自序》，《孫犁文集》第一卷，百花文藝出版社 1981 年版，第 4 頁。
〔註36〕 參見郭志剛：《孫犁評傳》，第一章，重慶出版社 1995 年版；郭志剛、章無忌：《孫犁傳》，第一章第五節，北京十月文藝出版社 1990 年版。
〔註37〕 參見郭志剛：《孫犁評傳》，重慶出版社 1995 年版，第 10 頁。

成一種怯弱心態，或者說「自卑感」。這主要表現爲幼年的孫犁性格內向、敏感脆弱、多愁善感、遇事習慣於退縮、迴避和忍讓。應該說，像這樣一個怯弱的小男孩通常會喜歡和女性交往，因爲一般來說女性比男性顯得更加溫柔、和善、寬容，更加具有同情心。正是從女性的關心、慈愛和呵護中，準確地說，應該是從女性天生的母性當中，當年幼小的孫犁獲得了心理滿足感。這裏首先要提到的是孫犁的母親。在《母親的記憶》中，孫犁不僅運用簡潔的文字勾畫了一個慈愛善良的母親形象，而且在素樸的筆調中傾吐了一個兒子對母親的深情。那是一種類似羔羊跪乳的感恩之情，孫犁對母親畢生都充滿了無言的感激。晚年的孫犁在《文集自序》中這樣談到自己的母親：「我的語言，像吸吮乳汁一樣，最早得自母親。母親的語言，對我的文學創作，影響最大。母親的故去，我的語言的乳汁，幾乎斷絕。」這裏說的雖是語言和文學，但從中不難透視出孫犁對母親或母愛的由衷眷戀，因爲「乳汁」正是無私的母愛的象徵。當然，不僅僅是母親，對孫犁來說，幼年時他所接觸的女性給予他的無私關愛，終其一生他都銘刻在心、感恩不忘，直到古稀之年還一一作文予以憶念。這裏且不說那位年長於他，對他愛護有加的「乾姐」了，即令是對於那位「性格溫柔，好說好笑，和我很合得來」的遠房妹妹，孫犁在《蠶桑之事》中回憶起來，感激最深的也還是她對幼年自己的關心、幫助、理解和照顧。其實，何止是幼年時所接觸的女性人物，就是對於自己的父親，孫犁在晚年回憶起來最受感動的也還是父親的慈愛。（《父親的記憶》）也許，在孫犁的內心深處，那位慈祥的父親在本質上與母親其實就是同一個人，他們已經二位一體。

從以上分析中不難看出，幼年孫犁對女性（母性）的關愛具有一種超出常人的心理渴求。當然，這不是指弗洛伊德所謂「性」的滿足，而是指新弗洛伊德主義學者所說的對心理安全感的需要的滿足。這意味著童年的孫犁主要需要的是「被愛」，而不是主動的「愛」。換言之，這是一種單向度的愛，是一種不平等的愛，母愛就是這種愛的終極心理原型〔註 38〕。在母愛中，嬰兒和母親之間的地位是不平等的，嬰兒是母愛的單純的接受者，而母親是母愛的唯一賜予者。對於嬰兒來說，母親是母愛的承載者，母親的子宮或母腹是世界上最安全的地方。當一個兒童在外部世界中感受到恐懼感、敵意感和孤獨感的時候，他本能地想退守的地方就是母親的懷抱，此即弗洛姆所謂

〔註 38〕弗洛姆：《愛的藝術》，商務印書館 1987 年版，第 36～38 頁。

「返回子宮」，也就是剔除了泛性色彩的戀母情結。在我看來，「幼年恇怯」的孫犁不僅是在其哺乳期，而且在其步入斷乳期之後仍然對母愛充滿了迷戀。這是一種在精神上拒絕長大的潛在心態，「復歸於嬰兒」是其隱秘的心理旨趣。直至晚年，孫犁還曾在一首題名為《眼睛》（1984）的詩中這樣寫道：「嬰兒的眼睛是清澈的／青年人的眼睛是熱烈的／中年人的眼睛是惶惑的／老年人的眼睛是呆滯的／世界反映到嬰兒的眼裏／是完全客觀的／完全真實的／因為嬰兒對它沒有判斷／等到有了判斷／世界在人眼裏／就不是完全客觀／也就不是完全真實的了／因此就有了感情的反射／熱烈、惶惑，或是呆滯。」

顯然，孫犁的這首詩中充滿了他的「成長的煩惱」和對「復歸於嬰兒」的迷戀。在很大程度上，當年的孫犁正是通過這樣一雙「嬰兒的眼睛」去觀照、體驗和想像外在的客觀現實生活（「世界」），以及其中的人和事。對此，孫犁解釋說：「真正要想成為一個藝術家，必須保持一種單純的心，所謂『赤子之心』。有這種心就是詩人，把這種心丟了，就是妄人，說謊話的人。保持這種心地，可以聽到天籟地籟的聲音。《紅樓夢》上說人的心象明鏡一樣。」〔註39〕俗話說「眼睛是心靈的窗戶」，孫犁在這裏所說的「赤子之心」其實也就是前面所謂「嬰兒的眼睛」。在孫犁看來，這世界上只有「嬰兒」或「赤子」的心地才是真誠單純的，這種心與天地自然相交通，唯有保持它，而不是「玷污」它（其實也許是發展它，使它成長），一個藝術家才可能臻達藝術的靈境。這種觀點顯然不能放之四海皆為準，但它無疑是孫犁的夫子自道，對孫犁的絕大部分小說創作來說完全適用。在孫犁的許多小說作品中，我們都能夠解讀出一個屬於精神意義上的「嬰兒」或「赤子」的男性人物形象。在他們的眼中，女性人物是單純的真善美的化身，她們心地純潔、無私博愛，簡直就是一個個聖潔的女神，準確地說，應該是「大母神」〔註40〕，因為她們幾乎都可以看作是那些男性「嬰兒」或「赤子」的心理避風港。正是在她們的無

〔註39〕 孫犁：《文學和生活的路——同〈文藝報〉記者談話》，《文藝報》1980年第6～7期。

〔註40〕 此處借用了神話原型批評理論創始人榮格的高足——德國學者埃里希‧諾伊曼的說法。「大母神」是人類集體無意識中有關女性／母性的終極心理原型或神話意象，此處未計其「善惡同體」的雙重性。因為孫犁小說中彰顯的是「大母神」的良性心理能量，而有些作家，如張愛玲在《金鎖記》裏揭示的則是「大母神」的惡性心理能量。參見埃里希‧諾伊曼：《大母神——原型分析》，東方出版社1998年版。

私關愛之下，那些男性主人公才得以在工作中免除後顧之憂，或者度過生活中的難關，甚至於建立一番「革命」的功業。在這個意義上，也許可以斷言，在孫犁的潛意識中隱藏著一種戀母情結。

當然，為了進一步印證我的觀點，接下來有必要對孫犁當年的主要小說作品展開實證性的文本分析。從表層的情感形態上來看，孫犁的小說主要敘述了兩種情感故事：一種是關於「軍民魚水情」的故事，一種是關於「革命夫妻情」的故事。這裏首先要分析的是第一種情感故事。在其中我發現了一個非常有趣的現象，即孫犁在這類故事中似乎總是有意無意地講述一個陷入困境的男性革命者被一個女性革命群眾無私救助的故事，而且救助的形式總不外乎與「吃」和「穿」有關。比如在《蘆葦》中，一位無名的小姑娘就曾慷慨地用她的好褂子換走了「我」的舊襯衫；在《女人們‧紅棉襖》中，又是一位無名的小姑娘無私地將自己的紅棉襖脫下來蓋在傷員顧林的身上；在《山地回憶》中，則是妞兒送給「我」一雙襪子。值得注意的是，這些有關「穿」的情節在這些作品中往往起著不可替代的作用。例如《山地回憶》中的那雙襪子其實就是「我」和妞兒之間的情感紐帶。它伴隨「我走遍山南塞北」，「整整穿了三年也沒有破綻」。在以後的歲月中，正是沖走了那雙襪子的黃河水時時「激蕩著我對那個女孩子的紀念」。更有意味的是，在這種與「穿」相糾纏的「軍民魚水情」中還潛藏著一種深層次的永恒母愛。如在《紅棉襖》中，對於小姑娘的無私關愛，敘述人有過這樣一段心理獨白：「她身上只留下一件皺折的花布條小衫。對這個舉動，我來不及驚異，我只是把那滿留著姑娘的體溫的棉襖替顧林蓋上，我只覺得身邊這女人的動作，是幼年自己病倒時，服侍自己的媽媽和姐姐有過的。」這段引文表明，處於藝術創作狀態中的孫犁，實際上已經有意無意地把自己筆下的女性人物認同為自己潛意識中的母親形象。當然，這種潛意識中的母親形象並不是實指作者的真實母親，而是特指作家童年時期形成的一種承載母愛的原始意象或「原型」，可以叫做「大母神」。

與所謂「穿」的情節相比，孫犁筆下有關「吃」的情節更多。比如在《女人們‧瓜的故事》中，馬金霞把自家的西瓜無償地送給了一個受傷的戰士；在《老胡的事》中，勤勞的小梅每天冒著寒風去山中拾棗，借住的老胡自然也就是吃棗的人；在《麥收》中，二梅將自家的餅和從鄰居家收來的雞蛋全部慰勞了受傷的指導員和通訊員；在《澆園》中，傷員李丹對那位撥給他「甜

棒子」的香菊姑娘充滿了無言的感激；在《蒿兒梁》中，楊純醫生和他的傷
員們也對婦救會主任親手爲他們搓的「蓧面窩窩」留下了難忘的印象；在《小
勝兒》中，受傷的小金子更是得到了小勝兒無微不至的照拂，小勝兒甚至把
自己將來出嫁的「陪送襖」變賣了一斤掛麵和十個雞蛋，這一切都是爲了小
金子早日康復；此外在《吳召兒》和《看護》中，都有一個女主人公給落難
中的「我」喂棗吃的情節。於是我們的問題也就出來了，即孫犁爲什麼在創
作中對「吃」（包括「穿」）充滿了那麼濃厚的興趣呢？當然，我們可以解釋
說，這是由作者所反映的戰爭年代的特殊環境決定的。但是，在孫犁那些篇
幅有限的短篇小說中，作者爲什麼要一再地對那些關於「吃」（包括「穿」）
的情節不吝筆墨、大肆渲染呢？在我看來，僅僅從外因上來解釋是不夠的，
問題的癥結也許在於，孫犁在那些慷慨賜予男主人公「吃」和「穿」的女性
人物身上無意識地體驗到了一種由戀母情結所帶來的心理快感。俗語說「衣
食父母」，對「衣」和「食」、「吃」與「穿」的本能需要恐怕是一個嬰兒對於
母親的最基本的心理期待。只有這些本能的需要得到了滿足，嬰兒才能夠獲
得基本的心理安全感。一般來說，對於這種原始的由戀母所帶來的心理安全
感的需要會隨著一個人的成長而逐步消失，但在成年後的孫犁的文學作品
中，我們卻看到了這種被壓抑的本能需要的無意識回歸。請看下面這兩段從
《吳召兒》中引出來的文字：

> 我一邊走著，一邊解開小米袋的頭，她伸過手來接了一把，放
> 到嘴裏，另一隻手從口袋裏掏出一把紅棗送給我。//「你吃棗兒！」
> 她說，「你們跟著我，有個好處。」//「有什麼好處？」我笑著問。
> //「保險不會叫你們挨餓。」//「你能夠保這個險？」我也笑著問，
> 「你口袋裏能裝多少紅棗，二百斤嗎？」//「我們走到哪裏，吃到
> 哪裏。」她說。//「就怕找不到吃喝哩！」我說。//「到處是吃喝！」
> 她說，「你看前頭樹上那顆棗兒多麼大！」//我擡頭一看，她飛起一
> 塊石頭，那顆棗兒就落在前面地下了。

> 我努力跟上去，肚裏有些餓。等我爬到半山腰，實在走不動，
> 找見一塊平放的石頭，就倒了下來，喘息了好一會兒，才能睜開眼：
> 天大黑了，天上已經出了星星。她坐在我的身邊，把紅棗送到我嘴
> 裏說：『吃點東西就有勁了。誰知道你們這樣不行！

倘若把這兩段引文中的戰爭背景和人物身份隱去，前面的一段對話分明

就是一段「母與子」之間的對話，而後一段場景描寫則可以看作是一幅「母子登山圖」。在吳召兒的面前，「我」簡直就像是一個嗷嗷待哺的孩子，對「吃」那麼樣的刨根究底；而胸有成竹的吳召兒則成了「我」的安全的心理港灣，在她的懷抱中「我」可以吃穿不愁。在這個意義上，吳召兒不僅僅是「我」的引路嚮導，她更是「我」潛意識中的母親意象的現實化身。有意味的是，在《看護》這篇小說中，我們再一次看到了一個年輕女性（小護士劉蘭）在作者的筆下幻化成了他潛意識中的母親形象：

> 振作精神，劉蘭扶我上山去。我心裏發慌，眼發黑，差不多忘記了腳痛，爬了半天，我餓得再也不能支持，迷糊過去。等到睜開眼，劉蘭坐在我的身邊，天已經暗下來了。在我們頭上，有一棵茂密的酸棗樹，累累的紅豔的酸棗在晚風裏搖擺。我一時聞到了棗兒的香味和甜味。劉蘭也正眼巴巴望著酸棗，眉頭蹙的很高。看見我醒來，她很高興，說：「同志，到了這個地步，摘一把酸棗兒吃，該不算犯紀律吧！」我笑著搖搖頭，她伸過手去就擄下一把，送到我嘴裏，她也接連吞下幾把。才發覺一同吞下了棗核和葉子，棗刺劃破了她的手掌。

在解讀《看護》和《吳召兒》，以及《老胡的事》這三篇小說的過程中，我對孫犁那麼熱衷於講述有關「棗」的故事感到驚奇。我猜想，在那個戰火紛飛的艱難歲月裏，孫犁肯定曾經深刻地體驗過對於「棗」的那份極度的饑渴感。正是在那種本能的渴求中，孫犁在潛意識中復活了童年時期他對於母愛的那份迷戀，換句話說，勾起了他對童年時期的母親以及其他女性的無私關愛的親切回憶。這種童年記憶的無意識復活給孫犁的文學創作顯然帶來了靈感。如同「望梅止渴」一般，孫犁選擇了到文學幻想中去補償自己現實生活中的生理匱乏和心理匱乏。實際上，對食物的生理匱乏恰恰正是對於母愛的心理匱乏的藝術替代品。我的猜想基本上得到了證實，因爲我讀到了孫犁晚年寫的一篇題爲《關于果》的短文。全文如下：

> 戰爭時期，我經常吃不飽。霜降以後我常到山溝裏去，揀食殘落的紅棗、黑棗、梨子和核桃。樹下沒有了，我仰頭望著樹上，還有打不淨的。稍低的用手去摘，再高的，用石塊去投。常常望見在樹的頂梢，有一個最大的、最紅的，最誘人的果子。這是主人的竿子也夠不著，打不下來，才不得不留下來，恨恨地走去的。我向它

瞄準，投了十下，不中。投了一百下，還是不中。我環繞著樹身走著，望著，計劃著。最後，我的脖頸僵了，筋疲力盡了，還是投不下來。我望著天空，面對四方，我希望刮起一股勁風，把它吹下來。但終於天氣晴和，一絲風也沒有。紅果在天空搖曳著，訕笑著，誘惑著。

天晚了，我只好回去，我的肚子更餓了，這叫做得不償失，無效勞動。我一步一回頭，望著那顆距離我越來越遠的紅色果子。

夜裏，我又夢見了它。第二天黎明，集合行軍了，每人發了半個冷窩窩頭。要爬上前面一座高山，我把窩窩頭吃光了。還沒爬到山頂，我餓得暈倒在山路上。忽然我的手被刺傷了，我醒來一看，是一棵酸棗樹。我饑不擇食，一把擄去，把果子、葉子，樹枝和刺針，都塞到嘴裏。

年老了，不再願吃酸味的水果，但酸棗救活了我，我感念酸棗。每逢見到酸棗樹，我總是向它表示敬意。（引自《芸齋夢餘》，人民日報出版社 1996 年版。）

這篇寫於 1980 年代的散文，距離前引的兩篇小說的創作時間已經是三十餘年，然而，細心的讀者從中會注意到，原來當年小說中「飛石投棗」的吳召兒和「擄棗救人」的劉蘭都只不過是作者當年的藝術幻想物或者藝術替代品而已。至於作者當年為什麼要一再地塑造那種充當「衣食父母」的女性人物形象來，根本的心理癥結看來還在於作者的內心深處潛藏著渴望母愛的戀母情結。

接下來將從孫犁講述的另一些關於「革命夫妻情」的小說作品中，繼續透視孫犁的深層創作心理中的戀母情結。這方面的小說作品有很多，除了著名的《荷花淀》之外，還有《囑咐》、《丈夫》、《山裏的春天》、《「藏」》、《紀念》、《光榮》、《女人們‧子弟兵之家》，以及長篇小說《風雲初記》等等。在這些作品中都存在著一個共同的人物關係結構：作為丈夫的男性革命者均常年在外忙於革命工作，而作為妻子的女主人公則獨自在家裏任勞任怨、表現出極大的包容心和博愛精神。熟悉孫犁生平的人們都知道，這種人物關係結構其實就是整個抗戰時期孫犁和他的妻子之間情感聯繫的藝術折射。這裏不妨簡單地分析一下《荷花淀》和《囑咐》這兩篇具有一定連續性的作品。眾所週知，孫犁的這兩篇小說講述的都是水生嫂和水生這一對革命夫妻之間

的情感故事。在孫犁的筆下，對於一心投身革命工作的水生來說，水生嫂不僅僅是一個年輕貌美、聰明能幹的女人，她更是一個溫柔體貼、善解人意、寬厚仁慈、勤儉持家的賢妻良母。水生嫂不僅上要照顧老、下要照顧小，而且她所營造的溫馨和睦的家庭氣氛，始終都是出門在外的水生的情感港灣。

　　如果說水生是一個為革命而四處奔波的「遊子」，那麼水生嫂在某種意義上就是一位始終在牽掛著遊子命運的「慈母」。有意味的是，在孫犁的這兩篇自傳色彩極濃的小說中，我們都只發現了水生的父親的形象，而見不到水生的母親的身影。事實上，孫犁的父親去世於 1946 年，正是他創作《囑咐》的那一年，而孫犁的母親直到 1950 年代中期才去世。考慮到孫犁一貫對母親所表露出來的那份特殊深情，我以為，在這兩篇小說中，男主人公的母親的缺席是有某種深意的。它暗中流露出了孫犁的某種無意識心理，即在他的內心深處，母親和妻子實際上是二位一體的。從她們提供的母愛的心理本質上來看，她們其實可以視為同一個人，因此在藝術幻想中只需出現她們中的一個人即可。顯然，夫妻之情比母子之情更易於進入公開的文學敘事空間。在這個意義上，母親形象在文本中的缺席恰恰就是作者潛在的戀母心態的一種隱喻，而文本中的妻子形象不過是缺席的母親形象的藝術替代品。換句話說，也許在當年塑造水生嫂形象的藝術過程中，孫犁在意識的層面上對妻子聯想得更多，而在無意識中他更多地是從母親那裏得來了藝術靈感。當然，這樣說並不意味著在水生嫂這個藝術形象中，除了作者的母親和妻子之外就不存在其他的現實女性人物的影子。

　　為了證明上述論斷並非子虛烏有，下面還可以提供兩點證據：一、孫犁在《文集自序》中說：「我的語言，像吸吮乳汁一樣，最早得自於母親。母親的語言，對我的文學創作，影響最大。母親的故去，我的語言的乳汁，幾乎斷絕。其次是我童年結髮的妻子，她的語言，是我的第二個語言源泉。在母親和妻子生前，我沒有談過這件事，她們不識字，沒有讀過我寫的小說。生前不及言，而死後言之，只能增加我的傷痛。」〔註 41〕從孫犁這樸素真摯的內心告白中，我們隱約可以發現，在孫犁的內心深處，他的妻子其實可以看作是他的「第二個」母親，也就是母親的心理替身。二、從孫犁的生平經歷和他的諸多回憶文字中可以明顯地感覺到，在他和妻子的感情世界裏，兩個人之間雙向交流、平等獨立的愛情其實是很稀薄的，相反，其間倒是濃厚地

〔註41〕孫犁：《文集自序》，《孫犁文集》第一卷，百花文藝出版社 1981 年版，第 4 頁。

彌漫著一種不對等的或者說是單向度的母愛。比如在妻子故去五年之後的一日，孫犁在一則「書衣文錄」中這樣寫道：「此冊係亡者伴我，於和平路古舊門市部購得。自我病後，她伴我至公園，至古董店、書店，順我之素好，期有助我病速愈。當我療養期間，她隻身數度往返小湯山、青島。她係農村家庭婦女，並不識字，幼年教養，婚後感情，有以致之。**我於她有慚德。**嗚呼！死別已五載，偶有夢中之會，無隻字悼亡之言，情思兩竭，亡者當諒我乎！」〔註42〕

　　幾年後，在著名的《亡人逸事》一文中，孫犁在歷數妻子生前勤勞、節儉、慈愛之類的「母德」之後，再一次表達了他的深深懺悔之情。他說：「我們結婚四十年，我有許多事情，對不起她，可以說她沒有一件事情是對不住我的。在夫妻的情分上，我做得很差。」在晚年的孫犁看來，妻子這一輩子對他多有照拂，而他對妻子是有愧於心的。這應該不是孫犁的謙詞，如早年在保定讀高中期間，當時已結婚的孫犁就曾經與一個名叫王淑的女同學有過一段戀情。晚年的孫犁後來說，這是「30年代，讀書時期，國難當頭，思想苦悶，於苦雨愁城中，一段無結果的初戀故事」〔註43〕。既然名之為「初戀」，那麼此前他和結髮妻子之間的婚姻，自然就是缺乏「愛情基礎」的了。不僅如此，1958年，在孫犁於青島療養期間，雖然結髮妻子「隻身數度往返小湯山、青島」，對他關愛有加，然而孫犁還是和一位醫院護理員產生了不應有的「感情」〔註44〕。如此看來，孫犁多次說他有負於結髮之妻並非虛言。由此也就不難推想，在內心深處孫犁其實是矛盾的，一方面，他畢竟不是一個純粹的精神上的「嬰兒」，成年後的孫犁也渴望著真正的愛情；另一方面，他又被妻子長年累月地施與他的「母愛」所深深打動，並為自己曾經背叛過這種「母愛」而深感愧悔。這正是人類無法走出戀母情結的又一明證。

　　至此，我基本上可以斷言在孫犁的潛意識中隱藏著戀母情結。然而，還想進一步指出的是，如果追根溯源，孫犁的這種戀母情結還可以在集體無意識的層面上被歸結為某種「自然崇拜」或「大地崇拜」。眾所週知，孫犁尤其

〔註42〕孫犁：《陳老蓮水滸葉子》，《書衣文錄》，山東畫報出版社1998年版，第77～78頁。

〔註43〕孫犁：《〈善闇室紀年〉摘抄》，《孫犁全集》第8卷，人民文學出版社2004年版，第5頁。

〔註44〕參閱郭志剛、章無忌：《孫犁傳》，第七章第九節，北京十月文藝出版社1990年版。

擅長於在小說作品中營造優美的詩歌意境。孫犁的許多小說都可以視爲「詩化小說」，其中點綴著大量的描寫自然風景的句子或段落，這些洋溢著濃鬱的詩情畫意的文字，大都具有山水詩或田園詩的品格。比起講故事來，孫犁顯然更長於抒情，他在本質上是一個詩人，而不是小說家。但孫犁似乎並不是一位具有現代精神的詩人，而是一位秉有古典品格的詩人。這正如同他自己所說的，他是一個永遠保持「赤子之心」的詩人，他畢生嚮往《紅樓夢》中所說的那種「心如明鏡」般的精神境界〔註45〕。所謂如「明鏡」般的「赤子之心」，也就是中國古人（如李贄）常說的「童心」，即嬰兒之心，它被認爲是天眞、單純和透明的，沒有任何思想的雜質。

　　有論者指出，中國人有一種「赤子崇拜」心理，這不僅與中國傳統的儒家文化有關，更與中國傳統的道家文化和佛家文化有關。這種「赤子崇拜」心理導致中國人潛在地形成了一種「對人或人生的虛無主義態度」，從而妨礙了中國人建立獨立的自我人格，只是單純地熱衷於所謂「返璞歸眞」、「返本還原」，以求最終進入一種「天人合一」的「無我之境」〔註46〕。在這種「無我之境」中，雖然避開了意識形態化的「超我」的糾纏，但是依然見不到「自我」的出場，有的只是一個生命原初形態的「本我」在其間無憂無慮地徜徉。對於一個成年人來說，這個隱秘的「本我」人格就是一個潛在的精神意義上的「嬰兒」或者「赤子」。它天生就具有一種「返回子宮」、回歸自然的生命退行傾向。在嬰兒的眼裏，母親的懷抱就是整個世界，換句話說，母親就是大自然的象徵，母親和自然之間具有同一性。正是在這個意義上，社會文化派精神分析學者所界定的戀母情結就與自然崇拜或大地崇拜心理之間有了通約的可能性。當一個人在潛意識中留戀母腹的安全與寧靜的時候，它必然會同時表現出對大地或自然的迷戀。對於孫犁來說，情形正是如此。孫犁不僅僅熱衷於刻畫青年婦女形象，有意味的是，他似乎總是喜歡把那些女性人物放置在一個個詩意化的自然環境中，以景喻人或以人喻景，讓那些美麗善良的女性人物與優美博大的自然景觀之間消泯主客或者物我的界限，從而構成一種和諧的詩歌意境。

　　比如在《荷花淀》中，作者用了這樣兩段優美的文字來描畫水生嫂：

〔註45〕　孫犁：《文學和生活的路──同〈文藝報〉記者談話》，《文藝報》1980年6～7期。

〔註46〕　參閱鄧曉芒：《人之鏡》，代前言和上篇第三章，雲南人民出版社1996年版。

月亮升起來，院子裏涼爽得很，乾淨得很，白天破好的葦眉子潮潤潤的，正好編席。女人坐在院子當中，手指上纏絞著柔滑修長的葦眉子。葦眉子又薄又細，在她懷裏跳躍著。

這女人編著席。不久在她的身子下面，就編成了一大片。她像坐在一片潔白的雪地上，也像坐在一片潔白的雲彩上。她有時望望澱裏，澱裏也是一片銀白世界。水面籠起一層薄薄透明的霧，風吹過來，帶著新鮮的荷葉荷花香。

其實，孫犁在這裏不僅著意營造了一個清新空靈的詩歌意境，更重要的是，他還讓女主人公水生嫂完全消融到這個優美的詩歌意境中去了。這顯然是一個「天人合一」的「無我之境」。在皎潔的月光下、在銀白雪亮的葦眉叢中、在白洋淀薄霧纏繞的銀白世界裏，美麗聖潔的水生嫂已經與大自然融為了一體。「她像坐在一片潔白的雪地上，也像坐在一片潔白的雲彩上。」此時的她似乎已經脫離了塵世，進入了一種「神與物遊」的超然境界。這是一個主客不分、物我兩忘的精神境界。從表面上看，是女主人公水生嫂達到了這種境界，而實際上，真正進入這種審美境的人應該是作者孫犁自己。當孫犁在潛意識中沉醉於對水生嫂這位精神之母的迷戀中的時候，他於迷離恍惚之間發現，整個環繞著水生嫂的自然世界似乎已經變成了她的身體的一部分。出於類似「愛屋及烏」的心理，此時的孫犁也就有意無意地將自己對於精神母親的感情轉移到了她所置身的大自然。他不僅像一個精神赤子一樣迷戀著自己的精神母親，而且還像一個童心未泯的天真詩人一樣把眼前的一切自然景物都給詩化了。對於處於藝術靈境中的孫犁來說，大地就是他的母親，他對大地懷有一種對於母親一樣神聖虔誠的感恩之情。他渴望著「復歸於嬰兒」，從而能夠在大地母親的溫馨懷抱中自由自在地流連忘返。於是我們在《風雲初記》中讀到了作者如此神聖的「土地抒情詩」：

親愛的家鄉的土地！在你的廣闊豐厚的胸膛上，還流過洶湧的唐河和泛濫的滹沱河。這些河流，是你身體裏沸騰的血液，奔走和勞作的動脈；你的奮發激烈的情感，是你生育的男孩子們的象徵。你的女兒是沉靜的磁河和透明的琉璃河。她們在柔軟的草地上流過，嬌羞得不露一點兒聲色，她們用全身溫暖著身邊的五穀，用乳汁保證了田園的豐收。她們搖動著密密的蘆葦，飄載著深夜航行的小船，她們給了人們多少慰藉和恩情啊！看見她們，就看到你的美

麗，也看到你的孕育的偉大和富庶了。(《風雲初記》，第 70 章，作
家出版社 1963 年初版。)

　　這簡直就是一首作者奉獻給厚德載物、博愛無邊的大地母親的深情讚美
詩。如果說小說中的男主人公芒種就是這首詩中「爲大地母親所生育的男孩
子們」中最受鍾愛的一個，那麼小說中的女主人公春兒就是大地母親的最忠
誠的女兒，她既「沉靜」、「透明」、柔順，同時又無私、包容，富有愛心。可
以說，春兒就是大地母親的化身，這就如同在《荷花淀》中水生嫂就是大地
母親的化身一樣。如此看來，在孫犁的筆下，作者在無意識中所表露出來的
那種戀母情結常常和大地崇拜心理糾結在一起。當然，像這樣的例子還有很
多，但其實已經沒有必要再去一一列舉了。

三、地下詩人的文化戀母心理透視

　　最後打算採用散點透視的形式來剖析紅色中國地下詩人的文化戀母情
結。其中涉及到的地下詩人，既有「胡風分子」曾卓和「右派分子」流沙河
那樣的新老兩代「受難」詩人，也有「白洋淀詩群」中食指和芒克這樣的「民
間」詩人或「知青詩人」，此外還有人稱「童話詩人」的顧城。這些詩人在人
民共和國建立後，由於各種各樣的社會政治原因而發生了很大的人生變故，
如顧城在童年時就因爲父親顧工的原因舉家遷往鄉村流放。這些詩人的地下
身份注定了他們寫作的邊緣心態，即使不能成長爲具有獨立自我人格的反抗
者，他們也可以做追逐本我夢想的疏離者，正是他們的特殊存在，成就了紅
色中國文學（包括地下文學）的豐富性。當然，這些地下文學作者的創作已
經延伸到了紅色中國文學話語秩序解體以後的「新時期文學」中，但這並不
意味著我們可以忽視他們在紅色中國文學話語秩序中所做出的精神和藝術探
索。由於戀母情結一般來說主要表現爲母性崇拜和自然（大地）崇拜兩個方
面，因此接下來將首先從母性崇拜的角度來解析曾卓、流沙河和食指地下詩
歌創作中的戀母心理，然後再從自然（大地）崇拜的角度來透視「自然詩人」
芒克和「童話詩人」顧城的戀母情結。

　　1955 年，在紅色中國文壇掀起了一場清洗胡風派文人的政治運動，當時在
武漢的詩人曾卓也身陷其中。在隨後二十餘年的災難歲月裏，曾卓斷斷續續地
寫下了大量的地下詩篇，迄今存留下來的也還有四十餘首。這些詩作在 1994
年出版的《曾卓文集》中被分別輯入第一卷的《凝望》、《有贈》和《給少年們

的詩》這三輯中。《凝望》這一輯中的詩作在精神旨趣上比較駁雜。大體上可以看出，作者寫於 1950～1960 年代的「政治抒情詩」表現了詩人渴望回歸主流革命文學或文化秩序的強烈政治訴求，其中像《寂寞的小花》、《我期待，我尋求》這樣的詩作明顯是作者站在話語屈從立場上寫作的產物，而像《凝望》、《醒來》這樣的詩作則主要是作者站在話語懺悔立場上寫作出來的，但無論如何，這兩種類型的詩作都明顯地傳達了詩人在被放逐之後仍然執意認同主流意識形態的願望。而到了 1970 年代創作的部分「人之詩」中，也許是詩人在內心深處已經隱隱地感覺到了被權威文學秩序接納的無望，他開始在詩中轉而表達自己回歸自我、嚮往自由的人道主義訴求。比如《懸崖邊的樹》、《無題》、《海的嚮往》、《火與風》等詩篇，就是作者站在話語反抗立場上堅守自我、呼喚自由的藝術結晶。然而，接下來要關注的並不是《凝望》這一輯中的「政治抒情詩」和「人之詩」，而是被收入《有贈》一輯中的私人化「情詩」，以及《給少年們的詩》一輯中的「兒童詩」。在我看來，這些「情詩」和「兒童詩」是詩人當年站在話語疏離立場上寫作的產物，和那些「政治抒情詩」和「人之詩」相比，它們更能夠代表曾卓當年主導性的深層精神心理取向，即逃避現實、回歸童年、迷戀母愛。

「文革」後的曾卓論詩，除了仍然重視「現實」之外，還喜歡談論「夢想」。這是因為在「詩人的兩翼」中，「夢想」的翅膀過去一直遭到了人們的忽視。在渡盡劫波的曾卓看來，一方面，「夢想的產生需要現實的土壤，因為它依賴於現實或憑藉著現實」，另一方面，「現實也需要夢想。當現實令人痛苦的時候，當現實不能令人滿意或不能令人滿足的時候，夢想就產生了。夢想是由於對更美好生活的嚮往」。這意味著，現實是夢想的基礎和材料，而夢想是現實的淨化或昇華。曾卓由此斷言，「詩人是善於夢想的人」，「詩是現實的產物，也是夢想的產物」。「詩人如果真正走進了詩的創作過程，往往如同走進一個夢境。」〔註47〕此時的詩人其實也就是弗洛伊德所說的「白日夢者」。他之所以從事詩歌寫作，原只是因為他想超越緊緊包圍著他的嚴峻的生活現實。不難發現，當年身陷政治苦難的曾卓就是這樣一個企圖超越現實的「白日夢者」，這不光是因為他的詩歌「夢想」論具有強烈的個人體驗性，而且還因為他曾經明確地談到過當年從事地下詩歌寫作的實際情形：

〔註47〕曾卓：《詩人的兩翼》，《曾卓文集》第三卷，長江文藝出版社 1994 年版，第 4～6 頁。

「人們可以命令我閉上眼睛，但無法禁止我夢想；可以收去紙筆，但不能禁止我默念。」〔註48〕然而，同樣是以夢想的形式表現對現實的超越，但不同的創作主體通常會從不同的精神向度來實現這種夢想的超越性。或者是積極的反抗現實，或者是消極的逃避現實。前者意味著掙脫「超我」的精神束縛，走向自我，後者則表現爲返回「本我」，悄然蛰進一個溫馨美好的心理避風港。在我看來，曾卓當年的地下詩作除了《懸崖邊的樹》等少數篇什是對當時現實的積極反抗之外，包括他的「情詩」和「兒童詩」在內的多數地下詩篇都暗中流露出了詩人對紅色中國社會現實的逃避心態。換句話說，對於當年身處政治逆境、精神瀕臨崩潰的曾卓而言，美好聖潔的「愛情」和無憂無慮的「童年」，實際上是將他從苦難的現實生活中拯救出來的兩大「夢想」（有一定的現實基礎，並非空穴來風），或者說是兩個精神烏托邦、兩個心理港灣。

問題在於，當年苦難中的詩人爲何單單就選擇了「愛情」和「童年」作爲自己一時的心理避風港呢？這其中的原因肯定是多方面的，但除了客觀的現實原因之外，詩人內在的心理動機也不應該被忽視。按照曾卓後來的說法，他當年從事地下詩歌寫作的原始心理動機主要可以歸結爲一種因遭人（集體）遺棄而滋生的「孤獨感」、「無助感」，甚至「絕望感」。他說：「現在當我重溫那些小詩時，當年的許多情景就浮現了出來。那種冰凍到內心深處的孤獨感，那種積壓在胸腔而不能出聲的長嘯，那種困在籠中受傷的野獸般的呻吟，那種在無望和絕望中期望，那些單調、寂寞的白日和慘淡的黃昏，那些無眠的長夜……在創作這些小詩的過程中，幫我打發了多少時間，使我的生活不至於那麼黯淡和空虛。通過她們，抒發了我積鬱的感情，有助於我內心的平靜。而且，她們安慰了我，激勵了我，支撐著我一天一天，一步一步，度過了漫長的災難的歲月。」〔註49〕由此不難推想，當年被主流社會政治秩序所無情放逐的詩人，實際上默默地承受著巨大的心理焦慮。

他渴望被重新接納，但這種可能性顯然非常渺茫，無奈之中，他發現了兩種補償性的心理替代品，即「童年」和「愛情」。於是，在關於「童年」和「愛情」的「夢想」中，也就是在一系列的「兒童詩」和「情詩」的寫作中，當年的詩人在苦難中獲得了巨大的心理慰藉。但問題是，說「愛情」能夠補

〔註48〕曾卓：《生命煉獄邊的小花》，《曾卓文集》第一卷，長江文藝出版社1994年版，第380頁。

〔註49〕曾卓：《生命煉獄邊的小花》，《曾卓文集》第一卷，長江文藝出版社1994年版，第380～381頁。

償詩人當年深深的孤獨感、無助感和絕望感還可以理解，而說「童年」也具有同樣的心理補償功能就有點讓人費解了。在我看來，當年的曾卓之所以鍾情於「兒童詩」和「情詩」的寫作，從深層的創作心理動機來看，二者之間並沒有本質上的不同，而是存在著同一性。具體來說，它們共同指向了詩人內心深處當年日漸復活了的戀母情結。因為無論是「兒童詩」所傳達的回歸童年的潛在願望，還是「情詩」所流露的迷戀母愛的隱秘心態，它們都表明了當年身處政治逆境的詩人，在一種深重的孤獨感、無助感和絕望感的驅使下，有意無意地選擇了退守「本我」，返回寬容博大的「母親」（一種童年時形成的潛在母親意象）懷抱的精神心理立場。

先看曾卓的「兒童詩」。與作者的「情詩」和「人之詩」相比，他的「兒童詩」在藝術性上明顯要低一些，因此也就經常被人們所忽視。但在晚年的曾卓看來，《給少年們的詩》「這一冊詩的完成超過了詩的好壞本身」。詩人「甚至不能想像怎樣能夠沒有它們」，因為「如果沒有它們，我的生活將要痛苦、暗淡得多」。對於當年的曾卓來說，這些「兒童詩」中「每一首詩的寫成在我都是極大的快樂，反覆地修改，無數次地默念著，這樣幫助我度過了許多寂寞、單調的白日、黃昏和黑夜」。據詩人回憶，當年在創作這些「兒童詩」的過程中，「我回想著我的童年時代，回想著我所知道的少年們的生活，努力培養詩的心境」，這一切為的是「使自己超越於痛苦之上」〔註50〕。不難想見，在當年置身政治逆境的曾卓的內心世界裏，記憶中的童年世界與眼前的現實世界之間形成了一種無形的對立，那是一種歡樂幸福與痛苦憂患之間的對立。詩人當時之所以迴避後者而迷戀前者，不過是企圖以已然遠去的、幸福的童年時光，來彌補自己現實生活中艱難困窘的政治境遇罷了。

從曾卓現存的十幾首「兒童詩」來看，除了《媽媽的眼淚》、《爺爺的手》和《我的小書櫥》等三首詩，採用直接回憶自己童年時代的形式而寫成之外，其餘的多數詩作都採用間接的方式書寫自己的童年時光。如《我將歌唱著》、《早安》、《我真想看看海》、《火車，火車，帶我去吧》、《哪個季節你最喜愛》、《珍惜》、《我是大夥兒中的一個》、《月亮，月亮，請你告訴我》、《呼喚》、《我有好多好朋友》等詩作，從表面上來看，它們書寫的都是共和國少年兒童的幸福生活，然而從這些詩作的潛文本中分明能夠發現，原來作者不過是藉此而悄然重返自己記憶中（理想中）幸福的童年生活。正如詩人在《我將歌唱

〔註50〕曾卓：《從詩想起的……》，《曾卓文集》第一卷，長江文藝出版社1994年版，第397～399頁。

著》中寫的那樣：「我的生活是這樣幸福，／有時候我希望美麗的時間留住：／我永遠是一個快樂的少年，／永遠背著書包上學校，／和同學們一道學習，／一道遊戲，一道鍛鍊，／一道在陽光下歌唱，到永遠……」從中不難體味到詩人當年渴望回歸童年，以避開充斥著「階級鬥爭」的現實世界的心理傾向。對於當年身陷囹圄的詩人來說，童年的生活就如同一場隔世的美夢，那個夢境中藏有詩人童年時種下的隱秘的戀母情結，即對母愛的深深迷戀，如今在自己最困難的日子裏，備感孤獨、無助與絕望的詩人不禁又在幻想中重返了由博大無私的母愛所籠罩著的幸福童年時光：

> 那個秋天我病了，／媽媽是多麼心焦。／她常常吻著我的前額試探熱度，／爲了照料我，她常常整夜不睡覺。／我一天天地好了／媽媽卻一天天地瘦了。／當我能夠起床後走到媽媽面前，／媽媽握著我的手，久久地看著我，／想說什麼，但又沒有說。／她的蒼白的臉上／凝結著一個幸福的微笑，／而我看到她的眼中／有著淚光閃耀。／／……／／當我回憶我幼小的時候／我永遠記得媽媽的溫暖的懷抱。／記得媽媽是怎樣輕輕地拍著我／又怎樣輕輕地哼唱著，引我入夢，／那歌聲是那樣地甜蜜、柔和、悠長。／現在我又將永遠不能遺忘／媽媽是怎樣默默微笑地看著我，／而她的眼中閃耀著晶瑩的淚光……（《媽媽的淚》）

　　在曾卓的記憶中，母親的愛是最令他難以忘懷的。在他四歲的那一年，追逐新潮的父親離家出走了，從此幼小的曾卓就只能夠與母親相依爲命。在《媽媽的淚》這首詩中出現的一幕幕溫馨的生活場景，我們在曾卓不同時期寫就的關於母親的文字中都不止一次地見到過，如寫於解放前的長詩《母親》、作於「文革」末期的散文《母親》，以及寫於「文革」後的散文《七星劍》和《幼小時的回憶》等等。如此看來，幼年時期，母親對他的慈愛與呵護，深深地鐫刻在了曾卓的心中，而且愈是在以後孤苦無依的災難歲月裏，曾卓就越發懷念自己的母親，懷念在母親的庇護下所度過的幸福童年時光。誠如詩人所說：「回顧幼年的生活，母親當然是縈繞在我心間的一個人。母親去世已經整整三十年了。這三十年來，特別是近二十年中，我的生活充滿了變換和波折，我也常在不同的情景中想起她。」〔註51〕引文中所說的「近二十年」，指的就是詩人當年因政治而受難的漫長歲月。

〔註51〕曾卓：《母親》（1974），《曾卓文集》第二卷，長江文藝出版社 1994 年版，第271 頁。

　　對於作爲詩人的曾卓來說，當他說自己在災難的歲月裏「常常在不同的情景中想起母親」的時候，我們可以將這句話理解爲：在曾卓當年的地下詩作中，他的母親的形象經常會出現在不同的詩歌情境裏。之所以這樣說，是因爲曾卓的那些充滿了「夢想」的地下詩篇幾乎都是詩人當年對「現實」進行折射的藝術結晶。對此，我們可以在曾卓的一篇著名詩論《詩人的兩翼》（1983）中得到印證。他說：「詩人是善於夢想的人。……夢想是現實生活打亂以後的再組織。夢想是現實的折光和反射。夢想是對現實的無意識的或潛意識的、甚至是有意識的『改裝』，但無論怎樣的夢想都不能超出人和人的生活世界的範圍。」〔註52〕曾卓的這種觀點無疑爲我們從深層心理學的角度解讀他的地下詩作提供了重要的佐證。在我看來，不僅僅是曾卓的「兒童詩」流露出了他潛意識中的戀母情結，甚至是在他的地下「情詩」中，我們同樣也可以窺見其中隱藏著詩人的戀母心理潛影。

　　在曾卓當年創作的地下「情詩」中，寫於1956年的《是誰呢？》非常重要。這不僅因爲它是詩人現存的第一首地下詩篇，而且還因爲它坦誠地宣泄了詩人當年初陷牢獄時的眞實心境。那是由於體驗到被人（集體）徹底遺棄，而在詩人心頭滋生的一種漫無盡頭的孤獨感、無助感和絕望感。受難中的詩人因此而迫切地期待著一種神聖高潔的情感，撫慰他那飽受創傷的心靈。不妨摘引全詩如下：

> 願用潔淨的泉水爲我沐浴的／是誰呢？／願用帶露的草葉醫治我的傷痛的／是誰呢？／在狂風暴雨的鞭打中，仍緊緊地握住我的手，願和我一同在泥濘中跋涉的／是誰呢？／當我在人群的沙漠中漂泊，感到饑渴困頓，而又無告無助，四顧茫然，願和我分食最後一片麵包，同飲最後一杯水的／是誰呢？／當我被釘在十字架上，受盡眾人的嘲笑和凌辱，而仍不捨棄我，用含著淚、充滿愛的眼凝望我，並爲我祝福的／是誰呢？

　　詩人在這首詩中以「被釘在十字架上」的耶穌自喻，他在受難的日子裏時刻幻想著那個博愛無邊的聖母瑪麗婭的出現，因爲只有母愛的神聖化身——聖母，才可能無私無畏地拯救這個無辜落難的聖嬰，即詩人自己。雖然聖母和聖嬰都是西方人集體無意識中的心理原型，但是這種母與子之間的關係模式應該是超越了西方文化的邊線的。有理由相信，在自幼便與母親相依爲命的

〔註52〕曾卓：《詩人的兩翼》，《曾卓文集》第三卷，長江文藝出版社1994年版，第4頁。

詩人曾卓的內心深處，潛存著一個神聖的母親意象。當年詩人在獄中不斷地召喚的那個人，就是他潛意識中的母親形象。只有她才「願用潔淨的泉水為我沐浴」，只有她才「願用帶露的草葉醫治我的傷痛」，只有她才願意無私地把自己「最後一片麵包」和「最後一杯水」奉獻給詩人，也只有她才能夠不管發生了任何事情，都始終「不捨棄我，用含著淚、充滿愛的眼凝望我，並為我祝福」。實際上，這種推測在前面曾經引用過的一首「兒童詩」《媽媽的淚》中很容易得到印證。詩人記憶中的母親是那樣的慈愛，無論是對病中的「我」，還是對平時的「我」，甚至是對頑皮的「我」，她都始終如一地、無私地付出著神聖的母愛。如果考慮到《媽媽的淚》和《是誰呢？》這兩首詩基本上都作於 1950 年代末詩人身陷囹圄的同一個特殊時期，我對詩人的深層心理所做出的推測就顯得更為合情合理。

　　然而，通常人們願意相信《是誰呢》僅僅是一首「愛情詩」，並將它和作者的另一些地下「情詩」相提並論，如《在我們共同唱過的歌中》、《雪》、《兩隻小船》、《有贈》、《我能給你的》、《感激》等。誠然，曾卓後來曾經明確地說過，上列的這些地下「情詩」中出現的「她」，都指的是當時和詩人一起共患難的妻子〔註 53〕。但是，如果我們相信在曾卓的地下「情詩」中隱含著「夢想」的成分（這也是詩人所樂於承認的），那麼就有理由做出如下更為符合實際情形的判斷：從詩人的意識層面來看，在這些地下「情詩」中出現的「她」指的是詩人現實中的「妻子」，但從詩人的潛意識層面來看，這些地下「情詩」中的「她」指涉的卻是詩人記憶或「夢想」中的「母親」。換句話說，當年的詩人在現實的「妻子」的身上無意識地看到了，或者說是領悟到了自己記憶中的「母親」的形象。這意味著這些地下「情詩」中，都隱藏著一個以「戀母」為心理旨趣的潛文本。

　　實際上，我們在這些地下「情詩」中所見到的「她」基本上是一個「賢妻良母」形象。對於受難中的「我」來說，「她」就是一個偉大神聖的母性拯救者。「她」是「我」唯一的精神支柱和最後的心理港灣。「在巨大的痛苦中我無言／而你親切的關懷常常使我落淚／／我在你關切的目光中大步向前／即使道路坎坷，遍地荊棘」（《感激》）。倘若沒有「她」，「我」將無法生存，「她」對「我」恩重如山，讓「我」終其一生也將無以為報。雖然「我也願獻出一

〔註 53〕參閱曾卓：《從詩想起的……》，第四部分，《曾卓文集》第一卷，長江文藝出版社 1994 年版，第 399～403 頁。

切／只要你要，只要我有」(《我能給你的》)，但對於苦難中的詩人來說，「我」
幾乎是一無所有，只能單方面地接受來自「她」的愛的甘霖，就像一個孤苦
無助的嬰兒，貪婪地吮吸著來自母親的愛的乳汁一樣。而「她」儼然就是歌
德在《浮士德》中所說的那種「永恒的女性」，以自己博大的母性情懷「引領
著」脆弱的詩人「飛升」。如果人們沿著上述思路和觀點，仔細體味下面這首
著名的紅色中國地下「情詩」——《有贈》，相信也會在這首「愛情詩」中解
讀出一個「戀母」的潛文本來：

> 我是從感情的沙漠上來的旅客，／我饑渴、勞累、困頓。／我
> 遠遠地就看到你窗前的光亮，／它在招引我——我的生命的燈。∥
> 我輕輕地叩門，如同心跳。／你為我開門。／你默默地凝望著我／
> (那閃耀著的是淚光麼？)∥你為我引路、掌著燈。／我懷著不安
> 的心情走進你潔淨的小屋，／我赤著腳走得很慢很輕，／但每一步
> 還是留下了灰土和血印。∥你讓我在舒適的靠椅上坐下。／你微現
> 慌張地為我倒茶，送水。／我眯著眼，因為不能習慣光亮／也不能
> 習慣你母親般溫存的眼睛。∥我的行囊很小，／但我背負著的束西
> 卻很重，很重，／你看我的頭髮斑白了，背脊傴僂了，／雖然我還
> 很年輕。∥一捧水就可以解救我的口渴，／一口酒就使我醉了，／
> 一點溫暖就使我全身灼熱，／那麼，我能有力量承擔你如此的好意
> 和溫情麼？∥我全身顫慄，當你的手輕輕地握住我的。／我忍不住
> 啜泣，當你的眼淚滴在我的手背。／你願這樣握著我的手走向人生
> 的長途麼？／你敢這樣握著我的手穿過蔑視的人群麼？∥在一瞬間
> 閃過了我的一生，／這神聖的時刻是結束也是開始。／一切過去的
> 已經過去，終於過去了，／你給了我力量、勇氣和信心。∥你的含
> 淚微笑著的眼睛是一座煉獄。／你的晶瑩的淚光焚冶著我的靈魂。
> ／我將在彩雲般的烈焰中飛騰，／口中噴出痛苦而又歡樂的歌聲。

單從這首詩的顯文本來看，詩中的「我」和「你」之間似乎是一種戀人
關係，然而，如果深入到這首詩的潛文本中即可發現，詩中的「我」和「你」
之間存在著一種隱含的「母子關係」。一開始，詩中出現的男性的「我」就給
人一個「遊子」(「旅客」)的印象。「我是從感情的沙漠上來的旅客，／我饑
渴、勞累、困頓。」顯然，「我」身心俱疲，從肉體到靈魂都處於一種極度匱
乏的狀態。「我」就像一個嗷嗷待哺的孩子，焦急地尋找著母愛的懷抱。這時，

「我」朦朧中看見了一個歌德所謂「永恆的女性」的身影，她「在招引我」，就像「我的生命的燈」。「我」情不自禁地向她奔去。她就像一個時刻牽掛著流浪天涯的「遊子」的「慈母」一樣「爲我開門」，「爲我引路、掌著燈」。在她那神聖「潔淨的小屋」裏，「我」終於享受到了渴盼已久的母愛的溫存：「你讓我在舒適的靠椅上坐下。／你微現慌張地爲我倒茶、送水。／我眯著眼，因爲不能習慣光亮／也不能習慣你母親般溫存的眼睛。」

在內心深處，「我」從她的悉心關愛中體驗到的分明是一種「母親般的溫存」，對此，已成年的「我」（詩人自己）似乎欲說還休，「猶抱琵琶半遮面」。在潛意識中，這種母愛的照拂其實正是孤苦無助的「我」所需要的，然而在理智上，「我」又不願以脆弱的「嬰兒」自居，因此只能以「不能習慣」爲由，對她施與的那份母愛表示有意無意的迴避。看來，在這首情詩中「母親」的出現不是偶然的，不是所謂「筆誤」，即使是不經意的「筆誤」，那麼其中也還是隱含了無意識的心理動機〔註 54〕。從深層心理學的角度來看，這種語言中的故意否認行爲，其實暗中傳達的恰恰是一種肯定的心理意圖。詩中的「我」愈是否認或迴避著自己的嬰兒身份和她的母性身份，就愈發反證著這兩種隱含身份的真實性。難道不是的麼？在無私、寬容和博愛的她的面前，「我能有力量承擔你如此的好意和溫情麼？」如果沒有「你給了我力量、勇氣和信心」，「我」還能夠「在彩雲般的烈焰中飛騰麼？」換句話說，如果沒有這位「永恆的女性」的「引領」，脆弱的「我」能夠最終在精神上獲得「飛升」麼？答案無疑都是否定的，這就像一個嬰兒永遠也無法報答他母親的養育之恩一樣。

在母親面前，嬰兒永遠都是愛的接受者，而母親則是永恆的付出者。在《有贈》這首地下「情詩」中，「我」在很大程度上就是一個「嬰兒」，而「你」則是一位偉大聖潔的「母親」。由此不難看出，《有贈》這首詩可以說是對《是誰呢？》的回答。因爲詩人在《是誰呢？》中呼喚的那個偉大的聖母終於在這首詩中現身了。她用「一捧水」就「解救我的口渴」，拿「一口酒就使我醉了」，給「一點溫暖就使我全身灼熱」，更重要的是，她還「敢握著我的手穿過蔑視的人群」。這一切難道不正是《是誰呢？》中忍辱受難的聖嬰所深深渴望著的麼？

不僅如此，有意味的是，在《有贈》、《是誰呢？》和《媽媽的淚》這三

〔註 54〕弗洛伊德：《日常生活的精神病理學》，國際文化出版公司 2000 年版，第 120
　　　～122 頁。

首詩中，反覆地出現著同一個滿眼含淚的女性形象。這個女性人物在《媽媽的淚》中非常明確地是指詩人的母親，全詩共四節，前三節均以「而我看見她的眼中／有著淚光閃耀」作結，最後一節的結句是「媽媽是怎樣默默微笑地看著我／而她的眼中閃耀著晶瑩的淚光」。而在《是誰呢？》中，那個「用含著淚、充滿愛的眼凝視我」的「聖母」潛在地指向了詩人潛意識中的母親意象，對此在前面已作過說明。令人驚訝的是，在《有贈》中，我們再一次讀到了相似的詩句和相同的意境：「你默默地凝望著我／（那閃耀著的是淚光麼？）」；「你的含淚的微笑著的眼睛是一座煉獄。／你的晶瑩的淚光焚冶著我的靈魂」。這種重複應該不是巧合。它的出現只能意味著，《有贈》中的女性人物（「你」）與《媽媽的淚》中的母親，以及《是誰呢？》中的聖母具有心理原型上的同一性。「你」在意識層面上指的是詩人現實中的「妻子」，而在潛意識中卻指向了詩人記憶中的「母親」。這就再一次地證明了，關於當年的曾卓在其潛意識中埋藏著戀母情結的推斷並非虛言，因為他的戀母心理潛影在其地下詩作中頻頻現形。

實際上，在當年為數並不太多的地下詩人中，流沙河和食指在一定程度上也和曾卓一樣具有那種逃避性的戀母心態。只不過和曾卓相比，流沙河和食指在地下「情詩」中所表現出來的戀母情結沒有曾卓那麼明顯和強烈罷了。先說流沙河。流沙河的童年生活與曾卓很是相似。在童年時他們都有一位極其疼愛他們的母親。流沙河在其《自傳》中說：「我是母親的長子，倍受寵愛。……自幼體弱多病，怯生，赧顏，口吃。……四歲已認完一盒字方（正面是字，背面是圖，看圖識字），都是母親教的。」〔註55〕從這簡短的記述中我們已經不難體味幼年怯弱的流沙河對母親的深深依戀。母親既是他童年時的心理避風港，又是他以後走上文學道路的啓蒙教師，在這一點上，流沙河和曾卓的童年並沒有什麼不同，而且孫犁的童年也與他們的童年基本上相似。如此看來，一個作家在童年時期從他母親那裏所得到的強烈的母愛，往往會影響他成年後的文學創作。這種影響當然是多方面的，這裏只想指出一點：這類作家一旦在生活中遭遇到沉重的挫折，或者是經受到外界強大的壓抑，他們往往會有意無意地在生活方式和寫作方式上採取一種逃避性的精神心理立場。從具體的創作實踐來看，他們常常習慣於在特定的文學作品中或隱或顯地表示出對那種「賢妻良母」型女性人物形象的偏愛。孫犁是如此，

〔註55〕流沙河：《流沙河自傳》，《流沙河詩集》，上海文藝出版社1982年版，第2頁。

曾卓是如此，流沙河也是如此。在很大程度上，他們都在自己筆下的女性人物身上投射了自己潛意識中的母親意象，從而暗中傳達了他們逃避現實、回歸童年、返回母親懷抱，以此獲得足夠的心理安全感的隱秘欲望。這也可以理解爲，雖然他們在童年時期業已形成的戀母情結隨著年歲的增長逐漸被壓抑了在潛意識中，但是在成年後的人生經歷中，一旦遇上適當的心理契機，如像曾卓和流沙河那樣遭遇到嚴酷的政治打擊，他們始自童年的、潛伏已久的戀母情結就有可能集中地凸顯出來，從而在特定的文學作品中出現弗洛伊德所說的那種「被壓抑物的無意識回歸」的現象。

　　同樣是詩人，而且具有基本相同的童年經歷，甚至在遭遇到沉重的政治災難後又都遇上了一位甘願與他們共患難的賢惠妻子，這就難怪流沙河的地下「情詩」與曾卓的地下「情詩」之間有著本質上的相同之處。在這些情詩的顯文本中出現的妻子形象，在潛文本中實際上都指向了詩人潛意識中的母親意象。從流沙河現存的幾首「地下情詩」來看，如《情詩六首》、《故鄉》、《夢西安》、《七夕結婚》等，詩中的妻子形象基本上都是以母性的載體而出現的。這種母性主要表現爲：妻子以女性的柔弱之軀，對落難的男性詩人單方面地給予了博大無私的關愛，可謂既不計利害，也不計回報。這種忘我無私的特徵正是母愛的精髓。在傳統的觀念中，這種忘我無私的「母愛一直被看作是愛情的最高形式和最神聖的感情聯繫」〔註 56〕。然而，母愛和現代意義上的愛情畢竟有著本質上的區別。弗洛姆說「母愛是對需要幫助的人的愛」〔註 57〕，這意味著母愛是一種單向度的愛，因爲母親與嬰兒之間的關係是不平等的，嬰兒是柔弱無助的，他僅僅是「本我」的化身，他還沒有自我，因此他只能依附於母親的懷抱去獲得足夠的心理安全感。而眞正的愛情是一種男女兩性之間雙向互動的情愛，雙方都不會因爲喜愛對方而失去了各自的自我，因此雙方之間在自我人格上應該是平等的，不存在一方依附於另一方的「非人」現象。然而在現實生活中，即使是對於成年人來說，母愛畢竟也還是一種極具誘惑力的情感，特別是當他們陷入一種極度孤獨無依的境遇中時，他們在無意識中對母愛的需求會更加強烈，但這一切通常卻以「愛情」的名義得到變相的心理滿足。對於當年的落難詩人流沙河來說，情形正是如此。

〔註 56〕弗洛姆：《愛的藝術》，商務印書館 1987 年版，第 37 頁。
〔註 57〕弗羅姆：《愛的藝術》，商務印書館 1987 年版，第 38 頁。

　　從《夢西安》一詩中我們知道，正是在詩人當年因詩獲罪，正在等待政治宣判的日子裏，他在西安和後來與他患難與共的妻子萍水相逢了。當時的詩人「滿眼惶惑，眉間鎖著幽怨」，「登驪山我高頌《詠懷五百字》，／臨渭水我低吟『落葉滿長安』，他就像一個無家可歸的孩子一樣孤獨痛苦地四處徘徊。這時候，「一位少女含笑走到我的面前」，無私地給了詩人當時亟需的感情慰藉。她就是詩人後來的妻子。對於當年孤苦無告的詩人來說，這位善良純潔的少女簡直是上蒼賜予他的禮物。可以說，她就是當時的另一位地下詩人曾卓在監獄中所深情呼喚的那位博愛無邊的「聖母」（《是誰呢？》）。她是那樣的美麗純潔、善良無私，為了拯救和庇護落難中的詩人，甘心付出自己的一切。以至於受難中的詩人不得不這樣善意地提醒她注意：「你要好好愛你自己／因為你是一個奇迹／從溷濁的池水中生長出來／不沾染半點污泥／你是一朵潔白的荷花／孤單單照影在秋塘裏／你有一顆太純潔的心／使你忘卻自己的美麗。」（《情詩六首》之五）顯然，在詩人的眼中，她就是一尊偉大聖潔的「女神」。當然，準確地說，她應該是詩人潛意識中的「大母神」的現實化身。在以後接踵而至的政治災難中，正是無辜的她一直無怨無悔地陪伴著詩人「飽嘗人世的辛酸」和「屈辱」，「在風霜裏褪盡紅顏」。（《夢西安》）她以其博大無私的母性情懷為受難中的詩人提供了一片溫馨的心靈避風港。在她的勤儉操持下，我們可憐的詩人才終於「有一個家／一個雀巢一樣的／光明溫暖的／小小小小的家」。「早晨你送我出門／傍晚你等我回家」。她就像一個慈母牽掛著自己的孩子一樣牽掛著寂寞無助的「我」。她就是「我」最後的心理歸宿和精神故鄉。她陪「我」「在燈下讀書／在窗前望月／在枕邊談笑／在夢中聽屋上的風雨／和鄰家的雞啼」，這一切為的是「讓塵世的紛爭遺忘我們／讓歲月在門外悄悄地走過」。（《情詩六首》之六）從這樣的詩句中，我們不難發現戀母心理對當時落難的詩人所具有的逃避現實的意味。

　　對於和自己曾經患難與共的「賢妻」（「良母」），流沙河似乎在內心深處充滿了神聖的感恩之情。1980 年，政治上平反後不久的詩人抑制不住內心的激動，寫下了一首長達一百四十行的長詩《妻頌》。其中，詩人歷數妻子二十年來對自己的無私關愛，情真意切、感人肺腑。這實際上是一首母性的頌歌。它是對詩人當年的地下「情詩」的重要補充和深發，因此有助於我們更加全面而深入地理解流沙河當年的戀母心態。鑒於此，不妨從《妻頌》中摘抄部分詩行如下，以資佐證：

　　……應該怎樣答謝你的厚愛／愛你直到結束我的生命／／愛你當年到處尋訪我的下落／愛你街頭遇我頓時又喜又驚／／愛你如晚山籠霧的眉毛／愛你如明湖映月的眼睛／／……愛你一身素淨不穿花色／愛你一頭亮髮剪齊耳根／／愛你拋棄了可羨的榮華富貴／愛你選擇了可怕的寂寞清貧／／愛你為愛我而丟掉飯碗／愛你為愛我而甘當賤民／愛你沒有嫁妝只有舊衣舊物／愛你陪我流放遷來小小鄉鎮／愛你被勢利的女友罵作頭腦發昏／愛你冬夜偎熱我冰冷的腳／愛你夏夜扇涼我汗浹的身／／愛你倚門等我收工回來／愛你夢中呼喚我的小名／／愛你對極左政治不抱幻想／愛你嘲弄抄家者夜半敲門／／愛你與貧叟賤婦結下深深友誼／愛你平分飯菜給逃荒的難民／／愛你給我準備專治打傷的藥酒／愛你瘋狂地撲向打我的人／／愛你大鬧長街逼得打手丟下棍棒／愛你嚶嚶的哭訴感動了鄉民／愛你背負嬰兒還被拉去陪鬥／愛你挨鬥回來一枕香夢酣沈／／愛你挽著籃牽著兒給我送牢飯／愛你拭著淚抱著被接我出牢門／愛你回娘家偷偷為我弄回美食／愛你為了我厚著臉皮求告醫生／／愛你一碟鹹菜嚼得津津有味／愛你不眼紅鄰居的海味三珍／／愛你一件棉襖翻了多少次／愛你縫縫補補斷了多少針／／愛你在市場上紅著臉討價還價／愛你在院牆裏種蔬菜一片青青／／愛你不顧面子給人當保姆／愛你不讓我知道錢已用盡／／……愛你不同於世俗的榮辱觀念／愛你亮晶晶的一顆芳心／／愛你遠道趕回家告訴我好消息／愛你流著淚迎接這明朗的早晨／／愛你鬢邊飛來一莖白髮／愛你為我嘗夠了人世的酸辛／／願來世你作丈夫我做你的妻子／願我能給你希望給你無限柔情／……

　　關於流沙河當年的戀母情結或曰母性崇拜，還能說什麼呢？這一切在長長的《妻頌》中詩人彷彿已經給說盡了。那就再看另一位著名地下詩人——人稱「文革中新詩歌運動第一人」的食指（郭路生）。食指是一個內心非常矛盾的詩人。在他現存的地下詩作中，我們既可以發現詩人站在話語屈從立場上寫作的那種主流革命抒情詩，也可以看到詩人站在話語反抗立場上寫作的「人之詩」，與此同時，還可以見到詩人在屈從與反抗這兩種話語立場之間遊移不定的不少詩作，這意味著當年的食指經常痛苦地在集體化的「超我」與個人化的「自我」之間徘徊。

　　需要進一步指出的是，在當年食指的文化人格心理結構中，詩人的「本

我」同樣蘊藏著強大的心理能量，這使得他的部分詩作中表現出較爲明顯的逃避現實的心理傾向，而母愛則是他逃離嚴酷的社會現實生活的潛在心理歸宿。與流沙河和曾卓一樣，童年的食指也沐浴過母愛的無盡恩澤，成年後的他同樣也對母親始終懷有一種神聖虔誠的感恩之情。這在食指寫於 1993 年的一首詩《給媽媽》中有著強烈的表現。詩中寫道：「媽媽，你的恩澤／是兒心上的太陽／／兒時膽怯地邁出第一步／是因爲有您在兒的身旁／現已知，道路坎坷漫長／人世間兒卻敢闊步闖蕩／／您做的儉樸的家鄉飯菜／給了兒豐富的精神營養／幾十塊布頭縫成的尿墊／兒不敢造次定終生不忘／／您經常吟唱的古文『祭十二郎』／竟叫兒不自覺地合拍擊掌／懂得了中國語言的韻律／兒這才步入了藝術的殿堂／／媽媽，您的恩澤／是兒頭頂的太陽。」從這首詩中我們不難體味到童年時的食指對母親的深深依戀。

這種心理依戀的存在促使成年後的食指對童年時代與母親相關的一些生活細節仍然記憶猶新。其中最著名的就是詩人在《這是四點零八分的北京》（1968）中寫到的那個細節：「我的心驟然一陣疼痛，一定是／媽媽綴扣子的針線穿透了心胸／這時，我的心變成了一隻風箏／風箏的線繩就在媽媽的手中」。據詩人回憶：「小時候我有一個極深刻的印象，媽媽給我綴扣子時，我們總是穿著衣服。一針一線地綴好了扣子，媽媽就把頭俯在我的胸前，把線咬斷。」〔註58〕可以想像，在食指的潛意識中，成年後的他仍然幻想著能夠繼續維持童年時與母親之間的那種人身依附關係，即像一個嬰兒（胎兒）一樣附著在母體上，獲得一種心理安全感。在這個意義上，詩人記憶中「媽媽綴扣子的針線」其實象徵著維繫他與母親之間二位一體的血緣臍帶，或曰精神紐帶。所以當詩人 1968 年離開故鄉北京去山西插隊時，在火車開動的那一瞬間，他突然意識到，從此他與母親之間的那根心理臍帶有了斷裂的危險。他不禁內心感到「驟然一陣疼痛」，因爲在「我」（「風箏」）與媽媽之間，「線繩繃得太緊了，就要扯斷了」。情急之中，詩人無奈地「再次向北京揮動手臂／想一把抓住她的衣領／然後對她親熱地叫喊：／永遠記住我，媽媽啊北京」。顯然，在當年的食指心中，媽媽就是北京，就是自己的精神故鄉，而且是「我的最後的北京」，即他的最後的心理歸宿。從這一點來看，在食指的這首著名地下詩作中，雖然詩人已經暫時擺脫了政治化「超我」人格的

〔註58〕郭路生：《寫作點滴》，《沉淪的聖殿》，新疆青少年出版社 1999 年版，第 59 頁。

羈絆，但是詩人獨立的自我人格其實還未出現，浮出水面的僅僅是詩人的「本我」，它具有回歸童年、返回母腹、逃避現實的深層心理傾向。

除了《這是四點零八分的北京》外，食指在「文革」初期還曾寫過兩首題名爲《書簡》的詩，從中我們同樣也可以解讀出詩人當年潛在的戀母心態。據食指當年的摯友李恒久回憶，這兩首詩「是有感於朋友們的不幸而作」，因爲當時（1968年夏）詩人的「兩個朋友因爲政治問題都被抓走了」，而且「『上邊』已經派人到他父親的單位和他學校的『革委會』去調查過他」。李恒久至今還記得當時食指在他面前「緩緩地、無力地背誦」這兩首詩的樣子：「他的眼淚不斷地滴落，直至他泣不成聲……」〔註59〕當年的詩人爲什麼如此傷感和痛苦呢？原來他是從一幅關於俄國十二月黨人的繪畫中聯想到了自己的現實命運。在《書簡》（一）前有一個題記：「這首詩爲一幅畫像而作，畫像是十二月黨人之妻在丈夫臨服苦役前送別時送給她愛人的。」令人驚異的是，其時不滿二十歲的詩人已經開始以被流放的「政治犯」自居，並且幻想著一位能夠和他將來患難與共的「賢妻（良母）」的出現。這意味著當時年輕的詩人在心理上是脆弱的，他在內心深處渴望著有一個可供他心靈休憩的「母愛」的港灣。所以，當詩人寫下「這張畫像畫得眞好／不是指你美麗的容顏／而是指你聖潔的心地」這樣的詩句時，他分明是在畫中「美麗聖潔」的「十二月黨人之妻」的形象中看到了自己理想中的「賢妻（良母）」的影子，或者說，他是把自己潛意識中的母親意象有意無意地投射到畫中聖潔博愛的「十二黨人之妻」的身上去了。顯然，詩人當年極度渴望的是一種單向的母愛，而不是雙向平等的愛情。從這個意義上看，《書簡》（一）和（二）在表面上雖然是兩首「愛情詩」，但在它們的潛文本中卻隱藏著「戀母」的深層主題。

然而，食指以後的情感經歷表明，他沒有當年的流沙河和曾卓幸運，那兩位前輩詩人各自在其艱難的歲月裏遇到了自己夢想中的「賢妻（良母）」，而食指的夢中「女神」（「大母神」）卻始終沒有在他的現實生活中出現。現實中的食指在愛情上是不幸的，如在《還是乾脆忘掉她吧》（1968）、《難道愛神是……》（1968）等詩中，詩人曾經明確地宣泄過自己無法尋找到夢中「女神」的痛苦。在前一首詩中，詩人甚至將自己比喻爲一個漂泊無依的情感「乞丐」，由於「尋不到人世的溫存」，他只能把「眼淚」當成「最貼心的

〔註59〕李恒久：《路生與我》，《沉淪的聖殿》，新疆青少年出版社1999年版，第80～84頁。

愛人」，把「幻想」當成「最迷人的愛人」，把「繆斯」當成「最漂亮的愛人」。然而，「眼淚幻想啊終將竭盡／繆斯也將眠於荒墳」，詩人「清楚地看到未來／漂泊才是命運的女神」。沒有了「永恒的女性」的「引導」，在精神上上下求索的食指，這個紅色中國的青年浮士德，他的靈魂也就無法獲得真正的「飛升」，只能漫無目標地四處漂泊，及至瀕臨崩潰的邊緣。

　　1972 年，年僅 24 歲的詩人食指終於陷入了瘋狂。那一年，正在部隊服役的食指只寫了一首詩：《吹向母親身邊的海風》。如果我們剝離這首詩的革命外殼，那麼不難發現，這實際上是一首曲折地宣泄了詩人內心深處戀母情結的詩篇。由於無法在現實的愛情世界中順利地尋找到潛意識中母親意象的替代品，於是，如同當年遠赴山西插隊時，詩人胸中驀然湧起了對母親的無限眷戀一樣，如今在高度規範化的紅色軍營中，孤獨無依的詩人再一次抑制不住表達對母親的深深思念。食指其實是「身在曹營，心存魏闕」，這「魏闕」就是詩人無意識中母親的懷抱，詩人幻想著能夠像童年時一樣盡情地享受母愛的無盡恩澤，以此逃避那個充滿了階級暴力、散發著殘酷血腥氣的歷史時代。

　　然而，現實是如此地讓人難以逃避，個體的詩人要麼屈從於現實，淪為現實的奴僕，要麼就反抗現實，成為現實的主人。當然，更多的可能則是，對於當年的紅色中國詩人食指而言，他的內心世界裏充滿了巨大的心理衝突，他既幻想著逃離現實，也希冀著反抗現實，但在不經意間他又常常滑入了屈從現實的心理陷阱。換句話說，食指的文化人格心理結構發生了嚴重的分裂，有時候他的「本我」佔據了主導的心理地位，這時他便不自覺地流露出渴望回歸童年、返回母愛懷抱的精神心理傾向，有時候又是他的「超我」壟斷了他的整個文化人格心理結構，這時他又表現出強烈的認同主流政治意識形態，從而皈依權威的紅色中國文化秩序的精神心理傾向。

　　於是我們發現，從 1969 年到 1971 年，也就是從食指正式落戶山西杏花村時起，到他在山東濟寧入伍期間，詩人集中創作了大量的主流革命詩歌，如《農村「十·一」抒情》、《楊家川——寫給為建設大寨縣貢獻力量的女青年》、《我們這一代》、《南京長江大橋》、《新兵》、《瀾滄江，湄公河》、《架設兵之歌》等。這意味著在這一段時期，食指的政治化「超我」人格得到了極大的張揚，他的被壓抑的自我則已經被「超我」所異化，幾乎喪失了精神反抗的力量，而他的「本我」也被日漸強大的「超我」驅逐回了潛意識域中，

也就是說，他再也無意逃避現實、返回母腹了。一旦他的「本我」重新開始蘇醒，母愛的溫情再一次勾起了他對童年生活的美好回憶和深深依戀時，詩人的內心世界便又重新陷入了新一輪的心理衝突，即在私人化的「本我」和集體化「超我」之間進行兩難的精神掙扎。不過這一次的心理衝突所釀成的心理焦慮顯然是過量了，所以在 1972 年，詩人終於第一次患上了精神分裂症。那一年，食指只寫了《吹向母親身邊的海風》這唯一的一首詩，從此食指沉默了，他的詩歌寫作陷入失語狀態，直到「文革」結束的那一年他才又重新拿起了手中的詩筆。

　　食指為什麼在 1972 年患上了精神分裂症，這是一個耐人尋味的話題。然而長期以來，人們習慣於從單純的社會學視角來探討食指瘋癲的原因。據林莽的統計，「一說，『文革』的極左思潮影響到部隊，他內心的理想與現實發生了極大的衝突；二說，入黨外調，學校檔案裏有『文革』初期他因寫詩而被審查的材料，後被說成『5‧16』嫌疑；三說，詩人戀愛受挫……總之，詩人敏銳的精神已無法承受來自四面八方的壓力，因而跌倒在社會生活的塵埃中。」〔註60〕不難看出，前兩種原因是社會政治性的，而後一種原因是私人性的。雖然它們都有可能作為某種外在的心理觸媒誘發食指內在的精神疾病，在這個意義上它們也許都是不可或缺的，然而，真正導致當年的食指患上精神分裂症的根本原因也許在於，他內在的文化人格心理結構發生了嚴重分裂。

　　雖然食指曾經寫過不少流露出逃離現實、回歸母腹的詩篇，但他並不是一個一味地沉湎於母愛避風港的詩人，和大多數紅色中國主流詩人一樣，他也曾希望自己能夠超越於「小我」／「本我」之上，皈依於「大我」／「超我」，做主流政治話語的傳聲筒。如在《在你出發的時候》（1968）一詩中，詩人先是寫道：「解開情感的纜繩／告別母愛的港口／要向人生索取／不向命運乞求」；接著又說：「紅旗就是船帆／太陽就是舵手／請把我的話兒／永遠記在心頭。」這意味著，此時的詩人剛剛擺脫了「本我」的情感羈絆，接著卻又不經意間迷失在「超我」的精神陷阱之中。換句話說，詩人是從一種話語立場轉向了另一種話語立場，即從疏離轉向了屈從或認同。然而，食指畢竟是一個充滿了靈感的詩人，他無法容忍自己長期在一種喪失自我人格的精

〔註60〕林莽：《食指（郭路生）年表》，《食指的詩》附錄，人民文學出版社 2000 年版，第 205 頁。

神心理狀態下，像一個「空心人」一樣生活和寫作，他竭力地尋找著那個已經被政治化的「超我」日漸淹沒的真實自我人格。所以我們看到，食指在經過一陣狂熱的革命政治抒情詩的寫作之後，陷入了沉默，他開始走上了精神上痛苦的自我蛻變和自我救贖之路，而瘋狂就是他回歸自我，拯救自己靈魂的特殊方式。

這正如食指後來在接受人採訪時所說，「瘋了倒好了」，因為「瘋了就可以面對命運。（而面對命運也就是面對自身。）要不面對命運就壞了。……革命詩在我也走過一段，就像這本集子裏的《南京長江大橋》、《我們這一代》。寫這種詩比較苦惱。不寫自己，都是外在的」。〔註61〕這說明當年的食指是在企圖反抗「超我」壓抑的精神心理狀態下陷入瘋狂的，雖然此時的他仍然對「本我」及其心理指歸──母愛──懷有一份特別的心理留戀，但是他最渴望尋找到的無疑還是詩人的真實自我，它本質上是一個具有獨立人格和自由意志的精神實體。其實早在食指的詩歌創作早期（1965～1968），詩人的自我便已經開始覺醒，如在《命運》（1967）、《寒風》（1968）、《靈魂》（1968）等部分詩章中，人們分明能夠辨認出一個雖然還有些脆弱感傷，但卻顯得孤獨而又倔強的生命個體形象。然而，在隨後的革命抒情詩的寫作階段（1969～1971）中，詩人剛剛蘇醒的自我又被強大的政治化「超我」給淹沒了。為了重新面對自我，即食指所謂「面對命運」和「面對自身」，詩人終於陷入瘋狂狀態。待到詩人「文革」後再一次提筆寫詩時，他已經基本上躍入了一個更加高遠的精神境界。從食指在「文革」後創作的大部分詩歌名篇中，如《瘋狗》、《熱愛命運》、《憤怒》、《向青春告別》、《人生舞臺》、《歸宿》、《詩人的桂冠》等等，我們發現食指的自我基本上建立了起來，雖然在這一時期詩人的「本我」仍然在不時地誘惑著他（如《田間休息》、《給媽媽》等詩），但畢竟早年的政治化「超我」已經煙消雲散了。

以上分析了食指的戀母心態，並附帶剖析了食指當年的內心衝突。正如前面曾經說過的那樣，文化意義上的戀母情結不僅僅在個體無意識的層面上表現為對母愛的迷戀（母性崇拜），它還在集體無意識的層面上表現為對大地的回歸（自然崇拜）。顯然，前面在分析曾卓、流沙河和食指這三位地下詩人的戀母情結時主要是從母性崇拜的角度來闡述的。這當然並不意味著在他們

〔註61〕崔衛平：《詩神眷顧受苦的人》，《沉淪的聖殿》，新疆青少年出版社 1999 年版，第 85 頁。

的地下詩篇中就沒有流露自然崇拜或大地崇拜的心理迹象，而是說，和接下來要分析的芒克和顧城這兩位更年輕的地下詩人相比，他們的母性崇拜心理顯然佔據著主導地位，而對於「文革」中的芒克和顧城來說，他們的自然（大地）崇拜心理則在其地下詩歌文本中表現得更爲強烈和集中一些。

　　先看芒克。作爲白洋淀詩壇「三劍客」之一，芒克的詩風以自然見長，這與根子的獰厲和多多的冷峻判然有別。雖然芒克當年也曾寫過像《天空》（1973）那樣具有反抗意味的詩篇，但從總體的精神心理傾向上來看，芒克的大部分地下詩作是詩人站在話語疏離立場上寫作的產物。如同他的綽號「猴子」一樣，芒克（Monkey）對大自然似乎更加鍾愛，而對根子和多多當時熱衷的現實批判和政治批判沒有多大的興趣。多多曾說芒克是一個「自然詩人」，又說他是「一個大自然之子」，因爲「他詩中的『我』是從不穿衣服的、肉感的、野性的，他所要表達的不是結論而是迷失」。〔註 62〕對於多多的這一評價，另一位昔日的白洋淀詩人宋海泉在表示贊同的同時又進一步指出：「決不可把這裏所說的『自然』理解成爲與人相對立的自然，『自然詩人』也可以理解爲謝靈運一類的山水詩人。這裏所說的『自然』，乃是沒有被社會所扭曲的自然的人，野性的人。他直接面對人的最自然的本質，抗議對這種自然天性的扭曲。」不僅如此，宋海泉還對芒克的形象做出過這樣詩意化的描述：「是的，猴子他有極其敏銳的詩的感覺，就像晨光中的一個大孩子，世界對他來說永遠是新奇的、鮮活的。猴子來到這個世界上，不過是爲了摘採已然成熟的詩的果實而已。」〔註 63〕顯然，在當年的眾詩友眼中，芒克是一個「從自然中來，到自然中去」的赤子形象（「大孩子」）。大自然就是他的母親，在母親的懷抱裏，他可以「復歸於嬰兒」（老子語），赤裸裸地「不穿衣服」，把自己最「肉感和野性」的「本我」人格無拘無束地投射出來。芒克彷彿是一隻迷失在大自然裏的人間靈猴，他與大自然一同呼吸，和著大自然的脈搏一起跳動。大自然的色澤、聲響和靈性在芒克的詩筆下總是生機盎然地流瀉了出來。因此，在芒克當年的地下詩作中，人們固然見不到詩人的政治化「超我」的身影，但與此同時也很少能發現詩人的個體化的自我形象，倒是詩人的那個潛在地回歸自然、執意撲向大地母親懷抱的「本我」顯

〔註 62〕　多多：《被埋葬的中國詩人》，《沉淪的聖殿》，新疆青少年出版社 1999 年版，第 199 頁。

〔註 63〕　宋海泉：《白洋淀瑣憶》，《沉淪的聖殿》，新疆青少年出版社 1999 年版，第 258 頁。

得隨處可見。

　　在芒克的大多數地下詩作中，人（「我」）與自然的關係是和諧的、同一的。如在《路上的月亮》（1973）一詩中，詩人寫道：「月亮陪著我回家。／要把她帶到將來的日子裏去！／一路靜悄悄。……月亮獨自在荒野上飄。／它是什麼時候失掉的，／我一點兒也不知道。」不難看出，此詩中的「我」已經與大自然融為了一體，構成了一個靜謐安寧的「無我之境」。再如《秋天》（1973）一詩中，詩人描畫了這樣的兩幅生活圖景：「在這開花的季節，／孩子們總要到田野裏去做客。／他們的歡樂／陪伴著播種者／走進這收割的季節。／啊！秋天。／我沒有認錯，／你就是開花的季節！……啊！秋天／你隱藏著多少顏色？／黃昏，是姑娘們浴後的毛巾。／水波，戲弄著姑娘們的羞怯。／夜，在瘋狂地和女人糾纏。／秋天，／秋天不遜色！」顯然，無論是詩中「到田野裏去做客」的孩子們，還是在秋日的黃昏中沐浴在水中的姑娘們，他們都與「秋天」，也就是大自然之間契合無間。不僅如此，連詩人自己也加入了他們的行列，所以詩中出現了這樣的句子：「秋天，／我的生日過去了。／你沒有留下別的，／也沒有留下我。／秋天，／果子熟了，／這紅色的血！」這意味著，隨著「秋天」的來臨，「我」已經在不知不覺中變成了「秋天」的一部分，也就是所謂「自然之子」。

　　這裏值得特別提到的還有組詩《十月的獻詩》（1974）。在這一組別致的短詩叢中，芒克把自己渴望回歸自然的潛在心態表現得淋漓盡致。詩人這樣代「莊稼」立言：「秋天悄悄地來到我的臉上，／我成熟了。」這樣將「勞動」擬人化：「我將和所有的馬車一道／把太陽拉進麥田——」。這樣禮贊「果實」（太陽）：「多麼可愛的孩子，／多麼可愛的目光，／太陽像那紅色的蘋果，／它下面是無數孩子奇妙的幻想。」這樣感覺「秋天的樹林」：「沒有你的目光，／沒有你的聲音，／地上落著紅色的頭巾——。」這樣認「風」為友：「我很想和你說：／讓我們並排走吧。」這樣表達對「雲」的愛慕：「我愛你，／當你穿上那件白色的睡衣——。」這樣和「河流」私語：「疲勞的人兒，／你可願意讓我握住那隻蒼白的小手？」這樣體驗「土地」的境遇：「我全部的情感／都被太陽曬過。」這樣描繪鄉民「沐浴」的場景：「孩子赤條條的，／女人袒露著胸脯——。」這樣描繪鄉民「露宿」的場景：「面對面的坐著，／面對面的沉默，／遍地是鍋棚和火堆，／遍地是散發著泥土味的男人的雙腿——。」這樣為「田野」寫著墓誌銘：「在她那孤零零的墳

墓上寫著：／我沒有給你留下別的，／我也沒有給你留下我──。」這樣為自己寫「遺囑」：「不論我是怎樣的姓名，／希望／把她留在這塊親愛的土地上。」這樣表白自己理想的生活「選擇」：「最好／在一個荒蕪的地方安頓／我的生活。／／那時，／我將歡迎所有的莊稼來到／我的田野。」從這些散發著泥土味和自然氣息的詩句中可以發現，芒克對大自然中的一切，無論是莊稼、樹林、白雲、清風、河流、土地、田野，還是生活在土地上的純樸的人們，他都懷有深深的愛戀甚至崇拜之情，以至於詩人願意在鄉間田野中消泯自己，返璞歸真、返本歸原，與自然界中的一切生靈同呼吸、共命運。

當然，最能夠表現芒克當年渴望回歸自然，也就是重返大地母親懷抱的詩篇還得首推《我是風》（1975）。全詩實錄如下：

　　北方的樹林／落葉繽紛。／大地披著金色的頭巾。／／聽，都是孩子，／那裏遍地都是孩子。／／一溜煙跑過去的孩子，／給母親帶去歡樂的孩子。／／看，那是輛馬車，／看著吧，／那是拉滿了莊稼和陽光的田野！／／啊！北方的樹林／落葉繽紛。／我每到這裏就來和你幽會。／請聽我說：／我是風。

　　和田野裏勞動的孩子一樣，／我非常熱愛天空。／當輝煌的太陽一出來──／那是母親睜開的眼睛。／／和田野裏勞動的孩子一樣，／我非常熱愛天空，／熱愛母親！／／啊！北方的樹林，／我對你戀戀不捨。／但母親在召喚，／我要和孩子們一道／在太陽的照耀下去收割。

　　道路飄飄，／道路迢迢。／擡頭看見／那孤零零的頭巾下面掠過一道目光。／／落葉繽紛，／落葉飄零。／側耳聽見／那落葉中發出了告別的喧響。／啊！北方的樹林／美麗的樹林。／遠去的情人──／風在向你歌唱！

在詩人的眼中，包括樹林、落葉、大地、莊稼、田野、陽光、天空在內的整個世界已經渾然一體、自然天成。這個渾融圓整的自然世界就是人類的母親，或者說是人類的精神家園和心靈棲息地。在大自然的懷抱裏，一切的生靈「都是孩子」，因此「那裏遍地都是孩子」。這些孩子「非常熱愛天空，／熱愛母親」，他們「一溜煙跑過去」，「給母親帶去歡樂」。而「我」（「風」）也是大自然的孩子，對於自己的大地母親，「我對你戀戀不捨」、情深意重。在這裏，詩人芒克對大自然唱出了一曲由衷的讚歌，他的赤子本色和自然（大

地）崇拜心理也泄露無遺。

值得指出的是，在芒克當年的地下詩作中，詩人並非總是熱衷於營造那種和諧靜謐的「無我之境」。有時候芒克也會在詩中表現一種不安寧的氣氛，但這並不是爲了追求一種「有我之境」，而是企圖通過表現某種「無我之境」的被破壞，以及由此帶來的自己的惋惜之情，這就從側面傳達了詩人的自然（大地）崇拜心理。這方面最典型的詩作莫過於《葡萄園》（1978）：

> 一小塊葡萄園，／是我發甜的家。∥當秋風突然走進框框作響的門口，／我的家園都是含著眼淚的葡萄。∥那使院子早早暗下來的牆頭，／幾隻鴿子驚慌飛走。∥膽怯的孩子把弄髒的小臉，／偷偷地藏在房後。∥平時總是在這裏轉悠的狗，／這會兒不知溜到哪裏去了。∥一群紅色的雞滿院子撲騰，／咯咯地叫個不停。∥我眼看著葡萄掉在地上，／血在落葉中間流。∥這眞是個想安寧也不能安寧的日子，／這是在我家失去陽光的時候。

可以看出，詩中的葡萄園其實是大自然或大地的化身，它在本質上是詩人潛意識中亟待歸返的精神家園（「發甜的家」）。然而，在一個特殊的「想安寧也不能安寧的日子」裏，那「一小塊葡萄園」喪失了往日的寧靜，「幾隻鴿子驚慌飛走」、「一群紅色的雞滿院子撲騰」、連素日悠閒自得的狗也倉皇逃離。只剩下可憐的詩人「眼看著葡萄掉在地上，／血在落葉中間流」，他的心在流血，他爲自己的精神家園被人無情地破壞而痛心疾首。因爲如果失去了葡萄園，那也就意味著詩人失去了大自然，失去大地母親，從此，詩人的那個「從不穿衣服的、肉感的、野性的」「本我」將無處棲身。換句話說，詩人與大地母親之間的血緣臍帶也就被剪斷了。

人本主義精神分析學家弗洛姆在研究中發現，在人類的無意識中隱藏著「一種深切的渴望，渴望不割斷與自然的聯繫，不割斷與自然，與母親，與血緣以及與土地之間的感情」。在自然（大地）與人之間存在著一種母子關係，因爲在這個世界上，「最根本的自然關係是孩子與母親之間的關係」。也就是說，在人與自然（大地）之間潛藏著一種戀母情結，它是孩子固戀母親這一戀母情結（心理原型）的泛化，二者互爲隱喻、彼此象徵。弗洛姆由此認定人類在無意識中存在著一種「亂倫根性」，但他同時又強調指出，這種「亂倫的欲望，不是來自母親的性吸引，而是一種希望留在或者回到安全的子宮，或者返回滋養一切的胸膛的渴求，這種渴求根深蒂固」。顯然，大地

（大自然）正是弗洛姆所謂「滋養一切的胸膛」的終極原型〔註64〕。對土地的亂倫固戀就是文化戀母情結的泛化形態。

對於紅色中國地下詩人芒克來說，在他的無意識深處，無疑也存在著那種對大地母親的「亂倫根性」，不僅如此，這種「亂倫根性」是如此的強烈，以至於它在詩人的筆下總是情不自禁地流溢了出來。請看詩人這樣的詩句：「偉大的土地呵，／你激起了我的激情！」（《給白洋淀》）再比如《秋天》一詩中，詩人寫道：「果子熟了，／這紅色的血！／我的果園／染紅了同一塊天空的夜晚。／／秋天，／你這充滿了情慾的日子。／你的眼睛為什麼暴露著我？」不難分辨，詩中秋天的果園正是詩人潛意識中大地母親的隱喻。從表面上看，似乎是「充滿了情慾」的大地母親（「秋天」）在引誘著「我」，然而實際上卻是，「我」對大地母親「充滿了情慾」，也就是說，「我」對大地母親懷抱著一種難以抑制的「亂倫根性」。由於人類社會普遍存在著「亂倫禁忌」，所以當「我」在一瞬間發現了自己潛意識中的「亂倫根性」之後，「我」不禁在內心中充滿了發現「本我」的恐懼，因此才有了這樣迫不得已的、轉移目標的心理託詞：「你的眼睛為什麼暴露著我？」

當然，詩人有時候也會通過比較「合理化」的方式來宣泄自己潛在的「亂倫根性」。如在《瘦小的姑娘》（1975）中有這樣的詩句，「有一個瘦小的姑娘，／背靠著一棵高大的白楊。／那又靜又藍的天呵，／出現一行南飛的大雁。／／飛過田園，／飛過村莊，／白楊樹在不停地搖晃——」。詩人把自己憐愛的姑娘置放在大地（自然）的懷抱中，讓她們彼此隱喻，藉此抒發詩人潛意識中的大地崇拜心理。再如《茫茫的田野》（1976）一詩中，詩人乾脆將「茫茫的田野」，也就是大地視為自己的戀人，通過傾訴「我」對「你」（「茫茫的田野」）的無盡愛戀，來寄託自己的土地情思。詩中寫道：「你這樣的冷漠，／竟使我無話來對你說。／茫茫的田野，／何時我將看到你臉上融化的冰雪？／／你這樣的淒涼，／竟使我感到失望。／茫茫的田野，／何時我還能同你一起歡樂？／／我對你無所不愛，／我對你無話不說，／可是如今我卻傷心地垂下了眼睛，／你變了，／茫茫的田野！」從這首詩的顯文本來看，它無疑是一首失意的戀歌，然而在潛文本的層面上，它又明顯指向了詩人潛意識中的大地情結。

除了以上所說的幾種表現形式之外，芒克詩中的「亂倫根性」還表現為

〔註64〕參閱弗洛姆：《健全的社會》，貴州人民出版社1994年版，第30〜47頁。

一種「民粹主義」傾向，或者不如說是一種鄉村情結。在所謂的「白洋淀詩壇三劍客」中，與多多和根子相比，芒克在白洋淀呆的時間是最長的，一共七年。芒克昔日的詩友嚴力認爲，白洋淀對於芒克來說始終是「一個揮之不去的情結」〔註65〕。這不光是因爲芒克對白洋淀的鄉村自然景觀情有獨鍾，由此也就形成了此前所分析的詩人的大地情結，而且還因爲芒克對生活在白洋淀這片土地上的純樸善良的鄉民，懷有一種特殊的情感固戀，此處我把它稱作鄉村情結，其核心即是「民粹主義」。這是一種在五四時期從蘇俄傳播到中國來的政治思潮，主張到民間去，到平民中去，對民間底層大眾極端的推崇，而反對知識精英掌握話語權。信奉民粹主義的知識分子一般都具有反智主義傾向，他們更多地親近鄉村、親近鄉村的底層人物，帶有一定的反現代化情緒。據當年「白洋淀詩歌群落」中的一位詩人甘鐵生回憶，芒克「不太和書卷氣濃重的人厚交，但卻喜歡和同村的農民爲伍。盛傳他在村裏愛上了一個姑娘，拼死拼活地要娶她。他和村裏的後生交朋友，把他領到北京的家裏住。一次，猴子的姐姐終於發了脾氣，轟人家走，猴子就幫助村裏後生一塊兒和他姐姐幹仗。很顯然，這是我們很多人難以做到的。……他能那麼投入地融入村舍之中，那麼真心地交村裏的朋友，在我總是難以做到的。」〔註66〕芒克在《今天》時代的另一位朋友徐曉也曾撰文講述過這樣的經歷：「1995年，我曾和幾個朋友一起去他（芒克）當年插隊的白洋淀玩，我們一行七八個人分別住在老鄉家裏，老鄉划著船陪我們到淀裏去玩，打來活魚給我們吃，使我親身感受到了他（芒克）與當地漁民那種不是親人勝似親人的關係。」〔註67〕

實際上，我們在芒克當年的一些地下詩作中，也可以見到詩人對白洋淀鄉民的一種發自內心的感恩與熱愛。如在《致漁家兄弟》（1971）中，詩人深情地寫道：

> 你們好！漁家兄弟： / 一別已經到了冬天， / 但和你們一同度
> 過的那個波濤的夜晚， / 卻使我時常想起。 // 記得河灣里燈火聚集，

〔註65〕嚴力：《我也與白洋淀沾點邊》，《沉淪的聖殿》，新疆青少年出版社1999年版，第279頁。

〔註66〕甘鐵生：《春季白洋淀》，《沉淪的聖殿》，新疆青少年出版社1999年版，第273頁。

〔註67〕徐曉：《〈今天〉與我》，《沉淪的聖殿》，新疆青少年出版社1999年版，第395頁。

／記得漁船上話語親密，／記得你們款待我的老酒／還記得你們講起的風暴與遭遇……／／當然，我還深深地記著，／就到黎明到來的時候，／你們升起帆／並對我唱起一支憂傷的歌曲。／／而我，久久地站在岸邊／目送你們遠去。／耳邊還回響著：／冰凍的時候不要把漁家的船忘記……／／啊！漁家兄弟！／從離別到現在，／我的心裏還一直叮嚀著自己：／冰凍的時候不要把漁家的船忘記！

再如《告別——給小平》（1976）一詩中，詩人同樣深情地寫道：

前面到了冰河。／回去吧，鄉村的姑娘。／即使你不再把我遠送／我也會從心裏感謝：／你全部的熱情／都已經灌注在這條冰冷的道路之中！／／獨自遠離河岸。／猛地回過頭去／她那烏黑的頭髮還在白雪中飄動。／啊，鄉村的姑娘，／讓我再一次揮手告別：／你知道我曾和你說過多少話，／可你知道，／我還有多少話要對你說？！

從這些樸實深情的詩句中，我們不難體味到當年芒克的一顆赤誠之心。這位來自大城市的知識青年，他不僅對生活在白洋淀的鄉村農民懷有一種割不斷的情愫，甚至還對一位鄉村姑娘滋生了狂熱的戀情。這意味著在芒克的潛意識中，詩人對自己所置身的鄉村產生了一種如同孩子對母親所產生的「亂倫固戀」。芒克無法割斷自己與白洋淀鄉村的情感紐帶，這就如同一個孩子無法割斷自己與母親的血緣（心理）臍帶一樣。因此詩人萌生了這樣的一種幻想，他幻想著娶一個鄉村姑娘爲妻，以此來暗中達到自己潛在的對鄉村的「亂倫固戀」目的，因爲那位鄉村姑娘在本質上不過是詩人潛意識中的鄉村意象的替身。就這樣，我們發現芒克潛意識中的鄉村情結與大地情結具有本質上的同一性，它們都是詩人潛意識中戀母情結的不同表現形式。然而，對於這種文化戀母情結的消極後果，一位西方學者巴赫芬看得很清楚，他指出：「人與自然、血緣、土地的結合，限制了他的個性及理性的發展。他始終是個孩子，無法進步前進。」〔註68〕對於一個生命個體的成長而言，戀母情結的存在具有一種無形的非理性的束縛作用，它妨礙了成長中的生命個體形成自己獨立健全的自我人格，而使他沉湎於原始的「本我」人格中不能自拔。應該說，對於當年的「自然詩人」芒克而言，在很大程度上，情形正是如此。然而，和芒克相比，對於當時的另一位「童話詩人」顧城而言，

〔註68〕轉引自弗洛姆：《健全的社會》，貴州人民出版社 1994 年版，第 36 頁。

情形就更是如此了。

在其父顧工編的《顧城詩全編》〔註69〕中，共收入顧城創作於 1964～1976 年的地下詩作計有 97 首之多。單從數量上來看，這在當年的地下詩人中幾乎很難有人企及。然而，顧城的這批地下詩作雖然靈感四溢、清新可人，但在質地上無疑存在著單一之嫌，說它們「千篇一律」應該並不算過分。這是一批熱衷於以「自然」為描寫對象的，充滿了強烈的夢幻色彩的詩篇，僅僅從它們的詩名上就已經能夠直覺地獲得這種印象，如《松塔》、《楊樹》、《星月的來由》、《我的幻想》、《野蜂》、《老樹》、《大雁》、《山溪》、《土塊》、《微風》、《割草謠》、《割草歸來》、《蘆花雞》、《無名的小花》、《生命幻想曲》、《幻想與夢》、《雨夢》、《蟬聲》、《小風景》、《小樹》、《夢曲》、《落葉》、《雨後》，等等。當然，在這些地下詩作中無疑也融入了詩人自身的生命體驗。按照顧城後來的說法，在他的以《生命幻想曲》為代表的早期詩歌作品中大都內含著一個「自然的『我』」。「這個『我』與包括天地、生命、風、雨、雪、花、草、樹、魚、鳥、蟲、獸等在內的『我們』合為一體。這個『我』本身有一種孩子氣，也有夢、希望和恐懼。」〔註70〕顯然，顧城在此處所說的「自然的『我』」在本質上也就是「無我」，這個「我」還沒有從「我們」中獨立分離出來，它還沒有割斷自己與大自然之間的血緣臍帶，因此仍然像一個嬰兒一樣附著在大自然的母體之上，企圖逃離社會現實、拒絕成長。其實，顧城所謂的「自然的『我』」正是弗洛伊德所說的「本我」，而不是為後來的新弗洛伊德主義者所大力張揚的「自我」。這種「本我」天生就具有一種潛在的心理欲求，即「返回子宮」（弗洛姆語）、回歸自然或「無機物狀態」——「死亡」的別名〔註71〕（弗洛伊德語）。這意味著，一個執迷於「本我」的人必然具有隱秘的母性崇拜或自然（大地）崇拜心理傾向。顧城正是如此。只不過在顧城當年的地下詩作中，他的母性崇拜心理還沒有適當的機會得以表現，倒是他的自然崇拜或大地崇拜心理已經開始了充分的表演。

顧城是一個天生會做夢的「白日夢」詩人。在他的那些奇幻美麗的詩歌夢境中，詩人往往潛在地實現著自己內心的隱秘欲望，即回到生命最初的發

〔註69〕上海三聯書店 1995 年版。

〔註70〕張穗子：《無目的的我——顧城訪談錄（代序）》，《顧城詩全編》，上海三聯書店 1995 年版，第 2 頁。

〔註71〕參閱弗洛伊德：《超越唯樂原則》，第五章，《弗洛伊德後期著作選》，上海譯文出版社 1986 年版。

源地——大自然或大地。所以我們在顧城的詩歌夢境中經常會發現一種「無我之境」。當然這裏所說的「無我」是指的沒有「自我」，至於「本我」則是無處不在的，它就像一個天真無邪的孩子一樣在顧城的無數詩歌夢境中嬉戲、遊蕩和徜徉。這方面最有代表性的詩作是《生命幻想曲》（1971），它集中體現了顧城渴望回歸自然，即重返大地母親懷抱的深層心理傾向。在這首詩中，詩人首先把自己想像成一隻由貝殼做成的小船的主人：「把我的幻影和夢，／放在狹長的貝殼裏。／柳枝編成的船棚，／還旋繞著夏蟬的長鳴。／拉緊桅繩／風吹起晨霧的帆，／我開航了。」這隻小船和它的小主人「沒有目的，／在藍天中蕩漾。」「太陽是我的縴夫」，它拉著「我駛進銀河的港灣。／幾千個星星對我看著，／我拋下了／新月——黃金的錨。」在浩瀚無垠、一片混沌的宇宙中，重返家園的詩人不禁也產生了幾分迷茫。他疑惑地問道：「我到哪裏去呵？／宇宙是這樣的無邊。」

於是詩人又展開了新一輪的想像。這一回他乾脆把自己想像成一個睡在搖籃中的嬰兒：「用金黃的麥稭，／編成搖籃，／把我的靈感和心／放在裏邊。／裝好紐扣的車輪，／讓時間拖著／去問候世界。」這真是一輛新奇的「搖籃車」，它載著詩人駛向了大自然的樂園。「車輪滾過／百里香和野菊的草間。／蟋蟀歡迎我／抖動著琴弦。／我把希望溶進花香。／黑夜像山谷，／白晝像峰巔。／睡吧！合上雙眼，／世界就與我無關。」是的，像一個嬰兒一樣在搖籃中沉睡吧！只要「合上雙眼」，這個「世界就與我無關」！因為對於沉浸在大自然母腹中酣睡的詩人來說，他本身也就是大自然的母體（「世界」）的一部分，他是「我們」而不是「我」，他用不著去承擔任何獨立的自我的責任。他只需要「赤著雙腳」在大地上漫無目標地行走便夠了。「我把我的足跡／像圖章印遍大地，／世界也就溶進了／我的生命。」正是在這種「天人合一」的「無我之境」中，詩人的「本我」順利地實現了自己回歸大地母親懷抱的隱秘欲望，然而與此同時，詩人的「自我」也就被淹沒於大自然的塵埃之中，再也無法健全地成長。

實際上，我們還可以進一步發現，當年的顧城並沒有，其實也不可能完全並永久地沉醉在自然的迷夢或大地母親的懷抱之中。脆弱的詩人同時也感受到了來自外界現實的無形壓力，這使得他經常在「戀母／戀土」的幻夢中驀然驚醒，心中陡然生出幾分憂慮與惆悵。如《醒》（1971）中，詩人寫道：「晨風、為什麼，／你吹散我的夢？／迎春花閃耀著，／野蜂嗡嗡。／我願

像大地樣，／永遠睡去，／讓夏夜的薰芳，／淹沒迷醉的心靈。／／沒有可厭的雞啼，／撕碎這一切，／我合著眼／便是夜，永無天明，／太疲乏了／不要浮起，／讓一切深沉在地心。」相對於這首詩中所流露出來的憂慮和惆悵而言，詩人在另一首題名爲《憂天》（1972）的詩中所袒露出來的焦慮與恐懼要嚴重得多：「我仰望夜空，／感到一陣驚恐；／如果地球失去引力，／我就會變成流星，／無依無附在天宇飄行。／／哦，不能！爲了拒絕這種『自由』，／我願變成一段樹根，／深深地紮進地層。」

　　通常，人們總是擔心自己最寶貴、最珍愛的東西有失去掉的危險，對於當年的顧城來說，大地／母親正是他須臾也不願失去掉的心理休憩地。詩人天眞而執拗地相信，只要自己「合著眼，便是夜，永無天明」。他「願像大地樣」永遠沉睡在一片宇宙的混沌當中不再醒來。他「太疲乏了」，他拒絕從地表上「浮起」，他無法也無力面對現實，他只能一相情願地做著「讓一切深沉在地心」的夢。顯然，他是一個有著強烈的心理依賴感的人。他害怕處於一種「無依無附」的孤獨狀態之中，他明確地「拒絕自由（意志）」，爲了逃避自由、規避自我，他「願變成一段樹根」，「深深地紮進地層」，就像一個孤獨無依的孩子貪婪而迫不及待地一頭紮進母親的懷抱而不願意走出來一樣。不難看出，上引的這兩首詩從一個不同於《生命幻想曲》的角度同樣表明了這樣的一個心理眞實：顧城對大地（大自然）母親具有一種潛在而強烈的「亂倫固戀」心理。

　　如同前面曾經逐一透視過的曾卓、流沙河、食指和芒克等具有潛在戀母情結的地下詩人一樣，當年的顧城，那個早熟的少年詩人也具有同樣的逃避現實的話語疏離心態，這是由顧城執意回歸自然、重返大地母腹的強烈「本我」人格所暗中決定的。在父親顧工的記憶中，少年的顧城「常常凝視在雨雲下忙於搬家的螞蟻；在護城河裏遊動的蝌蚪和魚苗；在屋檐下築窩的燕子……他不太看人——人似乎是最令人生畏的動物。『文革』初期，有人在我們樓窗下馬路對面的牆上，刷了條大標語，不知是貼反了，還是貼錯了，馬上被眾多的路人圍攏來，死死地纏住，揪住，按下頭，用腳踢……顧城起初是從窗扇的縫隙向外看，後來他恐懼了，臉色慘白，再不向窗外多看一眼，他越來越想躲開人，躲開眼睛，躲開喧囂的激越的聲音，只想去那沒人只有天籟的世界。」〔註72〕顯然，顧工回憶的這個殘酷的現實事件在少年顧城的

〔註72〕轉引自黃黎方編著：《朦朧詩人顧城之死》，花城出版社1994年版，第59頁。

心中已經演變成了一個創傷性的「心理事件」。

　　我們甚至不難推想，在那個充滿了階級暴力的「紅色恐怖」年月裏，像這樣給敏感早慧的詩人造成心理創傷的殘酷現實事件肯定還有不少，它們共同妨礙了詩人後來的自我人格的成長，使他越來越敵視社會、厭惡人類，從而一味地沉湎在對大自然和大地母親的固戀幻夢之中不能自拔。所以當 1968 年，十二歲的顧城在得知自己將和父親一道「下放」到一個遠離京城喧囂的小山村時（山東昌邑縣火道村），在顧工的記憶中，兒子的眼裏「流露著迷惘也流露著喜悅 —— 我們全家是不是正在遷移，遷移到沒有人的世界？！」。果然，在鄉村的日子裏，少年顧城潛在的心理願望終於變成了現實。他和父親一起養豬、一道放牧，「很少人來接近我們，我們也不去主動接近人」，〔註73〕父子倆彷彿置身於一個遠離人群的世外桃源之中。多年後，已經成名的顧城在回憶起當年度過的鄉村時光的時候，言語中仍然充滿了眷戀：「我習慣了農村，習慣了那個黏土壘成的小村子，周圍是大地，像輪盤一樣轉動。我習慣了，我是在那裏塑成型的。我習慣了一個人向東方走、向東南方走、向西方走，我習慣了一個人隨意走向任何方向。候鳥在我的頭頂鳴叫、大雁在河岸上睡去，我可以想像道路，可以直接面對著太陽、風，面對著海灣一樣乾淨的顏色。」〔註74〕可以說，早年在鄉村土地上遊蕩的日子影響了顧城的一生。他在那裏形成了自己終生未變的自然（大地）崇拜心理和母性崇拜心理，也就是所謂文化戀母情結。

　　以後的日子證明，一方面，顧城的這種崇拜自然（大地）的心理能量是如此的強大，以至於日後的顧城對現代化的城市產生了一種本能的排拒心理。他明確地說過：「我不喜歡城市，可是我在其中生活著，並且寫作。……我很累的時候，眼前就出現了河岸的幻影，我少年時代放豬的河岸。我老在想港口不遠了，我會把一切放在船上。我相信在我的詩中，城市將消失，最後出現的是一片牧場。」〔註75〕讓人不可思議的是，顧城對城市的排拒不僅僅表現爲一種心態，它還被作者最終付諸行動。1988 年，顧城和妻子謝燁辭職隱居於新西蘭的一個荒島之上，妄圖徹底地告別城市、遠離社會，回到一

〔註73〕　轉引自黃黎方編著：《朦朧詩人顧城之死》，花城出版社 1994 年版，第 59～60 頁。
〔註74〕　王偉明：《顧城訪談錄》，《沉淪的聖殿》，新疆青少年出版社 1999 年版，第 478 頁。
〔註75〕　王偉明：《顧城訪談錄》，《沉淪的聖殿》，新疆青少年出版社 1999 年版，第 478～479 頁。

種原始蠻荒的自然生存狀態中。另一方面，顧城早年形成的母性崇拜心理同樣決定性地支配著他成年後的情感生活。許多人認為，在他與妻子謝燁之間並不存在真正的愛情，有的只是一種單向度的母愛。顧城的這種強烈的（狹義）戀母情結不僅較為曲折隱晦地表現在了《我是一個任性的孩子》（1981）等詩作中，它還在詩人的長篇小說《英兒》（1993）中得到了更為淋漓盡致的心理宣泄。對此，有論者已經做過相當精彩深入的心理分析〔註76〕，這裏也就不再贅言了。總之，對於詩人顧城而言，他一直都是「一個任性的孩子」，他永遠拒絕社會化的成長，他妄圖永遠停留在本能「本我」人格的人生幻夢中沉醉不醒，可是現實的社會人生是如此的複雜和如此的沉重，它不以詩人的「本我」意志為轉移，顧城可以遠離人群、遷居荒島，以滿足「本我」的自然（大地）崇拜情結，但他卻無法或無力迫使自己心愛的女人永遠停留在心理母親的角色上，因為她或她們需要成長，需要社會化，需要全面地佔有自己作為一個「總體的人」或「總體的女人」的本質，如母性（妻性）之外還有女兒性。這意味著顧城雖然能主宰自己的自然崇拜心理，但他卻無法主宰自己的戀母衝動。一旦身邊的女人的現代性別意識開始覺醒，顧城就再也無法主宰自己的命運。除了殘忍地親手毀掉自己構築的「女兒國」，毋寧說是與「大母神」相對應的「大母國」，那個「任性的孩子」——詩人顧城已經別無選擇！

　　弗洛伊德曾經重點思考過文明及其缺憾的問題。在他看來，人類文明的發展進步其實是以壓抑俄狄浦斯情結（戀母情結）為代價的，但壓抑並不意味著根除，潛意識中的非理性被壓抑物，始終在尋找著回歸乃至對象化的機會，這正是人類文明的潛在危機。事實上，不僅僅是文化戀母情結的問題，還有文化戀父情結和文化懺悔情結同樣隱含著人類文明的危機。推而廣之，只要人類文化人格心理結構中存在著分裂與衝突，人類社會就永遠無法擺脫文明的危機。這對於西方現代社會文化秩序是如此，對於紅色中國社會文化秩序（包括紅色中國文學秩序）就更是如此了。這本書雖然探討的是紅色中國文學秩序中中國知識分子／作家群體的心理問題和話語狀況，但其中隱含的諸多話題依舊是難以終結的，只要中國依舊處於文化轉型與文化重建的過程中，這些話題就永遠不會終結。

〔註76〕參閱鄧曉芒：《顧城：女兒國的破滅》，《靈魂之旅》，湖北人民出版社1998年版，第101～110頁。

結語：超越困境

　　對於我來說，寫作這篇博士論文就如同進行一次漫長的精神探險。在探討完第四種話語立場——話語疏離立場之後，我的這次精神歷險也就該結束了。最後還想進一步闡述這樣一個問題，即身陷困境的中國作家應該如何超越困境的問題。

一、紅色中國文學話語秩序中的內心衝突

　　本書的論題是探析置身於紅色中國文學話語秩序中的知識分子／作家的話語困境。由於這種話語困境的出現在本質上不過是紅色中國知識分子／作家內在文化人格心理困境的外化，因此，唯有心理困境才是創作主體話語困境的根本癥結之所在。為了論述上的便利，我分別從四種不同的話語立場出發，著重探討了紅色中國作家在創作中所表現出來的四種不同的精神心理取向：屈從、反抗、懺悔和疏離。然而實際上，我們並不能對這四種話語立場作機械的理解，因為雖然它們在心理學的意義上可以被視為四種不同性質的心理防禦機制，但對於特定的創作主體而言，這四種心理防禦機制中常常會有不只一種共存於其文化人格心理結構中。在這個意義上，對於當年置身於紅色中國文學話語秩序中的大部分知識分子／作家而言，在他們的內心深處其實存在著不同程度的心理衝突，而通常人們卻習慣於忽視這種心理衝突的存在，對那個時代的許多作家做出了簡單化的理解和評判。

　　其實，在前面分別剖析四種不同的話語立場時，我已經有意識地兼顧到了它們之間存在的共時性。細心的讀者會注意到，有一些名重一時的紅色中國作家被我在不同的章節中論及到了。但這顯然並不會構成重複，因為我實

際上是在不同的話語立場上來透視他們的精神心理取向的。從紅色中國主流革命作家來看，如趙樹理、柳青、周立波、浩然、郭沫若、郭小川、田漢、老舍、梁斌、吳強、李英儒等，一方面，我強調指出了他們在創作中所表現出來的主導性的話語屈從立場，另一方面，我也並沒有忽視他們在創作中有意無意地流露出來的一些被壓抑的話語立場。如趙樹理、柳青、田漢等的話語反抗立場，周立波、梁斌、吳強、李英儒、浩然、老舍等的話語疏離立場，郭沫若、郭小川、柳青、趙樹理等的話語懺悔立場。從紅色中國「爭鳴」作家來看，如丁玲、何其芳、艾青、蕭軍、楊沫、雪克、胡風、路翎、蕭也牧、王蒙、劉紹棠、邵燕祥等，一方面，雖然我注意到了他們在特定的創作時期裏所表現出來的主導性的話語反抗立場或話語懺悔立場，但另一方面，我也並沒有迴避他們不可避免地會顯露出來的話語屈從立場。再從紅色中國公開文壇中的「邊緣」作家來看，如孫犁、茹志鵑、聞捷、李瑛等，在注重對他們的主導性的話語疏離立場展開深入分析的同時，我也並沒有忘記對他們的話語屈從立場，甚至是話語反抗立場給予必要的關注。至於紅色中國地下作家，如牛漢、曾卓、綠原、流沙河、穆旦、蔡其矯、黃翔、食指、根子、多多、芒克、北島、顧城、舒婷、郭小川、姚雪垠、李英儒等，我也詳細地辨析了他們複雜多樣的話語立場，而並沒有一概而論。比如牛漢、綠原、穆旦、蔡其矯、黃翔、根子、多多、北島基本上是站在話語反抗立場上寫作的，曾卓、流沙河、芒克、顧城、舒婷主要是站在話語疏離立場上寫作的，姚雪垠和李英儒在「文革」中主要是站在話語屈從立場上進行地下文學創作的，而食指和郭小川的地下詩歌創作情況則比較複雜，我們幾乎很難分辨得出詩人當時所採用的主導性的話語立場，因爲多種話語立場互相糾結在了一起。

　　此外我們還應當注意到這樣一種情形：從歷時性的角度看，同一個作家有可能在不同的時期採取不同的話語立場進行寫作，但在這個特定的時期內，一般來說，他也會擁有自己的主導性的話語立場。比如丁玲和何其芳，在《在延安文藝座談會上的講話》召開之前，他們在各自的文學創作中分別採取了主導性的話語反抗立場和話語懺悔立場，但在《講話》以後，他們便逐漸地轉變了主導性的話語立場，而且都轉向了話語屈從立場，可謂殊途同歸。從《在醫院中》到《太陽照在桑乾河上》，從《夜歌》到《毛澤東之歌》，從這些不同性質的作品中我們可以清晰地發現這兩位著名的延安作家發生話語立場轉換的鮮明痕迹。再比如像趙樹理和周立波這樣的紅色經典革命作

家，他們在 1950 年代中後期也經歷了不同程度和不同性質的話語立場的轉換。就趙樹理而言，從 1940 年代到 1950 年代中期，大體上可以說，趙樹理主要是站在話語屈從立場上來進行文學創作的，當然其間也夾雜著一定程度的反抗話語，但從 1950 年代後期開始，趙樹理的主導性的話語立場開始由屈從轉向了反抗，像《「鍛鍊鍛鍊」》、《實幹家潘永福》、《套不住的手》這一系列具有精神反抗意味的小說的出現就是明證，當然趙樹理的這種話語反抗離真正的現代意義上的精神反抗還有著不小的距離。與趙樹理不同，周立波在 1950 年代中期以後開始從原來的單純的話語屈從立場（《暴風驟雨》）悄悄地向話語疏離立場嬗變（《山鄉巨變》）。當然，作家的這種話語疏離立場客觀上還並沒有從根本上取代其原有的話語屈從立場的主導地位。除了像趙樹理和周立波這種長期置身於紅色中國文學秩序中的作家之外，我們在一些自建國以後才開始創作轉換的作家，如老舍和艾蕪的創作經歷中同樣也可以見到話語立場的轉換情形。比如老舍，從 1950 年代緊跟政治風潮的主流話劇到 1960 年代前後的《茶館》和《正紅旗下》，表明老舍正在試圖從屈從性的主導話語立場中突圍出來，並且主要是轉向了以民間風俗記憶為心理指歸的話語疏離立場。艾蕪的情形也基本相同。從 1950 年代的《百鍊成鋼》，到 1960 年代的《南行記續編》，艾蕪也逐漸站到了疏離性的話語立場上。至於部分紅色中國地下作家，如曾卓、綠原、流沙河、穆旦等，在他們淪為地下詩人之前的詩作中，我們均能發現詩人當年站在話語屈從立場或話語懺悔立場上寫作的主流詩篇，這和他們在受難後所習慣於採取的話語疏離立場或話語反抗立場判然有別。

綜上所述，無論是從共時性的角度還是從歷時性的角度考察，我們都可以在 20 世紀 40～70 年代紅色中國作家的創作中發現那種多種話語立場共存的複雜情形。不僅如此，由於話語立場在本質上不過是創作主體為了應對當時的主流權力話語的壓抑所適時採用的某種心理防禦機制，因此，這種多元話語立場共存的情形不可避免地會使特定的創作主體深陷於劇烈的心靈衝突或沉重的心理困境之中。正如前面曾經重點論及的那樣，從深層心理學的角度來看，對於一個特定的創作主體而言，所謂話語屈從立場在本質上意味著對自我的逃避，話語反抗立場意味著對自我的堅守，而話語疏離立場則意味著對自我的漫無目標的尋找。進一步說，對自我的逃避的結果其實就是政治化的集體理想人格（「超我」）在創作主體的文化人格心理結構中形成了壟斷

性的心理地位，而對自我的堅守實際上表明了創作主體的這樣一種精神心理狀態，即利用個體獨立的自我人格的強大心理能量，反抗集體化的「超我」人格的心理入侵或異化。至於對自我的尋找，它實際上是創作主體迫於外在的集體「超我」人格的強大心理威權，在無力反抗或挑戰其權威話語地位的情況之下，無奈地向天生具有一種回歸自然、返回子宮的「本我」人格退守的一種精神心理傾向。顯然，無論是屈從「超我」、堅守「自我」，還是退回「本我」，對於當年置身於紅色中國文化和文學秩序中的中國作家而言，這一切確實已經構成了一個矛盾重重、難以取捨的精神心理問題。從前面概述的四種話語立場共存的普遍性來看，這種精神選擇上的困惑確實存在，只不過不同的創作主體在心理困惑的程度上並不相同而已。尤其是我還曾經重點分析過話語懺悔立場，它最為集中地反映了紅色中國作家當年小心翼翼、顧慮重重，既想堅守自我又想逃避自我，也就是既想反抗又想屈從的痛苦心境。當然，眾所週知，大部分紅色中國作家都曾經不約而同地屈從過政治化「超我」人格的駕馭，從而壓抑或放逐了充滿生命活力的自我或「本我」人格，這在一定程度上確實減緩或平息了他們內心的人格焦慮，但由於壓抑並不意味著徹底的根除，而只不過是將自我或「本我」放逐到了無意識域中，因此，在這個意義上可以說，紅色中國作家的內心衝突仍然存在，只不過追尋或分析起來會困難一些，不是那麼輕而易舉罷了。

　　值得重視的是，正如導論中所說，以上對紅色中國作家的人格心理結構所作的弗洛伊德式的精神分析，如果參照後現代主義精神分析學家拉康的闡釋，這種人格心理結構可以被深化或置換成一種文化人格心理結構。簡單來說就是，「本我」意味著「實在界」，「自我」意味著「想像界」，而「超我」意味著「象徵界」或「符號界」。這樣，弗洛伊德所謂「超我」被拉康解釋成了一種文化（政治和道德）父親、精神父親，它代表著權威性的社會文化象徵秩序，或者說代表著權力話語或主流意識形態。正是在對這種權力話語或主流意識形態的認同或屈從的過程中，一定的社會個體（包括作家）生成了一種異己的文化（政治和道德）人格，它對該社會秩序中個體潛在的、要求個性獨立和思想自由的自我人格，以及原生態的本能人格（「本我」）產生了強大的心理威懾力，從而導致了它們之間不同程度的心理對抗，由此也就出現了文化人格心理結構中的內部衝突。衝突的結果，既可以表現為個體（創作主體）對精神文化父親的屈從，從而形成了一種文化戀父情結，也可以表

現爲個體（創作主體）對精神文化父親的反抗，從而形成了一種文化審父意識（情結），還可以表現爲個體（創作主體）對精神文化父親的逃避，從而形成了一種文化戀母心理（情結）。此外還可以表現爲個體（創作主體）對精神文化父親產生了一種既想反抗又想屈從的矛盾心理，從而衍生出一種文化（政治）懺悔情結以及文化（政治）自卑情結等。實際上，這麼多種文化心理價值取向經常會同時共存於某個特定的社會個體（創作主體）的文化人格心理結構中，由此也就釀成了不同程度的文化心理衝突，而如何克服這種文化心理衝突，走出這種深度文化心理怪圈，這已然成了一個重大的紅色中國精神問題。

二、告別權威主義文學話語秩序

對於置身紅色中國文學話語秩序的中國作家來說，正是外在的文化權力或意識形態權力的強力運作，導致他們產生了內在的文化人格心理困境。既然創作主體的話語困境在本質上不過是其內在心理困境的外向投射，而創作主體的心理困境其實又導源於紅色文化權力或意識形態權力，那麼，特定的創作主體如果要想超越這種話語－心理困境，就必須要首先謀求擺脫那種文化權力或意識形態權力的制約和糾纏。然而，由於特定社會中的主流文化規範或意識形態具有無上的權威性和無邊的滲透性，因此，對於該社會中的大多數人來說，要想徹底擺脫主流文化規範或權威意識形態的支配又談何容易！即使是對於特定社會中的知識分子／作家來說，情形也是如此。這一切正如拉康和弗洛伊德爲人們所揭示的那樣，特定社會秩序中的主流文化或意識形態業已形成了一種文化象徵秩序，而且這種秩序已經變成了大多數社會個體的精神心理世界的一個重要構成部分——「象徵界」或「符號界」，甚至於它還在大多數社會個體的心理世界中內化爲一種至高無上的集體理想人格——「超我」。也就是說，這種主流文化規範或權威意識形態已經以一種人格化的形式融入了大多數社會個體的精神血肉之中。

如此看來，對於紅色中國作家來說，他們如果要想從那種話語困境或精神心理困境中擺脫出來，大約有兩條途徑：一是自我文化啓蒙，也就是喚醒作家自身沉睡已久的自我，從而擺脫外在的政治化「超我」人格的壓抑，這是一種精神上的自救。關於這種內在的超越途徑我不想多說，這裏只想重點探討一下另一種外在的超越途徑，即通過改變權威主義的文化秩序，建立一

種能夠促成人類生命潛能自由實現的人道主義文化秩序，從而革除那種釀成作家話語－心理困境的外部文化環境。

正如第二章所論，初步成型於 1940 年代的延安解放區時期，並在「十七年」時期得到大規模的擴張和強化，終於在「文革」時期趨於僵化，從而走向解體的紅色中國文學話語秩序在本質上是一種權威主義的文學秩序。這種文學秩序以權力話語爲中心，實行一元化的意識形態領導，通過建立一種權威主義的文學生產話語範型，全面深入地規範紅色中國作家的文學話語空間和話語方式。如通過話語外部「排斥」戰略設置多種文學話語禁區、構築各種有形無形的文學話語等級制度，限制了紅色中國作家的寫作廣度。又如通過話語內部「提純」或「淨化」戰略，潛移默化地在創作主體的精神世界中形成某種演繹型的思維定勢，這種思維定勢具有典型的本質主義和歷史決定論傾向，它限制了紅色中國作家的精神深度。此外還有對文學話語生產所實施的「組織化」戰略，這不僅表現爲對特定的話語主體的政治文化身份的確認，而且還表現爲對具體的文學創作過程的行政干預，也就是文學生產的計劃化，甚至於還對文學產品的流通過程和傳播過程、文學讀者的接受心理和閱讀期待進行政治化的引導和改造。凡此種種，使得紅色中國文學秩序成爲了一種以權力話語爲中心的、他律型的權威主義文學秩序。置身在這種文學秩序中的創作主體由於缺乏足夠的話語空間，他們在文學話語實踐中常常會身不由己、言不由衷，從而釀成了他們內在的精神世界的異化或文化人格心理結構的分裂。

其實，這種精神心理世界的困境也可以帶來文學創作上的輝煌，就像前蘇聯和捷克在高度權威主義的社會政治文化（文學）秩序中也產生過索爾仁尼琴、帕斯捷爾納克、阿赫瑪托娃、米蘭・昆德拉那樣的文學大師一樣。然而，由於紅色中國知識分子／作家幾乎與生俱來的政治文化依附心理，這導致他們不願或沒有勇氣面對自身的精神心理困境，從而爭先恐後地暗中選擇了話語屈從立場，也就是對主流文化規範或權威意識形態自覺不自覺地採取了全面認同的態度。這在一定程度上平息或減緩了他們當時內心的焦慮，但也就是在這種情況下，他們逃避了自身眞實的自我，甚至禁欲般地壓抑了自身的「本我」人格，從而基本上放逐了自身作爲「人」的本質，這也就等於是放逐了文學本身。當然，在當時的權威主義文學秩序中也並不是沒有敢於直面自我的作家，第四章中還專門對這類作家和作品進行過辨析和探討，但

無庸諱言，從整體的精神境界來看，這類反抗型作家及其具有精神反抗意識的文學話語，離真正的現代性精神高度還有一定的距離。惟其如此，對於當年紅色中國作家所深陷的話語－心理困境，我們感受到的更多的還是一種「哀其不幸，怒其不爭」的悲哀，而不是那種「國家不幸詩人幸，話到滄桑句便工」的悲愴。

這樣，重建一種新型的人道主義文學秩序，用以取代原有的權威主義文學秩序，就顯得尤為必要。所謂人道主義文學秩序，它以話語主體在精神形態上的自由和在文學實踐形態上的多元為標誌，因而是一種自律型的文學話語秩序。當代西方自由主義理論家哈耶克曾將一切秩序分為兩種形態：一種是「人造」（made）的秩序，一種是「增長」或「生長」（grown）的秩序。前者是一種「外部秩序」（taxis），它「必須服務於該秩序的創造者的目的」，而且該秩序的存在「必須以一種命令與服從的關係為基礎」，因此常常可以被稱為「組織」。而後者是一種「內部秩序」（cosmos），它「並不是由一個外在的能動者所創造的，所以這種秩序本身也就不可能具有目的，儘管它的存在對於那些在該秩序內部活動的個人是極具助益的」。哈耶克由此將這種「自我生成的或源於內部的」秩序命名為「自生自發秩序」（spontaneous order）。〔註1〕不難看出，哈耶克所說的外部秩序、人造的秩序其實就是權威主義秩序，而他所謂內部秩序、增長的秩序、自生自發秩序則是他一直所倡導的自由主義秩序。

這種自由主義秩序建基於一種現代性的人道主義或人本主義理念，即人生來就具有追求自由的天性，人生的目的就在於最大限度地實現自身的生命潛能，因此，一個健全的或者道德的社會秩序的功能，就在於符合人類追求自由的天性，從而促進每一個生命個體順利地實現自身的生命潛能，而不是相反。如果相反的話，那麼這個社會秩序就是一個病態的或不道德的社會秩序，它在本質上是權威主義的、專制的，它是對人本主義或自由主義的社會秩序的不同程度的異化。顯然，對於社會秩序是如此，對於文學（文化）秩序來說就更是這樣。在紅色中國文學秩序中，整整幾代中國知識分子／作家都曾深陷權威性的、處於不同程度異化狀態的文學話語困境之中。他們在具體的文學話語實踐中主要聽從的不是自身內在的「人」的聲音，而是刻板地

〔註1〕 參閱哈耶克：《法律、立法與自由》第一卷第二章，中國大百科全書出版社2000年版。

遵循外在的意識形態律令和文學（文化）規範，那實際上是一種高度政治化的外部話語規則系統。由於這種權力話語對創作主體的無邊滲透和強力運作，使得當時紅色中國知識分子／作家的自我生命潛能遭到了極大的消解和沉重的壓抑，他們幾乎從精神上被閹割了，於是也就造成了整整一個時代的文學的疲軟乏力。

物極必反。當一種文學秩序日益走向僵化的時候，當置身其間的作家根本無法公開抒發自己內心的「人」的聲音的時候，歷史便呼喚著一種盡可能地符合人類嚮往自由的天性的人本主義文學秩序來取代那種「非人」的權威主義文學秩序。眾所週知，「文革」後的 1980 年代文學有人命名為「新啟蒙主義」文學。從新時期伊始的「傷痕文學」、「反思文學」、「改革文學」，到 1980 年代中期以後勃興的「先鋒文學」、「尋根文學」和「新寫實文學」，從 1980 年代前期領一代風騷的「朦朧詩」潮的風起雲湧，到 1980 年代後期「後新詩潮」的旗號林立、眾生喧嘩，中國文壇上空響徹了「人」的聲音。雖然這些文學思潮以及投身其中的眾多作家對「人」的內涵在理解上存在著不小的偏差，比如有的強調理性（意識）、有的看重非理性（潛意識），但這並不能從根本上改變 1980 年代中國文學的「人的文學」的性質，也就是「啟蒙主義」的性質。當然，這樣說並不意味著在整個 1980 年代，中國文學已經全面地實現了對人的復歸。實際上，如果回首「文革」後最初幾年的文學浪潮便不難發現，告別權威文學話語秩序並不容易，對於當時的許多知名作家來說，關鍵在於他們心理上已經積重難返。

比如王蒙、張賢亮、從維熙、李國文這樣的「右派」作家，他們在 1980 年代前期都曾經創作過轟動一時的文學作品，其中既有「傷痕小說」，也有「反思小說」，當然還有所謂「改革小說」。雖然我們在實際的文學作品中很難把這三種類型的小說區分開來，但大體上仍然可以這樣說：如果說作家在「傷痕」小說中主要宣泄的是自己的「本我」人格長期遭受壓抑的不滿，那麼在「反思」小說中作家就已經開始了對「自我」人格的重建與堅守。至於「改革」小說，它的大規模出現則意味著在許多中國知識分子／作家的文化人格心理結構中，政治化的「超我」人格已經是根深蒂固，很難動搖。有意味的是，在新時期之初的文壇上，許多中國作家都同時是寫作「傷痕 —— 反思 —— 改革」小說的能手。這說明在他們的文化人格心理結構中存在著一種與 20 世紀 40～70 年代紅色中國作家基本相似的內心衝突，即集體化的「超

我」對個體化的「自我」和私人化的「本我」的壓抑，以及後者對前者的反抗。不僅如此，由於他們獨立的自我人格還未從根本上得以建立，這導致他們的「反思」小說大都缺乏應有的人性深度，甚至僅止於停留在表層政治層面上。既然如此，他們的「反思」在一定程度上也就只能是一種政治反思，而不是現代性的「人」的反思。他們的「自我」人格還沒有在根本上從那種政治化和集體化的「超我」人格中分離出來。一個典型的例證是，在王蒙和張賢亮的「反思小說」中，如《雜色》和《綠化樹》，人們可以見到一種以受難知識分子主人公為主體的懺悔話語，但其中糾結夾雜著權威的政治懺悔話語和人道主義懺悔話語，二者難解難分。這說明在新時期之初，我們的許多作家還沒有從根本上擺脫紅色中國文學話語秩序中政治懺悔話語立場的制約。

　　大約在 1985 年前後，隨著「尋根文學」和「先鋒文學」的異軍突起，以及隨後不久的「新寫實文學」的出現，傳統的「現實主義」文學的主流地位已經被嚴重地削弱。這些具有現代主義乃至後現代性質的「先鋒文學」和「新寫實文學」，以及具有文化啓蒙主義精神的「尋根文學」一道，促使新時期中國文學正朝著一個符合人類自由天性的人本主義文學話語秩序發展。但在這中間也存在著不少「非人」的不和諧因素。如許多「先鋒文學」作品還只停留在對西方現代派文學的幼稚的模擬階段，這既包括精神境界的模擬，也包括敘述形式的模擬〔註2〕，由此必然使得中國「先鋒文學」缺乏原創性和藝術生命力。這在很大程度上恰恰證明了，許多中國先鋒作家自身的現代性自我人格並沒有真正地建立起來的尷尬事實。正因為沒能切實地生成那種現代自我人格，所以大多數中國先鋒文學作家也就無法真正地做到以「人」的方式，傳達自己在現實生活中所體驗到的「非人」的生命經驗，由此誤入精神模擬和形式模擬的文學歧途。所以中國先鋒作家的現代自我人格是可疑的「偽自我」，或者是尚未成熟的、幼稚形態的自我，它掙脫了東方「超我」的羈絆，但還未走出西方「超我」的藩籬。

　　再如在「尋根文學」大潮中，除了對中國傳統文化進行批判性重鑄的啓蒙主義文學文本之外，我們還可以見到一些非啓蒙主義或反啓蒙主義的作品。它們或者極度崇拜傳統文化，妄圖全面回歸傳統，或者著力挖掘某種原

〔註2〕於可訓將其命名為「擬現代派」文學，參閱《中國當代文學概論》，武漢大學出版社 1998 年版，第 194 頁。

始生命強力，陷入非理性迷狂。從深層心理學的角度來看，這兩種精神取向均流露出了「尋根」作家對「本我」的固戀心理。雖然他們對「本我」的執著也有助於他們從權威主義文學秩序中走出來，但這同樣也會妨礙他們形成自由的現代自我人格。實際上，在後來的「新寫實文學」中也部分地存在著和「尋根文學」相似的情形。如在劉恒、蘇童、方方的部分「新寫實主義」小說中就存在著這種固戀「本我」，崇拜原始生命強力的精神心理傾向。另在池莉等人的部分「新寫實主義」小說中還流露出了「媚俗」的傾向。從根本上來說，媚俗就是從眾，就是放棄自我，這雖然和紅色中國主流作家屈從「超我」的「媚上」有著性質上的區別，但在逃避自我的心理結果上卻是一樣的。從社會語境的角度來分析，這種媚俗的作家的出現是與 1980 年代中後期中國社會經濟體制改革的步伐不斷加快緊密地聯繫在一起的。歷史進入 1990 年代後，隨著社會主義市場經濟體制的逐步建立和縱深推進，文學日益商業化和世俗化，中國知識分子／作家的媚俗心態也就日趨嚴重。

如果說 1980 年代基本上是一個「新啓蒙」的理想主義時代的話，那麼 1990 年代則主要是一個「消費主義」至上的物質主義時代。隨著歷史語境和文化模式的變遷，中國知識分子／作家的文化心態也發生了傾斜。曾經在 1980 年代的中國文壇上逐步生長起來的人本主義文學秩序在 1990 年代遭遇到了市場經濟和商品社會的沉重侵襲和嚴峻挑戰。在一個物欲橫流、崇拜金錢的時代裏，作為知識精英的嚴肅文學作家群體迅速發生了兩極分化：一極順應了「本我」的功利主義欲望，它以張賢亮為代表，這部分作家很快躍進了滔滔的商海淘金，這中間還應包括像賈平凹那種對文學的商業化欲說還休、欲罷不能的作家，以及像王蒙那種主張對文學的商業化「放任自流」，實則是為文學商業化辯護的作家。再一極以張承志和張煒為代表，他們對文學的商業化嗤之以鼻，甚至妒火中燒，必欲置之死地而後快。他們憤怒地攻擊以王朔為代表的商業文學弄潮兒，斥之為「痞子文學」作家。與此同時，他們也高高地舉起嚴肅文學的大旗，企圖以自己的文學創作來拯救一個民族瀕臨沉淪的靈魂。然而，有人認為，從「二張」的大多數純文學文本中實際上見不到多少現代性的人文精神，相反，裏面流淌著大量的傳統文化，尤其是道家文化的精神血液〔註 3〕。無論是傾心營造《金草地》的張承志，還是

〔註 3〕 參閱鄧曉芒：《靈魂之旅──九十年代文學的生存境界》，第三章和第七章，湖北人民出版社 1998 年版。還可參閱昌切：《世紀橋頭凝思》，第三章，湖北人民出版社 2000 年版。

終日妄想《融入野地》的張煒，在他們的文學作品中都始終貫穿著一種返璞歸真、回歸自然的大地崇拜心理。實際上，我們在「二張」1990年代的代表作《心靈史》和《柏慧》中往往只能看到他們啓蒙「他者」的批判激情，而甚少看到他們批判性地審視自己，也就是自我啓蒙的話語立場。

「二張」厭惡城市文明，希望保持人性的眞純與高潔，這雖然具有正義感，但是他們無力或不願正視現實生活中人性遭受扭曲的異化狀態，而選擇了在這種現代人性異化的生存圖景面前轉過身去，這中間隱含了另一種逃避現實的怯弱心理。在「二張」強烈的知識精英自尊感的背後，其實流露了他們在物質主義和世俗化語境中的自卑感和無奈感。在這個意義上，「二張」渴望的理想人格其實不過是傳統中國士人最熱衷於做的「隱士」，或者「世外高人」，而不是被法國文學大師加繆所推崇的現代「反抗者」形象。從深層心理學的角度來看，可以說，在「二張」的潛意識中隱藏著一種「復歸於嬰兒」的戀母傾向，他們所謂的「金草地」和「野地」其實也就是他們逃離現實後，企圖返回的大地母神的載體。正是在這個意義上，和「下海」的張賢亮和寫《廢都》的賈平凹一樣，「二張」在文學創作中同樣順應的是內心中「本我」的欲求。區別在於，「二張」順應的是「本我」的「死亡本能」（弗洛伊德語），它幻想著退回到生命的原初地，達到生命涅槃的「無我之境」；而張賢亮和賈平凹力求滿足的是「本我」的「生命本能」，他們選擇了在這熙熙攘攘的人世間經受常人必須經受的世俗化生活。

當然，在1990年代中國文壇中也並不是完全沒有現代性的自我反抗的聲音，比如史鐵生，我們在他的文學世界中就經常可以見到一個被加繆所推崇的現代西緒弗斯的身影。只可惜在一個高度商業化的物質世界中，像史鐵生這樣執著地發出現代人的自我聲音的中國作家畢竟還是太少了。相反，在1990年代的中國文壇中，充斥著太多的世俗化的文學聲浪。在這個信仰坍塌的時代裏，中國知識分子／作家在紅色年代所生成的集體「超我」人格業已瓦解，大部分作家已經對政治文化父親失去了認同的興趣。但遺憾的是，他們並沒有就此重建起眞正的現代自我人格，不是像「二張」那樣回歸於大地母神的懷抱，就是像王朔那樣巧妙地追逐著「本我」的物質欲望，把文學當作了娛樂消遣品。此外還有少數以「私人化寫作」或「身體寫作」，甚或「下半身寫作」爲招牌的所謂作家，他們（她們）實際上是在這個消費主義文化語境中販賣著刺激讀者本能欲望的文字商品。總之，「本我」的凸現，「超我」

的崩潰，「自我」的尋找與掙扎，就是 1990 年代以來中國文學創作的深層心理徵候。

這意味著，對於現代中國文學發展來說，要想真正地告別過去的權威主義紅色中國文學話語秩序，並且切實地建立起一種自律型而不是他律型的人道主義中國文學話語秩序，我們還需要時間，需要等待。但願這種等待不至於變成永遠的烏托邦，讓我們期待著它的實現。

主要參考文獻

1. 迪迪埃・埃里蓬:《權力與反抗——米歇爾・福柯傳》,北京大學出版社 1997 年版。
2. 福柯:《知識考古學》,三聯書店 1998 年版。
3. 福柯:《規訓與懲罰》,三聯書店 1999 年版。
4. 福柯:《瘋癲與文明》,三聯書店 1999 年版。
5. 福柯:《性史》,青海人民出版社 1999 年版。
6. 福柯:《詞與物——人文科學考古學》,上海三聯書店 2001 年版。
7. 福柯:《臨床醫學的誕生》,譯林出版社 2001 年版。
8. 福柯:《話語的秩序》,《語言與翻譯的政治》,中央編譯出版社 2001 年版。
9. 福柯:《權力的眼睛》,上海人民出版社 1997 年版。
10. 阿蘭・謝里登:《求真意志——密歇爾・福柯的心路歷程》,上海人民出版社 1997 年版。
11. 路易絲・麥克尼:《福柯》,黑龍江人民出版社 1999 年版。
12. 莫偉民:《主體的命運——福柯哲學思想研究》,上海三聯書店 1996 年版。
13. 丹尼斯・朗:《權力論》,中國社會科學出版社 2001 年版。
14. 傑姆遜:《後現代主義與文化理論》,北京大學出版社 1997 年版。
15. 詹姆遜:《政治無意識》,中國社會科學出版社 1999 年版。
16. 詹姆遜:《快感:文化與政治》,中國社會科學出版社 1998 年版。
17. 詹明信:《晚期資本主義的文化邏輯》,三聯書店 1997 年版。
18. 安東尼・吉登斯:《現代性與自我認同》,三聯書店 1998 年版。
19. 露絲・本尼迪克特:《文化模式》,華夏出版社 1987 年版。
20. 卡爾・波普:《歷史決定論的貧困》,華夏出版社 1987 年版。

21. 利奧塔爾：《後現代狀態——關於知識的報告》，三聯書店 1997 年版。

22. 約翰・斯特羅克編：《結構主義以來——從列維－斯特勞斯到德里達》，遼寧教育出版社／牛津大學出版社 1998 年版。

23. 拉康：《拉康選集》，上海三聯書店 2001 年版。

24. 盧卡奇：《歷史與階級意識》，商務印書館 1992 年版。

25. 馬克思：《1844 年經濟學哲學手稿》，人民出版社 2000 年第 3 版。

26. 霍克海默、阿多爾諾：《啓蒙辯證法》，重慶出版社 1990 年版。

27. 霍克海默：《批判理論》，重慶出版社 1989 年版。

28. 馬爾庫塞：《單向度的人》，重慶出版社 1988 年版。

29. 威爾海姆・賴希：《法西斯主義群眾心理學》，重慶出版社 1990 年版。

30. 丹尼爾・貝爾：《資本主義文化矛盾》，三聯書店 1989 年版。

31. 本雅明：《發達資本主義時代的抒情詩人》，三聯書店 1989 年版。

32. 阿倫・布洛克：《西方人文主義傳統》，三聯書店 1997 年版。

33. 卡西爾：《人論》，上海譯文出版社 1985 年版。

34. 卡西勒：《啓蒙哲學》，山東人民出版社 1988 年版。

35. 考夫曼：《存在主義》，商務印書館 1987 年版。

36. 威廉・巴雷特：《非理性的人》，商務印書館 1995 年版。

37. 尼采：《悲劇的誕生》，三聯書店 1986 年版。

38. 萊維・斯特勞斯：《結構人類學》，上海譯文出版社 1995 年版。

39. 丹尼斯・K・姆貝：《組織中的傳播和權力：話語、意識形態和統治》，中國社會科學出版社 2001 年版。

40. 薩特：《存在與虛無》，三聯書店 1987 年版。

41. 雅斯貝斯：《時代的精神狀況》，上海譯文出版社 1997 年版。

42. 卡萊爾：《英雄與英雄崇拜》，上海三聯書店 1988 年版。

43. 馬爾庫塞：《現代文明與人的困境》，上海三聯書店 1989 年版。

44. 弗洛伊德：《精神分析引論》，商務印書館 1984 年版。

45. 弗洛伊德：《精神分析引論新編》，商務印書館 1987 年版。

46. 弗洛伊德：《釋夢》，商務印書館 1996 年版。

47. 弗洛伊德：《日常生活的精神病理學》，國際文化出版公司 2000 年版。

48. 弗洛伊德：《文明與缺憾》，安徽文藝出版社 1996 年版。

49. 弗洛伊德：《愛情心理學》，作家出版社 1986 年版。

50. 弗洛伊德：《圖騰與禁忌》，中國民間文藝出版社 1986 年版。

51. 弗洛伊德：《弗洛伊德論創造力與無意識》，中國展望出版社 1986 年版。

52. 弗洛伊德：《精神分析綱要》，安徽文藝出版社 1987 年版。

53. 弗洛伊德：《詼諧及其與無意識的關係》，國際文化出版公司 2001 年版。

54. 弗洛伊德：《弗洛伊德後期著作選》，上海譯文出版社 1986 年版。

55. 弗洛伊德：《摩西與一神教》，三聯書店 1989 年版。

56. 弗洛伊德：《少女杜拉的故事》，中國民間文藝出版社 1986 年版。

57. 弗洛伊德：《弗洛伊德著作選》，四川人民出版社 1986 年版。

58. 弗洛伊德：《弗洛伊德論美文選》，知識出版社 1987 年版。

59. 霍爾：《弗洛伊德心理學入門》，商務印書館 1985 年版。

60. 艾布拉姆森：《弗洛伊德的愛欲論》，遼寧大學出版社 1987 年版。

61. 傑克・斯佩克特：《藝術與精神分析——論弗洛伊德的美學》，文化藝術出版社 1990 年版。

62. 高宣揚編著：《弗洛伊德傳》，作家出版社 1986 年版。

63. 榮格：《分析心理學的理論與實踐》，三聯書店 1991 年版。

64. 榮格：《榮格文集》，改革出版社 1997 年版。

65. 榮格：《現代靈魂的自我拯救》，工人出版社 1987 年版。

66. 榮格：《未發現的自我》，國際文化出版公司 2001 年版。

67. 霍爾等：《榮格心理學入門》，三聯書店 1987 年版。

68. 阿德勒：《自卑與超越》，作家出版社 1986 年版。

69. 阿德勒：《理解人性》，國際文化出版公司 2000 年版。

70. 弗洛姆：《健全的社會》，貴州人民出版社 1994 年版。

71. 弗洛姆：《爲自己的人》，三聯書店 1988 年版。

72. 弗洛姆：《佔有或存在》，國際文化出版公司 1989 年版。

73. 弗洛姆：《愛的藝術》，商務印書館 1987 年版。

74. 弗洛姆：《逃避自由》，上海文學雜誌社 1986 年版。

75. 弗洛姆：《夢的精神分析》，光明日報出版社 1988 年版。

76. 弗洛姆：《精神分析與宗教》，中國對外翻譯出版公司 1995 年版。

77. 弗洛姆：《在幻想鎖鏈的彼岸——我所理解的馬克思和弗洛伊德》，湖南人民出版社 1986 年版。

78. 卡倫・荷妮：《我們時代的病態人格》，國際文化出版公司 2001 年版。

79. 卡倫・霍爾奈：《我們的內心衝突》，上海文藝出版社 1998 年版。

80. 卡倫・霍爾奈：《神經症與人的成長》，上海文藝出版社 1996 年版。

81. 卡倫・霍爾奈：《精神分析新法》，上海文藝出版社 1999 年版。

82. 伯納德・派里斯：《一位精神分析學家的自我探索》，上海文藝出版社 1997

年版。

83. 伯納德・派里斯:《與命運的交易》,上海文藝出版社 1997 年版。

84. 羅洛・梅:《愛與意志》,國際文化出版公司 1987 年版。

85. 萊恩:《分裂的自我》,貴州人民出版社 1994 年版。

86. 馬爾庫塞:《愛欲與文明》,上海譯文出版社 1987 年版。

87. 布朗:《生與死的對抗》,貴州人民出版社 1994 年版。

88. 諾伊曼:《大母神——原型分析》,東方出版社 1998 年版。

89. 諾伊曼:《深度心理學與新道德》,東方出版社 1998 年版。

90. 馬斯洛:《動機與人格》,華夏出版社 1987 年版。

91. 帕斯:《雙重火焰——愛與欲》,東方出版社 1998 年版。

92. 瓦西列夫:《情愛論》,三聯書店 1984 年版。

93. 科恩:《自我論》,三聯書店 1986 年版。

94. 巴什拉:《火的精神分析》,三聯書店 1992 年版。

95. 霍蘭德:《後現代精神分析》,上海文藝出版社 1995 年版。

96. 靄理士:《性心理學》,三聯書店 1987 年版。

97. 朱光潛:《變態心理學派別》,安徽教育出版社 1997 年版。

98. 朱光潛:《悲劇心理學》,安徽教育出版社 1996 年第 2 版。

99. 朱光潛:《文藝心理學》,安徽教育出版社 1996 年版。

100. 王曉章、郭本禹:《潛意識的詮釋——從弗洛伊德主義到後弗洛伊德主義》,中國社會科學出版社 1998 年版。

101. 周國平:《尼采——在世紀的轉折點上》,上海人民出版社 1986 年版。

102. 陳鼓應:《悲劇哲學家尼采》,三聯書店 1987 年版。

103. 陳學明主編:《二十世紀哲學經典文本・西方馬克思主義卷》,復旦大學出版社 1999 年版。

104. 鄧曉芒:《靈之舞——中西人格的表演性》,東方出版社 1995 年版。

105. 馮憲光:《「西方馬克思主義」美學研究》,重慶出版社 1997 年版。

106. 趙一凡:《歐美新學賞析》,中央編譯出版社 1996 年版。

107. 王威海:《韋伯——擺脫現代社會兩難困境》,遼海出版社 1999 年版。

108. 徐賁:《走向後現代與後殖民》,中國社會科學出版社 1996 年版。

109. 馮天瑜等:《中華文化史》,上海人民出版社 1990 年版。

110. 沙少海、徐子宏譯注:《老子全譯》,貴州人民出版社 1989 年版。

111. 劉俊田、林松、禹克坤譯注:《四書全譯》,貴州人民出版社 1988 年版。

112. 李宗桂:《中國文化概論》,中山大學出版社 1988 年版。

113. 周策縱：《五四運動史》，嶽麓書社 1999 年版。

114. 陳獨秀等：《新青年》，中州古籍出版社 1999 年版。

115. 蔡元培等：《中國新文學大系導論集》，良友復興圖書公司 1940 年初版。

116. 周作人：《中國新文學的源流》，華東師範大學出版社 1995 年版。

117. 溫儒敏、丁曉萍主編：《時代之波——戰國策派文化論著輯要》，中國廣播電視出版社 1995 年版。

118. 李澤厚：《中國現代思想史論》，安徽文藝出版社 1994 年版。

119. 李澤厚：《中國近代思想思論》，安徽文藝出版社 1994 年版。

120. 李澤厚：《美的歷程》，文物出版社 1989 年第 2 版。

121. 林毓生：《中國傳統的創造性轉化》，三聯書店 1988 年版。

122. 昌切：《清末民初的思想主脈》，東方出版社 1999 年版。

123. 麥克法誇爾、費正清編：《劍橋中華人民共和國史——革命的中國的興起》，中國社會科學出版社 1990 年版。

124. 麥克法誇爾、費正清編：《劍橋中華人民共和國史——中國革命內部的革命》，中國社會科學出版社 1992 年版。

125. 莫里斯·梅斯納：《毛澤東的中國及其發展——中華人民共和國史》，社會科學文獻出版社 1992 年版。

126. 毛澤東：《毛澤東選集》第二、三、四卷，人民出版社 1966 年版。

127. 毛澤東：《毛澤東選集》第五卷，人民出版社 1977 年版。

128. 毛澤東：《毛澤東書信選集》，人民出版社 1984 年版。

129. 胡喬木：《胡喬木回憶毛澤東》，人民出版社 1994 年版。

130. 周揚編：《馬克思主義與文藝》，作家出版社 1984 年版。

131. 薄一波：《若干重大決策與事件的回顧》（上下卷），中共中央黨校出版社，分別初版於 1991 年和 1993 年。

132. 《中國共產黨中央委員會關於建國以來黨的若干歷史問題的決議》，《三中全會以來重要文獻選編》（下），人民出版社 1982 年版。

133. 張志清等：《延安整風前後》，江蘇文藝出版社 1994 年版。

134. 中國人民大學編輯小組編：《無產階級文化大革命萬歲》，1969 年 10 月出版。

135. 姜振昌編：《野百合花——四十年代延安解放區雜文選》，文化藝術出版社 1996 年版。

136. 劉增傑等編：《抗日戰爭時期延安及各抗日民主根據地文學運動資料》（上中下三冊），山西人民出版社 1983 年版。

137. 馮牧主編：《中國新文學大系（1949～1976）文學理論卷》（共兩卷），上

海文藝出版社 1997 年版。

138. 洪子誠：《二十世紀中國小說理論資料》第五卷（1949～1976），北京大學出版社 1997 年版。

139. 胡風：《關於解放以來的文藝實踐情況的報告》，《胡風全集》第六卷，湖北人民出版社 1999 年版。

140. 《為保衛社會主義文藝路線而鬥爭》（上下冊），新文藝出版社 1957 年版。

141. 牛漢、鄧九平主編：《思憶文叢：記憶中的反右派運動》（共三卷，分別名為《原上草》、《荊棘路》和《六月雪》），經濟日報出版社 1998 年版。

142. 鄧瑞全主編：《名士自白——我在文革中》（上下冊），內蒙古人民出版社 1999 年版。

143. 李城外編：《向陽情結——文化名人與咸寧》（上下冊），人民文學出版社，分別初版於 1997 年和 2001 年。

144. 陳徒手：《人有病，天知否——一九四九年後中國文壇紀實》，人民文學出版社 2000 年版。

145. 廖亦武主編：《沉淪的聖殿——中國 20 世紀 70 年代地下詩歌遺照》，新疆青少年出版社 1999 年版。

146. 李輝：《文壇悲歌》，花城出版社 1998 年版。

147. 朱正：《1957 年夏季：從百家爭鳴到兩家爭鳴》，河南人民出版社 1998 年版。

148. 楊健：《文化大革命中的地下文學》，朝華出版社 1993 年版。

149. 陳敏之、丁東編：《顧準尋思錄》，作家出版社 1998 年版。

150. 許紀霖：《另一種啓蒙》，花城出版社 1999 年版。

151. 朱學勤：《思想史上的失蹤者》，花城出版社 1999 年版。

152. 李輝：《滄桑看雲》，上海遠東出版社 1997 年版。

153. 丁東編：《反思郭沫若》，作家出版社 1999 年版。

154. 謝泳：《逝去的年代——中國自由知識分子的命運》，文化藝術出版社 1999 年版。

155. 於可訓、吳濟時、陳美蘭：《文學風雨四十年》，武漢大學出版社 1989 年版。

156. 黃修己編：《中國現代文學史資料彙編（乙種）·趙樹理研究資料》，北嶽文藝出版社 1985 年版。

157. 劉金鏞、房福賢編：《中國當代文學研究資料·孫犁研究專集》，江蘇人民出版社 1983 年版。

158. 李華盛、胡光凡編：《中國現代文學史資料彙編·周立波研究資料》，湖南人民出版社 1983 年版。

159. 孟廣來、牛運清編：《中國當代文學研究資料・柳青專集》，福建人民出版社 1982 年版。

160. 袁良駿編：《中國現代文學史資料彙編・丁玲研究資料》，天津人民出版社 1982 年版。

161. 孫瑞珍、王中忱編：《丁玲研究在國外》，湖南人民出版社 1985 年版。

162. 易明善、陸文璧、潘顯一編：《中國當代文學研究資料・何其芳研究專集》，四川文藝出版社 1986 年版。

163. 海濤、金漢編：《中國當代文學研究資料・艾青專集》，江蘇人民出版社 1982 年版。

164. 孫露茜、王鳳伯編：《中國當代文學研究資料・茹志鵑研究專集》，浙江人民出版社 1982 年版。

165. 李泱、李一娟編：《中國當代文學研究資料・李瑛研究專集》，解放軍文藝出版社 1983 年版。

166. 杜運燮等編：《豐富和豐富的痛苦——穆旦逝世 20 週年紀念文集》，北京師範大學出版社 1997 年版。

167. 黃黎方編著：《朦朧詩人顧誠之死》，花城出版社 1994 年版。

168. 易竹賢：《胡適傳》，湖北人民出版社 1998 年版。

169. 戴光中：《趙樹理傳》，北京十月文藝出版社 1993 年版。

170. 宗誠：《風雨人生——丁玲傳》，中國文聯出版公司 1998 年第 2 版。

171. 郭志剛、章無忌：《孫犁傳》，北京十月文藝出版社 1990 年版。

172. 龔濟民、方仁念：《郭沫若傳》，北京十月文藝出版社 1988 年版。

173. 董健：《田漢傳》，北京十月文藝出版社 1996 年版。

174. 田本相：《曹禺傳》，北京十月文藝出版社 1988 年版。

175. 程光煒：《艾青傳》，北京十月文藝出版社 1999 年版。

176. 郭志剛：《孫犁評傳》，重慶出版社 1995 年版。

177. 張恩和：《郭小川評傳》，重慶出版社 1993 年版。

178. 王科、徐塞：《蕭軍評傳》，重慶出版社 1993 年版。

179. 周棉：《馮至傳》，江蘇文藝出版社 1993 年版。

180. 楊建業：《姚雪垠傳》，北嶽文藝出版社 1994 年第 2 版。

181. 老舍：《老舍生活與創作自述》，人民文學出版社 1982 年版。

182. 胡風：《胡風回憶錄》，人民文學出版社 1993 年版。

183. 丁玲：《魍魎世界 風雪人間》，人民文學出版社 1989 年版。

184. 巴金：《隨想錄》（合訂本），三聯書店 1987 年版。

185. 洪子誠：《中國當代文學史》，北京大學出版社 1999 年版。

186. 陳思和主編：《中國當代文學史教程》，復旦大學出版社 1999 年版。

187. 楊匡漢、孟繁華主編：《共和國文學五十年》，中國社會科學出版社 1999 年版。

188. 於可訓：《中國當代文學概論》，武漢大學出版社 1998 年版。

189. 洪子誠：《當代中國文學的藝術問題》，北京大學出版社 1986 年版。

190. 陳美蘭：《中國當代長篇小說創作論》，上海文藝出版社 1991 年版。

191. 陳美蘭：《文學思潮與當代小說》，武漢大學出版社 1994 年版。

192. 李楊：《抗爭宿命之路——「社會主義現實主義」（1942～1976）研究》，時代文藝出版社 1993 年版。

193. 曠新年：《1928：革命文學》，山東教育出版社 1998 年版。

194. 李書磊：《1942：走向民間》，山東教育出版社 1998 年版。

195. 錢理群：《1948：天玄地黃》，山東教育出版社 1998 年版。

196. 洪子誠：《1956：百花時代》，山東教育出版社 1998 年版。

197. 楊鼎川：《1967：狂亂的文學年代》，山東教育出版社 1998 年版。

198. 陳曉明：《解構的蹤迹：歷史、話語與主體》，中國社會科學出版社 1994 年版。

199. 周英雄：《比較文學與小說詮釋》，北京大學出版社 1990 年版。

200. 藍棣之：《現代文學經典：症候式分析》，清華大學出版社 1998 年版。

201. 王一川：《中國現代卡里斯馬典型》，雲南人民出版社 1995 年版。

202. 丁帆、王世城：《十七年文學：「人」與「自我」的失落》，河南大學出版社 1999 年版。

203. 李歐梵：《現代性的追求》，三聯書店 2000 年版。

204. 王德威：《想像中國的方法》，三聯書店 1998 年版。

205. 溫儒敏：《新文學現實主義的流變》，北京大學出版社 1988 年版。

206. 錢理群：《豐富的痛苦》，時代文藝出版社 1993 年版。

207. 王曉明：《無法直面的人生——魯迅傳》，上海文藝出版社 1993 年版。

208. 錢理群：《心靈的探尋》，北京大學出版社 1999 年版。

209. 王富仁：《中國反封建思想革命的一面鏡子》，北京師範大學出版社 1986 年版。

210. 陳思和：《雞鳴風雨》，學林出版社 1994 年版。

211. 劉增傑：《戰火中的繆斯》，河南人民出版社 1992 年版。

212. 林賢治：《娜拉：出走或歸來》，百花文藝出版社 1999 年版。

213. 錢理群：《拒絕遺忘》，汕頭大學出版社 1999 年版。

214. 摩羅：《恥辱者手記》，內蒙古教育出版社 1998 年版。

215. 龍泉明：《在歷史與現實的交合點上——中國現代作家文化心理分析》，陝西人民出版社 1992 年版。

216. 昌切：《思之思——20 世紀中國文藝思潮論》，武漢大學出版社 1994 年版。

217. 於可訓：《小說的新變》，長江文藝出版社 1988 年版。

218. 於可訓：《批評的視界》，中國文學出版社 1994 年版。

219. 昌切：《世紀橋頭凝思》，湖北人民出版社 2000 年版。

220. 鄧曉芒：《靈魂之旅——九十年代文學的生存境界》，湖北人民出版社 1998 年版。

221. 鄧曉芒：《人之鏡——中西文學形象的人格結構》，雲南人民出版社 1996 年版。

222. 王安憶：《心靈世界》，復旦大學出版社 1997 年版。

223. 李軍：《「家」的寓言》，作家出版社 1996 年版。

224. 唐曉渡：《唐曉渡詩學論集》，中國社會科學出版社 2001 年版。

225. 尹鴻：《徘徊的幽靈——弗洛伊德主義與中國二十世紀文學》，雲南人民出版社 1995 年版。

後　記

一

　　記得魯迅先生說過：「當我沉默著的時候，我覺得充實；我將開口，同時感到空虛。」（《野草・題辭》）此時此刻，面對著眼前這一疊厚厚的文稿，渺小如我，心中不禁也滋生了一股惘然若失的空虛感。我知道，雖然關於紅色中國知識分子／作家的精神心理狀況和話語狀況，也許是一個永遠都說不盡的話題，但憑我現有的學識，顯然我已經說得太多了。

　　既然如此，這裏也就正好轉換話題，說點別的了。

　　六年前，當我艱難地從武漢市東郊一家糟糕透頂的國有工廠中抽身而退，奔赴仰慕已久的珞珈山時，在我的心中，考研成功後的喜悅並沒有停留得太久，因爲我很快便意識到了巨大的學業壓力。至今我還清晰地記得自己的第一篇小說評論習作被業師退回重寫的窘迫情形。也許正是從那時起，我就清醒地知道在我的面前還有很長的路要走。在來武大讀研之前，我的文學功底其實是很貧弱的。當年上大學我進的並不是中文系，由於被鬼使神差地分配到一家並不是很正規的廠辦技校中當了幾年語文教師，沒想到我那少年時代的文學夢幻在沉睡多年之後竟然又奇迹般地復活了。於是我想到了報考中文系的研究生，這一半是爲了改變自己日漸困窘的現實處境，還有一半也是爲了追尋業已失去的少年夢幻。在隨後一年多的復習備考時光裏，我就像一個飢餓的乞丐一樣貪婪地吞咽著一個中文系的本科生在四年內所要完成的主要課程。還記得那年暑假，在武漢最炎熱的夏日裏，我獨自一人在學校的一間辦公室裏默默苦讀的情景。深夜裏四周靜寂無聲，累了我就睡在一間空

曠的教工集體辦公室裏，把兩張辦公桌一拼、罩上蚊帳，我的「床」也就湊合地搭建成了。那是一段特別讓人懷念的日子，現在回想起來都讓我心中溢滿感動。所以我一直對那一年做的十多本學習筆記珍愛有加、不忍捨棄，不爲別的，只因那裏面埋藏著我的一段最珍貴的記憶。

一年後，我初次考研便成功了。我幸運地來到了風景如畫的珞珈山。我暗暗地給自己立下了一條行爲法則：認認眞眞地讀書，其他的一切雜事俗務盡可能地不去管它。然而，在那浩如煙海的圖書世界裏，茫然無知的我就像一隻沒頭的蒼蠅一樣在各種新奇的文學理論流派和層出不窮的當紅作家及其作品之間盲目地遊蕩。就在這種狀態下，我恍恍惚惚地度過了在武大的第一個學年。我困惑了，我不知道渺小的我在這無垠的文學海洋上將無根地漂流到何時才是一個盡頭。但也就是在那一年暑假裏，我意外地買到了商務印書館出版的《精神分析引論》及其《新編》，從此我喜歡上了弗洛伊德和他所創立的精神分析學。在閱讀完這兩本入門書之後，我抑制不住內心的興奮，急衝衝地試驗起了精神分析學的文學批評實踐。那年暑期，我寫了一篇題目叫做《一個「聯對夢」小說文本》的評論文章。沒想竟得到了我的業師於可訓先生的讚賞和鼓勵，他還將拙文發表在自己主編的《通俗文學評論》雜誌上。這不能不讓我感受到了莫大的鼓舞。從此我著迷地系統閱讀起了弗洛伊德的精神分析學著作，在此基礎之上還大量地涉獵了榮格、阿德勒、弗洛姆、羅洛‧梅、馬爾庫塞等人的深層心理學著作。我興奮地尋找著一塊文學和深層心理學之間的交叉地帶。就這樣，在碩士論文選題時，我選擇了對張賢亮小說創作的深層心理進行精神分析。

實際上，那篇關於張賢亮的精神分析專論正是我現在的博士論文的一個基石。還是在碩士論文寫作過程中的時候，導師便啓發我日後如有機會，應該考慮把這篇作家個案分析加以放大。因此，當 1999 年夏天好不容易讀博之後，我想我可以了卻這椿宏大的研究心願了。爲此，在那年暑假裏，我埋頭讀完了兩大本的《劍橋中華人民共和國史》。我迫切地想瞭解人民共和國的政治、經濟、文化諸方面的基本狀況。在我看來，整個 20 世紀，如果要說壓抑，恐怕再也沒有哪個時期的作家比 40～70 年代的紅色中國作家所遭受到的心理壓抑更深重的了。這也就意味著精神分析學在研究紅色中國知識分子／作家的精神史和心靈史時具有不可替代的應用價值。由此我打算對 20 世紀 40～70 年代紅色中國知識分子／作家的群體精神心理結構展開必要的深層心理學分

析。我的設想不僅得到了業師的肯定，他還悉心地指導著我的閱讀計劃和思考方式。在他的提示下，我系統地閱讀了米歇爾·福柯的絕大部分漢譯著作。事實證明，這對於我深入地思考權力與文學的關係問題大有裨益。不僅如此，爲了進一步深化我對精神分析學的理解，在此期間我還有計劃地閱讀了霍妮和拉康這兩位著名精神分析學家的代表性著作。我試圖將各派精神分析學理論按照我自己的生命體驗融合起來，然後參照福柯的權力系譜學和知識考古學理論，初步建立一個關於紅色中國作家群體創作心理的較爲有效的分析模型或研究範式。現在看來，我的實踐結果距離我當初設定的目標還有不小的距離。但目前我還不得不接受這樣一個稚嫩而粗糙的果實，至於對其進行成熟而精細的打磨，那就只能假以他日了。

這裏要衷心地感謝武漢大學中文系中國現當代文學教研室裏的諸位老師們：陸耀東教授、易竹賢教授、孫黨伯教授、陳美蘭教授、於可訓教授、龍泉明教授、昌切教授、陳國恩教授、樊星教授，因爲如果沒有他們的教誨、鼓勵和批評，我的學業只會更加的淺薄和平庸。

尤其要感謝我的業師於可訓教授，我跟隨先生問學長達六年之久，先生治學嚴謹、知識豐厚、視野宏闊，常敦促我勤勉作文、敢於創新，先生的言傳身教，我將終生銘刻在心。

此外還要感謝至今仍然生活在鄉下的我的父母雙親，和這些年來一直與我相濡以沫的妻子，因爲如果沒有他們的理解與關愛，也就不會有我的今天。我深深地感激他們。

最後，今年是我的而立之年，很早以前我就朦朧地期待著自己能夠在這個人生的標誌性年頭裏做點什麼，那麼，就讓這篇稚拙而粗糲的博士論文作爲我的青春的紀念。

2002 年 3 月 13 日夜，作者記於武昌珞珈山

二

一晃快五年了。臨到博士論文要出版，我才發現，當初撰寫期間時刻湧動於胸的激情已經逝去，只有理性還在。正是這份理性使我對這本書的出版感到惶恐和不安。因爲念書那陣子很是追慕梁任公的文訓，所謂「筆鋒常帶情感」云云，而今恍然有所悟，漸漸喜好起冷靜平實的文字來，所以常常爲當年的書生意氣，喜作驚人之斷語抱愧。但願這並不是心態趨於保守的徵兆，

我願意在新的學術道路上再度遠行。

回想起來，當年博士論文答辯的場景還歷歷在目。這裏要特別感謝答辯委員會主席——北京大學中文系的洪子誠教授、孫玉石教授，還有論文的校外評閱專家——中國社會科學院文學所的楊匡漢研究員、北京大學中文系的陳曉明教授、福建省社會科學院的南帆研究員，他們在論文答辯或評閱中對拙著既表示了肯定、讚賞，同時也指出了不足。正是他們直陳的不足之處，成了促使我畢業後尋找新的治學方法的最初動力。

感謝我的業師於可訓先生，他在今年旅居京城的炎炎夏日裏爲拙著揮汗作序。在珞珈求學的日子裏，對於我這樣一個上大學不是學中文的「門外漢」來說，由於基本功不很紮實，偶而也會犯下愚不可及的知識錯誤。正是於老師不懈的「規訓」激發了我求知的熱情，也是他的寬容給了我奮發的信心。於老師素來言談風趣，他在序中對我的褒獎之詞，令我汗顏。我知道他是擔心我從此懈怠，所以拿表揚當糖果，誘導我繼續求索。

感謝武漢大學的陳美蘭老師，她一直關注著我的學術成長，也關心著我的博士論文的出版。十年前第一次登門拜訪她的情景至今記憶猶新。還記得四年前告別珞珈的時候去辭行，陳老師叮囑我的話：無論走到哪裏，紮實地做學問是你的立身之本，如果把學問丟了，那就無法立足了。話是白話，但其意殷殷，不敢忘懷。

感謝華中師範大學文學院院長胡亞敏教授、黨總支書記譚根穩先生、科研副院長儲澤祥教授，華中師範大學社科處處長石挺先生，華中師範大學出版社社長范軍先生，華中師範大學文科學報主編王齊洲教授，以及我所在的華中師大現當代文學教研室的諸位師長和同事，是他們的關心和支持，才使得本書順利入選華中師範大學 2006 年出版基金項目，在此一併致謝！很難設想，如果沒有這次機會，以我個人的經濟承受能力，這部冗長的書稿不知道還要塵封到什麼時候。

感謝責任編輯周柏青老師付出的辛勤勞動。他對拙著的字斟句酌，刪繁就簡，令我感佩，使我對語言文字重新有了敬畏感，從此再不敢信筆遊走，汪洋恣肆了。

2006 年 10 月 28 日，作者記於武昌桂子山

三

　　想寫這本博士論文始於 1999 年夏天。其後經過整整兩年的精心準備，2001 年 7 月落筆，直至 2002 年 3 月正式完稿，差不多寫了九個月。昔魏文帝說「文以氣爲主」，唐人韓退之後來又補充說「氣盛則言之長短與聲之高下皆宜」，看來作文確實需要「養氣」，孟子說「吾善養吾浩然之氣」，沒有「文氣」是做不出好文章的。於今回想起來，當初寫這本博士論文時頗有些「年輕氣盛」，那種少年人吞吐八荒的氣量，隨著年歲的增長反而倒不易尋了。我曾經爲這本博士論文的「年輕氣盛」、「率爾操觚」後悔過，以至於初版時不忍細讀，簡直到了汗顏地步。因爲那時我正悄然轉向現代中國舊體詩詞研究，對中國古典文論充滿了異乎尋常的熱情，自然也就不怎麼待見這本充滿西方現代理論色彩的書稿了。正所謂世易時移，此一時彼一時，現在年過不惑的我，居然又對十多年前寫就的這本書稿充滿憐憫，甚而至於是喜愛了。在 2014 年的最後一個月裏，我幾乎沉浸在修訂這本博士論文書稿的激動與喜悅中，我甚至有點懷念當初那個不滿三十的我了。

　　這次的修訂本我把它改名爲《紅色中國文學史論》。其實在 2002 年 5 月底答辯時，我提交的博士論文題目是《權力·主體·話語——20 世紀 40～70 年代中國作家的話語困境》。答辯中受到了不少前輩學者的好評，但也不是沒有爭議，記得易竹賢先生還專門鼓勵我要勇於辯解，他說答辯云者，既答且辯，答而不辯，不知其可也。據說北京大學孫玉石先生私底下尤其讚譽有加，孫先生是現代中國文學研究的泰斗級人物，他能誇獎我的才氣，不免讓那時的我多少有些沾沾自喜，當然，我也暗中將這份誇獎化作十多年來不斷學術探索的勇氣。回憶起答辯往事，還有一件事似可順便提及，那就是我謹遵師囑，把第五章「話語懺悔立場」在正式提交博士論文打印時刪掉了。記得於老師讓我刪掉的原因不外兩點：一是這一章可能爭議更大，二是我的博士論文確實是太長了，當時統計出來的字數（不算注釋之類）就有三十六七萬字之多，拿掉一章還有三十萬字，這就已經給答辯評委很大的閱讀負擔了，所以說但刪無妨。其實於老師對我的博士論文寫作甚爲寬容，甚至近乎縱容了。他給我打比方說，寫論文就要寫得暢快，把自己想說的話說出來，不必藏著掖著，這就如同女人裁剪一條褲子，如果褲筒長了還可以唰嚓一刀剪短，但若是褲筒短了想要再延長，那就不光是不美觀，而且費力不討好，因爲你也許再也找不到當初寫作的那份心境了。用中國古人的話來說，那就是文氣一

且斷了，就很難再接上了。即使勉強接上，也是上氣不接下氣，氣脈不暢。

我於 2002 年 6 月博士畢業後，從珞珈山來到桂子山，錢基博先生晚年任教的華中師範大學就坐落在美麗的桂子山上。眾所週知，新世紀十年是中國大陸高校學術體制日漸僵化的十年，高校學術生態和評價機制日漸嚴苛和畸形，每個置身其間的學人都難以幸免其困擾。我當然也不可能例外。記得當初博士畢業時還真的是有點躊躇滿志，我興沖沖地抽出一些博士論文章節修改成論文樣式往外投寄，但回應的雜誌寥寥無幾，轉而聯繫出版社公開出版，同樣無人問津。這無疑給我帶來了很強烈的挫敗感，我開始思考這本書的寫作是否不合時宜或者生不逢時，因為眼看著國內大致相同論題的著作不斷在出版，它們大多涉及到「革命文學研究」、「左翼文學研究」、「延安文學研究」、「十七年文學研究」、「50～70 年代文學研究」、「文革文學研究」，紛紛在京派和海派的主流學術圈子中流傳，而我置身於相對邊緣的中部城市武漢，由於學術出版與傳播機制並不發達，加之個人又無出版資助，所以一時感到出版無望，也就將書稿暫時束之高閣，而一頭扎進現代中國舊體詩詞研究中去了。但正是在絕望中迎來了轉機，我終於在 2006 年申報上了華中師範大學出版基金，但只能在本校出版社出版，而不能進入京滬主流學術圈。這雖然有點遺憾，但我已經很知足了，能公開出版平生第一部學術著作，而且是全文出版，並非刪節本，這得衷心感謝華中師範大學出版社的氣量和雅量！臨到出版時，我又接受責編周柏青先生轉達的出版社意見，讓我把書名作些技術處理，於是就有了初版本的名字——《權力·主體·話語——20 世紀 40～70 年代中國文學研究》。2007 年初版本問世時，反響平平。因為國內關於 20 世紀 40～70 年代紅色中國文學研究的熱潮開始慢慢消退，加之我的紅色中國文學研究又比較地不走尋常路徑，和通行的研究範式不怎麼相吻合，故而被同類流行著作所淹沒。但我心底並未氣餒，因為也有少數同行對這本書表現出來的獨特學術個性還是讚賞的。那幾年我正在撰寫《中國當代舊體詩詞論稿》，同時還在斷斷續續地寫《西部作家精神檔案》一書中的作家作品論，所以也無暇顧及博士論文出版後的寂寞或慘淡。我甚至念叨著賈島的詩句「知音如不賞，歸臥故山秋」聊以自慰，但心底還是期待著有朝一日能夠重印此書，我願以文會友、重覓知音。

這次修訂書稿，正值農曆甲午年歲暮，國內外媒體都在吵吵嚷嚷地說，這是一個多事的年份、詭異的年份，一切彷彿都充滿了不確定性的因素。在

這個騷動不安的年份裏，作為一個安守書齋的學人，我有時也難免會覺得惶惑不安。我時常會想起那個遠去的紅色中國文學時代，它真的離我們遠去了嗎？我甚至有些恍惚，我想起了顧城的著名詩篇《遠和近》：「你，／一會看我，／一會看雲。／我覺得，／你看我時很遠，／你看雲時很近。」那個紅色中國文學時代究竟是離我們遠了，還是離我們近了，這取決於我們觀察的視點和立場。但問題在於，我們觀察的視點和立場似乎又是不確定的，總在變來變去，左右搖擺，這就不免給人平添了幾許慌亂、幾多焦慮。惟其如此，我願意將這本《紅色中國文學史論》修訂本奉獻給海內外的讀者諸君，讓我們赤誠相見，坦誠交流，這是為了告別，也是為了相聚，我們相聚在一個文學時代的解構與重構中，我們內心充滿了無言的唏噓。感謝北京師範大學文學院的李怡教授，是他慷慨相邀，才有了這本書的繁體字版。李怡教授此前曾主編「民國文化與文學叢書」，影響巨大，此次又新編「人民共和國文化與文學叢書」，必將產生更大的學術集群效應。藉此機會，我還要感謝未曾謀面的臺灣花木蘭文化出版社的總編輯杜潔祥先生，道一聲辛苦！

　　最後，讓我抄錄本書初版時，責編周柏青先生約我為封面設計所寫的三段文字，以此作結：

　　　　闡釋的誘惑，觸摸歷史真實；理性的燭照，破譯精神符碼。

　　　　話語分析，秩序在規範中生成；心理透視，人性在命運中浮沉。

　　　　不是懷舊，一個時代已遠去；非關解構，一段記憶被湮沒。

2015 年元旦，作者記於武昌桂子山